Sonja Rüther

Todespuzzle

Thriller

Weltbild

MIX
Papier | Fördert gute Waldnutzung
FSC® C083411

Besuchen Sie uns im Internet:
www.weltbild.de

Genehmigte Lizenzausgabe für Weltbild GmbH & Co. KG,
Ohmstraße 8a, 86199 Augsburg

Dieses Werk wurde vermittelt durch die litmedia.agency, Offenburg
Projektleitung und Redaktion: usb bücherbüro, Friedberg/Bay.
Umschlaggestaltung: *zeichenpool, München
Umschlagmotiv: www.shutterstock.com (© CS Stock, Nana_studio)
Satz: Datagroup int. SRL, Timisoara
Druck und Bindung: CPI Moravia Books s.r.o., Pohorelice
Printed in the EU
ISBN 978-3-98507-457-0

1

Manche Gespräche beginnen wie Stürme mit einer Stille, die dem Kopf alle Gedanken entzieht, bevor das Chaos hereinbricht. Theo wusste, dass seine Tochter einen Hurrikan im Gepäck hatte. Schon als sie zur Tür reinkam und anfing, aufzuräumen, Kaffee zu kochen und den Tisch zu decken, umgab sie diese *Wir-müssen-reden-*Aura.

Erika sah aus wie ihre selige Mutter. Die gleiche kompakte Figur, die gleichen Falten um den Mund, wenn sie in Gedanken war, und sogar die gleiche Körpersprache. Nur das Feingefühl schien eine Generation übersprungen zu haben.

Theo sah ihr bei ihrem Tun zu und fragte sich, ob sie den Butterkuchen beim Bäcker um die Ecke oder bei dem in der Innenstadt neben ihrem Büro gekauft hatte. Als er noch im aktiven Dienst gewesen war, hatte er die Kuchen in der Mönckebergstraße gekauft, wenn er seiner Frau eine Freude machen wollte.

Hildegard fehlte ihm.

»Du solltest mehr durchlüften«, sagte Erika und öffnete ein Fenster. »Was ist mit deiner Putzfrau, kommt sie nicht mehr?«

»Die war nur am Schnattern. Mir klingeln jetzt noch die Ohren.«

Ihr Blick sagte mehr als tausend Worte. Wertung und Verurteilung lagen in dem kühlen Blau, das früher einen Grünstich bekommen hatte, wenn sie als junges Mädchen wütend geworden war.

Theo wusste noch sehr genau, wie es war, vierzig zu sein und betagtere Menschen zu verurteilen, die alten Gewohnheiten und maroden Vorstellungen verhaftet blieben. Jetzt mit fünfundsiebzig änderten sich die Ansichten. Gewohnheiten waren keine Routinen, auf die er störrisch beharrte. Sie waren vielmehr ein notwendiges Übel, um das Wissen zu verdrängen, dass der Lebensweg vor ihm viel kürzer war als die Strecke, die er bis zu diesem Tag zurückgelegt hatte. Was war er gerannt in seinem Leben!

Und dann starb Hildegard.

Einfach so.

Ohne Vorwarnung, ohne Abschied.

Ihr Herz blieb im Schlaf einfach stehen, und seitdem stand auch die Zeit still.

Erika füllte Kaffee in die Tassen, stellte die Kanne wieder weg, setzte sich und schnitt anschließend den Butterkuchen in kleine Stücke. Er wusste genau, was ihr auf den Lippen lag. Es war das Gleiche, was Bernd ihm angetragen hatte, als er vor einem Tag da gewesen war – ohne Kuchen. Sein Sohn war etwas zeitsparender, wenn er auf den Punkt kommen wollte.

»Ich ziehe nicht aus«, kam Theo ihr zuvor.

»Mensch, Papa! So kann das doch nicht weitergehen.«

Theo fragte sich, wann Kinder anfingen, mit ihren Eltern zu reden, als hätte sich die Erziehungsaufgabe auf sie übertragen. Es musste ein schleichender Übergang gewesen sein, weil er sich an keinen prägnanten Moment erinnern konnte. Als würde man vom Superhelden zur nervigsten Person aller Zeiten, ohne das Gefühl, sich je verändert zu haben.

»Was genau stört dich an meiner Lebenssituation?« Theo goss sich Milch in den Kaffee und biss von seinem Stück Kuchen ab.

»Das Haus ist doch viel zu groß für dich allein.«

Allein.

Er sah sich um und entdeckte überall Kleinigkeiten, die Hildegard gehört hatten. Diese Dinge waren wie alles überdauernde Fingerabdrücke seiner Frau, die ihn daran erinnerten, dass sie trotz allem noch bei ihm war.

»Dann zieht doch zu mir. Hier ist genug Platz für dich, die Kinder und Lasse.«

Sie verdrehte die Augen. »Wir haben unser eigenes Haus. Sarah und Julia würden ausrasten, wenn sie jetzt noch die Schule wechseln müssten. Davon mal abgesehen, ist dieses Haus kaum mehr als eine Ruine. Wenn du es verkaufst, kannst du dich im Seniorenstift einmieten. Die haben großzügige Wohnungen direkt am Park, und wenn mal was ist, kannst du über einen Knopf die Pflegekräfte rufen.«

»Betreutes Wohnen?« Theo knirschte mit den Zähnen. Er war kein schwacher Greis, er war nur ein alter Mann, der allein wohnte. »Ich bin doch nicht gebrechlich!«

Ungehalten stieß sie die Luft aus. »Darum geht es doch gar nicht. Bis auf den Polizeistammtisch einmal im Monat hast du keinerlei soziale Kontakte. Du sitzt nahezu den ganzen Tag in diesem riesigen Haus, das du nicht mal vernünftig sauber halten kannst. Der Garten wird langsam übergriffig; deine Nachbarn haben sich bei mir beschwert, als ich gekommen bin.«

»Dann bezahle ich einen Gärtner.«

Erika schüttelte erschöpft den Kopf. Das, was sie offensichtlich so anstrengte, war aber *sein* Leben, und er sah nicht ein, dass er nachgeben sollte, nur damit sie die selbst auferlegte Verantwortung in bezahlte Hände geben konnte. Er hatte nicht darum gebeten, dass sie sich seinen Kopf zerbrach.

»Was denkst du, was Mama sagen würde, wenn sie dich so sehen könnte?«, kam die nächste Frage.

Theo konnte es nicht aufhalten. Seine Mundwinkel zogen tiefe Furchen in sein Gesicht, er ballte die Hände zu Fäusten und richtete sich zu voller Größe auf. »Wage es nicht, solche erbärmlichen Psychospielchen bei mir anzubringen, mein Fräulein. Erst wolltet ihr, dass ich meinen wohlverdienten Ruhestand mit Ehrenämtern vollstopfe, dann sollten eure Mutter und ich einen Tanzkurs belegen, jetzt seid ihr der Meinung, ich solle umziehen. Ich verrate dir jetzt mal ein kleines Geheimnis.« So wie Erika ihn ansah, war für den Moment die Vater-Tochter-Rollenverteilung wieder geradegerückt. »Ich mache, was ich will, bis ich es tatsächlich nicht mehr kann. Dann, und erst dann, könnt ihr mich in ein Heim stecken.«

Erika verschränkte die Arme vor der Brust und lehnte sich gegen die Rückenlehne. »Du weißt genau, dass ich nicht von einem Altersheim spreche.«

»Entschuldige, betreutes Wohnen – wie konnte ich das nur durcheinanderbringen?«, sagte Theo sarkastisch. Er wusste ja, dass seine Kinder es im Grunde gut meinten. Doch irgendwann wären sie ebenfalls alt und würden vielleicht begreifen, wie es sich anfühlte, wenn die Kinder anfingen, einen zu entmündigen.

»Wie dem auch sei«, sagte sie verschnupft. »Lass uns essen, bevor der Kaffee kalt wird.«

Die Stille legte sich wie Staub auf die gesagten Worte. Theo kaute auf dem Bissen Butterkuchen herum und fragte sich, wie er dieses Thema ein für alle Mal beenden konnte. Wenn sich nichts änderte, würde keines seiner Kinder je aufhören, ihn bevormunden zu wollen. Aber auf seine alten Tage wollte er nicht anfangen, hektisch aufzuräumen, bevor sie ihn besuchten. Er würde auch keinen Gärtner öfter als einmal im Monat kommen lassen, nur weil sich die Nachbarn von seinem Grün belästigt fühlten. Seine Trauer konnte ihm niemand nehmen, und das war auch gut so. Er wollte nicht aufhören, Hildegard zu vermissen, weil so viel Wärme ihrem Wesen angehaftet hatte, dass er sie noch immer spüren konnte. Seine Tochter und ihr Mann führten eine gänzlich andere Ehe, als er und seine Frau es getan hatten – irgendwie hektisch und weniger einander zugewandt. Auf Familienfeiern saßen sie nicht selten mit ihren Kindern auf den Sofas, und jeder glotzte auf sein *Smartphone*. So gesehen trugen diese Dinger diese Bezeichnung zurecht, weil sie es schafften, die Aufmerksamkeit besser einzufangen, als reale Menschen es vermochten.

»Ich muss los«, brach Erika in seine Gedanken ein.

»Jetzt schon? Es ist doch noch so viel Kuchen da.« Theo sah auf die vier kleinen Stücke, die noch auf dem Teller lagen.

»Tut mir leid, Papa, aber ich muss heute noch zum Elternabend und vorher den Kindern was zu essen machen«, sagte sie entschuldigend. »Brauchst du noch irgendwas?«

Theo winkte ab. »Ich hab alles, vielen Dank.«

»Denkst du wenigstens darüber nach, wie es mit dem Haus hier weitergehen soll?«

Um die Diskussion nicht von vorn beginnen zu lassen, beließ er es bei einem Nicken.

Sie stand auf und gab ihm einen Kuss auf die Wange. »Wir machen uns nur Sorgen. Kauf dir wenigstens eine Kaffeemaschine mit Thermoskanne. Als ich kam, war die Warmhalteplatte noch an, ohne dass sich Kaffee in der Kanne befand. Es wäre schön, wenn du das Haus nicht niederbrennst.«

Theo tätschelte ihre Hand auf seiner Schulter. »Bringst du nächstes Mal die Mädchen mit? Ich hab sie lange nicht gesehen.«

Erika richtete sich wieder auf und schob die Ärmel bis zu den Ellbogen. »Du weißt doch, wie Teenager sind. Derzeit haben sie nur TikTok und Freunde im Kopf.«

Und ihr lasst ihnen das durchgehen. Offensichtlich konnte die heutige Jugend alles mitbestimmen, auch, dass der Opa zu einem Fremden wurde, den sie nicht mehr besuchen mussten.

Innerlich hörte er Hildegard sagen: »Es ist, wie es ist.«

Ergeben stand er auf und brachte seine Tochter zur Tür. Der schwarze Mantel stand ihr außerordentlich gut. Seit sie wieder Vollzeit arbeitete, zog sie sich viel eleganter an. Mit einem stolzen Lächeln nahm er sie in den Arm und drückte sie fest. »Grüß Lasse und die Kinder.«

»Bis nächste Woche, Papa«, sagte sie, löste sich aus der Umarmung und ging.

Theo sah ihr nach, bis sie in ihren roten Toyota Yaris stieg und davonfuhr. Da stand er nun, ein Mann, der beinahe sein ganzes Leben dem Polizeidienst verschrieben hatte, tagtäglich Menschen in Not geholfen oder Kriminelle wegsperrt hatte – und jetzt allmählich den Respekt seiner Kinder verlor. »Ach Hildi, diesen Lebensabschnitt wollten wir doch gemeinsam mit Humor und ein paar Gläsern Rotwein überstehen.«

Er drückte die Tür hinter sich ins Schloss und sah sich im Flur um. Wenn er ehrlich war, dann hatten seine Kinder sogar recht. Das Haus war zu groß für ihn allein.

Aus der Interviewreihe »Serienkiller und ihr Umfeld«
Dr. Paulina Sellmer, Dozentin der Philosophie

Das Böse existiert. Zu denken, jedem Serienkiller wäre eine schlechte Kindheit zu eigen, bedient lediglich die Weltordnung in unseren Köpfen.

2

»Katja? Dein Mann ist am Telefon.« Katja Tugenthal nickte ihrer Assistentin zu, die sich daraufhin höflich zurückzog und die Tür wieder schloss. Linda wusste sicher, dass die Workaholic-Mentalität ihrer Chefin in letzter Zeit für privaten Ärger sorgte. Das machte Katja auch nichts aus, aber dass Lutz erneut die Grenzen überschritt, indem er sie im Büro anrief, ließ die Wut hochkochen.

Sie nahm den Hörer ab und drückte auf die blinkende Taste, um das Gespräch anzunehmen. »Was willst du?«

»Du bist noch nicht hier, also nehme ich an, dass du unseren Termin vergessen hast.«

Sie sah auf den Kalender und hätte schreien können vor Wut. Rot eingekreist stand dort neben der Uhrzeit *Le Canard*, das war das Hamburger Nobelrestaurant, in dem Lutz ihr vor sieben Jahren einen Antrag gemacht hatte.

»Tut mir leid«, sagte sie in einem Tonfall, der eher *verdammte Scheiße* ausdrückte. »Ich fahre sofort los.«

»Am besten treffen wir uns dort. Nächstes Mal rufe ich dich früher an.«

Es kam ihr vor, als wären die Rollen in ihrem Leben komplett vertauscht. Das, was Frauen sonst ihren Ehemännern vorwarfen, war genau das, was Lutz ihr täglich zur Last legte. Sie liebte die Arbeit in ihrer eigenen Werbeagentur, die Überstunden, die Abwechslung, das Feilschen mit den Kunden und die vielen kleinen und großen Siege.

Doch um ihre Ehe nicht zu gefährden, ließ sie jetzt alles stehen und liegen, nahm ihre Tasche und eilte aus dem Büro. »Ich muss los«, sagte sie zu Linda. »Wenn was ist, schick mir eine Mail, ich melde mich dann, so schnell ich kann. Bis morgen.«

»Bis morgen, und viel Glück.«

Damit war sicher die Fahrt durch die Hamburger Innenstadt gemeint, die um kurz nach sechs mitten im täglichen Verkehrsinfarktszenario zum lästigen Stillstand kommen würde.

Katja seufzte und drückte auf den Fahrstuhlknopf. Wenn Glück das Einzige wäre, was sie brauchte, dann würde sie sich weniger Sorgen machen. Ihr Berufsleben war voll von Glück, dafür schien es ihr Privatleben irgendwie zu meiden.

Als die Türen sich öffneten und sie allein die drei Stockwerke nach unten fuhr, überprüfte sie den Sitz ihrer langen braunen Haare, die glatt über ihre Schultern fielen. Routiniert zog sie den Lippenstift nach und versuchte, sich mit einem Lächeln zu entspannen. Studien besagten, dass man bewusst und deutlich lächeln solle, wenn man sich gestresst oder unsicher fühle, und tatsächlich half es merklich. Ein Wissen, das sie auf ihre Mitarbeiter übertrug. Druck und Konkurrenz gehörten zu diesem Geschäft dazu, aber gute Laune und Führungsfürsorge erhielten das produktive Klima.

Mit ihren dreiundvierzig Jahren war sie eine attraktive Frau. Wenn Lutz irgendwann seine Geduld mit ihr verlöre, kämen neue Verehrer, aber das wollte sie nicht. Sie liebte ihren Mann, nur nicht das Leben, das sie führten. Ihr Ego fühlte sich geschmeichelt genug, wenn andere immer wieder Interesse zeigten, aber sie glaubte an Ehe und Treue. Deswegen auch die *Date-Nights* jeden zweiten Mittwoch. Der Deal war, dass er die Lokale dafür auswählte und Katja ausnahmslos jeden dieser Termine für ihn reservierte.

Die Fahrstuhltür öffnete sich, Katja eilte hinaus. Im angrenzenden Gebäude ging sie direkt zur Treppe, die zur Tiefgarage führte. Der Geruch nach Abgasen und Gummiabrieb stand über den grauen Betonstufen, als würde sie in einen krebserzeugenden Sumpf hinabsteigen.

Hinter ihr kam noch jemand ins Treppenhaus, aber gerade als sie sich umdrehen wollte, klingelte ihr Telefon. Sie blieb auf der dritten Stufe stehen, um es aus der Tasche zu holen – wahrscheinlich war es Lutz, der sie zu mehr Eile antreiben wollte. Sie las seinen Namen auf dem Display und nahm das Gespräch an, als ein brutaler Schlag sie in den Rücken traf. Sie verlor das Gleichgewicht und stürzte ungelenk auf die kantigen, harten Stufen. Knochen brachen in ihrer Schulter, ihr Kopf schlug hart gegen das Geländer, und als sie schließlich an der gegenüberliegenden Wand auf dem Absatz zum Liegen kam, dröhnte ihr Schädel, sie schmeckte Blut, und jeder Versuch, sich zu bewegen, tat entsetzlich weh. Ein Schatten legte sich über sie. Verschwommen erkannte sie einen Mann, der sich zu ihr hinabbeugte. Katja wollte schreien, aber der Fremde legte seine Hände um ihren Kopf, und das Letzte, was sie hörte, waren die gedämpften, panischen Nachfragen ihres Ehemannes aus dem Telefon und das Brechen ihres Genicks.

Aus der Interviewreihe »Serienkiller und ihr Umfeld«
Dr. Hinrich Freilust, Psychiater

Das Böse an sich gibt es nicht. Ferner liegt es in der menschlichen Natur, Böses zu tun. Meinen Studien zu Folge sind es Störungen der Biochemie, die einzelne Individuen zu grausamen Taten befähigen.

3

Dylan war nervös. Wenn er bei den ersten zehn Wohnungsbesichtigungen noch geglaubt hatte, es würde einfach werden, verließ ihn inzwischen mit jeder Absage die Zuversicht ein bisschen mehr. Er allein hätte schnell ein Zimmer in einer WG gefunden, aber da war ja auch noch Janis, seine Zwillingsschwester. Wenn sie dabei war, überlegten die WG-Mitglieder nicht mal, ob die Vermietung an die Geschwister infrage käme. Dabei war Janis ganz harmlos. Sie lebte in ihrer eigenen, abgeschotteten Welt, aber sie war keine Gefahr für sich oder andere. Im Gegenteil, sie sorgte für Ordnung und Sauberkeit – alles, was sie brauchte, waren Dinge, die sie sortieren konnte. Puzzle, saubere Wäsche, die Inhalte von Küchenschränken. Aber wenn andere das Wort *Autismus* hörten, war alles vorbei.

Also blieb Janis diesmal im Auto.

Er wollte die beiden Zimmer in dieser WG, nein, er *brauchte* sie. Wenn er die Zusage erst in der Tasche hätte, würde er die Mitbewohner schon überzeugen können, auch Janis eine Chance zu geben.

Sie hatte außer ihm niemanden mehr, und es war indiskutabel, sie in ein Heim zu geben. Seit dem Tod ihrer Eltern kümmerte er sich allein um seine Schwester. Inzwischen neigte sich sein Medizinstudium dem letzten Semester zu; danach konnte er sich endlich auf die Psychiatrie spezialisieren.

Bevor er das alte Haus betrat, sah er sich nochmals zu ihr um. Wie erwartet, saß sie auf dem Beifahrersitz und sortierte Perlen aus dem Schuhkarton nach Farben in eine Kiste mit mehreren Fächern. Ihre Finger wühlten viel zu schnell durch die kleinen Kunststoffkugeln.

»Mach langsam, Janis«, sagte er mehr zu sich selbst und ging weiter auf den Eingang zu. Der schmale Weg war moosbewachsen, kleine Grasbüschel wuchsen aus den Fugen. Das Eichenlaub in den Ecken der kleinen Stufen und über den Kasematten sah alt aus. Von Spinnweben verklebt und unzählige Male nassgeregnet und wieder getrocknet. Dylan vermutete, dass der Garten hinter dem Haus ebenso verwildert aussah. Er hoffte, dass jemand, der Grundstück und Haus dermaßen verwahrlosen ließ, ebenso unkritisch mit seinen Mitbewohnern umging. »Komm schon, wir brauchen nur eine Chance«, flüsterte er gen Himmel gerichtet. »In wenigen Tagen sitzen wir auf der Straße. Bitte!«

Drei Stufen führten zur Tür, dann drückte er auf die Klingel und atmete ruhig ein und aus. Eine kleine Melodie sagte den Bewohnern, dass Besuch vor der Tür stand. Ein russisches Volkslied, wenn er es richtig erkannte.

Dylan mochte lieber kurze, unaufdringliche Signale, aber er würde sich daran gewöhnen. Es dauerte einige Herzschläge, dann öffnete ein alter Mann die Tür. Etwa eins achtzig, leicht gebückt, mit kleinem Bauchansatz, der das hellblaue Hemd ein wenig spannte. Dylan fiel die schwache Trübung des linken Auges auf, er verkniff sich jedoch den Hinweis, dass der Mann das behandeln lassen sollte. Grauer Star ließ sich heutzutage ohne Probleme beseitigen.

»Guten Tag«, grüßte Dylan. »Mein Name ist Dylan Krüger, bin ich hier richtig für die WG?«

Vorsichtig sah er auf die Hausnummer Neun, die auch in der Anzeige gestanden hatte.

»O ja, treten Sie bitte ein.«

Das Haus roch nach verlebter Zeit und vielen Erinnerungen, die sich mit Staub schmückten. Dylan nahm an, dass der alte Mann das Haus vererbte und irgendwo ein Enkel wartete, um sich die potenziellen Mitbewohner anzuschauen.

»Gehen Sie bitte dort entlang und setzen Sie sich, ich hole nur schnell den Kaffee.«

Mit einem Nicken ging Dylan weiter ins Wohnzimmer und nahm auf dem abgenutzten blauen Sofa Platz. Alles war gediegen und stammte aus einer Zeit, in der er selbst noch nicht geboren gewesen war oder in Windeln seine ersten Schritte gewagt hatte. An einer Wand hing eine Urkunde; Dylan konnte das Wort *Belobigung* entziffern und das Polizeiwappen erkennen.

»Sie sind Polizist?«, fragte er, als der Alte mit einem Tablett zu ihm kam. Mit einem Finger deutete Dylan auf die gerahmte Belobigung.

»Sie sind ein guter Beobachter«, lobte der Alte. »Aber wie Sie sich denken können, ist das schon eine Weile her. Theo Nachtmacher«, stellte er sich vor und reichte Dylan die Hand. »Sie wirken etwas irritiert, kann ich irgendwie Abhilfe schaffen?«

Ertappt zuckte Dylan mit den Schultern. »Entschuldigen Sie, aber wann kommt denn Ihr …?« Er wusste nicht ganz, wie er es ausdrücken sollte, ohne in ein Fettnäpfchen zu treten.

Herr Nachtmacher sah ihn erst fragend an, dann hob er verstehend die Augenbrauen und musste lachen. »Nun muss ich mich wohl entschuldigen, Herr Krüger. *Ich* bin derjenige, der Mitbewohner für eine WG sucht.«

Dylan merkte, wie ihm der Mund offen stand, aber das schien der einzige Gesichtsausdruck zu sein, der ihm in diesem Moment gelingen wollte. Dämlich, wertend und nicht zurücknehmbar. Von allen Bewerbungsgesprächen begann dieses am schlimmsten.

»Na, na, mein junger Freund, ein Dach über dem Kopf ist ein Dach über dem Kopf. Wenn wir uns einig werden sollten, dürfen Sie sich über viele Annehmlichkeiten freuen.«

Ungläubig ließ Dylan den Blick schweifen und sah sich genauer in dem Wohnzimmer um. Es war, als bewerbe er sich dafür, bei seinen Großeltern einzuziehen.

»Ihnen ist schon bewusst, dass ich sehen kann, wie schrecklich Sie mein Zuhause finden, oder?«

Dylan schluckte trocken. »Tut mir leid, es ist nur ganz anders als erwartet. Ich wollte nicht unhöflich sein.«

»Sie sagten, Sie benötigen zwei Zimmer?«

»Am liebsten ja, aber ein großes ginge zur Not auch.«

»Warum?« Der Alte nahm seine Tasse und setzte sich in den Sessel. Mit einer auffordernden Handbewegung deutete er auf die zweite, und Dylan war froh, etwas in die Hände nehmen zu können. Er wusste, dass er nicht wählerisch sein durfte, dass er von Glück reden konnte, wenn sie die Zimmer überhaupt bekämen.

»Ich habe eine Zwillingsschwester, die mit einziehen würde«, sagte er so leise, als könnte diese Tatsache dadurch an Gewicht verlieren.

»Ist sie auch Medizinstudentin?«

Dylan erinnerte sich daran, in der Bewerbungsmail ein paar Fakten über sich geschrieben zu haben.

»Nein, sie würde sich hier um den Haushalt kümmern, wenn es Ihnen recht ist.«

Verdammt, das Gespräch kam viel zu schnell auf Janis. Dylan sah sich bereits auf verlorenem Posten.

»Sie meinen, Ihre Schwester würde Aufgaben im Haushalt übernehmen, um die Miete zu drücken?«

Dylan winkte sofort ab. »Ich arbeite neben dem Studium in einem Bestattungsunternehmen, die Miete ist kein Problem.«

»Aber warum mieten Sie dann keine Zwei-Zimmer-Wohnung, statt in eine Wohngemeinschaft zu ziehen?«

Die Situation glich zunehmend einem Verhör. Dylan konnte sich gut vorstellen, wie Nachtmacher als Polizist gewesen sein musste. »Meine Schwester braucht …« Die russische Melodie unterbrach ihn und kündigte den nächsten Besucher an.

Nachtmacher sah auf die Wanduhr und legte die Stirn in Falten. »Da ist jemand wohl zu früh. Bitte entschuldigen Sie mich einen Augenblick.«

Dylan atmete angespannt aus und fühlte, wie Schweiß unter seinen Armen brannte. Er versaute es, eigentlich konnte er genauso gut sofort aufstehen und gehen. Durch den Flur hörte er die Stimme des Alten, aber Nachtmachers Gegenüber schwieg.

Dylan trank vom Kaffee und stellte dann die Tasse auf den

Unterteller zurück. Schritte näherten sich dem Wohnzimmer. »Gehört diese junge Dame zu Ihnen?«

Zu seinem Entsetzen folgte Janis dem Mann. In den Armen hielt sie die Box mit den sortierten Perlen. Durch das dünne, farblose Plastik konnte er sehen, dass die Kugeln nicht nur nach Farben sortiert, sondern auch nach dem Farbkreissystem eingeordnet waren. Ein Puzzle wäre besser gewesen, aber in dem kleinen Auto gab es keine Fläche, auf der sie es hätte zusammensetzen können.

»Das ist Janis, meine Zwillingsschwester«, bestätigte er ergeben und wartete auf den Rauswurf.

»Was ist mit ihr?« Der geschulte Blick des Pensionärs hatte längst mehr erfasst als die simple Tatsache, dass sie anders war als andere.

»Meine Schwester ist keine Gefahr für sich selbst oder andere. Sie stellt nichts an und irrt auch nicht umher. Alles, was sie braucht, ist Beschäftigung, mehr nicht.«

Herr Nachtmacher sah ihn streng an. »Danach habe ich nicht gefragt. Zweifelsohne ist sie besonders. Autismus?«

Dylan nickte.

»Und Sie gehen gleich zur Verteidigung über, weil Sie und Ihre Schwester bereits viel Ablehnung erfahren haben?«

Traurig senkte Dylan den Kopf. »Die meisten Menschen haben Angst vor denen, die anders sind.«

»Nun, ausgeprägter Autismus ist keine einfache Sache. Feste Rituale müssen eingehalten werden, man darf nichts verändern, das Leben baut sich um die Betroffenen auf. Eine WG ist wahrscheinlich nicht der richtige Ort für Ihre Schwester.«

Das war in der Regel das, was andere über Autisten wussten. *Rainman*–Wissen aus den Achtzigern, als wäre jeder Autist ein kleiner Dustin Hoffman, der seine Rolle gut spielte.

Janis stellte die Box neben den Tassen auf dem Tisch ab und ging zielstrebig auf das Bücherregal zu. *Verdammt, das hat mir gerade noch gefehlt.*

Es war unmöglich, aufzuspringen und Janis rechtzeitig zu

stoppen, also drehte er sich zu Nachtmacher und sah ihn flehend an. »Sie haben recht«, begann er in der Hoffnung, sein Gegenüber für die kommende Bitte milde zu stimmen. »Nur, dass es bei Janis keine festen Umgebungen oder wiederkehrende Rituale sind. Sie benötigt Ordnung, um irgendwie eine Vorstellung zu bekommen, wo sie sich im Raum befindet.«

Nachtmacher zuckte zusammen, als Janis die ersten Bücher aus dem Regal zog und auf dem Boden stapelte, aber er blieb stehen.

»Sie wird nun Ihre Bücher sortieren. Meist tut sie dies nach Themengebieten und alphabetisch. Janis hat ihr ganz eigenes System, das sie schnell und effektiv arbeiten lässt. Ich verspreche Ihnen, dass wir gehen werden, wenn sie fertig ist.«

Der Alte umrundete den Tisch und setzte sich neben Dylan aufs Sofa. »Das dürften an die dreihundert Bücher sein«, sagte er mit einem Unterton des Staunens.

»Ich habe sie einmal mit in einen Supermarkt genommen – *das* war ein langer Tag. Mit diesen Büchern ist sie in einer Stunde durch.«

»Nur dass ich das richtig verstehe: Wenn Sie hier einziehen würden, dann wäre sie damit beschäftigt, alles in diesem Haus zu sortieren, ob ich das will oder nicht?«

Es ergab keinen Sinn, das zu leugnen oder herunterzuspielen. »Man kann sie mit Puzzeln ablenken, und wenn Sie Ihre Privaträume verschlossen halten, lässt sie Ihre Sachen in Ruhe.«

»Nein, das hast du schon gelesen, ich verachte das Versmaß dieses Herrn«, drang ihre Stimme laut und deutlich in das Gespräch.

Dylan fühlte sich wie mit siedendem Wasser übergossen. Er wollte nur noch gehen.

Zu allem Überfluss klingelte es jetzt erneut.

Nachtmacher entschuldigte sich und ging zur Tür. Kurz darauf kam er mit einem schwarzlockigen Mann um die Ecke, der dem Aussehen nach in Dylans Alter sein musste. Entweder waren es vornehmlich junge Menschen, die in Wohngemeinschaften zogen, oder Nachtmacher plante eine radikale Verjüngung seiner Lebensumstände. Der Typ entsprach viel mehr dem Klischee eines Studenten. Leicht verlottert, Drei-Tage-Bart und ein hellbraunes Batik-Shirt über der abgenutzten Jeans. Dylan war angehender Arzt, ihm stand es nicht zu, den Luxus des Sich-gehen-Lassens zu genießen.

»Massimiliano Lavenzo, das ist Dylan Krüger, und das dort drüben ist seine Schwester Janis.«

Massimiliano reichte ihm die Hand und grinste. »Eure Eltern waren Hippies?«

Dylan war verwundert, weil er bei dem Namen einen italienischen Akzent erwartet hatte; stattdessen war ein Anflug von Bayerisch zu hören. Das R bekam von ihm eine besondere Betonung, während die Worte sehr deutlich und präzise ausgesprochen wurden.

Verlegen strich Dylan sich den braunen Pony aus dem Gesicht. »Von der schlimmsten Sorte: Späthippies. Unser großer Bruder heißt Jimi; bei dem damaligen Musikgeschmack unserer Eltern ist es ein Wunder, dass wir keine Großfamilie geworden sind.«

»Und wie ich sehe, lebt die Hippiebewegung in deiner Schwester weiter.«

Das stimmte. Janis hatte offene, hellbraune lockige Haare, trug eine bunt gemusterte Bluse und einen weißen, knöchellangen Rock. Es fehlten nur eine runde Sonnenbrille und ein Joint, um ihrer Namensgeberin Janis Joplin alle Ehre zu machen. Massimiliano wollte sich gerade auf den Weg machen, auch Janis zu begrüßen, aber Nachtmacher stellte sich ihm zum Glück in den Weg und deutete auf den Sessel. »Möchten Sie einen Kaffee?«

Abgelenkt von den sonderbaren Bücherstapeln lehnte Massimiliano dankend ab. »Räumt sie die Bücher aus? Ich dachte, Sie würden hier wohnen bleiben, Herr Nachtmacher.«

»Sie sortiert die Bücher nur.«

Dylan hoffte, dass der Neue kein Psychologiestudent war.

Wie es wohl wäre, wenn Nachtmacher zusagte und sie fortan mit einem Psychoheini zusammenleben würden? Psychiater waren der Grund, warum er seine Schwester allein betreute und nicht zuließ, dass irgendwer Tabletten in sie hineinstopfte oder sie einsperrte. Janis' Autismus war wie ein Rätsel, das sich erst langsam gezeigt und dann nach vielen diagnostischen Verfahren als unlösbar entpuppt hatte. Er hatte mit ansehen müssen, wie sie betäubt, gequält und beobachtet wurde, obwohl sie glücklich gewesen war. Ihre Eltern hatten das Beste für sie gewollt, aber nie gewusst, wie das aussähe. Als die Eltern starben, trauerte Dylan mit seinem Bruder Jimi allein; Janis schien nur wenig über die Welt um sich herum zu wissen. Das Ausmaß des Verlustes drang nicht zu ihr vor. Erst als Dylan in seiner Wut die Todesanzeige zerrissen und Janis sie wieder zusammengesetzt hatte, schien sie eine Weile darüber nachgedacht zu haben. Seitdem zerriss er alle Informationen, die Janis wahrnehmen sollte. Dass er sie liebte und niemals allein lassen würde, dass sie nun das Haus verloren und umziehen mussten, dass Jimi in vier Tagen nach Australien gehen würde, um eine Art Selbstfindungstrip zu absolvieren …

Massimiliano und Nachtmacher unterhielten sich über Janis, während Dylan erschöpft in das Polster sank und seiner Schwester dabei zusah, wie sie Bücher stapelte. Hier war sie also, seine ganz persönliche Belastungsgrenze, die nun Buch für Buch überschritten wurde. Wenn er ehrlich zu sich war, musste er zugeben, dass Janis in ein Heim gehörte, damit er sein Studium nach all den Jahren und Schwierigkeiten nicht schmeißen musste. *Eher leben wir von Hartz IV.*

»Sie sehen müde aus«, drang Nachtmachers Stimme in seine Gedanken ein. »Sie sollten die Belastung durch die Pflege Ihrer Schwester neben dem Studium nicht unterschätzen.«

»Belastung durch die Pflege meiner Schwester?«, echote Dylan. »Nein, Janis ist keine Belastung.« Er stand auf, wollte gehen, aber Janis war noch lange nicht fertig. »Es ist eine Belastung, dass jeder eine Meinung hat, aber kaum jemand richtig hinsieht oder mich fragt, wie das Leben mit meiner Schwester wirklich ist. Es ist eine Belastung, dass wir in ein paar Tagen auf der Straße sitzen werden, weil uns niemand eine Chance gibt. Janis und ich sind

Zwillinge, wir müssen nicht miteinander reden, damit ich weiß, wie es ihr geht. Sie ist keine Belastung, sie ist ein Teil von mir.« Im selben Moment taten ihm die Worte leid. Der alte Mann wollte helfen und war so freundlich, Janis machen zu lassen; es gab keinen Grund, diese fremden Menschen anzufahren. »Entschuldigung, das hätte ich nicht sagen sollen. Dürfte ich bitte Ihre Toilette benutzen?«

Nachtmacher lächelte milde und deutete in den Flur. »Neben der Haustür rechts.«

Jimi sollte er anschreien, weil er ihn hängen ließ.

Dylan ging in das kleine Gäste-WC und ließ sich Wasser über die Hände laufen, wobei er sich im Spiegel in die Augen sah. »Ich kann es dir nicht mal verdenken«, sagte er leise, als befände sich sein Bruder hinter der glatten Oberfläche. Jimi hatte bei allem immer hintangestanden. Was auch immer er als Kind oder Jugendlicher wollte, er bekam es nur, wenn es mit Janis vereinbar war. Dabei hatte sie diese Rücksichtnahme gar nicht gebraucht. Jimi war zu Unrecht wütend auf seine kleine Schwester. Im besten Fall brächte er diese Erkenntnis aus der Ferne mit, sollte er je wiederkehren.

Dylan stellte das Wasser ab, trocknete sich die Hände und strich sich dann mit den kalten Fingern übers Gesicht. Ein anständiger Abgang war alles, was er jetzt noch hinbekommen musste, den Rest würde er morgen regeln.

Als er aus dem kleinen WC-Räumchen heraustrat, wartete Nachtmacher bereits auf ihn. »Herr Lavenzo und ich sind uns einig«, sagte er; dann legte er Dylan väterlich eine Hand auf die Schulter und schob ihn zum Wohnzimmer zurück. »Wir sind alle vier in außergewöhnlichen Lebenssituationen, was letztlich nur eine Frage offen lässt.«

Dylan wartete ab, welche Weisheit der Alte ihm nun mit auf den Weg geben wollte.

»Werden Sie sich mit der Zimmerverteilung einig?«

Aus der Interviewreihe »Serienkiller und ihr Umfeld«
Barbara Leuchtberger, Eheberaterin

Ich habe Männer kennengelernt, die in den Sitzungen von Liebe sprachen und anschließend nach Hause gingen und ihre Frauen schlugen. Jeder ist so lange Herr seiner Sinne, bis ein gewisser Triggerpunkt aktiviert wird, der jeglichen Verstand ausschaltet.

4

Tanja sah wiederholt auf ihr Smartphone, dessen Display ihr jedes Mal sagte, dass Dr. Sebastian Graaf sie warten ließ. Ihr Termin hätte bereits vor zehn Minuten beginnen sollen. Dies war ihre sechste Einzelsitzung, und noch nie hatte er sie warten lassen. Sie war auch noch nie einem anderen Patienten begegnet, aber nun saß ihr ein Mann gegenüber, der immer wieder verstohlen von seiner Zeitschrift aufsah und sie musterte. Seinem Erscheinungsbild nach war er einer der *anderen Patienten*. Jemand, der gänzlich andere Probleme hatte als sie. Tanja wollte ja lieber zu einem reinen Paartherapeuten gehen, aber Kai sagte, Dr. Graaf sei der Beste, und nicht weniger hätten sie nötig, um ihre Ehe zu retten.

Müde rieb sie sich über die Augen. Sie hing irgendwo zwischen gutem Willen, alter Liebe und Fluchtgedanken fest. Dr. Graaf war gut, vielleicht sogar zu gut für ihren Geschmack. Seiner therapeutischen Beurteilung nach mussten nicht nur die Beziehungsmuster betrachtet werden, sondern die vielen *Päckchen*, die sie und Kai ganz alleine jeder für sich tragen mussten. Er nannte es *Lasten aus der Kindheit* und *persönlichkeitsübergreifende Prozesse*.

Was dieser Mann in ihr aufbrach, führte unglaublich viel ungeahnten Schmerz zutage, dem sie sich nun permanent ausgesetzt fühlte. Lange war sie überzeugt gewesen, Kai wäre das Problem, weil er ständig Überstunden machte und den Stress schon seit Jahren mit nach Hause nahm, aber Dr. Graaf legte bei ihr Traumata frei, die sie vollkommen verdrängt hatte.

Ihr Blick begegnete dem des anderen Patienten, der daraufhin schnell zur Seite schaute. Sie wollte nicht so enden wie er: ein Häufchen Elend mittleren Alters, das Lebensunfähigkeit ausdünstete.

Vielleicht kam diese Ehekrise genau richtig, um sich jetzt mit Anfang dreißig von allen Altlasten freizumachen, ohne dass eine Scheidung dafür nötig wäre. Ihre Mutter drängte sie ständig, mit Dr. Graaf über den unerfüllten Kinderwunsch zu sprechen. In den Augen der ewigen Glucke war die ausbleibende Schwangerschaft das Kernproblem allen Ärgers. Dabei war Tanja darüber nicht so traurig, wie sie hätte sein sollen. Es fühlte sich nicht so an, als würde ihr etwas vorenthalten, vielmehr löste sich dadurch der Druck auf, einem Klischee entsprechen zu müssen. Wer auch immer sie an ihre biologische Uhr erinnerte, musste sich anschließend entschuldigen, wenn sie sagte, dass sie es schon lange versuchen würden. Kai hatte sich testen lassen, an ihm lag es nicht. Doch auch wenn Tanja es nicht laut aussprach, war sie ihrem Körper sehr dankbar für die Verweigerung. Es stand Kai frei, sie deswegen zu verlassen, aber die Probleme, die sie hatten, waren anderer Natur.

Tanja drückte erneut auf den Telefonknopf und nahm zur Kenntnis, dass weitere fünf Minuten vergangen waren. Wenn sie den anderen Patienten ansah, kam es ihr so vor, als wäre auch ohne Dr. Graaf die Therapie in vollem Gange. Das Wartezimmer war wie eine metaphorische Couch, die den Gedanken kleine Erkenntnisse oder unbequeme Tatsachen entlockte.

»Haben Sie jetzt auch einen Termin?«, durchbrach sie die Stille.

Der Fremde zuckte ertappt zusammen. »Nein, nein, ich, ich, ich bin nur hier, um, um, um ein Rezept abzuholen.«

Es war kein richtiges Stottern, das über seine Lippen kam. Eher ein unkonzentriertes Wiederholen bestimmter Wörter. Tanja lächelte freundlich. »Nun, er kommt sicher gleich. Ich musste hier noch nie lange warten.«

Es hätte sie auch gewundert, wenn der Mann ebenfalls einen Termin gehabt hätte. Sie notierte alle Termine immer sofort in ihrem digitalen Kalender. Wenn es hochkam, schlich sich vielleicht einmal im Jahr ein Tippfehler ein, wobei sie sich nicht daran erinnern konnte, wann das zuletzt passiert war.

Endlich wurde die Tür geöffnet, und Frau Dr. Graaf betrat den Raum. Sie war für die Anmeldung und Vorgespräche zuständig. »Es tut mir sehr leid, mein Mann wurde zu einem Notfall gerufen. Kann ich Ihnen einen Kaffee anbieten?«

Tanja sah erneut auf ihr Smartphone. »Wie lange wird es denn dauern?«

»Nun, er hat die nachfolgenden Termine abgesagt, sodass Sie die volle Stunde in Anspruch nehmen können. Wenn alles gut geht, ist er in zehn Minuten hier.«

In Tanjas Ohren klang das nach einer zermarternden Ewigkeit. »Ist gut.«

Der Mann nickte nur ergeben.

Nachdem Frau Dr. Graaf die Tür hinter sich wieder zugezogen hatte, sah Tanja zu dem Fremden. »Den Kaffee hätte sie uns ruhig schon früher anbieten können, meinen Sie nicht?«

Nun stahl sich ein Lächeln auf das freudlose Gesicht. »Ganz ganz Ihrer Meinung.«

»Wenigstens ist es kein sinnloses Warten. Ich meine, wenn jemand dem Notfall helfen kann, dann ja wohl er, oder?«, hielt sie den Smalltalk am Laufen.

Die Haltung des Fremden änderte sich. Er setzte sich aufrechter hin, legte die Arme auf die Stuhllehnen und sah jetzt viel weniger nach einem Häufchen Elend aus.

Wahrscheinlich brauchen alle Menschen nur etwas mehr Beachtung, und alles wäre gut.

»Er er er ist der beste Therapeut in ganz Hamburg«, stimmte der Mann zu. »Bevor ich hier hier herkam, habe ich ein paar ausprobiert, allesamt Stümper.«

Ihr lag die Frage nach seinem Leiden auf der Zunge, aber das gehörte zu den Wartezimmertabus solcher Praxen. Es gab auch keine unverfängliche Weise, das Gespräch in diese Richtung zu lenken. »Was macht er denn anders?«, versuchte sie es dennoch auf subtile Weise.

»Sie sind zuvor noch nicht nicht in Therapie gewesen?«

Tanja schüttelte energischer den Kopf, als sie wollte. »Mein Mann und ich sind hier zur Eheberatung.«

Als sie seinen Blick auf die leeren Stühle links und rechts bemerkte, ergänzte sie schnell: »Heute ist eine meiner Einzelsitzungen.«

Er hob den Kopf, was den letzten Elendshäufchenrest verschwinden ließ.

»Dr. Dr. Dr. Graaf sieht seine Patienten. Er stülpt kein kein Schubladendenken über Probleme oder Neigungen, sondern hört hört hört ganz genau zu, um eine Lösung zu finden finden.«

So weit war sie noch nicht. Es stimmte, der Mann hörte zu, oftmals schwieg er auch viel länger, als sie es ertragen konnte, aber bislang warfen die Sitzungen nur Probleme auf, mit denen sie anschließend nach Hause gehen musste.

Wann genau kommen denn die Lösungen?

»Ich sehe schon schon, Sie sind noch nicht so lange hier hier«, sagte er in einem mitfühlenden Unterton. »Dann dann dann verspreche ich Ihnen, dass es besser wird. Dr. Graaf wird dafür sorgen, dass Sie und Ihr Ihr Ihr Mann wieder glücklich werden.«

Ihr fehlte der Zusatz: entweder miteinander oder in Scheidung. Denn darum ging es ganz offensichtlich. So offensichtlich, dass es sogar der Fremde sehen konnte, der andere Probleme oder *Neigungen* hatte.

Nun betrachtete sie den Mann genauer. Wenn er nicht in sich zusammengesunken war, dann machte er eine ganz gute Figur. Sie schätzte ihn auf 1,85 Meter, irgendwas zwischen schlank und moppelig, aber am meisten fielen seine braunen Augen auf. So warme Augen hatte sie noch nie gesehen. Jetzt, da er sie offen ansah, musste sie beschämt feststellen, dass ihre Eherettung nicht funktionieren konnte, wenn sie bei erster Gelegenheit hoffte, der Fremde würde anfangen, mit ihr zu flirten.

Als die Pause zu groß wurde, kam zum Glück Frau Dr. Graaf mit dem Kaffee zurück. Sie war wesentlich jünger als der Psychiater. Tanja fragte sich, ob ein auch Eheberater ab und an Eheprobleme hatte.

Der Fremde nahm eine Tasse entgegen. Jede seiner Bewegungen war achtsam und nahezu geräuschlos.

»Er wird in zehn Minuten hier sein«, betonte Frau Dr. Graaf nochmals und zog lautlos die Tür hinter sich ins Schloss.

»Nun nun nun denn«, sagte der Fremde. »Ein Kaffee ist nie verkehrt.«

Tanja goss etwas Milch in ihre Tasse und sah zu, wie sich das Getränk hellbraun verfärbte. »Manchmal fehlt mir der Kaffeegeruch«, sagte sie. »Sie wissen schon, dieser Duft von frisch gebrühtem Kaffee, der früher immer in der Luft lag.«

Auf ihre Worte eingehend, hielt er die Tasse höher und schnupperte daran. »Was was was meinen Sie, warum der verloren gegangen ist?«

Es war so viel unverfänglicher, über Banalitäten zu sprechen. Tanja lehnte sich mit einem Schulterzucken zurück. »Vielleicht wegen der Thermoskannen oder diesen Vollautomaten? Keine Ahnung, irgendwann war dieser Geruch einfach weg.«

»Dafür weiß ich ich ich, wo Sie Sie ihn wiederfinden können. In der Innenstadt gibt es gibt es ein kleines Café, in dem der Kaffee frisch gemahlen und dann dann aufgebrüht wird. Ich glaube, die rösten die Bohnen sogar selbst. Wenn Sie wollen …« Mitten im Satz brach er ab.

Tanja sah auf ihre Tasse, als würde in dem Hellbraun der Ausgang dieses Gesprächs schwimmen.

»Entschuldigung«, sagte der Fremde, bevor sie etwas sagen konnte. »Sie Sie Sie sitzen hier, weil Sie Eheprobleme haben, und ich ich ich hätte Sie beinahe zum Kaffee eingeladen. Das das das das war unangebracht, tut mir mir ehrlich leid.«

Aber Tanja verspürte keinerlei Anstoß deswegen.

Es ist doch nur Kaffee.

»Um ehrlich zu sein, tut es sehr gut, mal mit einem Fremden zu reden«, gestand sie leise. »Alle Freunde haben ständig zu allem eine Meinung. Ich solle froh sein, einen Mann wie Kai zu haben. Mein Leben sei doch beneidenswert schön, sie könnten nicht verstehen, warum wir überhaupt eine Therapie nötig haben.« Dann nickte sie Richtung Behandlungszimmer. »Und Dr. Graaf wühlt in meiner Kindheit herum, reißt Wunden auf, von denen ich nicht mal wusste, dass sie da sind.«

Ihre Vernunft rebellierte, stemmte sich gegen die Worte, die ihr auf der Zunge lagen, wie ein einzelner Demonstrant gegen eine Hundertschaft. »Ein Kaffee und vielleicht ein Muffin dazu, das kann man wohl kaum verwerflich nennen, oder?«

Als der Fremde sie anlächelte, fühlte es sich wie eine Belohnung an.

»Ich ich verspreche Ihnen, so neutral wie die Schweiz zu bleiben bleiben.«

»Darf ich im Gegenzug fragen, warum Sie hier sind? Vielleicht kann ich Ihnen ja auch helfen.«

Auf seinem Gesicht entstand für einen Augenblick ein Ausdruck, den sie nur schwer zuordnen konnte. Am treffendsten wäre Enttäuschung gewesen, aber warum?

O Mann, es muss etwas sein, was für Zurückweisung gesorgt hat – ich Trampel.

»Schon gut, ich muss es nicht wissen. Ich wollte nur etwas zurückgeben.«

»Das das das tun Sie bereits«, sagte er ausweichend. »Es ist nur nur – ich habe das Schlechte in meinem Leben hinter mir mir gelassen. Diese diese Termine sind nur noch zur Sicherheit. Ich ich würde ähnlich wie wie wie Sie gerne Gespräche mit jemandem führen, der mich mich nicht an das erinnert, was ich gerne vergessen möchte.«

Das klang irgendwie dramatisch. In Tanjas Kopf entstanden unzählige Ideen, was diesem Mann Schlimmes passiert sein konnte. Am naheliegendsten war der Tod eines geliebten Menschen. »Das verstehe ich sehr gut«, sagte sie mitfühlend. »So machen wir das. Zwei Fremde, die zusammen einen Kaffee trinken gehen und dabei über die schönen Dinge der Welt reden.«

»Wie Kaffeeduft«, stimmte er zu.

»Und Muffins«, ergänzte Tanja und fühlte sich sehr wohl mit dieser Entscheidung.

»Passt passt passt es Ihnen nach Ihrer Sitzung?«

Aus der Interviewreihe »Serienkiller und ihr Umfeld«
Dr. Klaus Makkow, Gerichtsmediziner

Ich weiß nicht, vielleicht gehören Opfer und Täter irgendwie zusammen. Verstehen Sie mich nicht falsch, ich verurteile Mord wie jeder andere auch. Aber ich frage mich oft, ob die Opfer tatsächlich so willkürlich gewählt werden, oder ob es Schicksal ist.

5

Theo Nachtmacher saß am Esstisch und tippte mit den Fingern auf die zerkratzte Platte des massiven Möbelstücks. Kein Gegenstand in diesem Haus war so alt wie dieser Tisch, der zuvor schon seinen Eltern gehört hatte. Zu vielen Dellen kannte er die kleinen Entstehungsgeschichten. Erika, die das Essen der Erbsen verweigert und aus Protest die Gabelzinken ins Holz geschlagen hatte. Bernd, der einen Unfall mit seinen Matchboxautos nachgestellt und dabei einen tiefen Kratzer ins Holz geritzt hatte. Hildegard, der eine volle Suppenterrine aus der Hand gerutscht war. Und nicht zu vergessen der Leuchter, der eines Tages unvermittelt von der Decke gekommen war und Zeugnis von Theos miserablen Handwerkskünsten abgelegt hatte. Bei diesem letztgenannten Ereignis hatten sie alle zusammen gelacht. Kaum eine Geschichte wurde so häufig erzählt, weil der Leuchter mit seinem Abgang gewartet hatte, bis alle Teller und Gläser unter ihm abgeräumt gewesen waren.

Theo musste schmunzeln. Dann fiel sein Blick auf die Wanduhr, und er wurde wieder ernst. In zehn Minuten würden sie kommen. Einer nach dem anderen, mit eigenen Sachen und Geschichten im Gepäck. Womit sich auch sein Leben unwiederbringlich ändern würde. Sie waren keine Gäste, die nach einer Stunde oder zweien wieder gingen. Unter Umständen wäre es nie wieder still in diesem Haus.

Er dachte über die Menschen nach, die er für das Zusammenleben ausgesucht hatte. Flatterhafte Personen, die mit ihrem Schicksal haderten, strengten Theo an, er hätte keinem eine Zusage gegeben, der derartige Ansätze gezeigt hätte. Massimiliano Lavenzo, der nach eigener Aussage von allen nur Milan genannt wurde, war ein ambitionierter Journalist mit großen Reiseplänen, die einen festen Wohnsitz nahezu überflüssig machten. Er wollte nur einen Platz für sein *Zeug* und ein Bett für den Fall seiner Heimkehr. Da er jedoch noch keine Anstellung als Auslandsreporter hatte und ihm offensichtlich das Geld für die freie Arbeit in anderen Ländern fehlte, erledigte er kleinere Aufträge fürs hiesige Käseblatt und Ghostwriting-Aufträge, bis die Miete für ein Jahr gesichert wäre und er die Reisekosten tragen könnte. Deswegen begnügte er sich auch mit dem kleinsten Zimmer, und die Miete war geradezu lächerlich gering. Eigentlich war sie für jedes Zimmer viel zu niedrig, aber Theo brauchte das Geld nicht. Er sah es als seinen Beitrag, in der Gesellschaft etwas Gutes zu tun, indem er Menschen bei sich aufnahm, die es gerade schwer hatten. So wie das Zwillingspaar. Dylan und Janis.

Der Achtundzwanzigjährige hatte sich verschätzt, als er gesagt hatte, seine Schwester wäre in einer Stunde mit dem Sortieren fertig. Tatsächlich hatte es zweieinhalb gedauert. Aber dafür war die Sortierung anschließend perfekt gewesen. Auch wenn Dylan erwähnte, nicht jeder Autist habe eine Inselbegabung, fand Theo diese besondere Frau ganz außergewöhnlich. Allerdings hatte er vergessen zu fragen, was passierte, wenn man sie von einer Sortierung abhalten wolle. Es gab Dinge in diesen vier Wänden, die niemand anfassen sollte.

Er konnte die Stimmen seiner Kinder förmlich hören, die Protest und Unverständnis laut werden ließen. Aber ihnen musste seine Entscheidung nicht gefallen, wichtig war, dass er so lebte, wie er es wollte. Beide hatten ihm bei ihren Besuchen deutlich gemacht, dass sie sein Alleinleben nicht für gut hielten. Jetzt würden sie sagen, dass er verrückt sei, sich Fremde ins Haus zu holen, und dann noch eine *psychisch kranke* Frau, die den ganzen Tag bei ihm wäre und ihn jederzeit überfordern könnte. Theo betrachtete Hildegards Porträt, das er auf der Anrichte hinter ihrem Platz aufgestellt hatte. Sie lächelte in die Kamera, wie sie ihn oft angelächelt hatte. »Dir gefällt meine Entscheidung, nicht wahr?« Er wusste, dass er sich selbst mit diesen Worten nur beruhigte.

Bei seiner aktionistischen Wahl hatte er sein Hauptaugenmerk auf Personen gelegt, die sofort eine Bleibe brauchten. Er wollte keine Kündigungsfristen abwarten, bis einer nach dem anderen einzog. Aber jetzt, da alle auf einmal kamen, mutete es ein wenig wie Kontrollverlust an. Es gab hier im Erdgeschoss nur eine große Küche, ein Wohnzimmer und einen Eingangsbereich. Immerhin musste Theo sein Bad nicht teilen, das nur über sein Schlafzimmer im Erdgeschoss erreichbar war. Früher war es ein Gästezimmer gewesen, aber nach Hildis Tod musste er nach unten ziehen, weil er es oben in dem leeren Stockwerk nicht mehr aushalten konnte.

Seine neuen Mitbewohner mussten für ihre gemeinsamen Bereiche eigene Regeln aufstellen. Hier im Wohnbereich würde er die Entscheidungen treffen. Hildegards Sachen sollten bleiben, wo sie waren, keiner ihrer Fingerabdrücke sollte verwischt werden – nur, wie brachte er das Janis bei?

»Sie würde doch wohl nichts wegwerfen, oder?«, fragte er sich halblaut. »Schlimmstenfalls sortieren, aber das war's doch, oder?«

Seit er den jungen Mann mit seiner Entscheidung sehr glücklich gemacht hatte, schossen die Zweifel wie Pilze in seinem Kopf in die Höhe.

Die wenigen Sätze, die Janis wie zufällig in den Raum warf, kamen ihm wie schizophrene Auffälligkeiten vor, aber was wusste er schon über derartige Entwicklungsstörungen? Es war schwer zu sagen, ob die erlebte Szene bereits das gesamte Ausmaß der Störung aufzeigte. Während seiner Dienstzeit hatte er so manche Zwangseinweisung polizeilich begleitet. Keine angenehme Sache für alle Beteiligten, und nichts, was er je privat erleben wollte.

Er vermietete die Zimmer bis auf eines möbliert. Seine Kinder hatten keinen Bedarf mehr für die Betten und Schränke, und ein Gästezimmer brauchte er auch nicht mehr. Für den Journalisten räumte er sein Arbeitszimmer. Wenn alle mit anpackten, wären die Kartons schnell in den Keller geschafft, dann konnte der Namensitaliener, wie er sagte, seine Pritsche aufstellen und glücklich sein.

Na, wer weiß, wenn alles gut geht, habe ich oben ja noch das alte

Schlafzimmer für eine weitere Person. Bislang fasste er nichts darin an, weil er seiner verstorbenen Frau in diesem Raum lange nach ihrem Tod noch nahe sein konnte. Langsam verlor sich ihr Duft jedoch und ließ nur alte Kleider und Möbel zurück.

Es klingelte. *Katjuscha* erklang, die Melodie war die Wahl seiner Frau gewesen. Manchmal betätigte er selbst die Klingel, weil zu selten jemand zu Besuch kam. Das würde sich nun ändern.

Theo stand auf und tippte darauf, dass der Journalist als Erster auf der Matte stand. Durch das geriffelte Glas sah er seine Silhouette und grinste.

Das Gepäck des jungen Mannes war in der Tat überschaubar: zwei große Koffer und drei Umzugskartons. »Guten Morgen, Herr Nachtmacher«, grüßte er freudig und reichte ihm die Hand.

»Ich helfe Ihnen«, bot Theo an und nahm einen der Koffer. »Sie wissen ja, wo Ihr Zimmer ist, gehen Sie ruhig vor, ich bin etwas langsam geworden.«

Es wäre nicht verkehrt gewesen, einem Physiotherapeuten ein Zimmer zu geben, dann hätte er ein persönliches Ischias-Notfallprogramm im Haus gehabt. So passte er seine Bewegungen dem Ziehen im Bein an und begnügte sich mit dem Wissen, dass der Schmerz je nach Tagesform kam und ging.

Auf der Treppe kam Milan ihm schon wieder entgegen und holte das nächste Gepäckstück. Theo hörte Stimmen hinter sich: Die Zwillinge trafen ein.

Er stellte den Koffer in das Zimmer und wartete oben am Treppenabsatz auf seine neuen Mitbewohner. Schon als Dylan Krüger die Treppe heraufkam, nahm Theo einen unangenehmen Geruch wahr. »Herrgott, Sie tragen doch wohl keine Baumwollkleidung beim Leichenwaschen, oder?«

Ertappt zog Dylan seinen Kopf ein und wurde rot. »Ich dachte, der Geruch ginge mit der Wäsche wieder raus, aber ich werde den Pullover wegschmeißen, versprochen. Gleich wenn ich den Koffer hochgebracht habe.«

Der Leichengeruch war unverkennbar. Bei allem anderen

hätte Theo ein Auge zugedrückt, aber dieser Geruch beschwor Bilder herauf, die Theo nicht in seinem Kopf haben wollte. Bei allem, was er erlebt hatte, waren es immer die Toten gewesen, die sich in seinem Gedächtnis festsetzten wie deren Gestank in Baumwollfasern.

»Vielen Dank«, sagte er deshalb nur.

Die jungen Menschen waren fleißig und hilfsbereit. Kartons und sperrige Dinge wurden hochgetragen, Kartons mit Theos alten Aufzeichnungen in den Keller gebracht. Sogar Janis packte mit an, nur dass sie aus dem Keller nicht wieder mit nach oben kam. Theo war es recht, wenn sie die Vorratsregale oder Schraubenkästen sortierte. Es gab unzählige Ecken, in denen sie ihren Tic ausleben konnte.

Nach zwei Stunden stellte er einen großen Topf Bohnensuppe auf den Esstisch und rief zum Essen. Er freute sich schon auf diesen Moment, seit er sich für eine WG entschieden hatte. Lebhafte Mahlzeiten fehlten ihm am meisten, seit die Kinder aus dem Haus waren. Die vielen Stimmen, die zu einem Thema etwas zu sagen hatten. Auf jedem Teller seiner Mitbewohner stand ein kleines Kästchen, sogar auf Janis'.

»Bitte setzen Sie sich, ich hole nur schnell unsere kleine Ordnungsfee.«

Bevor er die Tür zum Keller erreichte, kam sie ihm entgegen und steckte die Nase in die Luft. *Ah, mit Essen kann man sie also von ihrem Tun ablenken.*

»Wundervoll, mein Kind«, sagte er leichthin. »Gerade richtig.«

Sie sah nicht so aus, als würde sie ihn hören.

Janis setzte sich neben ihren Bruder und stieß mit einem Finger die kleine Box auf ihrem Teller an.

»Sie dürfen die Kästchen nun öffnen. Ich begrüße Sie alle in Ihrem neuen Zuhause.«

Ihm fiel der Sekt ein, den er eigens für diesen Moment kaltgestellt hatte, und er holte ihn schnell.

Milan schüttelte sich die schwarzen Locken aus den Augen und hielt den Wohnungsschlüssel vor sich. »Vielen Dank.«

In jeder Schachtel befand sich ein Schlüssel. Alle waren neu und glänzten. Auch wenn Theo bezweifelte, dass Janis einen brauchte, wollte er ihr das Gefühl geben, ein gleichwertiges Mitglied dieser Gemeinschaft zu sein. Sie drehte ihn zwischen ihren Fingern und dachte offensichtlich darüber nach. Dann stand sie auf, ging zur Haustür, steckte ihn ins Schloss und ließ ihn dort, als gäbe es keinen anderen Platz dafür. Zum Glück besaß die Tür einen Zylinder, der nicht blockierte, wenn von innen ein Schlüssel steckte.

Bis auf Janis stießen alle auf das gute Zusammenleben an, dann wurde gegessen.

»Dreizehn mögen es sein, aber sie tarnen sich hinter einer Vier«, flüsterte sie, bevor sie ihren Teller ohne weitere Unterbrechung leer löffelte.

Dylan sah beklommen in die Runde. Offensichtlich konnte er es immer noch nicht fassen, dass sie in diese WG aufgenommen worden waren. Theo bemerkte auch das Funkeln in Milans Augen, wenn er Janis betrachtete. Ganz offensichtlich faszinierte ihn ihre Andersartigkeit, als wäre sie eine interessante Story. »Was meint sie damit?«, fragte er nach und versuchte ihren Blick einzufangen – erfolglos.

»Früher habe ich viel Zeit damit verbracht, zu entschlüsseln, was Janis mir sagen will, aber in unserer Welt ergibt es einfach keinen Sinn.«

»Du meinst, sie befindet sich tatsächlich in einer vollkommen eigenen Welt?« Milan schob seinen Teller etwas von sich und stützte sich auf dem Tisch ab. »Wie es dort wohl ist?«

Das änderte Dylans Haltung, als schöbe ein Leibwächter die Erschöpfung beiseite, um die Wache zu übernehmen. »Darüber solltest du dir keine Gedanken machen. Lass sie einfach nur in Ruhe, dann ist alles gut.«

»Keine Sorge«, sagte Milan so beiläufig, als bekäme er gar nicht mit, wie sich Dylan zunehmend anspannte. »Solange sie meine Sachen nicht anfasst, kann sie sein, wie sie will.«

Dylan war deutlich anzusehen, dass seine Vergangenheit andere Geschichten erzählte und er dem Frieden nicht trauen mochte. Theo tat das auch nicht. Noch wusste er nicht, welche Überraschungen Janis parat hatte, und Toleranz nutzte sich seiner Erfahrung nach sehr schnell ab.

»Schmeckt Ihnen mein Essen?«, wechselte er das Thema.

Jeder nickte, nur Janis nahm ihren leeren Teller, ging in die Küche und spülte ihn ab. Kurz darauf waren Schranktüren und Geschirrklappern zu hören.

»Ich fürchte, Ihre Küchenordnung wird gerade optimiert.«

Theo musste lachen. »Wenn meine Kinder das nächste Mal zu Besuch kommen, werden sie das Haus wohl kaum wiedererkennen.« *Und nichts mehr zu meckern haben.*

Aus der Interviewreihe »Serienkiller und ihr Umfeld«
Annemarie Wattig, Lehrerin

Manchmal habe ich Schüler in meinen Klassen, die mir regelrecht Angst machen. Tickende Zeitbomben, an die es kein Herankommen gibt. Wenn ich dann Klassenarbeiten schreiben lasse und wartend an meinem Pult sitze und die Kinder beobachte, stelle ich mir vor, was diese speziellen Schüler der Gesellschaft antun könnten. Ich habe immer ein Pfefferspray in der Tasche meiner Strickjacke.

6

Tanja erwachte in einem kleinen, kargen und fensterlosen Zimmer. An der Decke spendete eine Neonröhre Licht, und auf dem Tischchen neben ihrem Bett standen ein Glas Wasser und ein kleiner Plastikbecher mit zwei Tabletten.

Ihr Kopf war wie mit klebriger Zuckerwatte ausgestopft. Die Erinnerungen ließen sich nur schwer heranholen, ihr war schwindelig und ihre Kehle schrecklich trocken.

»Wo bin ich?«, sagte sie leise, um durch den Klang ihrer Stimme besser ins Hier und Jetzt zu finden. Beim Aufsetzen jagte ein Zittern durch ihren Körper. »Hallo? Ist hier jemand?«

Der Raum sah wie ein Krankenzimmer aus, der Fußboden war allerdings nackter, grauer Beton, auf dem anscheinend schon so Einiges verschüttet worden war. Die unterschiedlichsten Substanzen hatten große und kleine Flecken hinterlassen.

Jetzt, da sie saß, konnte sie einen kleinen Zettel neben dem Wasserglas entdecken. *Nehmen Sie die Tabletten ein, dann wird es Ihnen besser gehen.*

Tanja nahm den kleinen Becher in die Hand und betrachtete die Tabletten. »Ich nehme doch nichts ein, von dem ich nicht weiß, was es ist.«

Sie stellte den Becher zurück und stand vorsichtig auf. Wie betrunken geriet sie ins Wanken und musste sich am Bett festhalten. »Ich war einen Kaffee trinken«, sprach sie die erste Erinnerung aus. Zwei Schritte gelangen, mit zwei weiteren würde sie die Tür erreichen. In ihrem Kopf pochte ein dumpfer Schmerz, die Orientierung fiel ihr schwer.

»Felix war bei mir, wir haben geredet.« Schwindel. Tanja blieb kurz stehen, atmete durch und ging dann weiter. »Kai rief an, wir stritten – war das noch im Café?« Sie war sich nicht mehr sicher.

Endlich schaffte sie es zur Tür und legte eine Hand auf die

Klinke. »Felix hat mich tröstend in den Arm genommen, aber was passierte danach?«

Alles endete in ihrem Kopf bei dieser Umarmung. Sie wusste nur noch, wie gut es ihr getan hatte, umarmt zu werden. »Bin ich ohnmächtig geworden?«

Die Tür stand einen Spalt weit offen. Tanja zog sie ganz auf und trat in den beleuchteten Flur hinaus. Am Ende entdeckte sie ein Gitter und davor auf der rechten Seite eine weitere Zimmertür. Sich an der Wand abstützend, ging sie so schnell sie konnte zum Gitter, aber das ließ sich keinen Millimeter bewegen und versperrte den Ausgang. Hinter der anderen Tür befand sich ein Badezimmer. Sie schaltete das Licht ein. Es war im Kontrast zum Rest sehr hübsch eingerichtet. Cremefarbene Wände, eine freistehende Badewanne mit umlaufendem Duschvorhang und kleine Blümchen auf den Fliesen beim Waschbecken. Der Boden war ebenfalls gefliest.

Tanja ging zum Waschbecken und sah in den Spiegel. Im ersten Moment erkannte sie sich nicht wieder. Sie sah entsetzlich aus. Jemand hatte ihre Haare kurzgeschnitten, die nun verschwitzt an ihrem Kopf klebten. Tiefe Augenringe, blass, ihre Lippen waren aufgesprungen und ihre Augen stark gerötet. »Wie lange …« Sie drehte das Wasser auf, wusch sich das Gesicht und wollte davon trinken, als sie den starken Chlorgeruch bemerkte.

Erst jetzt wurde ihr auch bewusst, dass sie einen grünen Anzug statt ihrer vertrauten Kleidung trug. »Wo bin ich?«

Sie ging zum Gitter zurück und rüttelte nochmals daran. »Ist da wer?«

Hatte man sie eingewiesen? War sie zusammengebrochen? Tanja ging in Gedanken alles wieder und wieder durch, doch ihr Geist spuckte keine neuen Erkenntnisse aus. Tränen brannten in ihren Augen, kraftlos ließ sie sich am Gitter niedersinken, und eine aushöhlende Angst verstärkte die Verwirrung. »Was ist hier los?«

Zwanzig Minuten saß sie so da. Atmend, denkend, verzweifelnd. In der Totenstille eines Kellergewölbes. Sie hatte keinen

Zweifel daran, dass dies ein Keller war, die Feuchtigkeit kroch über den Boden wie klamme Finger, die ihre Haut berührten und sie überall anfassten. Je klarer ihre Sinne wurden, desto deutlicher konnte sie den Modergeruch wahrnehmen und ein leises Klopfen hören, wenn irgendwo eine Heizungsanlage ansprang. Der einzige hörbare Herzschlag in der Totenstille kam demnach von einer Maschine. Doch warum auch immer sie hier war, jemand würde kommen und sich um sie kümmern. Ihr erklären, was passiert war. Dies war kein Krankenhaus, aber es sah wie eine medizinische Einrichtung aus.

»Was ist das für eine Klinik, in der man eingesperrt wird, ohne dass jemand hilft?«, schrie sie in die Dunkelheit hinter dem Gitter.

»Dir ist nicht zu helfen, wenn du nicht kooperierst«, erklang plötzlich eine Stimme aus den Schatten.

Wie von einer Kugel getroffen, schnellte Tanja vom Gitter weg. Ihr Herz schlug in harten, aufgeregten Stößen gegen ihren Brustkorb, ihre Kehle schnürte sich zu. Das war Felix' Stimme!

Interviewreihe »Serienkiller und ihr Umfeld«
Melissa Weber, sechsfache Mörderin

Männer ermorden Erwachsene, Frauen ermorden Kinder, sagen immer alle. Der starke Kerl, der schwache Frauen vergewaltigt und umbringt. Angst und Schrecken verbreitende Männlichkeit, grausame Dominanz. Sie wollen wissen, warum ich sechs Männer brutal entführt und bestialisch ermordet habe? Ich konnte den Sexismus nicht mehr ertragen.

7

Eines musste Theo seiner neuen Mitbewohnerin lassen: Janis wusste, was sie tat. Als er später mit dem Geschirr in die Küche kam und alle anderen wieder an die Arbeit gingen, hatte sie bereits Bemerkenswertes geleistet. Die offen stehenden Schränke wiesen eine logische Ordnung auf, die auf die Geräte in der Nähe abgestimmt war. Die Gewürze wurden dabei offensichtlich nicht alphabetisch, sondern nach Häufigkeit der Anwendung sortiert. Theo fragte sich, wie sein Keller jetzt aussah, in dem sie mehrere Stunden verbracht hatte. Sie schaute an ihm vorbei und nahm die Teller aus seiner Hand. Als würde sie sich seit Jahren in dieser Küche bewegen, steckte sie das schmutzige Geschirr in die Körbe der Spülmaschine und reihte das Besteck je nach Form in die dafür vorgesehene Schublade.

»Vielen Dank«, sagte er und glaubte daran, dass sie seine Stimme wahrnahm.

Was passierte wohl, wenn sie alles aufgeräumt hatte und sich, wie Dylan es ausgedrückt hatte, dann im Raum wiederfinden konnte? Wäre eine Interaktion möglich?

Er wollte gerade den Topf holen, als ihm der Keller wieder einfiel. Die Neugier siegte, also ging er die Stufen hinab, um Janis' Werk zu betrachten. Aber die Regale sahen unverändert unordentlich aus. Er sah in die Werkstatt, doch auch bei den Schrauben war alles wie zuvor. Also blieb nur die Garage, in die sie die Kartons gebracht hatten. Sein Wagen parkte oben an der Straße, er war zu breit für die Zufahrt.

Das Licht erwachte flackernd und beleuchtete ein regelrechtes Chaos auf dem Fußboden. Ganz offensichtlich hatte Janis einen der Kartons geöffnet und eine Akte herausgeholt, deren Inhalt nun auf dem Boden verteilt lag. Tatortfotos, Nahaufnahmen von den Verletzungen einer Frauenleiche, Zeugenaussagen, Notizen und diverse Namen und Adressen. Theo schlug eine Hand vor den Mund.

Diese Kartons mit den illegalen Kopien von ungelösten Fällen befanden sich nur in seinem Besitz, weil er sich verpflichtet fühlte, dass zumindest ein Polizist sie nicht vergessen würde. Der Tod von Anna Petzlov war nicht die schlimmste Erinnerung in diesen Kisten. Die Aufnahmen von ihrem Gesicht fingen seinen Blick ein. Schon als er die Tote damals in ihrer Wohnung auf dem Boden liegen gesehen hatte, war ihm klar gewesen, dass dieses Bild ihn ewig verfolgen würde.

»Herr Nachtmacher, haben Sie noch eine Glühlampe hier irgendwo?«

Dylan kam mit einer defekten Birne in der Hand durch die Tür und blieb wie vom Donner gerührt stehen. Die Fotos waren nicht für jedermann erträglich, aber der angehende Mediziner war sicher Einiges gewohnt.

»Ihre Schwester war das«, sagte Theo gleich, damit nicht der Eindruck entstand, er würde sich im Keller an alten Tatortfotos ergötzen.

»Sie soll dieses Chaos veranstaltet haben?« Ungläubig umrundete Dylan die ausgebreiteten Zettel, legte beiläufig die kaputte Glühlampe auf einen verstaubten Fernseherkarton und ging anschließend in die Hocke. »Was ist das?«

»Das ist die nicht ganz legale Kopie eines seit zehn Jahren offenen Falls. Der Täter wurde nie gefasst.«

Dylan nahm ein Blatt zur Hand und las den Autopsiebericht. »Seltsam«, kommentierte er. »Die Kupferwerte im Blut waren stark erhöht. Hier steht nirgends, dass sie an so was wie Morbus Wilson gelitten hat.«

»Das könnte daran liegen, dass die Frau an einer Schädelfraktur gestorben ist.«

Er legte den Zettel beiseite und fischte einen anderen aus dem Chaos. »Peter Petzlov, der Ehemann?«

Theo musste schmunzeln. Offenbar steckte doch in nahezu jedem ein kleiner Detektiv, der Geheimnissen auf den Grund gehen wollte. »Nein, der Bruder. Er behauptete, dass Daniel Havel, der Ehemann der Ermordeten, sie umgebracht hätte. Nur dass Herr Havel ein wasserdichtes Alibi hatte.«

Gerade als er den Zettel an einen anderen Platz zurücklegen wollte, kam Janis hinzu und nahm ihm das Schriftstück unwirsch ab. Auch wenn sie nichts sagte, schien sie mit ihm zu schimpfen wie mit einem tollpatschigen Kind. Vorsichtig platzierte sie das Dokument wieder an seinem Platz und strich über das Papier.

Dylan stand auf und betrachtete das Gesamtbild nochmals etwas eingehender. »Das ist kein Durcheinander, Janis hat die Zettel nach einem System geordnet.«

Theo tat es ihm gleich und versuchte, eine Logik in der Anordnung der Seiten zu finden. Oben links lagen die Tatortfotos, der erste Bericht und die Zeugenaussagen der Nachbarn. In der Mitte zogen die unterschiedlichen Berichte der Forensik einen breiten Gürtel durch den Wust. Zeitungsartikel bildeten eine Art Dach über den Aussagen von Peter Petzlov und Daniel Havel. Und darunter, geradezu einsam, lag die Liste des Inhalts ihrer Handtasche, die neben Annas Leiche gefunden worden war.

So wie Janis das Gesamtbild betrachtete, sah sie mehr als Zettel und Fotos. Mit viel Akribie fing sie an, Stück für Stück einzusammeln und säuberlich aufeinanderzustapeln. Offensichtlich hatte sie die richtige Reihenfolge nun erkannt und beendete ihre Arbeit. Es schien keine Rolle zu spielen, dass sie eine Akte über einen Mord in den Händen hielt, weil die Ordnung für sie an erster Stelle stand.

»Wenn sie fertig ist, sollten wir sie hier rausschaffen und den Raum abschließen. Tut mir sehr leid, sie sollte nicht in Ihren Sachen schnüffeln.«

Nachdenklich gab Theo einen bestätigenden Laut von sich. Es war nicht schlimm, dass Janis die Akte aus dem Karton geholt hatte. Das, was die Erinnerungen in ihm anregten, ging mit einer gewissen Nostalgie einher. Damals war alles irgendwie sinnvoll und wichtig gewesen. Niemand hatte ihm gesagt, wie er sein

Leben zu leben hatte, weil sein Beruf ihm Respekt verschafft hatte. Mal war er Retter in der Not, mal der schlimmste Albtraum und ganz selten der ratlose Narr gewesen, der bei allem Mitgefühl nichts für die Opfer oder Hinterbliebenen tun konnte.

»Das ist echt eine Menge Papier«, versuchte sich Dylan an etwas Smalltalk, weil das Schweigen sich zu sehr ausdehnte. Ein feiner Zug des jungen Mannes.

»Sie haben ja keine Ahnung. Als ich damals Polizist wurde, wollte ich für Recht und Ordnung sorgen. Die Realität war weit weniger heroisch. Wenn etwas vorfiel, wogen meine Kollegen und ich ab, ob sich der Papierkram lohnte. Für jeden Mist musste man irgendwelche Zettel ausfüllen. Polizisten sind nicht nur Experten, wenn es um Verbrechensbekämpfung geht, sie sind ebenso Fachleute für rechtlich gesicherte Formulierungen, taugliche Protokolle und Auslegungen der Dienstvorschriften.«

Sie warteten, bis Janis die Akte zuklappte, und folgten ihr, als sie damit den Raum verließ. Theo schloss die Garagentür hinter sich ab und legte den Schlüssel auf das nebenstehende Regal.

Zielstrebig ging Janis mit der Akte zu einem antiken Sekretär im Wohnzimmer, klappte die Arbeitsfläche runter und positionierte die Akte direkt in der Mitte. Bei dem, was Theo in den Fächern aufbewahrte, wechselte ihre Aufmerksamkeit zu jenen kleinen Dingen, die nun in Ordnung gebracht werden mussten.

»Geht das den ganzen Tag so?«

»Puzzeln ist die einzige Beschäftigung, die sie für längere Zeit bannen kann. Am besten über zehntausend Teile und möglichst eintönig. Je komplexer das Motiv ist, desto schneller ist sie durch.« Dylan rieb sich erschöpft über den Nacken. »Ich werde welche besorgen, damit Sie Janis beschäftigen können, wenn sie anfängt zu stören.«

»Ich habe vielleicht noch welche von den Kindern …«

Aber Dylan winkte schnell ab. »Sie müssten sich hundertprozentig sicher sein, dass kein Teil fehlt. Als ich aus Kostengründen mal gebrauchte gekauft habe, spielten sich Dramen ab, die Sie sich nicht vorstellen können. Ich musste dieselben Motive nachkaufen, damit sie die fehlenden Teile heraussuchen und einfügen konnte. Am Ende ist alles sehr viel teurer geworden.«

Theo nickte verstehend. Es war unwahrscheinlich, dass auch nur ein Puzzle bei ihm im Haus vollständig war. Seine Kinder hatten es immer geschafft, irgendetwas zu verlieren. *Mensch ärgere dich nicht* bestand aus drei roten, zwei blauen, vier gelben und drei grünen Figuren, den Rest hatten sie mit Gummibärchen aufgefüllt. Janis würde sich wahrscheinlich aufregen, wenn sie sich der Spiele annahm. Auf die Dauer stellte er es sich schwierig vor, sie ständig um sich zu haben. Andererseits ruhte sie in sich, lächelte sogar, während ihre Hände Dinge hin und her schoben und die Augen ziellos alles gleichzeitig fixieren wollten. Grüne Augen, wenn er sich recht entsann. Passend zu dem Rotstich ihrer hellbraunen Locken und den Sommersprossen im Gesicht.

»Es muss sehr anstrengend sein, wie Janis zu sein, oder?« Er dachte kurz über seine eigenen Worte nach, dann ergänzte er: »Ich meine, ihr Geist ist ja in ständiger Bewegung, wie hält sie das durch?«

Nun grinste Dylan. »Das ist einer der wenigen Vorteile. Um zwanzig Uhr fällt sie wie erschlagen ins Bett und wacht erst um sechs wieder auf.« Er deutete auf den Flur. »Ist es Ihnen recht, wenn ich oben in den Zimmern weitermache und Janis hierlasse?«

Theo nickte. Solange sie mit dem Sekretär beschäftigt war, konnte er einen Becher Kaffee trinken.

Aus einem Becher wurden drei, und er wurde es nicht müde, Janis bei ihrem Tun zuzusehen. Die Dinge wurden irgendwie von ihr abgescannt, beiseitegelegt und dann wie selbstverständlich zum passenden Zeitpunkt mit anderen Dingen wegsortiert. Für eine Person, die mit ihren Mitmenschen nicht kommunizierte, hatte sie ein bemerkenswertes Verständnis für Bedürfnisse und Arbeitsplatzoptimierungen. Als sie mit dem Sekretär fertig war, sah er aus wie ein Musterstück in einem IKEA-Katalog. Mit Kausalitäten bestückt, um die Nützlichkeit zu demonstrieren, aber dekorativ und gemütlich. Theo konnte sich gerade noch beherrschen, sonst hätte er geklatscht.

Anschließend ging sie in die Küche. Er folgte ihr unauffällig.

Im Vorbeigehen schaltete sie die Kaffeemaschine aus, die Theo vergessen hatte, drückte die Knöpfe vom Herd in die Versenkungen und korrigierte die Position der Topflappen.

Meine Tochter wird nie wieder über meine Nachlässigkeiten schimpfen können.

Wie ferngesteuert ging sie dann die Treppen hinauf, blieb in der Mitte stehen und widmete ihre Aufmerksamkeit den gerahmten Fotos, die dort hingen.

Theo sah zu, wie sie Bild für Bild abnahm und eine chronologische Ordnung in die Aufnahmen brachte. Ganz oben die Babyfotos und ganz unten die erwachsenen Kinder und die Enkelinnen. Seinem Empfinden nach hätte es andersherum sein müssen, aber es stimmte: Er war über die Jahre vom ersten Stock in das Erdgeschoss umgezogen, wo er nun seit dem Tod seiner Frau ausschließlich lebte. Wenn er sich unten vor die Wand stellte, wäre die Zeitlinie perfekt.

Für einen Tag hatte Theo genug gesehen. Er setzte sich in seinen Sessel und lauschte den Schritten, dem Klopfen und Poltern. Endlich war wieder Leben im Haus, und er befand sich mittendrin. In diesem Augenblick störte nur die Akte, die auf dem Sekretär lag und ihn daran erinnerte, dass niemand perfekt war.

Anna Petzlov.

Sie wäre heute so alt wie seine Tochter.

Kupfer im Blut. Warum sollte das bemerkenswert sein, wenn sie mit einem so offensichtlich eingeschlagenen Schädel gefunden worden war?

Ihr Bruder hatte lange Zeit nicht lockergelassen und immer wieder ihren Mann beschuldigt, der Mörder zu sein.

Daniel Havel war jedoch bei seiner Geliebten und heutigen Frau gewesen. Zeugen hatten die beiden zur Tatzeit in einem

Restaurant gesehen. Die Fakten flogen durch Theos Kopf, als hätte er den Fall erst gestern bearbeitet. Irgendwann stand er schließlich auf und holte sich die Akte vom Sekretär.

Janis verstand offensichtlich nichts von Polizeiakten, weil alles ganz durcheinander war, aber es war wie Gehirnjogging, ihre Ordnung verstehen zu wollen. Er ging die Seiten bis zu den Zeitungsartikeln durch, dann kam erst Peter Petzlovs Foto, anschießend Daniel Havels und dann wieder ein Zeitungsartikel, der Havel beim Verlassen des Gerichtsgebäudes zeigte. Hinter ihm gingen Peter und eine weitere Person – der Anwalt vielleicht.

Er las den Bericht, in dem die Kanzlei Wagner und Wagner erwähnt wurde. Dann sah er wieder auf die Protokolle und las den Namen von Benedikt Wagner, der als Anwalt für Havel agiert hatte.

»Was soll's«, sagte er mit einem leisen Schnaufen und stemmte sich aus dem Sessel. Ein Blick ins Internet würde nicht schaden. Dann könnte er seinem Sohn bei nächster Nachfrage auch wahrheitsgetreu sagen, dass er das iPad, das er zu Weihnachten bekommen hatte, wirklich benutzte.

Technische Geräte hatten ihm noch nie Schwierigkeiten bereitet. Er mochte ein alter Mann sein, aber er war in die moderne Welt genauso hineingewachsen wie jeder andere auch. Das iPad ersparte ihm die Lesebrille, weil er die Schrift je nach Tagesform größer ziehen konnte. Allerdings las er am liebsten Zeitungen aus Papier.

Er suchte im Internet nach Fotos von Benedikt Wagner und verglich die Aufnahmen mit dem Mann aus dem Zeitungsartikel.

Sein Anwalt war es demnach nicht.

Aber er musste zu Havel gehört haben. Es war weniger eine offensichtliche Zugehörigkeit als der Ausdruck auf seinem Gesicht. Havels Freispruch hatte dem Fremden etwas bedeutet.

»Ich bin so weit fertig, wann setzen wir uns wegen der Absprachen zusammen?« Milan blieb in gebührendem Abstand stehen und wartete auf eine Antwort.

»Was würden Sie sagen, wenn Sie diesen Mann auf dem Foto betrachten?« Nachtmacher hielt ihm den Zeitungsartikel entgegen.

»Nun, ich würde sagen, dass er sich freut. Wer ist das?«

»Keine Ahnung. Ich denke, er gehörte zu dem Ehemann, vielleicht ein Freund. Herr Havel hat in den Jahren danach nicht einmal nachgefragt, ob wir den Mörder seiner Frau noch suchen. Der Bruder des Opfers konnte bis zu meiner Pensionierung nicht loslassen. Hat ihn viel Geld gekostet.«

Milan nahm den Artikel in die Hand und betrachtete den Bruder auf dem Foto. »Hat er sich strafbar gemacht?«

»Nein, er hat meines Wissens drei unterschiedliche Privatdetektive auf die Sache angesetzt, aber offensichtlich konnten die genauso wenig finden wie wir.«

»Tragisch.« Milan überflog den Text und legte das Blatt anschließend zu den anderen Unterlagen zurück. »Paare, bei denen die Ehepartner unterschiedliche Nachnamen haben, finde ich seltsam.«

Mit einem Grinsen schlug Theo die Akte wieder zu. »Warum das?«

»Eine Ehe sollte ein starkes Band sein; für mich steht der gemeinsame Nachname für Zusammengehörigkeit, nicht dafür, dass einer sich für den anderen aufgegeben hat.« Auf einen Wink hin setzte sich Milan in einen Sessel und sah bereits so aus, als würde er sich ganz zu Hause fühlen. »Außerdem habe ich mal einen Artikel über die unterschiedlichen Möglichkeiten der Festlegung von Nachnamen geschrieben. Ich glaube, dass wir den falschen Dingen zu viel Bedeutung beimessen.«

Theo hätte nicht erwartet, dass sich ein junger Mann über so etwas überhaupt Gedanken machte. »Damals gab es ein paar falsche Berichte in den Zeitungen, weil manche Journalisten den Bruder für den Ehemann hielten. Das war der ganzen Geschichte nicht gerade förderlich, weil es immer wieder für Verwirrung gesorgt hat.«

Mit einem Finger tippte er auf das dünne Papier. Die Bilder

kehrten alle zurück. Wie der verzweifelte Bruder Gerechtigkeit gefordert hatte, wie die Tote abtransportiert worden war, wie die Geliebte von Havel ihm während des gesamten Prozesses beigestanden hatte. »Trotz des wasserdichten Alibis war der Bruder überzeugt, dass Havel seine Frau ermordet hat«, sagte er nachdenklich. »Mein Bauchgefühl stimmte ihm damals zu, aber das war nun mal unmöglich. Es gab keine größeren Geldsummen, die vom Konto verschwunden waren, keine Mails oder SMS, die den Verdacht erhärtet hätten, dass er mit dem Mörder zusammengearbeitet haben könnte. Letztendlich kann man Havel vorwerfen, pietätlos gewesen zu sein, als er aus der Freude, fortan mit seiner Geliebten leben zu können, keinen Hehl gemacht hat.«

»Man weiß eben nie, wie so eine Ehe hinter verschlossenen Türen tatsächlich aussieht.«

Mit einem Blick zu Hildis Sachen nickte Theo zustimmend. In seiner Dienstzeit hatte er so viele Einblicke in schlechte Ehen, katastrophale Elternhäuser und menschliche Abgründe bekommen, dass es nicht einen Tag in diesem Haus gegeben hatte, an dem er vergessen konnte, was für ein unverschämtes Glück er hatte. Ein Glück, das jäh endete und trotzdem noch zu spüren war.

»Sie sind doch sicher nicht zu mir gekommen, um über Nachnamen zu plaudern, oder?«

»Stimmt.« Milan setzte sich auf die vorderste Polsterkante. »Könnte ich den WLAN-Schlüssel bekommen? Ich soll für die Zeitung schnell etwas über den Selbstmord in dem leer stehenden Haus hier in der Straße schreiben, später muss ich dann noch zu einer dieser öden Lesungen.«

»Im Sprenger-Haus hat sich jemand das Leben genommen?« Das hatte Theo noch nicht gehört. Andererseits verließ er auch nicht mehr so oft das Haus, wer sollte ihm also Klatsch und Neuigkeiten zutragen?

»Hat sich am Treppengeländer erhängt.« Mit einem Schulterzucken tat Milan die Sache ab. »Man kann nicht alle retten.

Auch wenn das ein hehres Ziel wäre, sieht die Realität nun mal anders aus. Ich werde nie verstehen, warum sich manche lieber das Leben nehmen, statt alles hinter sich zu lassen, was sie kaputt macht.«

Theo dachte an die Toten, die er während seiner Dienstjahre hatte sehen müssen. Selbstmörder, Unfallopfer, Gewaltopfer, Personen, die eines natürlichen Todes gestorben waren. Er hatte sich nie daran gewöhnt, mit verletzten, toten oder sterbenden Menschen umgehen zu müssen. All die Begleiterscheinungen, die Anblicke, die Gerüche und vor allem die Emotionen der Betroffenen oder Angehörigen hatten Spuren bei ihm hinterlassen. »Wissen Sie, was mich während meiner Dienstzeit am meisten geärgert hat?« Ja, es gefiel ihm jetzt schon außerordentlich gut, wie sich die Dinge in seinem Haus entwickelten. So anregende Gespräche hatte er seit Hildis Tod nicht mehr geführt. Seine Kinder waren immer im Stress und schienen nur eine Art Gesprächs-Checkliste abzuarbeiten.

Milan sah ihn abwartend an.

»Dass die Selbstmörder vielleicht noch an die Hinterbliebenen gedacht haben, wie bestimmte Menschen entsetzt oder trauernd zurückbleiben, aber nicht an die Menschen, die in Mitleidenschaft gezogen werden. Angestellte oder Passanten, wenn jemand vor einen Zug, vom Hochhaus oder einer Brücke springt. Die Polizei- und Rettungskräfte, die sich darum kümmern müssen. Und ich bin mir sicher, wenn die Toten sehen würden, was ihre Suizide tatsächlich anrichten, dann würden sie ihre Taten rückgängig machen wollen. Nicht wenige würden sich in Grund und Boden schämen, weil sie nicht mehr erklären könnten, warum sie sich nicht mitgeteilt haben. Warum sie lieber diesen Weg wählten, statt ihr Leben zu ändern.«

»Wenn man emotional am Boden ist«, mischte sich plötzlich Dylan beim Betreten des Wohnzimmers ein und setzte sich wie selbstverständlich dazu, »dann ist dieses Gefühl die einzige Tatsache, die durch Erschöpfung und Überforderung das gesamte Denken in ein winziges, isolierendes Gefängnis steckt. Wenn man dieses Gefühl noch nie erlebt hat, wird man nicht verstehen, warum sich jemand so etwas antut – und allen anderen.«

Einen Augenblick betrachtete Theo den jungen Mediziner und überlegte, ob er vielleicht aus eigener Erfahrung sprach, aber Dylan machte zwar einen müden, jedoch sehr gefestigten Eindruck.

»Sie kennen sich da aus?«

Abwehrend hob Dylan die Hände. »Gott bewahre. Aber ich hatte beim Bestatter schon einige Selbstmörder auf dem Tisch, was für ein paar längere Diskussionsrunden mit befreundeten Psychologiestudenten geführt hat. Basti hat es ganz gut auf den Punkt gebracht. Er sagte: Wir sind umgeben von Baustellen. Von unseren eigenen und denen der anderen. Ständig wird überall gearbeitet und etwas gebraucht. Das Leben ist laut, stressig und niemals fertig. Wer es schafft, bei sich und seinen eigenen Baustellen zu bleiben, erschafft sich ein Fundament, auf dem seine Selbstsicherheit, Zufriedenheit und Potenziale einen sicheren Stand haben. Wer jedoch andere reinpfuschen lässt oder seine Arbeit liegen lässt, um ständig auf fremden Baustellen zu sein, bleibt obdachlos zurück, wenn es drauf ankommt.« Mit einem Kopfschütteln sah er zu der kleinen Bar im Regal. »Aber das ist eher ein Thema für späte Stunden und einen guten Whisky, nicht wahr?« Dann strich er sein hellblaues Hemd in Form und setzte sich aufrecht hin.

Theo war froh, dass der stinkende Pullover wie versprochen schon seit Stunden draußen in der Mülltonne lag.

»Janis ist oben damit beschäftigt, erst ihren, dann meinen Schrank einzuräumen, wir könnten jetzt also ein paar Dinge klären.«

Milan tippte wie zur Erinnerung auf den Tisch. Eine unbewusste Geste, die Theo dennoch an den WLAN-Schlüssel erinnerte.

»Um ehrlich zu sein, habe ich mir im Vorweg keine Gedanken gemacht, wie unser Zusammenleben konkret aussehen soll«, gestand er. »Ich würde vorschlagen, dass wir uns erst mal ein paar

Tage aneinander gewöhnen, dann schauen wir, für was wir Regeln benötigen.«

»Wir werden für deine Schwester ein paar brauchen«, warf Milan unverblümt ein und schaute Dylan an. »Sie macht einen wirklich netten Eindruck, aber meine Sachen darf sie nicht anfassen.«

»Der beste Weg, um das zu verhindern, ist tatsächlich, die Zimmertür abzuschließen.«

Diese Antwort schien Milan nicht zufriedenzustellen. Er verschränkte die Arme vor der Brust. »Aber was mache ich, wenn sie doch mal in meinem Zimmer ist? Kann ich sie dann einfach rausschmeißen?«

Eine Mischung aus Entsetzen und Müdigkeit machte Dylans Maske für einige Herzschläge durchscheinend und ließ die Ängste erahnen, die er wegen seiner Schwester ausstehen musste. »Bitte nicht anfassen. Niemals. Ich komme für alles auf, bringe es in Ordnung oder ich entschuldige mich in jeder gewünschten Form, wenn sie etwas anstellt. Nur bitte, schrei oder fass sie niemals an.«

Das machte sogar auf Milan Eindruck. »Okay, schon gut, mach ich nicht.«

»Ich würde sagen, nach achtundzwanzig Jahren Zwillingsleben ist man sicher Experte, wenn es um die Schwester geht. Sie werden uns schon helfen, einen guten Weg zu finden«, warf Theo Nachtmacher ein. Jetzt war nicht der richtige Zeitpunkt, um über Bedenken zu reden, der junge Mann musste erst mal zur Ruhe kommen und seine Verteidigungshaltung gegen Vertrauen eintauschen. »Wenn Sie mögen, erzählen Sie uns, wann immer Sie wollen, etwas über Ihre Schwester, damit wir sie besser kennenlernen können. Es wird ungewohnt sein, Türen in diesem Haus zu verschließen, aber es scheint mir dennoch ein geringer Aufwand zu sein.«

Theos Blick fiel wieder auf den Sekretär. Auch auf ihm befanden sich Hildis *Fingerabdrücke*, aber es störte ihn gar nicht, dass sie verändert worden waren. Jetzt kam ihre Lesebrille ganz anders zur Geltung, weil Janis sie auf das Buch dekoriert hatte, das im Fach hinter der Klappe lag, die nun permanent offenstand. *Californische Symphonie*, ein Buch, das Hildi zu Lebzeiten immer wieder wegräumen wollte und mit dem sie dann doch wieder lesend am Sekretär sitzen geblieben war – jedes Mal.

Ach Hildi, sei ehrlich, hast du meine Mitbewohner hierhergebracht? Wenn ja, gratuliere ich dir zu diesem brillanten Schachzug.

Aus der Interviewreihe »Serienkiller und ihr Umfeld«
Martin Krindt, Theologe

Gott prüft uns auf seine Weise. Manche Menschen halten diesem Druck nicht stand, fürchten, nicht geliebt zu werden, und machen wie trotzige Kinder etwas kaputt, um die Aufmerksamkeit des Herrn auf sich zu ziehen. Gottes Vergebung spricht durch die Angehörigen der Opfer. Das ist alles, was jene armen Seelen mit in die Hölle nehmen können. Vergebt ihnen, es ist nicht an euch, sie zu strafen.

8

Milan hatte sich nachmittags noch mal hingelegt, weil er plante, die ganze Nacht durch Hamburg zu streifen und Fotos für seinen Blog *The other side* zu schießen. Sein Anspruch war, in den Artikeln das zu zeigen, was normale Menschen nicht sehen konnten, weil sie sich entweder zu diesen Zeiten in ihren sicheren Wohnungen befanden oder bestimmte Wege nicht benutzten. Leider kam er nicht richtig zur Ruhe, weil er es einfach nicht gewohnt war, tagsüber zu schlafen. Es stimmte, dass man nicht *vorschlafen* konnte. Deswegen bemerkte er auch gleich, als die Tür geöffnet wurde und Janis sein Zimmer betrat.

»Hey, Janis, du hast dich in der Tür geirrt«, sagte er und setzte sich auf der Pritsche auf. Unter der Decke trug er nur Shorts und ein T-Shirt. Kein Anblick, der ihm peinlich sein musste, aber wenn ihr Bruder um die Ecke kam, gäbe es sicher Ärger.

»Du musst bitte gehen«, sagte er laut und deutlich, was ebenfalls von ihr ignoriert wurde. Sie sah sich um, als wäre er gar nicht da. Der Ansatz eines Lächelns umspielte ihre Mundwinkel, als sie die unausgepackten Kartons entdeckte. Herr Nachtmacher hatte ihm eine Kommode mit Schubladen dagelassen, die er für sein Zeug nutzen konnte, aber Milan wusste nicht genau, ob er die Sachen überhaupt noch brauchte. Es waren irgendwelche Erinnerungsstücke, die er bei seinem Auszug aus dem Elternhaus mitgenommen hatte und seitdem von Ort zu Ort schleppte. Dinge, die nicht weggeschmissen werden sollten, nur weil er sie bei ihnen zurückließ, aber im Grunde besaßen sie nur noch einen ideellen Wert, der sich mit jedem Tag mehr verlor. Erinnerungen lebten davon, dass man sie teilte, aber wem sollte er erzählen, dass seine erste Freundin den kleinen Teddy für ihn auf dem Jahrmarkt geschossen hatte? Dass die kleine Kiste mit den Knibbelbildern aus einer Zeit stammte, in der man aus Coladeckeln das Plastik pfriemelte, um Darstellungen von Autos oder Schiffen zu sammeln? Was vor seiner Zeit gewesen war, aber diesen Schatz hatte er im Keller seiner Großeltern gefunden. Die Cola war ungenießbar gewesen, aber wie er Flasche für Flasche geöffnet und die Bilder rausgeknibbelt hatte, das gehörte zu seinen schönsten Erinnerungen.

»Was soll's, mach ruhig«, sagte er und legte sich wieder zurück. Janis schenkte den Dingen wenigstens Beachtung.

Er sah ihr dabei zu, wie sie den ersten Karton öffnete und den Inhalt auf dem Boden ausbreitete. Dabei sah sie aus, als würde sie einen inneren Dialog über das führen, was sie erblickte. Wie eine Comicfigur, auf deren Schultern Engelchen und Teufelchen erschienen, um ihr zu sagen, was von dem Zeug noch gebraucht wurde und was nicht.

Zielsicher landete das im Papierkorb, was tatsächlich wertlos war. Scherzartikel, Cocktailstäbe aus Plastik mit Flamingos am Ende. Milan drehte sich auf die Seite und machte es sich bequem, während er nur noch ihr Gesicht betrachtete.

Die grünen Augen wirkten so klar wie ein perfekt geputztes Fenster, das einen Blick in ihren wachen Verstand erlaubte. Er glaubte, dass sie viel Humor besäße, wenn sie wüsste, wie man mit anderen lacht. Vielleicht lag es auch nur an den Sommersprossen und der kecken Art, wie sie ihre Nase krauszog, dass er so etwas dachte. Jeder Handgriff war konsequent, wahrscheinlich vollführte sie niemals fahrige Bewegungen. Milan ertappte sich dabei, wie er sie für einen kurzen Moment mehr als Frau betrachtete, was er mit einem Kopfschütteln beendete. Janis war auf eine besondere, jedenfalls asexuelle Art faszinierend, alles andere wäre seltsam gewesen.

Beim Wegräumen der Dinge ließ sie sich Zeit. Mit dem Gefühl, nicht allein zu sein, schloss Milan für einen Augenblick die Augen. Das leise Poltern, Rascheln, Knistern oder Kratzen lullte ihn ein. Seine Atmung verlangsamte sich, sein gesamter Körper wurde schwer, aber bevor er gänzlich in den Schlaf sank, setzte sich Janis auf die Kante der Pritsche. Auch wenn ihn das zurückholte, hielt er seine Augen geschlossen. Er war gespannt, was sie machen wollte, immerhin konnte sie schlecht sein Erscheinungsbild sortieren. Die Pritsche knarrte, als sie das Gewicht verlagerte. Ihr Duft wurde intensiver, er glaubte, Orange und Nelken zu erkennen. Sie berührte mit einem Finger seine Brust, als würde sie ihn piksen, dann schob sie eine schwarze Locke aus seinem Gesicht. Vorsichtig öffnete er die Augen und sah sie an. Sie betrachtete ihn wie die Dinge, kurz bevor sie diese wegräumte. Aus reiner Neugierde hob er eine Hand und hielt sie ihr mit der Handfläche entgegen. Janis neigte den Kopf und sah daran vorbei. Ihre Augen bewegten sich schnell nur wenige Millimeter hin und her, als würde sie alles rund um die Hand abscannen.

»Du bist gar nicht so weit weg, oder?«, flüsterte er.

Zögerlich streckte sie den Finger aus und strich über seine Handfläche. Eine intime Berührung, die ihn unbewusst den Atem anhalten ließ.

»Freut mich, dich kennenzulernen«, sagte er schließlich und lächelte sie an. Denn das schien es zu sein: ein Kennenlernen. Wahrscheinlich traf sie nicht so häufig Menschen, die sie nicht untersuchen oder therapieren wollten. Dylan schien ihre einzige Bezugsperson zu sein, vielleicht tat es ihr ja gut, jemand Neues vor sich zu haben?

Sie wagte es, ihre Handfläche gegen seine zu pressen, und Milan antwortete darauf, indem er seine Finger mit ihren verschränkte. Vorsichtig und sanft, damit sie keine Angst bekam, er würde sie festhalten.

So etwas Aufregendes hatte er lange nicht erlebt. Sicher lag es daran, dass diese Interaktion außergewöhnlich war, aber er fühlte sich auch glücklich, weil sie ihn erwählt hatte. Er durfte Zeuge dieses Moments sein. Das bedeutete wohl, dass die Zwillinge hier ein Zuhause gefunden hatten. Warum sonst sollte sie anfangen, sich zu öffnen?

Von der Treppe aus waren Schritte zu hören. Janis legte den Kopf schief, löste ihre Finger und ging zurück zu den wenigen Sachen, die noch auf dem Fußboden lagen. Milan schloss lieber wieder die Augen und stellte sich schlafend, um diese Szene nicht erklären zu müssen. Dabei drückte er die Faust an seine Brust, als befände sich darin ein kleiner Schatz.

»Janis, verdammt, was machst du hier?« Es wurde einen Augenblick still, dann schien sie die letzten Dinge wegzuräumen, und anschließend ging sie mit Dylan aus dem Zimmer.

Als die Tür sich schloss, musste Milan grinsen. Das war so ziemlich das Seltsamste, was er je erlebt hatte. Er war eine Menge verrückten Kram gewohnt, aber kein Augenblick hatte sich je so besonders angefühlt wie dieser.

Aus der Interviewreihe »Serienkiller und ihr Umfeld«
Ingrid K., Opfer

Der Überfall ist nun schon zehn Jahre her. Der Täter wurde nie identifiziert, aber es muss jemand gewesen sein, der auf meiner Party gewesen war. Mein Ersatzschlüssel fehlte, den er später zum Betreten meines Hauses benutzt haben muss. Ich werde nie vergessen, wie der Maskierte plötzlich mit einem Messer vor meinem Bett gestanden hat und auf mich losging. Ich weiß nicht mehr, wie ich ihn in die Flucht geschlagen habe, aber das Wissen, dass ich den Mann kennen musste, hat mein Leben für immer verändert. Ich traue niemandem mehr.

9

Kurt lief die gewohnte Strecke an der Alster entlang. Jeden Tag benötigte er exakt fünfundfünfzig Minuten für diese Runde – seit gut einem Jahr schon. Sein Bauch war inzwischen flach, manche Freunde sagten sogar, er sei zu dünn geworden, aber das sah er ganz anders. Wenn er sich im Spiegel betrachtete, fühlte er sich erstmals wohl in seiner Haut. Er strotzte vor Kraft, was ihm ein selbstsicheres Auftreten verlieh, und das kam wiederum gut bei den Frauen an. Für jemanden, der immer eher dick und unsicher gewesen war, hatte sich so eine vollkommen neue Welt eröffnet.

Es war bereits dunkel, weil seine beste Freundin viel zu lange geblieben war. Sie hatte ihm mal wieder diese Rede gehalten, mit der sie ihm sagen wollte, dass er es mit dem Sport und den Diäten übertrieb und dass er schon immer ein liebenswerter Mensch gewesen sei. Liebenswert war ein anderes Wort für *wie ein Bruder* oder *so ein guter Freund, dass man das nicht durch eine Romanze kaputt machen wolle.* Jetzt sagten Frauen so was nicht mehr zu ihm.

Kurt war erst um 21 Uhr aus dem Haus gekommen, was seine Pläne für den Abend mit Stress garnierte. Luise hatte Andeutungen gemacht, dass sie sich später in der *Klimperkiste* der Runde anschließen würde. Eigentlich konnte sie auch gleich zu ihm nach Hause kommen, weil es genau darauf hinauslaufen würde. Im Freundeskreis war sie mit so ziemlich jedem Mann schon zusammen gewesen, und jeder von ihnen erinnerte sich mit einem Lächeln an diese Zeit. Dann war er jetzt dran, mit einer Ablehnung rechnete er nicht mehr.

Er bog in die alte Rabenstraße ein und lief etwas schneller – Endspurt. Nur noch drei Mal abbiegen, dann war er zu Hause, konnte duschen und sich in Schale schmeißen. Nach dem Lauf kam es ihm jedes Mal vor, als wäre sein Sachbearbeiter-Ich anschließend im Feierabend und machte Platz fürs richtige Leben.

Als er das Wohnhaus erreichte, kam ihm eine Frau entgegen, die sich an der Wand abstützte. Sie sah durch die vornübergebeugte Haltung so aus, als wäre verletzt.

»Ist alles in Ordnung?«, sprach er sie an und blieb stehen. »Brauchen Sie Hilfe?«

Sie schaute zu ihm auf. Die Mascara war verlaufen, sie schien geweint zu haben.

»Mir ist kalt«, sagte sie leise.

Er sah auf ihre Hände hinab, an denen Blut klebte. »Um Himmels willen, kommen Sie mit rein, ich rufe einen Krankenwagen.«

Der Kleidung nach war sie eher eine dieser Marketingassistentinnen, die tagsüber in der Gegend arbeiteten. Schnell schloss er die Tür auf und ließ sie vorgehen. »Wir nehmen den Fahrstuhl in den dritten Stock. Mein Name ist übrigens Kurt.«

»Annette«, sagte sie und streckte ihm eine Hand entgegen, die sie sofort wieder zurückzog, als sie das Blut sah.

Der Fahrstuhl stand bereits offen, also betraten sie die Kabine, und Kurt drückte auf den Knopf mit der Drei.

»Wurden Sie überfallen?«

Die Tür schloss sich.

»Ich habe mich geschnitten«, sagte sie und zog den Ärmel ihres Pullovers hoch. Neben der tiefen, blutenden Wunde sah er zahlreiche Narben, die unterschiedlich alt zu sein schienen.

Kurt sah sie fassungslos an. »Warum haben Sie das getan?«

Von Menschen, die sich ritzten, hatte er schon gehört, aber er war noch nie so jemandem begegnet.

Mit Tränen in den Augen zog sie den Ärmel wieder über die Wunde. »Danke, dass Sie mir helfen, das hat schon lange keiner mehr getan.«

Der Fahrstuhl hielt an. Eine innere Stimme riet ihm, die Fremde nicht mit in die Wohnung zu nehmen, aber er konnte sie auch nicht wieder wegschicken. »Kommen Sie, wir verbinden die Wunde und rufen einen Krankenwagen, okay?«

Sie folgte ihm mit gesenktem Kopf, die rechte Hand auf den verletzten Arm gelegt, als wäre sie ein unheimlicher Schatten, der ihn geräuschlos verfolgte.

Kurt schloss die Tür auf, schaltete das Licht ein und legte sich innerlich den Plan zurecht, wie er diese Begegnung möglichst kurz halten konnte. Vielleicht wäre es besser gewesen, nur den Autoschlüssel zu greifen und sie ohne Verzögerung zur Notaufnahme zu fahren, aber wenn er dann zum Warten genötigt wurde, würde er Luise verpassen – und das wollte er auf keinen Fall.

»Setzen Sie sich schon mal in die Küche, ich hole das Verbandszeug und das Telefon.«

Die Fremde schlich durch seine Wohnung und sah sich interessiert um.

»Dort rechts geht es in die Küche«, ergänzte er, als sie Anstalten machte, auf das Schlafzimmer zuzugehen.

Sie nickte und änderte die Richtung.

Im Bad suchte er den alten Erste-Hilfe-Kasten, der bis zum Verfallsdatum in seinem Wagen gelegen hatte.

In der Küche brannte Licht, sie hatte den Weg also gefunden, was in der Vier-Zimmer-Wohnung keine Kunst war, aber sie hatte so ausgesehen, als würde sie sich auf das nächste Möbelstück legen, das gemütlicher aussah als ein Küchenstuhl. Als er den Raum betrat, war sie nicht da. Lediglich der Pullover lag auf der Tischplatte.

»Annette?«

Er stellte den Kasten daneben und machte sich auf die Suche. Im Wohnzimmer war sie nicht.

Ich habe keine Zeit für so einen Scheiß.

Kurt nahm das Mobiltelefon vom Garderobenschrank und wählte den Notruf. Es klingelte nicht lange, dann konnte er seine Adresse und den Notfall melden. Das Gespräch dauerte keine zwei Minuten, Hilfe wurde in zehn Minuten zugesagt.

Anschließend sah er im Bad nach, aber dort war sie auch nicht, ebenso wenig im Arbeitszimmer und auch nicht im Fitnessraum, was bedeutete, dass sie sich nur im Schlafzimmer befinden konnte.

Er öffnete die Tür und schaltete das Licht ein. Die Fremde stand nackt vor dem Fenster und zog gerade die Gardinen zu.

»Was zum Teufel tun Sie da?«

Ihr Körper war übersät mit Narben. Ohne die verheilten Verletzungen wäre sie eine sehr hübsche Frau gewesen, aber dieser Anblick bereitete ihm eine Gänsehaut.

Sie drehte sich zu ihm um und legte den Kopf schräg. »Wann kommt der Krankenwagen?«

»In zehn Minuten. Bitte, ziehen Sie sich wieder an.«

Ein freudiges Lächeln verlieh ihr etwas Wahnsinniges. »Dann sollten wir keine Zeit verlieren.«

Schnellen Schrittes kam sie auf ihn zu, aber Kurt wich in den Flur zurück. Die Fremde folgte ihm und leckte sich genüsslich über die Wunde, während sie die andere Hand hinter ihren Rücken hielt. »Ich kenne nur eine Sache, die sich lebendiger anfühlt als Schmerz. Du hast doch gesagt, dass du mir helfen willst.«

Sie biss sich auf die Unterlippe und sah an Kurt hinab.

»Sicher nicht!«, rief er aus und stieß gleichzeitig mit dem Rücken an die Wand.

Enttäuscht strich sie mit einer Hand über ihren Körper und hinterließ dabei Blut auf ihrer Haut. »Findest du mich hässlich?«

Es wurde immer absurder.

»Ich denke, Sie brauchen dringend Hilfe.«

Ehe er sich wegbewegen konnte, war sie bei ihm und presste ihren Körper gegen ihn, wobei sie ihm zielstrebig unter den Bund seiner Sporthose fasste und ihn fest an den Hoden packte. Kurt sog erschrocken die Luft ein und wagte es nicht, sich zu entwinden. Ihre Nägel drückten bedrohlich in die empfindliche Haut.

»Lassen Sie mich los«, sagte er fest. »Sofort.«

»Oder was? Läufst du sonst Gefahr, Gefallen daran zu finden?«

Sie führte die andere Hand nach vorn, strich sanft über seinen Penis, wobei ein Gegenstand von der Form wie ein Kugelschreiber spürbar wurde.

»Bitte, hören Sie auf! Ich will das nicht!«

Ihre Fingernägel verursachten kleine, brennende Wunden. »Beweg dich besser nicht, sonst reiße ich dir den Sack ab«, sagte sie genießerisch, während sie geschickt die Vorhaut seines schlaffen Glieds zurückschob und den stiftähnlichen Gegenstand in die kleine Öffnung drückte.

Entsetzt sog Kurt die Luft ein und presste sich gegen die Wand, als könnte er im nächsten Moment hindurchbrechen und der Pein entkommen. Was auch immer sie da mit ihrer rechten Hand tat, die linke ließ nicht eine Sekunde locker. Dann entstand ein Brennen, das sich durch seine Harnröhre zog. Als sie fertig war, warf sie den Gegenstand zur Seite und strich mit dem Daumen über die Öffnung.

Kurt keuchte und hing in ihrem Griff, als hielte sie ein Messer gegen seine Brust, das sein Herz durchstoßen würde, sobald er sich wehrte. Er zweifelte keinen Herzschlag daran, was passieren würde, wenn ihre Nägel tiefer eindrangen und sie an seinem Hodensack riss. Ihr Blick war nach unten gerichtet, genau dorthin, wo sich die Wirkung ihrer Behandlung zeigte. Was auch immer sie ihm in den Harnleiter gedrückt hatte, es sorgte dafür, dass der Schwellkörper sich langsam aufrichtete und hart wurde.

»Du solltest keine Frauen zu dir in die Wohnung holen, wenn du sie nicht ficken willst«, sagte sie freudig. »Und schau, wie sehr du es willst.«

Gar nichts wollte er. Er wünschte sich nur, dass sie augenblicklich verschwand und niemals wiederkam.

Sie zog ihn an seinen Hoden ins Schlafzimmer. Bevor sie ihn auf das Bett drücken konnte, nahm er all seinen Mut zusammen und schlug zu – mitten ins Gesicht, aber das machte es nur noch schlimmer. Die Fremde stöhnte lustvoll auf, ohne den Griff zu lockern.

»Jetzt verstehen wir uns«, sagte sie erregt.

Er glaubte, Haut reißen zu spüren. Schrie, ohne sich weiter zu wehren, um es nicht noch schlimmer zu machen.

Sie zwang ihn auf das Bett und setzte sich rittlings auf ihn, griff unter das Kopfkissen und ließ ihn nur los, um ihm ein Messer an den Hals zu halten, das sie anscheinend zuvor unter dem Kissen versteckt hatte.

Es klingelte. Kurt rief um Hilfe, froh, dass es doch keine zehn Minuten dauerte, bis die Rettung kam. Doch das schien das Vergnügen der Fremden noch zu steigern.

Sie ließ ihre Hüften kreisen. »Sie kommen zu früh«, sagte sie und legte den Kopf in den Nacken. Die Schneide ritzte in seine Haut. Kurt schrie auf, was ihre Bewegung noch fester werden ließ.

»Wenn du es nicht tust, bringe ich dich um«, sagte sie stöhnend. »Hol ihn raus.«

Wiederholt klingelten die Rettungskräfte. Kurt hoffte, dass sie die Tür aufbrechen würden. Kurz darauf hörte er sein Mobiltelefon.

»Hilfe!«, schrie er wieder, was nur dazu führte, dass sie die Klinge weiter in seine Haut trieb.

»Sei kein Spielverderber!«

Blut lief seinen Hals hinab in den Nacken. Kurt hatte Schwierigkeiten, sich zu konzentrieren. Dass Frauen Männer vergewaltigten, hatte er für ein Gerücht gehalten, aber genau das passierte ihm gerade.

»Ich wollte dir helfen«, sagte er flehend und kam zögerlich ihrem Befehl nach. Sie ließ keinen Zweifel daran, dass sie ihn schlimmer verletzen würde, wenn er es nicht täte. Die Wunde an seinem Hals musste dringend versorgt werden, das Kissen war bereits nass.

»Aber das tust du doch, Schätzchen«, sagte sie mit dunkler Stimme und half ihm mit der freien Hand, damit es schneller ging.

Kurt fühlte sich von seinem Körper verraten, erniedrigt und randvoll mit Scham. Aus dem Brennen wurde eine Reizüberflutung, der er schutzlos ausgeliefert war. Die Schwellung war schmerzhaft, und er schrie aus Leibeskräften, als sie ihn in sich hineinzwang.

Die Fremde nahm ihn gegen seinen Willen, ungestüm und

rücksichtslos, ohne darauf zu achten, dass die Klinge ihn mit jedem Stoß mehr verletzte. Als Kurt begriff, dass er unter ihr sterben würde, wenn er sich nicht befreite, fehlte ihm bereits die Kraft dazu.

Sie nahm das Messer fort und rieb sich sein Blut über den Körper, während sie beim Höhepunkt zuckte und aufschrie.

Geräusche im Flur lenkten ihn von dem entsetzlichen Bild ab. Der Hausmeister kam mit Rettungshelfern in die Wohnung, stand im Türrahmen mit offen stehendem Mund und einem Ausdruck des blanken Entsetzens auf dem alten Gesicht.

»Hilfe!«, flüsterte Kurt. »Helft mir!«

Die Fremde lachte. Strich liebevoll über sein Gesicht und beugte sich vor für einen Kuss. »*Das* war lebendig. Wie toll du mir geholfen hast!«, flüsterte sie in sein Ohr, bevor sie ihn sein eigenes Blut auf den Lippen schmecken ließ.

Die Männer packten sie, zogen sie von ihm herunter, während der Hausmeister mit der Polizei telefonierte.

Nackt und missbraucht lag er da, unfähig sich zu bewegen, schwindelig und schwach. Ein Rettungshelfer hielt die Fremde fest, der andere kam zurück und drückte eine Kompresse auf Kurts Wunde.

»Bringen Sie mir den Koffer«, rief er dem Hausmeister zu. »Ich lege einen Zugang und gebe Ihnen vorerst Kochsalzlösung«, erklärte er Kurt die nächsten Schritte. »Versuchen Sie wach zu bleiben. Wie heißen Sie?«

Kurt wollte seinen Namen sagen, aber er konnte seine Augen nicht länger offen halten.

Aus der Interviewreihe »Serienkiller und ihr Umfeld«
Dr. Luisa Leidiszki, Sozialwissenschaftlerin

Sogenannte Monster hat es immer schon gegeben und wird es auch immer geben. Besonders in Zeiten der Dekadenz treten diverse Formen abnormen Verhaltens auf. Vereinfacht könnte man sagen, die Menschheit verträgt keine Langeweile und Wohlstand. Wenn keine Naturkatastrophen, Kriege oder andere Nöte Völker zusammenschweißen und beschäftigt halten, brechen mehr als sonst aus der Gesellschaft aus und werden im schlimmsten Fall zu Lustmördern.

10

Wenn Theo den ganzen Tag nichts Besonderes zu tun hatte, neigte er dazu, Kleinigkeiten zu bemerken, die ansonsten kaum ins Gewicht fielen. So wie Milans Versuch, leise das Haus zu betreten. Er war die ganze Nacht unterwegs gewesen, aber es ging Theo nichts an, was er gemacht hatte. Bei den jungen Mitbewohnern kam schnell der alte Vater in ihm durch, den er besser direkt kehrtmachen ließ. Nichts war schlimmer als ein Vermieter, der sich in private Angelegenheiten einmischte.

Inzwischen war es halb zehn, und er saß immer noch am Kaffeetisch. Dylan lernte oben in seinem Zimmer für seinen Abschluss, Milan schlief noch, und Janis machte sich nun schon seit einer Stunde über seine Briefmarkensammlung her. Anscheinend konnte sie sich nicht entscheiden, ob sie die Marken nach Alter, Größe, Ländern, Werten oder Anzahl der Zähne sortieren sollte. Jedem ernsthaften Sammler wäre das Herz stehen geblieben, so wie sie die Marken auf dem Boden verteilte und immer wieder hin und her schob. Doch ihre willkürlichen Kommentare amüsierten ihn. Mal handelten sie von Kakteen im Straßenverkehr, mal von lampiongesteuerten Wagenkolonnen. Einzig die Akte auf dem Sekretär störte das harmonische Bild des Wohnzimmers, aber an den Anblick würde er sich mit der Zeit wohl ebenfalls gewöhnen.

Versonnen sah er Janis zu, bis sie plötzlich aufsprang und zur Haustür ging. Sie öffnete sonst nie die Tür nach draußen. Verwundert folgte Theo ihr und sah im nächsten Moment in das verdutzte Gesicht des Briefträgers. Sie ging einfach an ihm vorbei und fing an, in den Briefen zu wühlen.

»Lassen Sie das!«, rief der Postbote, mit der Situation sichtlich überfordert.

»Dylan!« Es nützte nichts, Theo musste ihn rufen. »Kommen Sie bitte schnell!«

Ungewohnt zerknittert kam der Student in Jogginghose und Shirt die Treppe runtergerannt. Die Situation musste nicht erklärt werden. Wann immer der Postbote versuchte, Janis' Hände von den Briefen fortzuschieben, schrie sie wütend auf, was den Mann verschreckt zurückzucken ließ.

»Wenn wir sie kurz machen lassen, dann …«

Der Postbote ließ Dylan nicht aussprechen. »Kurz machen lassen? Sie soll gefälligst ihre Finger von den Briefen nehmen. Außerdem bringt sie alles durcheinander!« Mit vollem Körpereinsatz schob er Janis' Hände fort. »Aufhören, sofort!«

Janis schrie, zog die Arme an, nur um im nächsten Moment wieder nach den Briefen zu greifen.

Nun sah Theo also, was passierte, wenn man sie von etwas abhalten musste, was sie sich in den Kopf gesetzt hatte. Als Dylan sie gewaltsam von dem Fahrrad wegdrängte, schrie sie die ganze Nachbarschaft zusammen. Einige sahen aus den Fenstern oder kamen auf die Straße.

»Die ist ja irre!«, kommentierte der Postbote, drückte Theo drei Briefe in die Hand und schob schnell sein Rad zum nächsten Haus.

Janis wand sich in der aufgezwungenen Umarmung, sah der Tasche mit den Briefen nach und stemmte sich gegen ihren Bruder. Sie zu halten sah nach Schwerstarbeit aus.

Sie musste auf den Postboten gewartet haben. Vielleicht, um die Briefmarken besser zu verstehen. Es dauerte ganze sieben Minuten, bis der Briefträger nicht mehr zu sehen war, Janis endlich verstummte und ihre Gegenwehr erstarb.

Erschöpft und verschwitzt ließ Dylan sie los und folgte ihr ins Haus. Theo ging als Letzter durch die Tür und schloss hinter sich ab. *Wenn das zu einem anderen Zeitpunkt passiert wäre* – Theo mochte sich das nicht einmal vorstellen. Dylans Kraft konnte er nicht mehr aufbringen; wer sollte Janis dann festhalten, ohne dass sie Schaden nahm?

Wieder im Haus, stapfte Janis beleidigt die Treppen hoch und verschwand in ihrem Zimmer.

»Kommen Sie mit, ich habe gerade frischen Kaffee gemacht«, lud Theo Dylan ein. Das stimmte nicht ganz, der Kaffee war bereits eine Stunde alt, aber er war dank Warmhalteplatte noch schön heiß.

»Ich kann mich jetzt eh nicht mehr konzentrieren«, sagte Dylan mürrisch.

»Es tut mir sehr leid, ich wusste nicht, dass das passieren würde.«

Bedauern und Schuldgefühl verhärteten Dylans jungen Züge. »Sie können ja nichts dafür. Weiß der Geier, was Janis geritten hat.«

Im Wohnzimmer trat er beinahe auf die Briefmarken. Er sah von den kleinen Papierrechtecken zu Theo. Sie wussten beide, dass die Marken der Auslöser gewesen sein mussten, aber auch, dass sie keine davon anfassen durften.

»Haben Sie Briefumschläge?«

Theo nickte. »Sicher, wie viele brauchen Sie?«

»Wie viele Marken sind es?«

Wie gut, dass ich kein Sammler bin. Er versorgte Dylan mit einem Kaffee, dann suchte er nach den Umschlägen. Die angebrochene Hunderterpackung reichte zwar nicht für die Marken, aber wenn Dylans unausgesprochene Idee fruchtete, dann würde er schnell welche nachkaufen.

Milan kam in die Küche. »Was war denn das für ein Geschrei?« Rein optisch passte er zu Dylan, so verschlafen und zerwühlt sah er aus. Die wirren Locken klebten auf der rechten Seite platt am Kopf.

»Der Postbote hat seine Briefe gegen Janis verteidigt«, erklärte Theo.

»Wow, ich dachte, es sei sonst was passiert! Das hat mich aus dem Tiefschlaf gerissen.« Er ließ sich ebenfalls einen Kaffee reichen und setzte sich an den Küchentisch. »Schreit sie immer so, wenn sie ihren Willen nicht bekommt?«

»Nein«, sagte Dylan mürrisch. »Nur, wenn man sie anfasst.«

Theo fiel auf, dass Milan auf diese Aussage seltsam reagierte.

Er wandte sich ab, als wäre ihm die Vorstellung unangenehm. Nun verstand er anscheinend, warum er sie lieber nicht abhalten sollte, ginge sie je in sein Zimmer.

»Es ist gestern ja sehr spät bei Ihnen geworden.« Theo hoffte, dass es nicht allzu kritisch rüberkam.

Aber Milan störte sich offensichtlich nicht daran. »Ich habe letzte Nacht viele Fotos in der Innenstadt gemacht und bin dann in einen Junggesellinnenabschied geraten, der mich etwas in feuchtfröhliche Mitleidenschaft gezogen hat.« Sein Grinsen sprach für viel Alkohol und ein kleines Abenteuer.

»Du lässt nichts anbrennen, oder?«, sagte Dylan, der gänzlich anders als Milan leben musste. Es schwang etwas Neid in seinem Tonfall mit, was Theo ihm nicht verdenken konnte. Er war ein gut aussehender junger Mann, aber seine Lebensumstände ließen wenig Platz für Freiheiten.

»Sagen wir mal, ich habe gern Spaß.« Milan prostete ihm mit dem Becher zu und zwinkerte. Sein Blick wanderte zu der Akte. Offenbar beschäftigte der Fall jeden in diesem Haus.

»Wir werden uns an den Anblick gewöhnen«, sagte Theo und goss sich etwas heißen Kaffee nach.

»Ich frage mich, ob Janis sich bewusst ist, dass sie einen offenen Fall dort platziert hat. Was, wenn man ihn noch lösen kann?«, sinnierte Milan.

Theo lehnte diesen Gedanken ab. Eine gewisse Neugier schwelte zwar in seinem Unterbewusstsein, aber er hatte nicht vor, sich als Pensionär lächerlich zu machen, indem er seine Nase in Dinge steckte, die ihn nichts mehr angingen.

»Was, wenn Janis mehr in den Unterlagen sieht? Ich wüsste zu gern, was das ist.«

»Das habe ich mir auch schon gedacht«, stimmte Dylan zu. »Sie nimmt alles etwas anders wahr. Gut möglich, dass ihre Perspektive ein neues Licht auf die Fakten werfen würde.« Dann schüttelte er über sich selbst den Kopf. »Aber sicher nicht so, wie wir uns das vorstellen. Es kann ebenso gut sein, dass sie nach Schriftart oder Papierstärke geht. Was mir lieber wäre, weil ich den Gedanken nicht mag, dass sie etwas sehen kann, was wir nicht sehen.«

Milan sah ihn fragend an. »Vielleicht sollten wir die Akte mal jemandem zeigen, der wie deine Schwester ist, sich aber anderen mitteilen kann?«

Dylan zog das Kinn zur Brust und umklammerte seinen Becher. »Du meinst, jemand wie der gestörte Pathologe, Dr. Konrad Gall, der den Bericht geschrieben hat? Der ist eine regelrechte Legende unter den Studierenden. Er liebte es, zuzusehen, wie die Polizei im Dunkeln tappte, während die hilfreichen Details direkt vor den Beamten auf dem Tisch lagen und in seinen Berichten Erwähnung fanden. Der wurde vor Jahren weggesperrt.«

»Der Fünf-Sterne-Killer«, sagte Theo. »Ich erinnere mich an den Fall. Hat damals für mächtig Wirbel gesorgt und einen Kollegen beinahe seine Pension gekostet.«

Milan stand auf und holte die Akte. »Ob Janis etwas dagegen hat, wenn ich sie in Ruhe durchlese?«

Mit einem Schulterzucken bedeutete Dylan ihm, zu tun, was er nicht lassen könne. Theo gab ebenfalls seinen Segen. Das alte Rätsel würde der ambitionierte Journalist nicht lösen, aber es schadete niemandem, wenn er sich die Akte ansah.

Milan schlug den Deckel auf und tippte auf den Bericht des Pathologen. »Wenn du denkst, er hat das Gleiche gesehen wie deine Schwester, warum statten wir ihm dann nicht einen Besuch ab?« Er sagte es so beiläufig, als ginge es um das Laub auf der Außentreppe, das mal weggefegt werden müsste.

»Man kann nicht *mal eben* in die forensische Psychiatrie spazieren und einen Serienkiller ausfragen. Rieckers sagte damals, man solle den Schlüssel zu Galls Zelle wegwerfen, weil dieser Mann abgrundtief böse ist.«

»Aber wenn Sie als ehemaliger Polizist einen Termin bekommen? Wie schlimm kann das schon werden, wenn er die ganze Zeit bewacht wird?«, hielt Milan dagegen.

Theo schürzte die Lippen und dachte darüber nach.

»Ich könnte Sie begleiten.«

Ein reizvoller Gedanke, aber Theo winkte ab. Das war albern und viel zu viel Aufwand. Wie sollte er erklären, warum er einen abartigen Mörder besuchen wollte? Wahrscheinlich würde sein Antrag eh abgelehnt.

»Oder ich geh allein«, ergänzte Milan.

»Ist Ihnen langweilig, mein Freund?«

Ertappt blickte Milan auf die Dokumente. »Okay, ich will ganz ehrlich sein.« Reden, die mit diesem Satz anfingen, waren meist gelogen oder besonders interessant. »Diese alte Akte strahlt etwas aus, was ich schwer benennen kann. Ich habe einen Riecher für gute Storys, und hier liegt eine.«

»Wie kommen Sie auf einmal darauf?«

Verlegen neigte Milan den Kopf und fuhr sich mit einer Hand durch die Locken. »Janis ist besonders. Sie hat eine spannende Art, ihre Umwelt wahrzunehmen, und ich glaube, wenn sie in dieser Akte etwas Bemerkenswertes sieht, sollte man hinschauen.«

Hinter dieser Aussage schien mehr zu stecken. Theo hatte angenommen, bei allen Begegnungen der beiden dabei gewesen zu sein, aber irgendetwas hatte sich an Milans Einstellung zu Janis geändert.

Auch Dylan hatte aufgehorcht. »Woher willst du wissen, wie sie die Welt wahrnimmt?«

Milan schloss die Akte, nippte an seinem Kaffee und drehte anschließend den Becher zwischen den Fingern. »Sie hat gestern meine Sachen sortiert.«

»Ich weiß, tut mir leid. Als ich sie aus deinem Zimmer geholt habe, war sie schon fertig, und du hast geschlafen.«

Theo glaubte nicht, dass Milan ihr Tun verschlafen hatte. Wahrscheinlich hatte er Janis beobachtet, was die plötzliche Faszination erklärte.

»Denkst du nicht, dass sie mehr von der Außenwelt mitbekommt, als es den Anschein hat?«

In Dylan richtete sich wieder der Beschützer auf. Er machte sich groß und verschränkte die Arme vor der Brust. »Lass sie einfach nur in Ruhe«, sagte er langsam und mit dunkler Stimme.

»Ich ertrage keine übergriffige Anteilnahme mehr. Es läuft immer gleich ab: Erst will man helfen, dann bemüht man ein paar Klischees oder Google und wenn man dann irgendwann begreift, dass sich an ihrer anstrengenden Art absolut nichts ändern lässt, haut jeder ab. Spar dir den Aktionismus.«

»Aber ich glaube, sie mag mich.«

Dylan stand so schnell auf, dass der Becher durch das Abstützen auf dem Tisch überschwappte. »Bist du bescheuert?«, fuhr er Milan an. »Wenn du sie anfasst, hacke ich dir die Finger ab«, drohte er so ernst, dass Theo ihm sogar glaubte, dass er zu so etwas fähig wäre, wenn es um seine Schwester ging.

»Also wirklich, Junge, setz dich wieder, Milan hat es sicher nicht auf diese Weise gemeint.«

Doch Dylan blieb stehen und fixierte sein Gegenüber. »Scheiße, er kennt Janis gerade mal ein paar Tage …«

»Nun komm mal wieder runter«, sagte endlich auch Milan. »Ich sagte, dass ich glaube, dass sie mich mag, nicht andersrum. Denkst du ernsthaft, ich würde sie anfassen?« Lässig lehnte er sich auf dem Stuhl zurück und hielt die Hände hoch. »Ich tu ihr garantiert nichts.«

»Du wärst nicht der erste Kerl, der es ausnutzt, dass sie sich nicht mitteilen kann.«

Milans Gesichtsausdruck wandelte sich von Arglosigkeit in Betroffenheit. Er wurde schlagartig ernst. »Sie wurde doch nicht …«

Theo hoffte, dass Dylan die unausgesprochene Annahme nicht bestätigte.

Dylan ließ sich zurück auf den Stuhl fallen und rieb sich mit beiden Händen übers Gesicht. »Ich bin zum Glück in der Nähe gewesen, als sie schrie. Die Anzeige gegen mich wegen Körperverletzung wurde fallen gelassen. Leider ist der Typ mit einem blauen Auge davongekommen. Im wahrsten Sinne des Wortes.«

»Shit, das erklärt natürlich, warum du so reagierst, aber ich schwöre dir, dass ich so was niemals tun würde«, versicherte Milan.

Dylan nickte erschöpft, aber Theo reichte dieser Schwur nicht. Immerhin war ihm aufgefallen, dass der junge Mann Janis inzwischen anders anschaute. Eine gewisse Zuneigung konnte er schlecht leugnen, aber wie weit würde er gehen, wenn er glaubte, dass sie ihn auch mochte? »Wie kommen Sie darauf, dass Janis Sie mag?«

Milan wurde rot. Als Dylan das bemerkte, ballte er die Hände wieder zu Fäusten.

»Weil sie mich angefasst hat, als sie dachte, dass ich schlafe.«

»Angefasst?« Dylan sah nicht so aus, als würde er auch nur ein falsches Wort verzeihen.

»Na, sie hat mich erst angestupst, dann hat sie mir die Haare aus dem Gesicht gestrichen. Das hat auf mich den Eindruck gemacht, sie würde mich mögen. Mehr nicht.«

Die Probleme, die dieses Geständnis mit sich brachte, lagen auf der Hand. Wahrscheinlich musste Dylan schon länger damit rechnen, dass seine Schwester trotz ihrer Behinderung Gefühle für jemanden entwickelte. Die Frage war, wie intensiv sie werden konnten und ob Janis eine Zurückweisung verstehen würde.

Dylan stand auf und ging ein paar Schritte durch die Küche. »Es wird nie besser«, sagte er resigniert. »Immer nur anders.« Er sah verzweifelt und erschöpft aus. »Wir schauen erst mal, ob sie nur neugierig gewesen ist. Das hat noch gar nichts zu bedeuten.«

»Sicher«, stimmte Milan zu. »Ich sehe das genau wie du. Es wäre doch cool, wenn sie sich hier so zu Hause fühlt, dass sie etwas aus sich herausgeht, oder?«

Mit einer Hand im Nacken blieb Dylan stehen und drehte sich zu ihm um. »Das bedeutet aber auch, kein Gerede mehr über Treffen mit Psychopathen und alte Fälle. Wir lassen die Akte ein paar Tage auf dem Tisch liegen, und dann schließen wir sie weg, okay?«

Theo stimmte zu, aber Milan sah zur Akte und zog die Schultern hoch. »Weiß nicht … Es wäre schon spannend, dem nachzugehen.« Er beugte sich wieder vor und tippte mit den Fingern auf den Deckel.

Dylan gab einen abfälligen Laut von sich. »So kann nur jemand reden, der nicht ständig Leichen vor sich auf dem Tisch liegen hat.«

Theo musste ihm innerlich Recht geben. Die Realität war erschreckend brutal und hinterließ Eindrücke, die man nicht mehr aus seinem Gedächtnis löschen konnte.

»Komm doch mal mit in die Leichenhalle und guck dir ein paar an, ich veranstalte gern eine Führung für dich«, setzte Dylan sarkastisch nach, um das Thema zu beenden.

»Nicht nötig«, sagte Milan, zog ein Taschentuch aus der Hosentasche und wischte den Kaffee vom Tisch. »Vor einem Jahr bin ich Ersthelfer bei einem Busunglück gewesen. Da habe ich genügend Leichen, Körperteile, verletzte und schreiende Menschen gesehen. Du solltest meinen Enthusiasmus nicht mit Sensationslust verwechseln.«

Nach diesen Worten wurde es eine Weile still am Tisch. Das Ticken der Wanduhr behauptete sich gegen das leise Rauschen der Heizung. Oben rumpelte etwas – Janis räumte offenbar wieder um.

Theos Gedanken gingen zu Anna Petzlov zurück. Da war etwas in ihren gebrochenen Augen gewesen, was er nicht vergessen konnte. Als wären Anklagen darin festgebrannt gewesen, die niemand übersehen sollte, der ihre Leiche erblickte. »Nur mal hypothetisch«, sagte er schließlich. »Angenommen, ich statte dem Pathologen einen Besuch ab: Was, wenn er mir verrät, was es mit den Blutwerten auf sich hat? Mord verjährt zwar nicht, aber ich glaube nicht, dass jemand den Fall wieder aufrollen will.«

Milan grinste begeistert, aber Dylan machte einen ablehnenden Eindruck.

»Das sehen wir dann«, sagte Milan.

Im Grunde brauchten sie Dylan nicht. Jeder tat das, was er gerade tun musste. Der junge Student bereitete sich weiterhin auf das Staatsexamen vor, Milan durfte seine investigative Seite ausleben, und Theo konnte sich eine Zeitlang seines langweiligen Rentnerdaseins entledigen.

Aus der Interviewreihe »Serienkiller und ihr Umfeld«
Dr. Sebastian Graaf, Psychiater

Die menschliche Natur folgt dem Gesetz des Stärkeren – immer. Gesellschaftlich haben wir Regeln und ein Belohnungssystem erschaffen, um ein friedliches Miteinander abzusichern, weswegen die Machtkämpfe subtiler ausfallen. Mobbing, Unterdrückung von Partnern, Kindern, Untergebenen und so weiter. Gucken Sie sich die Gesellschaft mal an, dann sehen Sie es selbst. Wenn man diese Tatsache akzeptiert, weiß man auch, wie man Triebtäter behandeln muss, damit sie ihre Gelüste unterdrücken können. Das macht meine Arbeit so erfolgreich.

11

Die Stimme klang nach Felix, aber er sprach ganz normal, kein Wort wurde wiederholt, obwohl er bei dem Treffen nicht einen Satz ohne diesen Tic hatte aussprechen können. Irrte sie sich?

»Kommen Sie ins Licht«, sagte sie, so laut sie in ihrer Angst konnte. Trotzdem kam kaum mehr als ein Flüstern über ihre Lippen. Ihre Gefühle waren nicht zu bändigen. Aufregung, Angst, Erschöpfung und aufkommende Panik wurden in ihrem Körper zu einer Masse geknetet, die abwechselnd die unterschiedlichsten Reaktionen auslöste. Zittern, Zucken, Herzrasen, unregelmäßige Atemstöße, als verlöre sie die Kontrolle über sich selbst. Ferngesteuert von einem Mann, der hinter dem Gitter in der Finsternis saß.

»Nimm deine Tabletten, dann reden wir.«

»Nein«, brachte sie hervor. »Das haben Sie gestern auch gesagt, aber die Medizin hat mich ausgeknockt. Ich will jetzt Antworten hören!«

In der Dunkelheit knirschte etwas, er bewegte sich.

»Sie sind nun schon drei Wochen hier, und jeden Tag müssen wir von vorn beginnen. Muss ich Ihnen alles noch mal erzählen? Na los, ich habe die Medikation geändert, ich verspreche, dass Sie diesmal wach bleiben werden.«

Drei Wochen? Das konnte nicht stimmen. »Was haben Sie mit mir gemacht?«

Kalter Schweiß bildete sich auf ihrem Gesicht. Sie musste einen Moment den Kopf an die Wand lehnen und gegen den Schwindel anatmen.

»Sie sind meine Patientin, weil Sie eine Gefahr für sich selbst und andere sind. Sie haben Ihren Mann getötet, wissen Sie das denn nicht mehr?« Ungeduld schwang in seiner Stimme mit, als wäre er es tatsächlich leid, ihr alles noch mal zu erklären. Aber Tanja konnte sich an nichts erinnern.

»Kai?« Ihre Augen weiteten sich, während zeitgleich das Entsetzen seine frostigen Finger um ihre Kehle legte. Das war unmöglich! Sie hatten sich gestritten, aber niemals könnte sie ihrem Mann etwas antun.

»Sie müssen Ihre Tabletten nehmen, wenn Sie mit mir reden wollen. Ansonsten müssen Sie wieder am Bett fixiert werden.«

Durch das Rauschen in ihren Ohren war er kaum zu hören. Tanja glaubte zu ersticken, ihr Körper krampfte, sie würgte.

»Kommen Sie schon, wir wollen doch nicht jeden Tag dieselbe Szene durchleben. Stehen Sie auf und nehmen Sie die Tabletten.«

Mühsam drehte sie sich um, sodass sie zur Zimmertür schauen konnte.

»Vielleicht nehmen Sie heute mal ein Bad, das wird Ihnen guttun.«

Sie brachte all ihre Kraft auf, um in Richtung Zimmer zu kriechen. Ein Atemzug gelang, dann ein weiterer.

»So ist's gut. Vielen Dank für Ihre Kooperation.«

Als sie es endlich ins Zimmer und auf das Bett geschafft hatte, zitterte sie am ganzen Leib. Es fiel ihr schwer, nach dem kleinen Pillenbecher zu greifen und ihn zum Mund zu führen. Bei dem Glas wurde es noch schwieriger. Wasser schwappte über den Rand und machte das Gefäß rutschig.

Kai.

Egal, wie sehr sie sich anstrengte, ihre Erinnerung endete bei der Umarmung.

Sie trank alles aus, dann glitt ihr das Glas aus der Hand und polterte ohne zu zerschellen auf den Betonboden. Es dauerte nur wenige Minuten, dann entfalteten die Medikamente ihre Wirkung. Tanja wurde ruhig und entspannt. Wie von selbst sank sie auf das Bett nieder. Nur ihre Sinne blieben wach.

Sie hörte, wie das Gitter geöffnet wurde, Schritte im Flur, dann stand er im Licht: Felix. Er war es tatsächlich.

»Viel besser, nicht wahr?«

Ihr Blick ruhte auf dem weißen Kittel, den er trug.

»Ich werde wohl nie verstehen können, wie sich der Schmerz anfühlen muss, der Ihnen innewohnt. All die Pein, die Ihnen sagt, Sie seien wertlos und ungeliebt.«

Tanja horchte in sich hinein, aber außer Angst und Verzweiflung waren da keine Gefühle.

Er kam näher und setzte sich auf die Bettkante.

»Sie stottern ja gar nicht mehr«, sagte sie mit dünner Stimme.

»Stottern?« Mit einer Hand strich er ihr die Haare aus der Stirn. »Sie haben wieder geträumt. Erzählen Sie mir davon.«

Nahezu liebevoll ließ er seinen Daumen über ihre Wange gleiten, dann drehte er sie an der Schulter auf den Rücken. Selbst wenn Tanja gewollt hätte, gehorchte ihr kein Muskel mehr. Als wäre ihr Körper nur noch aus Blei.

»Wir haben uns im Wartezimmer kennengelernt und sind einen Kaffee trinken gegangen.« Ihre eigene Stimme klang fremd und ganz weit weg.

»Das ist gut«, sagte er sanft. »Sie scheinen langsam bereit zu sein, mir entgegenzukommen. Damit können wir arbeiten. Dass ich in Ihrem Traum gestottert habe, ist wohl dem Wunsch geschuldet, mich mit einer Schwäche auf Ihre Ebene runterzuziehen. Was war das für ein Wartezimmer?«

Tanja schloss die Augen und schluckte. Die Benommenheit stieg langsam in ihren Kopf. »Bei einem Psychiater, der auch Eheberatung macht.«

Durch die geschlossenen Lider konnte sie sehen, dass sich der Raum verdunkelte. Er beugte sich über sie. »Sehen Sie? Sie wollen mitarbeiten, endlich gestatten Sie mir, Ihnen zu helfen. Erzählen Sie mir mehr darüber.«

Ihr Körpergefühl löste sich stetig auf, sie wurde ganz leicht, die Kälte verschwand. »Kai und ich wollten unsere Probleme in den Griff bekommen, aber Dr. Graaf hat bei mir ständig alte Wunden aufgerissen. Dann bin ich Ihnen begegnet. Wir haben uns über Kaffee unterhalten …«

»Dr. Graaf«, wiederholte er den Namen. »Das ist gut. Sie personifizieren die Auseinandersetzung mit Ihren Problemen und geben diesem Prozess einen archaischen Namen, um die Angst davor auszudrücken. Indem Sie mich zu einem stotternden Patienten gemacht haben, mit dem Sie reden können, lassen Sie das Vertrauen zu. Auf diesen Augenblick haben wir seit drei Wochen gewartet. Machen Sie weiter, Sie sind auf dem richtigen Weg.« Er legte eine Hand auf ihren Arm und streichelte sanft über ihre Haut. »Worüber haben wir im Café geredet?«

Sie erinnerte sich an das Café und den Kaffeeduft. »Alltägliches. Es ging mal nicht um meine Ehe oder meine Sorgen. Bis zu Kais Anruf fühlte ich mich richtig wohl, als könnte ich für einen Moment vergessen, wie schwer alles ist. Nach dem Streit haben Sie mich getröstet. Ich wollte sofort gehen, Sie haben bezahlt und mich ein Stück begleitet, weil ich so aufgewühlt war. Ich habe geweint, es hat so schrecklich wehgetan.«

»Also ist der Anruf eine Erinnerung an Ihre Tat gewesen. Sie verweigern sich selbst das Vergessen Ihrer Schuld, und sei es auch nur für ein paar Minuten, weil Sie glauben, kein Recht auf Glück zu haben. Was ist dann passiert?« Seine streichelnden Finger beschworen das Gefühl seiner innigen Umarmung wieder herauf. Sie hatte diesen Fremden so festgehalten, wie man keinen anderen Mann festhalten sollte. Er war für sie da gewesen, hatte ihr den Trost geschenkt, den sie so bitter nötig gehabt hatte, seine Wange war an ihrer spürbar gewesen, sein Atem über ihren Hals gestrichen. All das war real und präsent in ihrem Kopf. Das konnte kein Traum gewesen sein.

»Was ist dann passiert?«, wiederholte er seine Frage.

Sie leckte sich über die Lippen und zog die Brauen zusammen.

»Sagen Sie es mir?« Seine Hand blieb auf ihrer Ellenbeuge liegen. »Egal, was es ist, Sie haben es nur geträumt, es gibt nichts, was Ihnen unangenehm sein muss. Geben Sie jetzt nicht auf, Sie sind auf dem richtigen Weg.«

»Ich … Ich glaube, wir haben uns geküsst«, gestand sie. Tränen quollen durch ihre geschlossenen Lider und rollten über ihre Wangen.

Er verlagerte das Gewicht auf der Bettkante, wodurch er ihr

noch näher kam, und in ihr entstand der Wunsch, er möge sie noch einmal festhalten. Genau so wie in dem Traum, weil ihr die Nähe gutgetan hatte.

»Danke«, sagte er leise. »Ich verspreche Ihnen, dass ich für Sie da sein werde. Gemeinsam holen wir Sie aus der Dunkelheit zurück ins Leben. Halten Sie sich an dieser Erinnerung fest, damit Sie nicht vergessen, wie sehr Sie mir vertrauen können. Was Sie getan haben, ist grausam gewesen. Ein psychotischer Akt, der Ihnen alles genommen hat, was Sie lieben. Erst wenn Sie die Verantwortung und die Schuld annehmen, wird Ihnen auch Vergebung zuteil werden. Jene Vergebung, die Sie selbst aufbringen müssen, um Ihr Seelenheil zu finden.«

Es kam ihr vor, als legte er sich neben sie, als der Rausch sich vollends in ihrem Kopf ausbreitete und sie das Bewusstsein verlor.

Aus der Interviewreihe »Serienkiller und ihr Umfeld«
Petra Müller, Politik-und-Soziales-Bloggerin

Viele Morde werden niemals aufgeklärt, wenn die Opfer vollkommen willkürlich gewählt werden. Bei all der Überwachung und den heutigen Möglichkeiten rutschen immer wieder welche durch, die das System umgehen. Heiner Munchhaupt ermordete drei Jahrzehnte lang Obdachlose in der Hamburger Innenstadt, ohne dass überhaupt ermittelt wurde, weil seine Taten wie natürliche Tode aussahen. Erst als er zu krank für die Straße war und eine bessere Gesundheitsversorgung brauchte, stellte er sich der Polizei. Da er Buch über jeden Mord geführt hatte, konnten seine Behauptungen überprüft und bewiesen werden. Er liegt nun schon seit Monaten im Zentralkrankenhaus in Santa Fu.

12

Theo wusste nicht genau, ob er es Milan zum Gefallen tat oder für sich selbst, aber als er in der U1 Richtung Messberg saß, befand sich der Bericht des Pathologen in seiner Tasche. Im *Gröninger* trafen sich einmal im Monat Pensionäre und aktive Polizisten zum inoffiziellen Stammtisch. Es waren meist mehr alte Hasen vertreten, und die Themen waren immer die gleichen. Aber für jemanden, der sonst kaum soziale Kontakte pflegte, war es eine gute Gelegenheit, mal unter Menschen zu kommen. Außerdem genoss Theo die Treffen, weil er sich in diesem Kreis niemandem erklären musste. Die Polizeiarbeit hinterließ bei jedem Beamten Spuren; nicht alles wollte man Außenstehenden mitteilen. Einmal im Monat reichte es, gemeinsam die Gläser zu erheben und nichts zu sagen, um verstanden zu werden.

Mit etwas Glück würde er an diesem Abend auf Eberhard Rieckers treffen. Ein Pensionär, der es geschafft hatte, in seinem letzten Dienstjahr noch zu einer kleinen Legende zu werden. Eberhard selbst hatte diese Tatsache mal mit Kohlrouladen auf einem goldenen Teller verglichen, weil er so ziemlich der bodenständigste Mann war, der je in den Ruhestand geschickt worden war. Das Tamtam um seine Leistungen perlte einfach von ihm ab. Selbst jetzt noch, wenn einer der Kollegen die Heldengeschichten in den Fokus zerrte, seufzte er höchstens mal auf.

Eberhard war es gewesen, der den Pathologen seinerzeit hinter Gitter gebracht hatte. Genau genommen stellte der alte Haudegen nun das Zünglein an der Waage dar. Sollte Theo ihn antreffen, würde er ihn um seine Meinung bitten. Und nur wenn Eberhard die Ungereimtheiten ebenfalls bemerkenswert fand, würde er der Sache weiter nachgehen. Ganz gleich, ob Milan nun fest davon ausging, dass daraus richtige Recherchen oder Ermittlungen erwachsen würden.

Schon als Theo das gewölbeartige Lokal betrat, hörte er die lauten Gespräche der Kollegen.

Eberhard saß mit Dabels an einem Tisch. Ein Anblick, den man nicht so häufig sah, da Dabels nach Möglichkeit engeren Kontakt mit ihm vermied. Der jüngere Kollege hatte Rieckers *beerbt* – das bedeutete, dass er Rieckers Posten übernehmen musste, was weniger glamourös war, als jeden Tag in seinem alten Büro im *Stern* zu sitzen.

»Ist hier noch frei?« Theo deutete auf den Stuhl am Kopfende zwischen Eberhard und Dabels.

Eberhard machte eine einladende Handbewegung. »Na sicher, setz dich nur.«

Nach einem Gruß in die Runde setzte Theo sich und bestellte auch gleich ein Bier bei der Bedienung.

»Was brennt dir auf der Seele?«

Theo schüttelte den Kopf. »Wie kommst du darauf, dass ich was will?«

»Na ja, normalerweise sitzt du immer am anderen Tisch bei Kalle und Peter, und heute bist du direkt zu uns gekommen. Ich bin gespannt, also?« Eberhard rieb sich über die Wange, was durch die Bartstoppeln ein kratzendes Geräusch erzeugte. Wie immer trug er ausschließlich Schwarz, weshalb die Schuppen auf seinen Schultern auffielen. Ein leicht zu unterschätzender Mann, der im Dienst nur schwer zu ersetzen war.

»Im Grunde ist es nichts«, sagte Theo einleitend und zog den Bericht aus der Tasche. »Ich habe nur gedacht, dass du …« Er sah zu Dabels. »Ich meine, dass ihr mit diesem Pathologen, Konrad Gall, damals zu tun hattet und dass ihr mir deshalb eine kleine Einschätzung geben könntet.«

Während Dabels merklich zusammenzuckte, stützte sich Eberhard interessiert auf der Tischplatte ab.

»Für dieses Gespräch habe ich definitiv zu wenig Bier«, sagte Dabels und winkte die Bedienung heran.

»Ich habe hier den Bericht von einem Opfer, das vor zehn Jahren ermordet worden ist. Dr. Gall hatte die Tote damals untersucht und einige auffällige Werte hervorgehoben.« Theo strich das Papier glatt und schob es Eberhard zu. »Sie starb ganz offensichtlich an dem Schädeltrauma, dennoch wüsste ich gern, was es mit diesen Werten auf sich hat.«

Während Eberhard die Zeilen überflog, gab Dabels seine Bestellung auf und wandte sich dann wieder Theo zu. »Der Fall ist zehn Jahre alt, wen interessiert's?«

»Er wurde nie abgeschlossen.«

Mit einem gleichgültigen Ausdruck wischte Dabels mit der Hand durch die Luft. »Und da haben Sie sich gedacht, Sie suchen sich im Ruhestand ein neues Hobby und lösen mal ein paar Cold Cases?«

Noch bevor Theo sich eine gute Ausrede ausdenken konnte, kam ihm Eberhard mit einer Antwort zuvor. »Wenn Sie in unser Alter kommen und den ganzen Tag zu Hause sitzen, dann holt Sie auch so manch alter Fall wieder ein, der Ihnen im Laufe Ihrer Karriere besonders nahegegangen ist. Vielleicht schreibt unser Kollege ja ein Buch darüber?«

»Ja, tatsächlich, ich denke darüber nach«, nahm Theo die Ausrede dankbar an. Ihm war klar, dass Eberhard ihn durchschaut hatte.

»Wenn ich in Ihrem Alter bin, dann habe ich mein Haus in Spanien und werde sicherlich an schönere Dinge denken.«

Nach Theos Auffassung tat Dabels das jetzt schon mehr, als er sollte.

»Jedenfalls wüsste ich gerne, wie Dr. Galls Arbeit zu bewerten ist. Hat er diese erhöhten Werte markiert, weil er sie für relevant hielt oder weil das zum Standardprozedere gehört?«

Das Bier wurde gebracht; Eberhard bestellte sich einen großen Kaffee. »Nehmen Sie bitte den größten Pott, den Sie haben.«

Mit einer beiläufigen Bewegung schob er die Zettel zu Dabels rüber, doch in dieser Bewegung lag die unausgesprochene Aussage, dass dieser Kollege nichts Sinnvolles beitragen würde, und Theo stimmte dem hundertprozentig zu. »Dr. Gall liebte die Toten geradezu. Ich kann mir vorstellen, dass er immer mit einer gewissen Akribie an die Arbeit gegangen ist, aber was er ebenso liebte, war, im Dunkeln tappenden Polizisten die Indizien dicht unter die Nase zu halten und sich daran zu erfreuen, wenn diese sie nicht erkennen konnten. Wenn es eine Art Mörderkodex gibt, dann traue ich ihm durchaus zu, seinesgleichen nicht zu verraten.«

Das deckte sich mit dem, was Dylan über Gall gesagt hatte.

»Im Bericht geht er auf die markierten Werte gar nicht ein«, merkte Dabels an und legte die Zettel auf den Tisch zurück. »Ich glaube nicht, dass sie eine Rolle gespielt haben.«

»Genau das macht mich ja so stutzig!« Theo blieb bei der Sache.

»Es wäre gut, wenn wir andere Berichte von Gall hätten, um sie mit dem hier zu vergleichen.«

»Die liegen ja auch mal eben so zur Einsicht herum. Woher haben Sie diesen überhaupt?«

Nun musste Theo grinsen. »Recherche fürs Buch.«

Dabels sah von Theo zu Eberhard, schüttelte den Kopf und wechselte wortlos den Platz.

»Kollege Dabels macht inzwischen Fortschritte, aber ich fürchte, für ihn wird dieser Beruf immer nur ein Job sein.« Eberhard senkte seine Stimme und beugte sich verschwörerisch zu Theo. Zwei vom alten Schlag, die ausrangiert worden waren. »Was steckt wirklich dahinter? Was Persönliches?«

Theo zuckte mit den Schultern. Die Bedienung brachte den Kaffee für Eberhard und stellte Milch und Zucker daneben. Erst als sie gegangen war, antwortete Theo: »Ich habe ein paar Mitbewohner in mein Haus geholt, und eine davon ist Autistin.«

»Du hast eine WG aus deinem Zuhause gemacht?«

Theo winkte ab. »Lange Geschichte. Jedenfalls habe ich während meiner Dienstzeit ein paar Akten von ungelösten Fällen kopiert, weil ich fand, dass sich zumindest eine Person an die Opfer erinnern sollte, wenn schon die Mörder nicht gefunden wurden.«

»Ach, und die Autistin hat den Karton ausgegraben?«

Es war schon angenehm, mit einem Mann zu sprechen, dem man nicht alles einzeln erklären musste.

»Sie hat die Akte komplett auseinandergenommen und neu sortiert. Seitdem werde ich das Gefühl nicht los, etwas Wichtiges übersehen zu haben. Es lässt mir einfach keine Ruhe mehr.« Theo faltete den Bericht zusammen und steckte ihn wieder in die Innentasche seines Jacketts. »Wenn ich im Bett liege, kommen all die Bilder zurück. Wie ich damals alle verhört habe, wie ihre Leiche auf dem Boden lag, die Verhandlung ...«

»Das kenne ich«, sagte Eberhard mitfühlend. »Manchmal reden Marianne und ich die halbe Nacht über einen alten Fall. Es ist schon faszinierend, wenn man bedenkt, was wir in unserer Dienstzeit alles erleben mussten. Aber das, was uns wieder heimsucht, sind ganz andere Sachen.«

Genau so war es. Theo hatte neben diesem Fall zeitgleich andere Akten auf dem Tisch gehabt. Es war nicht wie im Fernsehen gewesen, dass er an einen Tatort gekommen war und fortan nur noch an der Auflösung dieses einen Falls gearbeitet hatte. Er war ja kein Sonderermittler gewesen. Neben Gewaltverbrechen musste er sich auch um Diebstahl, Hausfriedensbruch und Unfälle kümmern. Er hatte zur ersten Instanz eines ausführenden Apparats gehört.

Eberhard las in ihm, als er schwieg, das war so deutlich zu spüren, wie ein Buch es spüren musste, wenn seine Seiten umgeblättert wurden.

»Du hast immer mehr getan, als du musstest. Würdest du es heute noch einmal so machen?«, fragte Theo und tippte mit einem Finger gegen das Glas.

Eberhard reckte das Kinn. »Definitiv.«

»Dann sag mir, was du an meiner Stelle tun würdest.«

Ein Teil in ihm hoffte, Eberhard würde sagen, er solle die Sache ruhen lassen. So wie der Rat aller anderen Kollegen in diesem Raum lauten würde.

»Was wohl?« Eberhard lachte und trank von seinem Kaffee. »Ich würde meinem Instinkt folgen.«

Es war wie ein aufgeregter Jubelschrei, der durch Theos Eingeweide schallte. »Du meinst, ich soll zu Gall fahren und nachfragen?«

Nun beugte sich Eberhard wieder verschwörerisch nach vorn. »Dr. Konrad Gall wird dir nichts mit Worten verraten, die Wahrheit liegt mehr in seiner Körpersprache.«

»Dann begleite mich.«

Damit hatte Eberhard wohl nicht gerechnet. Er richtete sich wieder auf, und sein Kopfschütteln verneinte die Idee, noch bevor er überhaupt den Mund aufmachte. Mit einem Räuspern zögerte er die Antwort noch einen Herzschlag hinaus. »Ich wäre eine Ablenkung. Gall hatte damals einen Narren an mir gefressen. Warum nimmst du die Unterhaltung nicht auf Video auf, und wir treffen uns hinterher bei mir zu Hause? Marianne kocht den besten Kaffee der Stadt.«

Theo nahm das Bierglas in die Hand und prostete Eberhard zu. »Vielleicht schreiben wir das Buch ja gemeinsam?«

Grinsend prostete Eberhard mit seinem Kaffee zurück. »Und nun erzähl mir mehr über deine WG.«

Aus der Interviewreihe »Serienkiller und ihr Umfeld«
Klaas Friedberg, Polizist

Ich bin mal dabei gewesen, als so ein Serienkiller gefasst wurde. Sie nannten ihn damals den Klaviersaiten-Killer, weil er junge Männer zwischen zwanzig und fünfundzwanzig mit Klaviersaiten erdrosselt hat. Die Typen hatte er auf dem Strich eingesammelt und dann im Industriegebiet umgebracht. War 'ne große Sache, ich war nach der Verhaftung sogar in der Zeitung zu sehen, den Ausschnitt habe ich noch. Jedenfalls wollte der Kerl geschnappt werden. Er sah richtig glücklich aus, als wir ihn gestellt haben.

13

Theo fragte sich, warum er während des Stammtisches nicht schon öfter bei Eberhard gesessen hatte. Der vergangene Abend hatte etwas mit ihm gemacht, hatte ihn irgendwie wieder in die Spur gebracht. Und Eberhard Rieckers war daran nicht ganz unschuldig gewesen. Wo andere sagten, er solle sich mit seinem Ruhestand arrangieren und sich Hobbys suchen, verstand Eberhard genau, wie es ihm erging. Nicht zuletzt verdankte er seinem Kollegen sogar den plausiblen Vorwand für die Untersuchungen.

Er konnte seine Kinder schon sagen hören: »Ach Papa, du bist doch kein Schriftsteller!« Aber dieses Argument würde er schon abschmettern. Immerhin hatte er zu seinen Kindern damals auch nicht gesagt: »Lass den Ballettunterricht, du bist doch keine Ballerina«, oder: »Bernd, versuch's gar nicht erst, du wirst nie Onkologe.« Was sein Sohn trotz anfänglicher Studienschwierigkeiten letztlich doch geworden war. Gut, Theo hatte nicht wirklich vor, Schriftsteller zu werden, aber er wertete es als Synonym für »freier Ermittler«, selbst wenn er es nur für seinen Seelenfrieden tat.

Es hatte ihn den gesamten Vormittag und viele Telefonate gekostet, den Besuchsantrag für ein Treffen mit Konrad Gall zu stellen. Der ehemalige Pathologe befand sich in Einzelhaft in einer forensischen Anstalt. Einzelhaft, weil die Mitinsassen in seiner Nähe angefangen hatten, verrückt zu spielen. Es hieß, er hätte so viel Angst und Zwietracht in seinem Umfeld gesät, dass er sich ein Paradies aus Gewalt und Mordversuchen geschaffen habe.

In zwei Tagen durfte Theo mit Kamera und Notizblock eine Stunde beanspruchen, aber sein Vorwand, ein Buch zu schreiben, stieß dabei nicht gerade auf Begeisterung. Erst als er anbot, dass jemand vom Dezernat es zur Freigabe lesen dürfe, lockerte sich die Anspannung bei den Zuständigen etwas.

Zwei Tage, um die richtigen Fragen zu formulieren und sich mental auf den Besuch einzustellen. Eberhard hatte ihn bei der Verabschiedung nochmals eindringlich vor Galls Provokationen gewarnt. Ginge Theo auch nur auf eine davon ein, dann hätte Gall ihn in der Hand.

Andererseits hatte Theo nichts zu verlieren. Niemand erwartete, dass er überhaupt etwas erreichte. Im schlimmsten Fall wanderten alle Unterlagen in den Karton zurück, und Theo würde ihn so wegschließen, dass auch Janis daran nichts mehr ändern konnte.

Wie von diesem Gedanken gerufen, kam sie ins Wohnzimmer. Niemand sonst war im Haus. Dylan arbeitete, und Milan trieb sich irgendwo in Hamburg rum, um für das »Käseblatt« zu schreiben.

»Guten Morgen, Janis«, sagte Theo, obwohl es schon fast zwölf Uhr mittags war.

Ungerührt ging sie weiter und blieb einen Augenblick vor der Akte stehen.

Wenn du darüber nur reden könntest. Theo hätte zu gern einen Zugang zu ihren Gedanken gefunden.

»Ich werde den Pathologen treffen, der den Bericht geschrieben hat«, verriet er ihr, nur um zu sehen, ob irgendeine Reaktion kam. Aber Janis drehte sich um und ging in die Küche. Bislang stimmte es, die junge Frau stellte nichts weiter an, als Ordnung zu schaffen, und wenn sie mal keine Beschäftigung fand, strich sie durchs Haus und sah sich die Gegenstände an. Immer in der gleichen Reihenfolge: Wohnzimmer, Küche, Flur, Dylans und dann ihr Zimmer. Der Keller war bis auf die Garage nicht verschlossen, aber bislang machte sie keine Anstalten, hinunterzugehen.

Ihm fielen Dylans Worte wieder ein, dass sie Informationen besser wahrnahm, wenn man sie aufschrieb und zerriss.

Einen Versuch ist es wert.

Er nahm einen Zettel und schrieb ihr eine Nachricht:

Liebe Janis,

ich hätte gern deine Hilfe bei diesem Rätsel. Was soll ich den Pathologen fragen, wenn ich ihn besuche?

Anschließend zerriss er den Zettel in acht Teile und verstreute diese auf dem Esstisch.

Als sie nach einer halben Stunde ihren Rundgang wiederholte, blieb sie wie erwartet am Tisch stehen und fing an zu puzzeln. Die Reaktion war jedoch nicht wie erwartet. Sie ging in die Küche, stellte die Kaffeemaschine aus und verschwand nach oben.

Enttäuscht tippte Theo mit dem Kugelschreiber auf den leeren Block und versuchte, selbst auf die Lösung zu kommen.

Nach zehn Minuten standen gerade mal drei halbherzige Fragen auf dem Papier.

»Was tu ich hier eigentlich?«, fragte er sich laut. Statt Ideen waren eher Zweifel gewachsen. Diesen Fall würde er nach zehn Jahren nicht mehr lösen können, warum also die Mühe, ein paar Details trotzdem verstehen zu wollen? Wieder ging oben die Tür auf, zwanzig Minuten früher als erwartet. Mit ihren nackten Füßen verursachte Janis kaum Geräusche auf der Treppe, nur das Knarren mancher Stufen verriet, dass sie jeden Moment wieder alle Räume abgehen würde. Aber Janis ging diesmal direkt zum Bücherregal, zog zielstrebig ein Werk aus den akkuraten Reihen und ließ es an Ort und Stelle auf den Boden fallen. Dann sagte sie »Ach, Bäume werden überschätzt« in den Raum und ging weiter in die Küche.

Theo sah ihr nach, als würde sie sich jeden Moment umdrehen und ihm sagen, dass alles nur eine große Verarsche war. Natürlich tat sie das nicht, aber es war ihm unbegreiflich, wie man so leben konnte. Ständig erweckte sie den Eindruck, in einer ganz anderen Welt zu wandeln, in der gerade eine Cocktailparty mit vielen Gästen und den unterschiedlichsten Gesprächen stattfand. Als würde sie für diese Welt kurz ein Gespräch unterbrechen und anschließend den Faden wieder aufnehmen.

Bäume werden überschätzt. Theo schüttelte den Kopf. »Na,

wenn du meinst.« Er stemmte sich aus dem Sessel und ging zum Bücherregal hinüber. »*Veronica beschließt zu sterben*, Paulo Coelho«, las er Titel und Autor. Einer von Hildis heißgeliebten Romanen. Ein Ächzen kam ihm über die Lippen, als er ihn aufhob und an seinen Platz zurückstellte.

Nachdem sich die Szene jedoch mehrfach wiederholte, ließ er das Buch irgendwann einfach liegen. Wenn Janis' Ordnungssinn ein Buch auf dem Boden verlangte, bitte, dann sollte es eben dort bleiben. Theo dachte nur kurz darüber nach, ob sie ihm damit vielleicht etwas sagen wollte, aber es ergab wenig Sinn. Eine junge Frau beschließt zu sterben und landet in der Psychiatrie. Theo hatte sich damals mit Hildi den Film ansehen müssen, aber viel Eindruck hatte der Streifen nicht bei ihm hinterlassen. Hildi hingegen hatte ihn ganz zauberhaft gefunden und angefangen, über das Leben zu philosophieren. Wie sehr sie ihm fehlte!

Als Janis das nächste Mal zu ihm kam, strahlte sie eine unterschwellige Wut aus. Theo fühlte es mehr, als dass er Indizien dafür sah. Anscheinend wurde sie ungeduldig mit ihm, was ihn wiederum dazu brachte, die Hoffnung zu entwickeln, dass sie doch interagieren wollte. Sie griff nach einem anderen Buch und ließ es lautstark auf das erste fallen, dann lief alles weiter wie gewohnt.

Neugierig sah Theo nach, was es diesmal war. »Chemie neunte Klasse, also geht es um die Blutwerte?« Durch die offene Tür sah er Janis die Treppe wieder hochgehen. »Warte!«, rief er ihr nach. »Es geht um die Blutwerte richtig? Aber ich verstehe es nicht.«

Janis blieb nicht mal stehen.

Dann streng dich an, sagte er innerlich zu sich selbst und setzte sich mit beiden Büchern auf das Sofa. Den Rest des Tages würde er wohl mit Lesen verbringen müssen.

Aus der Interviewreihe »Serienkiller und ihr Umfeld«
Rebecca Ahlsen, Thriller-Autorin

Wahrscheinlich gibt es offiziell so wenige weibliche Serienkiller, weil sie so selten erwischt werden.

14

Alle hatten Kurt im Krankenhaus besucht, sogar Luise, die er erstmals in einer hochgeschlossenen Bluse gesehen hatte. Sie würde jetzt nichts mehr mit ihm anfangen. Keine, die von seiner Vergewaltigung hörte, würde das. Und Kurt wollte nicht mal daran denken, einer Frau wieder nahe zu kommen. Einige Freunde hatten gelacht und anzügliche Witze darüber gemacht, wie cool es sein musste, von einer notgeilen Frau zum Sex gezwungen zu werden. Als gäbe es die Wunde an seinem Hals nicht. Er schrieb es ihrer Hilflosigkeit zu, mit dieser Situation umzugehen. Kurt hatte halbherzig gegrinst, was besser war, als ihnen zu sagen, wie erniedrigend diese Erfahrung für ihn gewesen war. Dann hatten sie ihm distanzlose Fragen gestellt. Ob es so schrecklich gewesen sein konnte, wenn er doch offensichtlich erregt gewesen sein musste, damit es funktionierte. Ob die Frau nun schwanger sein könnte, und wie ätzend es wohl wäre, nach so einer Nummer auch noch Alimente zahlen zu müssen.

Als wäre es selbstverständlich, dass jeder Mann beim Sex, ob gewollt oder ungewollt, einen Höhepunkt erlebte. Für ihn waren es Schmerzen und Todesangst gewesen. Das, was den Koitus ermöglicht hatte, war keine Erregung gewesen, sondern dieses Zeug, mit dem sie seinen Penis behandelt hatte.

Susanne war anders. Sie saß schon seit zwei Stunden an seinem Bett und machte ihrem Rang als beste Freundin alle Ehre. Sie lenkte ihn ab, redete mit ihm wie mit einem Freund, dem etwas Entsetzliches passiert war, und scheute nicht davor zurück, sich alles anzuhören, wenn er über den Anschlag sprechen wollte.

»Hast du im Internet etwas gefunden?« Kurts Stimme klang heiser.

»Es gibt ein paar Artikel, die aber keine Hinweise darauf geben, dass du das Opfer dieser Gestörten bist. Dein Name wird aus der Öffentlichkeit rausgehalten.«

Das beruhigte ihn. Seine größte Sorge war, dass noch mehr Menschen davon erfuhren. Die Ärzte hatten gesagt, dass eine zirka zehn Zentimeter lange Narbe an seinem Hals zurückbleiben würde. So exponiert, dass er bis zum Ende seiner Tage sicher Fragen darüber ertragen müsste.

»Und ich habe ältere Artikel gefunden, in denen ähnliche Überfälle beschrieben wurden. Du scheinst nicht der erste Mann zu sein, den sie besucht hat, und …« Susanne brach ab und stand auf.

Kurt kannte seine Freundin in- und auswendig. Wenn sie etwas nicht zu Ende aussprechen wollte, war es besser, nicht nachzufragen, aber er tat es trotzdem – jedes Mal.

»Und was?«

Seufzend ging sie zum Fenster und sah hinaus. »Die anderen Männer haben es nicht überlebt.«

Sein Körper erzitterte, was einen stechenden Schmerz durch die Wunde jagte. Ihnen beiden war bewusst, dass er dem Tod nur dank des Hausmeisters von der Schippe gesprungen war.

»Die Schwester hat mir einen Infozettel über eine Selbsthilfegruppe gegeben. Sie ist für Opfer und deren Angehörige; ich denke, du solltest mal hingehen. Ich begleite dich, wenn du willst.«

Kurt wollte diesen Vorschlag lässig beiseite wischen, aber das Bild der blutverschmierten Fremden war so sehr in seine Gedanken eingebrannt, dass er wusste, ohne Hilfe würde er nicht klarkommen. Er konnte nicht verhindern, dass sich Tränen in seinen Augen sammelten. Als Susanne das sah, kam sie schnell wieder zu ihm und nahm seine Hand. »Hey, alles wird wieder gut. Ich bin für dich da.«

»Warum habe ich sie mit hochgenommen?« Diese Frage stellte er sich, seit er wieder aufgewacht war, quälend oft.

»Hör auf damit«, sagte Susanne und gab ihm einen Kuss auf die Fingerknöchel. »Du wolltest helfen. Du bist ein guter Mensch, dich trifft keine Schuld an dem, was passiert ist. Die Frau ist das Monster, du hast nichts falsch gemacht.«

Aber es fühlte sich so an. Dumm, naiv und so bescheuert selbstherrlich, weil er sich als Retter aufspielen wollte. »Wann ist diese Selbsthilfegruppe?«

»Mittwochs um zwanzig Uhr. Soll ich uns anmelden?«

Kurt schüttelte den Kopf. »Sag mir nur, wann und wo, den Rest schaffe ich dann schon.« Die Vorstellung, mit Menschen zu reden, die Ähnliches erlebt hatten und ihn nicht kannten, kam ihm angenehmer vor.

Er legte die andere Hand über ihre. »Ich weiß, dass du mit mir durch dick und dünn gehst, aber das muss ich allein machen.« Seit er wieder aufgewacht war, bewahrte er Haltung, aber er wusste, wie er war. Irgendwann würde das Entsetzen aus ihm herausbrechen, weil er zu jenen gehörte, die wieder und wieder über das reden mussten, was schwer zu verarbeiten war. So lange, bis es Klick machte und die Sache hinter ihm lag. Sogar Susanne könnte das auf Dauer nicht ertragen.

In ihren blauen Augen lagen so viel Güte und Verständnis! Sie biss sich auf die Unterlippe, wie sie es immer tat, wenn sie Widerworte hatte, die sie nicht sagen wollte. Stattdessen nickte sie. »Du rufst mich an, wenn was ist, ja? Egal zu welcher Uhrzeit.«

Dann richtete sie sich auf, zog ihre Hand zurück und strich sich die blonden Haare über die Schultern. »Nimmst du mich demnächst mit zum Joggen? Stell dir vor, ich musste gestern eine Hose in Größe vierzig kaufen.«

Er wusste, dass sie ihm nur anbieten wollte, nicht allein laufen zu müssen. Susanne hasste Joggen. »Na klar, wenn du mir nicht davonläufst.«

Wieder biss sie sich auf die Unterlippe.

»Holst du mich morgen ab? Immerhin hast du noch meinen Haustürschlüssel.«

Susanne blinzelte Tränen fort. »Natürlich. Ich hoffe, die neue Discounter-Matratze ist okay.«

Kurt war dankbar, dass sie alle Spuren beseitigt hatte, aber er mochte sich nicht vorstellen, wie schwer es für sie gewesen sein musste.

»Ich weiß nicht, wie ich dir danken soll.«

»Du würdest dasselbe für mich tun. Mach dir keinen Kopf.« Susanne schenkte ihm ein tapferes Lächeln.

In diesem Moment liebte er sie dafür, dass sie so anders war als alle anderen Freunde. Jeder Mann könnte sich glücklich schätzen, sie an seiner Seite zu haben, aber Susanne war schon ewig Single. Aus Überzeugung, wie sie sagte, aber jeder trug innerlich einen Panzer aus jenen Bildern, die von den eigentlichen Gründen gekonnt abzulenken vermochten. Erstmals fragte er sich, ob sie nicht ebenfalls ein Trauma mit sich herumschleppte.

Die Tür wurde geöffnet, und der Chefarzt kam mit zwei Assistenzärzten in den Raum. Mit etwas Glück stand seiner baldigen Entlassung nichts mehr im Wege.

»Guten Tag, Herr Wegener«, grüßte der Arzt, dann wandte er sich an Susanne. »Dürfte ich Sie bitten, einen Moment vor der Tür zu warten?«

Kurt ergriff ihre Hand, damit sie es nicht wagte, ihn allein zu lassen. Egal, wie peinlich sich der Gesprächsverlauf gestaltete, er brauchte sie an seiner Seite. »Schon gut, mir wäre es lieber, sie bleibt.«

Der Mediziner nickte und senkte den Blick auf die Krankenakte in seinen Händen. »Die Blutwerte sehen so weit gut aus. Bei der Täterin konnten ebenfalls keine Krankheiten diagnostiziert werden, was die Wahrscheinlichkeit einer Übertragung von Infektionskrankheiten wie Hepatitis oder Ähnlichem äußerst gering macht. Trotzdem sollten Sie in sechs bis acht Wochen die Untersuchung wiederholen lassen – nur zur Sicherheit.« Er blätterte eine Seite um. »Das, was Ihnen verabreicht wurde, ist ein Mittel, das bei einer erektilen Dysfunktion eingesetzt wird. Es konnten keine Nachwirkungen festgestellt werden, und die anderen … Verletzungen sind sehr oberflächlich gewesen, Sie haben keinerlei Einschränkungen zu erwarten.«

Susanne drückte die ganze Zeit Kurts Hand und strich mit der Linken sanft über seinen Arm.

»Glücklicherweise wurde Ihre Halsschlagader nicht verletzt.

Wir behalten Sie noch eine Nacht zur Beobachtung hier, aber morgen dürfen Sie nach Hause. In den nächsten Wochen sollten Sie allerdings körperliche Anstrengungen vermeiden. Vor allem dürfen Sie nichts Schweres heben, bis die Wunde an Ihrem Hals vollkommen verheilt ist.«

Kurt nickte, so gut er konnte. Er wollte nichts heben, sich nicht bewegen oder unter Leute gehen. Er wollte nur noch nach Hause gehen und sich die Decke über den Kopf ziehen.

Die Fragen nach seinem Befinden beantwortete er stoisch und gedankenfern, nahm die Verabschiedung zur Kenntnis und sah dem Ärzteteam nicht mal nach, als die Weißkittel den Raum wieder verließen. Susanne hielt noch immer seine Hand; sie war wie ein Rettungsseil, auf das er immer zählen konnte.

»Es tut mir so unendlich leid«, flüsterte sie. »Das muss die Hölle gewesen sein.«

Kurt kniff die Augen zusammen, bevor die Tränen sich sammeln konnten, und atmete tief durch. *Gewesen? Ich steh noch mitten drin.*

Aus der Interviewreihe »Serienkiller und ihr Umfeld«
Margit Gall, Hausfrau

Damit, meinen Sohn als ein Monster zu bezeichnen, machen es sich die Leute zu leicht. Er ist ein sensibler, aufgeweckter Junge gewesen, aber er wurde von anderen immer gehänselt. Sicher, er sah etwas außergewöhnlich aus, aber er war so brav und ordentlich. Natürlich wusste ich nichts von seinen Neigungen. Wie denn auch? Ich musste allein drei Jungs großziehen. Er ist der Mittlere gewesen.
Es ist eine bodenlose Frechheit, dass die Leute behaupten, die getöteten Frauen hätten mir ähnlich gesehen. Mein Sohn liebt mich.

15

Als Theo in dem Raum mit den vergitterten Fenstern, den festgeschraubten Möbeln und grauweißen Wänden saß, kamen alle Zweifel geballt zurück. Die Kamera hatte er hinter sich mit einem Stativ aufgebaut. Die zuständigen Klinikmitarbeiter hatten nicht viele Fragen gestellt, aber jeder einzelne hatte ihm viel Glück gewünscht, was das nagende Gefühl, einen Fehler zu machen, nur noch verstärkte.

Am Nachmittag würden Erika und Bernd mit Kuchen vor seiner Tür stehen. Er hatte das Gespräch mit seinen Kindern auf einen Rutsch hinter sich bringen und ihnen die Mitbewohner vorstellen wollen, bevor sie Zeit bekamen, an seinem Verstand zu zweifeln. Inzwischen kam ihm die Idee, beide Termine auf einen Tag zu legen, äußerst schlecht vor.

Er war nicht sicher, was diesem Gespräch folgen würde. Seit sieben Jahren war er Pensionär, und nach allem, was er recherchiert hatte, war Gall ein Psychopath der schlimmsten manipulativen Sorte. Das klang eine Nummer zu groß für ihn.

Es klackte, dann wurde die Tür geöffnet, und zwei Pfleger geleiteten den mit Handschellen gesicherten Dr. Konrad Gall an seinen Platz. Seine Fesseln wurden über eine dritte Schelle mit einer Schiene auf der Tischfläche verbunden, dann ging einer der Pfleger wieder, der andere stellte sich in den Hintergrund.

Theo musste schlucken. Eberhard hatte ihn vor dem Mann gewarnt, aber Gall jetzt gegenüber zu sitzen war etwas, was man in der Theorie nicht beschreiben konnte. Das Gesicht des Mannes war kalkweiß und wächsern, selbst die tiefschwarzen Haare, die streng zurückgekämmt waren, wirkten unnatürlich schwer und finster. Am schlimmsten jedoch waren seine kalten Augen, mit denen er Theo unnachgiebig anstarrte.

»Guten Tag, Herr Gall, mein Name ist Theo Nachtmacher.

Vielen Dank, dass Sie sich zu diesem Treffen bereit erklärt haben.« Er hörte selbst, dass er unsicher klang, machte aber wie geplant weiter, während Gall ihn nur weiterhin anstarrte.

Theo hätte sich gerne seine Jacke wieder angezogen, weil die Ausstrahlung dieses Mannes ihn frösteln ließ, aber die hatte er am Eingang abgeben müssen. Also zog er die losen Blätter aus seiner Tasche und legte sie vor dem Mediziner auf den Tisch. »Ich schreibe einen Roman über den ungelösten Fall von Anna Petzlov. Sie werden sich sicher nicht an die Leiche erinnern, aber …«

Galls Mundwinkel schoben sich nach oben. Er sah dabei wie ein Androide aus, der sich an menschlichen Reaktionen versuchte. »Doktor Gall«, korrigierte er Theos Anrede, als würde sein Titel jetzt noch eine Rolle spielen.

»Verzeihung, Doktor Gall. Dürfte ich Ihnen ein paar Fragen zu Ihrem Bericht stellen?«

Ohne sonst einen Muskel zu bewegen, sah Gall von Theo zu den Papieren, mit einer arktischen Neugier in den Augen.

»Sie haben einige Blutwerte hervorgehoben, die in dem schriftlichen Bericht jedoch keine Erwähnung finden. Ich wüsste gern, warum.«

Gall bleckte seine ebenmäßigen weißen Zähne, dann hob er genießerisch den Kopf und lachte. Kurz und trocken, was eher Überlegenheit als Freude ausdrückte. »Sie schreiben so viel ein Buch, wie ich hier aus der Tür spazieren kann.« Er sprach leise, aber seine Stimme erfüllte den ganzen Raum. Theo war froh, dass sie den Mann in einen grünen Anzug gezwängt hatten; in Schwarz musste er noch viel unheimlicher aussehen.

»Wie kommen Sie darauf?«

»Theo Nachtmacher«, sagte Gall nur und tippte auf eines der Papiere.

»Ich weiß, ich war damals der erste ermittelnde Polizist, aber ich bin schon lange im Ruhestand.«

»Und nun ist Ihnen langweilig?«

Theo hatte sich auf einen ähnlichen Einstieg in das Gespräch vorbereitet. Er wusste, dass Gall ihn auf die Probe stellte, um herauszufinden, wie er seine Spielchen mit ihm treiben könnte, aber er wusste nicht, wie er dem standhalten sollte.

»Würden Sie meine Frage beantworten?«, versuchte Theo das Gespräch wieder in die geplante Richtung zu lenken.

Gelangweilt lehnte sich Gall zurück und schob die Zettel von sich. »Wenn Sie es ohne Vorspiel wollen, müssen Sie die Nutte bezahlen.«

»Was wollen Sie?«

Galls Grinsen zog einen fratzengleichen Strich durch das Weiß seiner Haut. »Das, was Sie wollen: Informationen.« Die Ketten seiner Handschellen schabten über den Tisch, als er sich wieder vorbeugte und auf der Platte abstützte. Er sah an Theo vorbei in die Kamera. »Mit wem gehen Sie die Aufnahmen später durch? Jemand, den ich kenne? Müller? Dabels?« Er wartete einige Herzschläge ab, dann ergänzte er: »Rieckers.«

Theo wusste, dass er gezuckt hatte. Gall musste es ihm nicht mal unter die Nase reiben.

»Sind Sie genauso fähig wie er? Dann ist an dieser Sache was dran. Oder sind Sie wie Müller und Dabels? Dann sollten Sie eher golfen gehen. Ein Anglerhut stünde Ihnen sicher fantastisch.«

Dieses Spielchen würde Theo nicht gewinnen, weil Gall genauso war, wie Rieckers ihn beschrieben hatte. Für ihn war es sicher ein Vergnügen, dass Theo überhaupt nachfragen musste. »Wäre ich sonst hier?«

»Ja, die Werte hätten beachtet werden müssen. Ob sie etwas mit dem Tod der Frau zu tun haben, müssen Sie selbst herausfinden. Genau wie bei den anderen.«

»Welchen anderen?«

Für einen Moment sah es so aus, als wollte Gall loslachen, aber er schloss den Mund wieder, trug einen gleichgültigen Ausdruck zur Schau und reckte das Kinn. Theo war dran. Wenn Theo mehr von ihm bekommen wollte, musste er etwas anbieten. Etwas, was Galls Neigung entsprach und ihn dazu bewegte, mehr zu liefern.

»Ich habe ein Foto von der Leiche dabei. Würden Sie es sich anschauen und mir erklären, warum die Werte bemerkenswert sind?«

Ohne auf eine Antwort zu warten, zog er die Kopie aus der Tasche und legte sie vor ihn hin.

Lange sah Gall nur Theo an, aber als Theo nicht wegsah, atmete er ergeben ein und nahm das Foto zur Hand. Seine sonst so kalten Augen bekamen einen warmen Glanz, als er die Tote betrachtete. Noch nie hatte Theo jemanden gesehen, der sich so sehr an etwas ergötzte, wie der Pathologe an dieser Aufnahme.

»Schönes Philtrum«, sagte er und strich mit einem Finger über ihr Gesicht. »Der Mörder hat ihr einen Gefallen getan, sie ist eine sehr traurige Schönheit gewesen. Das waren sie alle.«

Sie alle.

»Das schließen Sie aus den Werten?«

Als Gall von dem Foto wieder zu ihm sah und der Glanz aus seinen Augen verschwand, wusste Theo, dass er einer Bestie gegenübersaß. Wenn der Teufel einen Sohn hatte, dann hieß dieser Konrad Gall. *Doktor* Konrad Gall.

»Hat Eberhard Rieckers die Frau gefunden?«

Nun wurde der Spieß also umgedreht.

»Nein, wir fanden sie …«

»Nicht doch diese«, fuhr Gall Theo harsch an.

»Ruhig bleiben«, kam die Anweisung vom Pfleger, der den muskulösen Armen nach für die groben Arbeiten zuständig war.

»Seine Silvia.«

Mit einem Nicken bestätigte er. »Ja, die Ärmste wurde ermordet.«

Wieder sah Gall an ihm vorbei in die Kamera. »Ist das so?« Dabei tippte er sich mit einem Finger auf die Stelle zwischen Nase und Oberlippe. »Vielleicht sollte ich meine Zeit hier nutzen und ebenfalls ein Buch schreiben? Ob Rieckers mich besuchen würde, um mir einige Fragen zu beantworten?«

Wie Eberhard es gesagt hatte: Konrad Gall hatte einen Narren an ihm gefressen.

»Sicher nicht«, sagte Theo und fing an, die Zettel wieder zusammenzustreichen.

Galls Augen zuckten nur leicht zur Seite, wodurch die Aufmerksamkeit von der Kamera auf Theo wechselte. »So, so, Herr Nachtmacher. Sie wollen aufgeben?« Sein Blick wanderte über jedes Detail von Theos Erscheinung. »Gehen Sie nun zurück in Ihren jämmerlichen Ruhestand und geben das Schreiben wieder auf? Ist nicht sowieso alles schrecklich sinnlos, seit Sie Witwer sind?«

Theo hielt in der Bewegung inne. »Woher …«

»Woher ich das weiß?« Galls Mundwinkel verschoben sich wieder zu einem Grinsen. »Sie bewegen sich zu wenig, vor allem an der frischen Luft. Man sieht es an Ihrer Haltung und Ihrer Haut. Ihr Erscheinungsbild spricht für eine gewisse Routine, aber niemand weist Sie darauf hin, dass Sie einen Fleck am Kragen haben, schlecht rasiert sind und mal wieder zum Frisör gehen müssten. Doch allem voran ist es der Ausdruck in Ihren Augen, der Ihre Trauer verrät. Denken Sie, Ihre Frau wäre genauso trauernd, wenn Sie gestorben wären?«

Die Frage irritierte Theo. »Wenn Sie nichts weiter zum Fall Petzlov zu sagen haben, werde ich jetzt gehen.«

»In Beziehungen gibt es immer eine Person, die die andere mehr braucht. Den meisten Menschen ist das nicht bewusst. Sie hegen Ansprüche, die oftmals auf Bedürfnissen basieren, die mit dem Ungleichgewicht der Bedürftigkeit in Enttäuschungen münden. Trauer ist mehr als Vermissen, es ist der Ausdruck der eigenen Unfähigkeit, allein sein zu können. Sie sind ein trauriger Mann, Theo Nachtmacher. Davon können auch die alten Fälle Sie nicht ablenken. Und wenn Sie dereinst sterben, werden Sie begreifen, dass Ihre geliebte Frau nirgends auf Sie wartet, denn nach dem Tod gibt es nur das Nichts.«

Egal, wie sehr Theo sich sagte, Konrad Gall wolle ihn nur aus der Reserve locken, begann in seiner Brust alles schwer zu werden. Als zöge eben jene Trauer die Fasern zu einem tiefen Schmerz zusammen. Es war ihm unmöglich, seinem Gegenüber die Genugtuung zu verwehren: Mit seinen Worten hatte Gall die gewünschte Wirkung erzielt.

»Sehen Sie«, sprach Gall weiter. »Jetzt erkennen Sie die Sinnlosigkeit des Lebens. Ständig nehmen wir vieles so wichtig, tun und machen, retten, rennen, debattieren, führen Kriege, beenden Kriege, betrauern ausgestorbene Spezies, kämpfen für die Rettung aussterbender Spezies, jammern über die schmelzenden Polkappen, Ungerechtigkeiten, persönliche Tragödien – und wofür? Für das große, allumfassende Nichts. Das Leben ist ein Witz.« Er tippte auf das Foto. »Anna Petzlov ist ein Witz gewesen. Ein großer, depressiver Witz. Das, was Sie haben wollen, werden Sie suchen müssen. Graben Sie, Herr Nachtmacher. Schaufeln Sie Ihr eigenes Grab, indem Sie Bröckchen einer Vergangenheit zu Tage führen, die blutig vor die Füße all der Unfähigen fallen werden. Ergötzen Sie sich an den Leichen, die Sie finden werden, und ich verspreche Ihnen, es werden reichlich sein. Oder fügen Sie sich der Sinnlosigkeit Ihres Unterfangens. Wen stört es, wenn manche vor ihrer Zeit ins Nichts gehen?« Er zog das Foto dichter zu sich und strich wieder liebevoll über Annas Züge. »Ich habe so viele von ihnen auf meinem Tisch gehabt, ihnen über die Lippen gestrichen, Blut und Dreck von ihren nackten Körpern gewaschen, Brustkörbe geöffnet und Schädel aufgesägt. Fehlt Ihnen Ihr altes Leben?« Vorsichtig nahm er das Foto auf und führte es unter seine Nase. Theo hörte, wie tief Gall die Luft einsog, als er daran roch. »Mir fehlt meines.«

Eine Gänsehaut breitete sich auf Theos Armen aus. Er musste hier raus, er hatte ohnehin schon mehr gehört, als ihm guttat. Er steckte die Unterlagen in die Tasche zurück und streckte die Hand aus. »Das Foto bitte.«

»Das behalte ich als Honorar.«

»Gar nichts behältst du«, ging der Pfleger dazwischen und schob sich die Ärmel hoch.

»Ach, Daniel, der gute Daniel. Wollen Sie wissen, was er mit den sedierten Frauen anstellt? Und wie gern er danach noch den ganzen Tag an seinen Fingern schnuppert?«

»Es reicht!« Mit einer Faust schlug der Pfleger gegen die Tür und kam dann auf Gall zu. »Mit seinen Lügen macht er hier alle verrückt«, sagte er zu Theo, während hinter ihm die Tür geöffnet wurde und der andere Pfleger hinzukam.

Gall hielt Theo das Foto entgegen und lächelte diabolisch. »Die Menschen hassen die Wahrheit. Sie wollen immer nur hören, was in ihre Weltbilder passt, bis die Realität zu ihnen kommt und sie fickt.«

Die Männer schlossen die Schelle auf, die ihn mit dem Tisch verband, und zogen ihn grob auf die Füße.

Dabei sah Gall nur Theo an. »Wir alle sind Bestien, Herr Nachtmacher. Bei den einen stinken die Finger nach weiblichen Sekreten, andere bringen den Tod. Das Gute im Menschen ist eine Illusion. Ihr geliebtes Justizgebilde ist das Bemühen der gesellschaftlichen Langeweile, die das Gesetz des Stärkeren schmerzlich vermisst.« Dann sah er wieder in die Kamera. »Sie haben mein Reich geplündert und alle Schätze liegen lassen.«

»Vielen Dank, Herr Gall«, überging Theo diese Aussage und verzichtete absichtlich darauf, ihn mit Doktor anzureden. Demonstrativ packte er das Foto ein und stellte sich dann hinter die Kamera, um sie abzubauen.

»Sie werden sehen, was Sie davon haben.« Zufriedenheit erblühte auf Galls Gesicht, was zusammen mit den kalten Augen grotesk aussah. Die Männer führten ihn raus. Auch wenn der eine Pfleger so aussah, als würde er Gall am liebsten zusammenschlagen, war ziemlich deutlich, dass selbst dieser bullige Mann es nicht wagen würde. Dieser Insasse verbreitete eine Angst, die nichts mit Drohungen oder Gewalt zu tun hatte. Vielmehr war es das Böse, das ihm aus jeder Pore drang.

Während Theo Kamera und Stativ einpackte, fragte er sich, was er nun tatsächlich durch dieses Treffen gewonnen hatte – außer einer Gänsehaut und dem tiefen Bedürfnis, hinaus in die Sonne zu treten.

Es gab also weitere Opfer. Aber wie viele?

Er ging die Möglichkeiten durch, wie er an die alten Unterlagen des Pathologen gelangen konnte. Er wollte keinen großen Wirbel machen. Ein unbürokratischer Weg musste es sein.

Trotz aller Zweifel und widersprüchlichen Empfindungen musste er sich eingestehen, dass dieses kurze Verhör ihm Lust auf mehr gemacht hatte. Zuvor hatte er die Polizeiarbeit schon vermisst, aber erst jetzt wurde ihm bewusst, wie sehr.

Und das alles nur wegen des Ordnungsdrangs einer Autistin.

Pünktlich um drei Uhr nachmittags klingelte es an seiner Tür. Die neuen Mitbewohner waren instruiert, erst zehn Minuten später dazuzustoßen. Theos Kinder würden es nicht wagen, vor anderen Leuten eine Szene zu machen, und das gäbe ihnen die Zeit, die sie brauchten, um sich an die neuen Umstände zu gewöhnen. Doch als Theo auf die Haustür zuging und durch das geriffelte Glas die Silhouetten sah, standen dort mehr Personen als Erika und Bernd.

Stutzig öffnete er und sah zusätzlich in die jungen, hübschen Gesichter seiner Enkelinnen.

Was für ein Timing.

Freudig begrüßte er seine Familie und bat sie hinein, jedoch kamen sie nicht weit, weil sie Janis auf der Treppe entdeckten. Hinter ihr kam Dylan die Stufen runter und sah entschuldigend zu Theo. Doch Theo fing an zu lachen. Dann war die Katze eben schon früher aus dem Sack.

»Papa, kannst du mir mal verraten, was hier los ist?«, forderte Erika.

»Sicher, aber legt doch erst mal eure Jacken ab und kommt mit in die Stube.«

Die Mädchen kicherten, als Janis an allen vorbeiging und die Tür ins Schloss drückte. Ihre Andersartigkeit ließ sich keine Sekunde lang verschleiern.

Theo warf Dylan einen bittenden Blick zu. »Holen Sie doch bitte Milan, ja?«

Dylan nickte und drehte auf dem Absatz um.

»Milan?«, wiederholte Bernd. »Wer sind diese Leute?«

»Gemach, das werdet ihr gleich erfahren. Und?« Er wandte sich seinen Enkelinnen zu. »Welche Apps sind gerade in? Spielt ihr auch dieses *Minecraft*?« Sein komplettes Wissen basierte auf Randnotizen in den Zeitungen, aber es funktionierte. Sofort plapperten beide durcheinander, erzählten etwas über zerstörte Betten und Zombies und zückten ihre Smartphones.

»Ich habe gesagt, die Dinger bleiben aus, bis wir Kuchen gegessen haben«, fuhr Erika sie an.

»Dann sollten wir etwas schneller gehen«, scherzte Theo und flüsterte den Mädchen zu: »Je eher daran, je eher davon.«

Es war schön, sie kichern zu hören. Die beiden mitzubringen, war eine gute Taktik seiner Tochter, die wahrscheinlich ein ernstes Gespräch befürchtete, wenn Bernd mit einbestellt wurde. Manchmal bedeutete Liebe eben auch, sich für eine Diskussion zu rüsten.

Janis folgte ihnen und korrigierte die Spuren. Die Jacken wurden umgehängt, die Schuhe nach Größen in Reihe gestellt, aber Theo sorgte dafür, dass die Aufmerksamkeit bei ihm war.

Im Wohnzimmer war der Tisch zu voller Größe ausgezogen. Erika wollte dazu etwas sagen, aber dann hallten Stimmen und Schritte auf der Treppe durch das Haus.

Im nächsten Moment standen die neuen Mitbewohner seiner Familie gegenüber. Eine unbehagliche Stille entstand.

»Ich hatte eine kleine Rede für diesen Moment vorbereitet, aber am besten mache ich keine großen Umschweife.« Mit einer Hand deutete er auf Dylan, Milan und dann Janis, die ihren üblichen Rundgang begonnen hatte. »Dylan Krüger, Massimiliano Lavenzo und Dylans Zwillingsschwester Janis.« Dann deutete er auf seine Familie. »Meine Kinder: Bernd Nachtmacher, Erika Müller und meine bezaubernden Enkelinnen Sarah und Julia.«

Immerhin reichten sich alle zur Begrüßung die Hände, wie es sich für zivilisierte Menschen gehörte.

»Das sind meine neuen Mitbewohner«, ließ er endlich die Bombe platzen.

Erika setzte sich. Bernd blieb der Mund offen stehen. Nur die Mädchen schienen das Ganze äußerst cool zu finden.

»Ihr habt es selbst gesagt, ich kann in diesem riesigen Haus nicht allein leben.«

»Aber Papa, deswegen holt man sich doch keine Fremden ins Haus!« Erika senkte gleich darauf den Kopf, weil ihr offensichtlich bewusst wurde, wie unhöflich das geklungen hatte.

»Nun, für mich sind es keine Fremden, und ich hoffe, für euch nach diesem Nachmittag auch nicht mehr.« Mit einem zufriedenen Grinsen ging er in die Küche, um den Kaffee zu holen, dicht gefolgt von Janis, die, sobald er die Kanne in der Hand hielt, die Maschine abstellte.

»Ich habe das Buch fast durch«, sagte Theo zu ihr. Er hatte beschlossen, mit ihr wie mit allen anderen zu reden. »Ein interessanter Roman. Dr. Gall hat heute etwas gesagt, was mit dem Buch zusammenpasst. Gute Arbeit, Janis.«

Ungerührt setzte sie ihren Rundgang fort, während Theo zurück in die Stube ging. Immerhin stand nun der Kuchen auf dem Tisch, und erste Gespräche entstanden. Dylan erzählte von seinem Medizinstudium, was besonders die Mädchen äußerst spannend fanden. Wenn Milan redete, sah es nicht anders aus.

Theo schenkte allen Erwachsenen bis auf Janis Kaffee ein und stellte die leere Kanne auf die erkaltende Platte zurück. Für einige Herzschläge blieb er in der Küche stehen und genoss diesen Moment. Genau das hatte ihm so sehr gefehlt. Hildi hatte immer alle an einen Tisch gebracht, er war sein Leben lang Nutznießer ihres Talents als Gastgeberin gewesen. *Ich habe sie mehr gebraucht als sie mich.*

Als er zurückkam, saß Janis neben ihrem Bruder und betrachtete ihren noch leeren Teller, bereit, sofort drauflos zu essen, wenn jemand etwas drauftat. Das änderte die Gespräche. Es wurde ruhiger, und seine gesamte Familie sah Janis an.

Er kam Dylan zuvor, der sich gerade anschickte, etwas zu seiner Schwester zu sagen: »Ist euch aufgefallen, wie ordentlich hier jetzt alles ist?«

Sie sahen sich im Raum um und mussten zustimmend nicken.

»Das ist Janis' Werk. Sie ist in den wenigen Tagen zur guten

Seele dieses Hauses geworden. Und da sie nicht selbst für sich sprechen kann, sollten wir jetzt auch nicht über sie sprechen.«

Zu seiner Überraschung beließen Erika und Bernd es dabei. Nicht, dass ein entsprechendes Verhör nicht noch folgen würde, aber wie erwartet, hatten seine Mitbewohner bereits genügend Sympathiepunkte gewonnen, sodass alles leichter wurde.

Nach dem Kaffee war Janis mit ihrem Geschirr in die Küche gegangen und wieder gänzlich in ihrer Routine, sodass Dylan ihren Autismus in verständliche Worte fassen konnte. Das interessierte die Mädchen so sehr, dass sie mit ihm nach oben gingen, um Janis beim Puzzeln zuzusehen – und wahrscheinlich auch, um noch mehr Geschichten aus dem Bestattungsunternehmen zu hören, weil seine Tochter dieses Thema bei Tisch unterbunden hatte.

Milan entschuldigte sich und ging wieder an die Arbeit. Nun war Theo also allein mit seinen Kindern und all ihren Pro- und Kontra-Gedanken.

»Ich will ganz ehrlich sein«, fing Erika auch ohne Umschweife an. »Deine Mitbewohner sind nett, aber ich halte das für keine gute Idee.«

»Ich auch nicht«, stimmte Bernd zu.

»Warum nicht?« Theo hatte diesmal nicht vor, sich in eine Verteidigungshaltung drängen zu lassen. Er brauchte ihre Zustimmung nicht, alles war so, wie er es haben wollte; es gab keinen Grund, sich aufzuregen.

»Eine Autistin? Ernsthaft? Wie oft bist du mit ihr allein?« Da kam der Mediziner in seinem Sohn durch. Vom Onkologen zum Psychiater in fünf Sekunden.

»Seltener, als du denkst. Das, was ihr von Janis mitbekommen habt, ist so ziemlich alles, was auch ich von ihr mitbekomme. Es ist schön, dass jemand im Haus ist, wenn alle anderen zur Arbeit gehen.«

»Darauf war ich echt nicht eingestellt, du hättest uns von deinem Vorhaben erzählen müssen«, sagte Erika. Mit einer Hand zog sie Broschüren aus ihrer Handtasche. »Wir dachten, du würdest einen Umzug in Betracht ziehen. Wir haben dir extra weitere Broschüren mitgebracht.«

»Ich finde, wir sollten für dieses Gespräch deine Mädchen wieder runterholen, damit sie wissen, wie sie später mit dir reden dürfen, wenn du in meinem Alter bist«, bemerkte Theo.

Erikas Mund klappte auf und dann wieder zu. In ihren Augen las Theo Aussagen wie: »Ich werde viel vernünftiger sein als du.« Und: »Zu meinen Kindern habe ich ein ganz anderes Verhältnis.« Eben typische Trotzgedanken. Es stimmte, Mütter hatten ein anderes Verhältnis zu ihren Kindern, aber auch sie wurden anstrengend im Alter, die emotionale Verantwortung war dann nur stärker.

»Seht es pragmatisch: Wenn es nicht funktioniert, kann ich mir eure Broschüren immer noch anschauen. Und wenn es doch funktioniert, müsst ihr euch keine Sorgen mehr machen.«

Erika und Bernd tauschten vielsagende Blicke, in denen gleichzeitig Erleichterung lag, weil sie ein Stück von ihrer Verantwortung abgeben konnten. Nun durfte nur nichts passieren, was diesen kleinen Waffenstillstand in Gefahr brachte.

»Stellt euch vor, bei dem Bewerbungsgespräch fürs Zimmer hat Janis meine gesamte Bücherwand umsortiert.«

Das erste ungezwungene Gespräch seit Hildis Tod entstand aus dieser kleinen Erzählung und brachte die familiäre Wärme zurück. Theo erfuhr Neuigkeiten aus dem Leben seiner Kinder, hörte Geschichten aus ihrem Berufsalltag, und sie lachten zusammen. So und nicht anders wollte Theo die Treffen auch in Zukunft haben.

Aus der Interviewreihe »Serienkiller und ihr Umfeld«
Theodor Thalis, Justizvollzugsbeamter

Ist mir egal, ob andere diese Menschen für krank halten, ich sage, sie sind böse. Wer anderen Leid antut und dadurch irgendwas befriedigt, gehört weggesperrt und bestraft, nicht therapiert. Ein Tag im Südflügel wäre Therapie genug für diese Arschlöcher.

16

Tanja hatte wie eine Tote geschlafen. Sie wusste nicht, wie lange. Zeit wurde zu einer abstrakten Erinnerung, etwas, was sie nicht mehr brauchte, wenn alles wahr war, was Felix ihr sagte. Bevor sie die Augen öffnete, war sie in ihren Gedanken gefangen. Ihr Körpergefühl war komplett entrückt, mehr zu einem Wissen geworden, dass sie Arme, Beine und einen Rumpf besaß, aber ihr Bewusstsein dehnte sich von ihrem Kopf nicht mehr in andere Regionen aus.

Das ist die Strafe für das, was ich Kai angetan habe. Aber hatte sie das wirklich getan? War sie dazu fähig, einen geliebten Menschen zu töten? Ihr Geist sagte Nein, mit all seiner Kraft. Nur, warum war sie dann hier? Warum wurde sie von einem Arzt ruhiggestellt und mit Vorsicht behandelt, wenn nichts davon stimmte?

Der Mann mit den Neigungen, fiel ihr der Traum wieder ein. Der Traum, der so real wie eine Erinnerung gewesen war.

Erinnerung.

Was, wenn er lügt?

Ihr rechtes Auge öffnete sich zum Schlitz, dann das zweite. Sofort kniff sie die Augen wieder zu. Das Licht war heller an diesem Tag.

Sie wollte eine Hand zum Gesicht führen, aber ihr Arm reagierte nicht.

»Ah, du bist wach«, hörte sie Felix' Stimme, dann legte sich ein Schatten über sie. Verschwommen sah sie seine Gesichtszüge.

»Guten Morgen, haben Sie gut geschlafen?«

Tanja nickte, so gut sie konnte.

»Wir mussten Sie am Bett fixieren, weil heute die Elektroschocktherapie fortgesetzt wird. Es dauert wie immer nur fünf Minuten, haben Sie keine Angst.«

Mit schreckgeweiteten Augen sah sie sich im Raum um und entdeckte das Gerät mit den zwei Elektroden, die in alten Filmen gern auf die Schläfen der Patienten gepresst wurden.

»Nein, bitte nicht!«, flehte sie sofort. »Ich tu alles, was Sie wollen, aber bitte, keine Elektroschocks!«

Mitfühlend strich er ihr über die Wange. »Es geht ganz schnell.«

Dann zwang er ihr einen Schutz zwischen die Zähne, damit sie sich nicht auf die Zunge beißen konnte, und schaltete das Gerät ein.

»Sind Sie bereit?«

Mit Tränen in den Augen schüttelte sie den Kopf.

Doch Felix ließ sich nicht beirren. Beide Kontakte berührten gleichzeitig ihre Schläfen, jagten einen trockenen, knisternden Schmerz durch ihren Körper und unerträgliche Hitze durch ihren Schädel. Sie bäumte sich auf, zuckte, verlor jegliche Kontrolle über alle Körperfunktionen, dann endete es abrupt.

Schwer atmend kam sie zu sich.

Ihre Blase hatte sich entleert, auf dem Laken über dem Gummibezug hatte sich eine Pfütze gebildet, die Tanjas Kleidung komplett durchnässte. Das konnte nicht richtig sein! Diese Methode war barbarisch!

»Ich erhöhe jetzt die Stärke. Noch zwei Stöße, und Sie haben es geschafft. Sie machen das wirklich großartig.«

Entsetzt schüttelte sie den Kopf, versuchte, den Mundschutz auszuspucken, um Felix anflehen zu können, aber da trafen die Elektroden schon wieder auf ihre Haut. Mit jeder Einheit wurde der Schmerz schlimmer, steigerte sich bis zur Unerträglichkeit. Die Überlegungen in ihrem Kopf wurden gekocht, sie verschmolzen mit Erinnerungen, Erfahrungswerten und seinen Worten zu einem harten Block. Als Felix wenig später das Gerät aus dem Raum schob, fühlte sie sich isoliert von der Welt und sich selbst. Es gab nichts mehr außer Schmerz.

Die Decke wurde von ihrem Körper genommen. »Sicher sind Sie ganz verschwitzt.«

Das Ausmaß ihrer erzwungenen Inkontinenz wurde sichtbar. »Was für eine Schweinerei. Aber ich mach das schon weg.«

Als er die Fixierungen abnahm, fühlte es sich an, als würden kräftige Hände sie nach Stunden endlich loslassen. Ihre Arme und Beine gehörten wieder ihr, aber sie war nicht stark genug, die Muskeln zu bewegen. Er nahm ihr den Schutz aus dem Mund und strich ihr die verschwitzten Haare aus dem Gesicht. »Bald geht es Ihnen besser. Glauben Sie mir, es fällt mir auch schwer, Ihnen das antun zu müssen, aber Sie sind sehr krank.«

Felix griff unter ihre Arme und drückte ihren Oberkörper fest an sich, um sie aus dem Bett zu hieven. Eine Berührung, die ihr guttat. Tanja ließ ihren Kopf gegen seinen Hals fallen und atmete tief ein. Seine Hände strichen über ihren Rücken, während er sie auf den nebenstehenden Stuhl setzte. Länger, als es sicher gebührlich war, hielt er sie fest und legte sogar seinen Kopf an ihren, aber dann drückte er sie gegen die Lehne und machte weiter. »Sie werden mich noch meinen Job kosten«, gestand er leise.

Mit halb geöffneten Augen sah sie ihn an. »Sagen Sie mir bitte nicht, dass Sie eine Mörderin lieben könnten.«

An seinem Rücken sah sie, wie er zusammenzuckte. Anscheinend vergaß auch er manchmal, was sie getan hatte.

Die nasse Bettwäsche landete vor der Tür in einem Korb. Der Gummibezug wurde desinfiziert, dann bezog er alles neu bis auf die Decke. »Ich werde Ihnen eine neue holen. Das dauert ein paar Minuten, aber kümmern wir uns zunächst um Sie.«

Am liebsten hätte sie seine Hilfe abgelehnt, gesagt, dass sie sich selbst anziehen könne, aber das stimmte nicht. Sie war unfähig, auch nur einen Arm zu heben.

Dann drehte er sich wieder zu ihr und zog eine Spritze aus der Tasche. »Hiermit werden Sie sich gleich besser fühlen«, versprach er und legte einen Gummizug um ihren Oberarm, der die Venen beim Abbinden hervortreten ließ. Den Einstich spürte sie kaum. Anschließend half Felix ihr auf die Beine und stützte sie, während er mit einer Hand so gut es ging die dünne Krankenhaushose herunterschob. Danach nahm er sie auf die Arme und hob sie auf das Bett zurück. Ihre Empfindungen fielen ihr in den Rücken – in dem grauenhaften Chaos reagierte ihr Körper auf jede Berührung. Der aufkommende Rausch war etwas Greifbares, ein dünner, verwerflicher Strohhalm in einem Geflecht aus Pein und Entsetzen.

Sie blieb so gut sie konnte sitzen, damit er ihr das Oberteil ebenfalls ausziehen konnte.

»Wenn Sie wieder ganz frisch sind, werden Sie feststellen, wie gut Ihnen das alles hier tut. Ich wünschte, es gäbe einen anderen Weg.«

Ergeben nickte sie und zuckte, als erinnerten sich die Nerven an die Stromschläge. Er war der Experte, sie wollte nur noch gesund werden und sich den Konsequenzen stellen. Angefangen bei den Erinnerungen, die sie offensichtlich verdrängt hatte.

Felix drückte sie auf das frisch bezogene Kissen zurück, und Tanja schloss die Augen. Sie wollte ihn nicht ansehen, wenn sie vollkommen nackt vor ihm lag, doch das Medikament fing an, Glücksgefühle in ihr hervorzurufen. So intensiv, dass sie nach der Pein ins andere Extrem verfiel. Ein Lachen kam ihr über die Lippen. In ihrem Leben hatte sie noch nie Drogen angefasst, aber wenn sie so wirkten wie dieses Medikament, verstand sie die Sucht nach mehr. Ihr Herz schlug schneller, ihr ganzer Körper kribbelte, und sie sehnte sich nach weiteren Berührungen.

Er verließ den Raum, dann hörte sie, wie er im Bad Wasser in eine Schüssel füllte. Als er zurückkam, verdrängte Lavendelduft den Desinfektionsmittelgeruch. Schweigend fing er bei ihrem linken Bein an. Langsam und achtsam wusch er jeden Zentimeter ihrer Haut. Dabei arbeitete er sich akribisch von unten nach oben. Als er bei ihrer Scham anlangte, wagte sie einen kurzen Blick durch kleine Sehschlitze. Bewundernd und ehrfürchtig betrachtete er sie, strich mit dem Waschlappen erst über ihren flachen Bauch, dann tiefer. So gut sie konnte, spreizte sie leicht die Schenkel und sog erregt die Luft ein, als er ihren Intimbereich mit der gleichen Akribie reinigte. Seinem Gesicht sah sie an, wie sehr es ihm gefiel, wie gerne er mehr tun würde, aber das tat er nicht. Ihr war es gleich, ob es an den Medikamenten lag: Sie wollte mehr von diesen Zärtlichkeiten.

Felix reinigte den Waschlappen in der Schüssel und machte weiter bei ihrer Taille, ihren Brüsten, unter den Armen, dann drehte er sie auf die Seite und wusch ihren Rücken. Diesmal von oben nach unten, mit besonderer Aufmerksamkeit für die Rundungen ihres Pos. Tanja konnte die Gefühle nicht abwehren. Dieses Kribbeln war das erste Positive in ihrem Körper seit – Tanja musste sich eingestehen, dass der Zeitraum weit über diese Pein zurückreichte.

Für ihr Gesicht holte er frisches Wasser und einen neuen Waschlappen. Diesmal schaute sie ihn die ganze Zeit an, während er sanft über ihre Züge strich. Und Felix sah ihr in die Augen, als gäbe es keinen Waschlappen, kein Krankenzimmer, geschweige denn die Tatsache, dass sie eine Mörderin war.

»Ich habe hier noch nie eine andere Person gesehen«, flüsterte Tanja konzentriert.

»Du hast dich jedes Mal verschlossen, wenn jemand anders gekommen ist. Deswegen bin ich allein für dich zuständig. Das sagte ich doch schon, oder?«

Sie leckte sich über die Lippen. »Wie sollten Sie dann Ihren Job verlieren?« Ihr war es gleich, ob sie ihrem Gewissen noch mehr Last zumutete; ihr Herz schlug so schnell, als würde es sie antreiben, sich stärkere Reize zu holen.

Er legte den Waschlappen zur Seite und zögerte. »Ich kann nicht«, sagte er halbherzig. »Sie sind meine Patientin.«

»Dann heilen Sie mich.«

Die Aufregung verhalf ihr dazu, einen Arm zu heben und eine Hand in seinen Nacken zu legen. Wie erhofft, gab er nach und beugte sich zu ihr hinab. »Wir dürfen das nicht«, flüsterte er gegen ihre Lippen, bevor er sie küsste.

Das waren die heilsamen Elektrostöße, die sie brauchte. Tanja wurde von dem Gefühl regelrecht berauscht, aber Felix ließ plötzlich von ihr ab und trat einige Schritte vom Bett zurück. Mit einer Hand auf dem Mund sah er an ihr hinab. Es war deutlich, was er wollte, aber er verharrte und haderte mit sich.

»Ich werde nichts verraten«, versuchte Tanja, sein Verlangen anzusprechen. In ihrem berauschten Zustand waren seine Berührungen die reinste Wonne.

»Sie wissen ja gar nicht, was Sie tun«, sagte er gequält. »Sie sind verwirrt, traumatisiert und nicht Sie selbst. Es wäre aus vielen Gründen vollkommen falsch, weiterzumachen, ganz gleich, wie sehr ich das will.«

Enttäuscht sah sie zu, wie er einen sauberen Anzug zur Hand nahm und geschäftig zu ihr zurückkam. »Es tut mir leid, dass es so weit gekommen ist«, flüsterte er mit ehrlichem Bedauern.

»Mir nicht.« Eine Aussage, die kaum ehrlicher sein konnte. Da sie sich nicht an ihre grauenhaften Taten erinnern konnte, war es denkbar, einen Neustart zu schaffen. Wenn sie schon eingesperrt war – bei Mord sicher ziemlich lange –, dann gab es nur Felix. Was auch immer er ihr für Medikamente gab, sie begünstigten all ihre Empfindungen, und sie wollte sich nicht anders fühlen als jetzt. Nie wieder.

Als er ihr das Oberteil überstreifte, fühlte sie wieder diese aufregende Nähe. Bei der Hose beugte er sich weit hinab, und sie spürte, wie er ihre Haut beim Anziehen berührte. Mit einem Lächeln ließ sie ihn alles zu Ende bringen. Es stimmte: Nach den Schocks, den unmenschlichen Anstrengungen und Schmerzen fühlte sie sich tatsächlich besser – oder lag es nur an ihm? Sie war durch die Spritze entspannt, irgendwie leer und gleichzeitig aufgeregt. Wenn er tatsächlich Tag für Tag zu ihr kam, dann endete hier in diesem Moment gar nichts, es würde noch viele solcher aufregenden Momente geben.

»Ich gehe eben die Decke holen«, sagte Felix. Im selben Moment hörte sie ihn weggehen und dann den Schlüssel im Schloss der Gittertür.

Die aufkommende Stille war wie ein schwarzer Schatten, der sich in ihr Zimmer schlich und sich heimlich auf sie legte. Die finsteren Finger pulten Zweifel und Reue aus dem Block in ihrem Geist. Der vermeintlich einfache Weg wurde nackt an den Pranger gestellt und Kai zum Richter ernannt. Ihr toter Mann, der die Schuld auf sie hetzte.

Aus der Interviewreihe »Serienkiller und ihr Umfeld«
Benno Zuszpak, Rettungshelfer

Ich fahre jetzt seit zwanzig Jahren Rettungswagen, und ich muss leider zugeben, dass ich den Respekt vor Menschen komplett verloren habe. Ich bin höflich zu jedem, und ich erledige meinen Job – darin bin ich richtig gut. Aber ich habe schon so vieles sehen müssen, wozu Menschen fähig sind. Niemand fragt, ob wir mit dem umgehen können, was Einige sich und anderen antun.

17

Theo war äußerst zufrieden mit der Welt und sich, weil er komplett unterschätzt hatte, wie gut es sich anfühlte, wieder aktiv zu sein. Dies war ein guter Tag, der am Abend mit dem Besuch bei Eberhard und Marianne Rieckers gekrönt wurde.

Er hatte schon Gerüchte über die beiden gehört, die ihnen eine beispiellos perfekte Ehe nachsagten. Eberhard und er gehörten zum alten Schlag, sie hatten das Glück, Frauen gefunden zu haben, die die Umstände ihres Berufs nicht nur in Kauf nahmen, sondern diesen Weg hundertprozentig mitgingen. Er wünschte seinem Kollegen und dessen Frau, dass sie noch viele Jahre gemeinsam erleben konnten.

Die Wohngegend war ruhig: viele Reihenhäuser, von denen die Rieckers' auch eines bewohnten. Bescheiden mit einem Carport vor der Tür und kleinen Lampen in den Fenstern, die den Besuchern ein einladendes Licht entgegensandten.

Theo trug eine Anzughose, ein weißes Hemd mit dünnen blauen Streifen und darüber einen weinroten Pullunder. So herausgeputzt hatte er das letzte Mal vor drei Monaten das Haus verlassen, um Skat zu spielen. Eine einmalige Geschichte, weil er so ziemlich der schlechteste Skatspieler in ganz Hamburg war.

In seiner Aktentasche befanden sich die Unterlagen und das iPad mit dem Video. Milan hatte nur fünf Minuten gebraucht, um die Datei auf das Gerät zu spielen. Beim nächsten Mal wusste Theo, wie es ging.

Als er die Klingel betätigte, ertönte nur ein kurzes Schrillen. Marianne öffnete. Theo konnte sich ein überraschtes Grinsen nicht verkneifen. Sie war anders als erwartet. Auch wenn sie auf den ersten Blick wie eine *typische alte Frau* aussah, besaß sie eine Klasse, die ihr ganzes Wesen erfüllte. Hochgesteckte Haare, leicht geschminkt, das dunkelblaue Kleid reichte bis zu den Fußknöcheln.

Dann kam Eberhard um die Ecke. Wie immer in Schwarz, mit Schuppen auf den Schultern und kurzen Bartstoppeln im Gesicht. Er humpelte etwas; Theo erinnerte sich, dass ihm seine Knie zu schaffen machten.

Er wurde herzlich empfangen, sanft ins Haus geschoben und eingeladen, es sich gemütlich zu machen. Immerhin zog er die Schuhe aus, was schon mehr war, als er sonst tat, wenn er woanders zu Besuch war. Seine Jacke hatte er gleich im Auto gelassen, die Septembertage waren angenehm warm.

»Was darf ich dir anbieten? Kaffee? Ein Bier oder lieber etwas anderes?«, fragte Eberhard und schien sich nicht minder auf das Kommende zu freuen.

»Ich habe gehört, es gibt hier den besten Kaffee von ganz Hamburg, da muss ich wohl einen Kaffee trinken.«

Marianne lachte. »Ach Eberhard, du wirst uns mit deinen Übertreibungen noch in Verlegenheit bringen.« Mit einem warmen Blick gab sie ihm zu verstehen, dass er sich setzen sollte, sie würde das erledigen. Eberhard sah ihr nach und nahm auf dem Sofa Platz. Wie immer ging von ihm diese gewisse Zigarettenrauchnote aus, die Theo auch im Haus wahrnehmen konnte. Viele alte Gewohnheiten machten dieses Zuhause zu einem sehr heimeligen Ort. Vor den Fenstern hingen weiße Gardinen mit Goldkante, der Teppich war an einigen Stellen abgelaufen. Das gehäkelte Deckchen, das früher wahrscheinlich auf einem Röhrenfernseher gelegen hatte, lag nun unter dem schmalen Fuß des LED-Gerätes. Theo fühlte sich so richtig wohl. Hildi hätte dieser Abend gefallen – zumindest der Teil, der sich nicht mit Konrad Gall befasste. Auch wenn sie Theo immer zugehört hatte, belastete er ihr Mitgefühl ungern mit fremden Schicksalen. Was auch gut gewesen war, weil er in ihrer Nähe den Stress hinter sich lassen konnte.

»Wie war es?«, kam Eberhard gleich auf den Punkt.

Nach allem, was Theo gesehen hatte, konnte er seinem Kollegen die Neugier nicht verdenken.

»Wagt es nicht, ohne mich über die Sache zu reden«, rief Marianne aus der Küche.

Theo grinste und zog die Schultern hoch. »Dann stimmt es, deine Frau macht immer alles mit?«

Eberhard strich sich stolz über den Bauch und nickte. »Ohne meine Frau wäre ich verloren gewesen. Mit ihr reden zu können, hat vielem den Schrecken genommen, und sie wusste immer, welche Denkanstöße sie setzen musste, damit ich die richtigen Entscheidungen treffen konnte. Diese Zeit fehlt uns«, gestand er, was das Vermissen auch bei Theo wieder stärker in den Vordergrund brachte.

»Mir fehlt meine Frau jeden Tag«, sagte Theo, obwohl er die Stimmung gar nicht runterziehen wollte. Im Gegensatz zu seinen Kindern konnte Eberhard wahrscheinlich verstehen, was die Einsamkeit für ihn bedeutete. »Gall sagte, ich sei der Bedürftige in meiner Ehe gewesen, und meine Trauer sei nur der Ausdruck meiner Unfähigkeit, allein klarzukommen.«

Eberhard lehnte sich vor und klopfte ihm auf den Arm. »Ja, so ist er. Er nimmt das Gute und deformiert es zu einem Klumpen aus Zweifeln und Scham. Deine Frau ist ein Mensch gewesen, der es wert ist, vermisst zu werden. Sogar Marianne erinnert sich an die kurze Begegnung mit ihr, damals, als wir in der großen Gruppe diesen Ausflug mitgemacht haben.«

Theo musste lächeln. »Stimmt, wir haben bei der Butterfahrt nebeneinander gesessen. Marianne hat Witze über die Größe deines Kaffeebechers gemacht.«

Wenn er es recht bedachte, war es schade, dass diese Freundschaft nur bis Helgoland gehalten hatte.

Marianne kam zurück und setzte sich in einen Sessel. »So, nun bin ich da. Also, wie war der Besuch?«

»Unheimlich«, gab Theo zu. »Mir ist unbegreiflich, wie dieser Mann zwei Jahrzehnte mit der Polizei zusammenarbeiten konnte. Der sieht schon wie ein Psychopath aus.«

Eberhard lachte, zog sich einen passenden, gepolsterten Hocker heran und legte das linke Bein darauf.

»Ich gehöre auch zu jenen Kollegen, die mit ihm zusammengearbeitet haben.«

»Aber du hast ihn überführt.« Theo winkte ab. »Ich weiß schon, was du sagen willst. Nur, weil jemand wie ein Psychopath aussieht, darf man ihn nicht wie einen behandeln.«

Eberhard nickte zustimmend und rieb sich übers Knie. »Als er sich nicht mehr verstellen musste, weil er aufgeflogen war, hat er sein wahres Gesicht gezeigt. Ich denke, er genießt es, sich nicht mehr verstecken zu müssen.«

»Mehr als das. Die in der Anstalt haben eine Heidenangst vor ihm. Er sitzt in Einzelhaft, weil er die Mitinsassen manipuliert und es seinetwegen diverse Ausschreitungen gegeben hat.«

Eberhard presste die Lippen aufeinander und neigte den Kopf. Offensichtlich empfand er keine Genugtuung, weil er diesen Mann überführt hatte. Marianne stützte sich auf die Armlehne und legte ihm eine Hand auf den Oberschenkel. »Warum bringen wir es nicht hinter uns und schauen das Video als Erstes?«

Theo holte das iPad aus seiner Tasche und aktivierte das Display. Als das Video startete, strich Marianne über Eberhards Bein, damit er keine Sekunde vergaß, dass sie da war. Genau dieses Verständnis füreinander fehlte Theo schmerzhaft. Er räusperte sich und versuchte, sachlich über die Begegnung zu reden. »Die Fotos in den Zeitungen waren schon gruselig, aber mit diesem Menschen möchte ich nie wieder im selben Raum sein.«

Eberhard tätschelte mit der freien Hand Mariannes Finger und blieb konzentriert. An seinem Gesicht war nicht abzulesen, was er in diesem Moment dachte oder ob alte Erinnerungen wieder hochkamen. Nur als Gall am Ende in die Kamera sah, Andeutungen machte und sich unter die Nase tippte, ballte sich Eberhards Hand zur Faust, und er hielt für einige Herzschläge den Atem an. Was noch bemerkenswerter war: Marianne reagierte genauso.

Als die Aufnahme stoppte, rieb sich Eberhard nachdenklich über den Mund. Innerhalb von Sekunden füllte sich das gesamte Wohnzimmer mit unausgesprochenen Worten, die von Marianne und Eberhard ausgestrahlt wurden. Sie sahen einander an und lasen offenbar jedes einzelne davon.

»Soll ich lieber nicht nachfragen?«, bot Theo an.

Marianne stand auf und holte den Kaffee.

»Es gibt Geheimnisse, die man besser mit ins Grab nimmt«, sagte Eberhard und sah ihn ernst an. »Hast du je gegen die Vorschriften verstoßen?«

In Theos Fall wirkte das sicher undenkbar. »Du meinst, etwas Schlimmeres, als illegal Akten zu kopieren und in Kartons aufzubewahren?«

Sein alter Kollege nickte. Anscheinend wollte er es wirklich wissen; Theo kam sich wie ein diensttreuer, unbedeutender Beamter vor. »Nein, ehrlich gesagt, war mein Glaube an das Rechtssystem unerschütterlich. Erst die jüngsten Ereignisse bringen alles durcheinander.«

Was die Andeutungen auf Rieckers' alten Fall angingen, hielt sich Theos Neugierde in Grenzen. Darin würde er sicher nicht herumstochern, nur weil Gall seine Spielchen treiben wollte. »Nach Galls Aussage gibt es weitere Todesfälle, die wir beachten sollten. Aber wie komme ich an die Unterlagen heran?« Mit einem Finger tippte Theo auf das schwarze Display seines iPads und dachte nach. Er war nie sonderlich gut im Knüpfen von Kontakten gewesen. Er tat niemandem große Gefallen, keiner war ihm je etwas schuldig. Alles in allem war er einfach nur ein guter Kommissar gewesen, der mit Eifer für Recht und Ordnung gesorgt hatte. Ganz anders als sein wenig jüngerer Kollege Eberhard Rieckers.

»Hast du seine Andeutungen mitbekommen? Ich werde nie vergessen, wie er damals eine Bahre herausgezogen hat, um mir darauf die Fotos von den Opfern zu zeigen. Er hätte das am Schreibtisch machen können, aber er liebte solche Kleinigkeiten.«

»O ja«, sagte Marianne, stellte ein Tablett mit gefüllten Bechern, Milch und Zucker ab und setzte sich wieder neben ihren Mann. »Eberhard hat mir erzählt, wie stolz er auf sein Werk gewesen ist. Er hatte so einen eigenartigen Fetisch.« Mit einem Finger tippte sie sich gegen die Mulde zwischen Nase und Oberlippe.

»Im Video hat man es eben gesehen. Der war total besessen, wenn Frauen ein klar definiertes Philtrum hatten.«

Theo legte das iPad auf den Tisch und nahm sich einen Kaffee. Der Duft war schon gut, aber als er daran nippte, musste Theo zugeben, dass Eberhard nicht zu viel versprochen hatte: Der Kaffee war wirklich sensationell. Diese kleinen Handlungen gaben ihm Zeit zum Nachdenken. Zeit, die er brauchte, weil er offensichtlich nicht so gut im Training war wie das eingespielte Paar. »Wären solche Kopien nicht aufgefallen?«, brachte er sich endlich in die Überlegungen ein. »Oder denkt ihr, er hat sie mit nach Hause genommen?«

»Die Spurensicherung hat damals alles auf den Kopf gestellt, da war absolut nichts.«

»Na ja, bis auf den Ordner, den er dir gezeigt hat«, ergänzte Marianne. »Warum sollten Dabels und Müller Unterlagen über andere Opfer aufgefallen sein, die haben ja schon kaum gefunden, was ihren eigenen Fall betroffen hat.«

Eberhard fuhr sich über die Bartstoppeln. »Du hast recht. Wenn er Fotos und Berichte anderer Opfer aufbewahrt hat, muss er sie an seinem alten Arbeitsplatz versteckt haben. Los, spring noch mal an die Stelle.« Er deutete auf das iPad, und Theo kam der Aufforderung sofort nach. »Siehst du das? Er amüsiert sich darüber. Es klingt wie eine Herausforderung, aber eigentlich bringt er sein Vergnügen zum Ausdruck, mehr gesehen zu haben als die Polizei, und er wird es seiner Neigung entsprechend zur Schau gestellt haben. Ich sage dir, die Unterlagen sind noch irgendwo in seinem alten Wirkungsbereich!«

»Deswegen hat er so einen Narren an dir gefressen, oder?« Theo ließ das iPad sinken und sah ihn an. »Mir ist es immer schwergefallen, einen Schritt zurückzutreten und über das Offensichtliche hinwegzuschauen, um das große Ganze besser zu erkennen. Warum bist du die Karriereleiter nie weiter hinaufgestiegen? Du hättest mit deinen Fähigkeiten ganz andere Dinge bei der Polizei machen können.«

Eberhard nahm Mariannes Hand und umfasste sie. »Es hat

mir immer viel bedeutet, der Erste zu sein, der bei einem Notfall eintrifft. Das wollte ich nicht missen.«

»Und ich wollte nicht, dass mein Mann jeden Tag mit Mord und Totschlag zu tun hat«, sagte Marianne. »Also, wie willst du an die Unterlagen kommen?«

»Ich kenne einen Medizinstudenten, der könnte sich dort vielleicht mal umsehen.«

Es war nicht zu leugnen, das Video hatte die Stimmung in diesem Wohnzimmer verändert. Wahrscheinlich war es genau das, was Dr. Konrad Gall so gefährlich machte. Er tötete nicht nur, er säte Vernichtung. Bei seinen Mitinsassen gedieh diese Saat, deswegen die Einzelhaft. Das Personal rang ebenfalls damit. Bei ihm, Eberhard und Marianne würde die Begegnung mit Gall nur einen kurzen, angespannten Augenblick verursachen, zumindest hoffte Theo das. Auch als Galls Andeutungen ein zweites Mal zu hören waren, spannten sich die beiden merklich an. Diesmal musste er nachfragen: »Ist sie es gewesen? Silvia Valentaten, meine ich. Gall lässt es so aussehen, als hättest du damals einen Fehler gemacht.«

Er bemerkte, wie Eberhard Mariannes Hand fest drückte. »Die DNS-Ergebnisse sind eindeutig gewesen«, sagte er. »An der Identität der Leiche gab es keinen Zweifel. Wenn ich die Frau irgendwie hätte retten können, dann hätte ich es getan. Die ganze Geschichte ist mir damals sehr nahegegangen.«

Irgendwas stand da zwischen den Zeilen, was die beiden nicht verraten wollten. Theo tippte sich nachdenklich auf die kleine Mulde zwischen Mund und Nase, aber er beließ es dabei. Seine Diensttreue befand sich im Ruhestand. Sollten die beiden irgendwas verheimlichen, dann ging ihn das nichts mehr an.

»Mal was anderes: Eberhard erwähnte, du wohnst jetzt in einer WG?«, wechselte Marianne das Thema.

»Das ist richtig. Meine Kinder fanden, ich solle nicht allein wohnen, da habe ich mir ein paar Mitbewohner gesucht, statt in einen Seniorenstift zu ziehen.«

Sie lachte. »Das ist clever. Unser Sohn wird demnächst zum

ersten Mal Vater, ich hoffe, dass uns derartige Reden von ihm noch lange erspart bleiben.«

»Wie aufregend! Ich weiß noch, wie es war, als ich zum ersten Mal Opa geworden bin. Das war wie ein Neuanfang, weil man heute mit Babys alles anders macht. Der runtergefallene Schnuller wird nicht mehr abgelutscht, alles wird abgekocht und mit Schutz versehen.« Ihm fiel auf, wie resigniert er klang. »Aber meine Enkelinnen sind großartige junge Damen geworden – mit gesunden Zähnen.«

Eberhard änderte ächzend die Position. »Unser Sohn und seine Frau haben mir zu Weihnachten eine von diesen Elektrozigaretten geschenkt. Angeblich für meine Gesundheit, aber ich bin mir sicher, dass sie da schon vorausgedacht haben und ich kein stinkender Opa sein soll.«

»Eberhard«, sagte Marianne tadelnd mit einem belustigten Unterton. »Sie sollten ihn damit hantieren sehen. Ungefähr so muss der Affe in der Rakete ausgesehen haben, als er ins All geschickt wurde.«

Das Haus roch nicht so, als würde hier seit neun Monaten nicht mehr geraucht. »Und benutzt du die E-Zigarette?«

»Nur, wenn sie zu Besuch sind oder wir zu ihnen fahren. Der Status der Akzeptanz wurde erreicht.« Eberhard sah nicht wie jemand aus, der gern mit alten Gewohnheiten brach. Zumindest jenen, die hauptsächlich ihn selbst betrafen.

»Hat euer Sohn euch auch schon angeraten, ihr sollt euch Ehrenämtern widmen?«

Lachend schüttelte Marianne den Kopf. »Das nicht, aber sie schenken uns zu jeder Gelegenheit irgendwelche Karten, damit wir mal *rauskommen*. Du hättest Eberhard in der Oper sehen sollen. Er war nach zehn Minuten eingeschlafen.«

Theo tat es unendlich gut, darüber zu reden. »Da ist man Jahrzehnte lang Vorbild, und dann wollen sie einen ändern. Waren wir auch so?« Er leerte den Kaffeebecher und stellte ihn auf das Tablett zurück.

»Nicht mal im Ansatz«, sagte Marianne. »Meine Eltern sind

eine Institution gewesen. Wie ein Uhrwerk führten sie ein Leben, das Jahr für Jahr gleich aussah. Arbeit, Haushalt, Sonntagsbraten, zwei Wochen Urlaub im Harz und Rosen zum Hochzeitstag. Wir Kinder konnten uns darauf verlassen, dass sich daran niemals etwas ändern würde, und so kam es auch. Mein Vater starb, und meine Mutter hielt als trauernde Witwe alles am Laufen. Wir hätten einen Teufel getan, uns einzumischen.«

»Also haben die heutigen Eltern die Verbindlichkeit verloren? Die Struktur oder wie man das auch immer nennen will?« Für Theo war dieses Thema belastender, als er zugeben wollte.

Eberhard zeigte auf das Pad. »Unsere Kinder sind nur im Stress. Arbeitsstress, Freizeitstress. Niemand bringt mehr Geduld oder Gelassenheit auf. Sie haben nur Angst, dass sie sich zusätzlich noch um uns kümmern müssen, weil sie ohnehin keine freie Minute mehr übrig haben.«

Und so setzte sich der Abend fort. Sie redeten, philosophierten, saßen zwischendurch in der Küche, damit Eberhard rauchen konnte, und lachten viel. Als Theo gegen Mitternacht in sein Auto stieg, war er ganz berauscht von dieser schönen Zeit und voller Tatendrang. Er hatte eine Spur und einen Medizinstudenten; jetzt musste er Dylan nur noch überreden, ihm zu helfen.

Aus der Interviewreihe »Serienkiller und ihr Umfeld«
Rudolph Lange, Malermeister

Ich hatte dem Bengel die Ausbildungsstelle aus Mitleid gegeben. Seine Mutter hatte mir erzählt, wie viele Bewerbungen er geschrieben hatte, aber niemand wollte ihn haben. Und ganz ehrlich, ich auch nicht wirklich, nachdem ich ihn kennenlernte. Der war halt komisch. Ständig beobachtete er einen mit eingezogenem Kopf, während er anderen nicht mal in die Augen sehen konnte, wenn sie mit ihm sprachen. Die haben ihn geschnappt, weil seine Opfer alles Kundinnen von mir gewesen waren. Er hat sie in den frisch gestrichenen Zimmern ausgeweidet. Das hat man nun davon, dass man was Gutes tun wollte.

18

So betrunken war Dylan in seinem ganzen Leben noch nicht gewesen. Genau genommen war es sogar die schrägste Party, die er je mitgemacht hatte. Seinen Kater würde er Herrn Nachtmacher verdanken, aber in diesem Moment ging es ihm einfach nur fantastisch. Als der alte Mann ihm von Galls geheimer Sammlung berichtet hatte, wollte sich Dylan nur mal umhören, ob einer seiner Mitstudierenden etwas davon wusste, und ehe er sichs versah, fand sich eine kleine Gruppe für ein verbotenes Treffen zusammen. Er saß mit sechs anderen in der Pathologie der ENDO Klinik, sie hatten Tequila-Shots auf den Obduktionstisch aufgereiht und einen nach dem anderen ausgetrunken. Ben war der Einzige, der hier arbeitete, und nach seiner Aussage war hier unten nie etwas los. Die meisten Leichen wurden direkt von den Bestattungsunternehmen abgeholt. Nur wenige wurden hier »zwischengelagert«, und das auch nur, wenn die Fächer in dem moderneren Raum voll waren. Das sei ja schließlich keine Rechtsmedizin, wo jeder auseinandergenommen werden müsse.

Dylan war sich nicht so sicher, ob etwas Spaß dieses Risiko wert war, aber Ben musste das selbst wissen, immerhin setzte er dabei seinen Job aufs Spiel. Rabea und Tom knutschten wild an die kleinen Edelstahltüren gelehnt, hinter denen sich die ausziehbaren Bahren befanden. So betrunken wie sie waren, würde es sicher nicht dabei bleiben. Melanie und Karsten waren immerhin hinter den Schreibtisch verschwunden. Kaum einer von den sechs Leuten konnte noch klar und deutlich seinen Namen aussprechen. Ben hatte vor zehn Minuten in den Ablauf für die Leichenflüssigkeiten gekotzt, woraufhin sich sein Kumpel solidarisch in den Mülleimer erbrach. Diese Party stand unter dem Motto: *Morbides Saufen.* Soweit Dylan wusste, fanden sie jede Woche ein anderes Motto, um etwas Dampf abzulassen. Ohne

Janis wäre er vielleicht einer von ihnen, aber diesen Gedanken schob er gleich wieder beiseite.

»Hey, Ben.« Dylan rüttelte an der Schulter des anderen, der an die Fächer gelehnt einzuschlafen drohte.

Ben sah ihn an und schmatzte. Die Augen wollten ihn nicht recht fokussieren.

»Wo ist denn jetzt das Zeug von dem Irren?«

Jeder kannte Galls Geschichte. Der Mann war ein Mythos in den Katakomben dieses Krankenhauses und in der Pathologenszene. Einer von ihnen, der zum Monster geworden war.

»Ach ja, Mann«, lallte Ben und deutete schwankend auf eines der Fächer, auf dem *defekt* geschrieben stand. »Der alte Ronnie sollte hier aufräumen und hat Galls Gruselsammlung gefunden. Er hat was Besseres damit gemacht, als es zu archivieren. Der liebt es, die Neuen mit Geschichten über den Psychopathen zu ängstigen und denen dann die Bilder zu zeigen. Wer danach noch tönt, Karriere in der Forensik machen zu wollen, ist entweder irre oder genau richtig für den Job. Wahrscheinlich beides. Der hat sogar die Bilder von Galls Opfern kopiert und dort abgelegt.« Er musste hart schlucken und hielt sich eine Hand auf den Magen. »Guck dir das allein an, ich pack das heute nicht mehr.«

Dylan stemmte sich mühsam hoch und ging mit unsicheren Schritten auf das Fach zu. Es war nur drei Fächer von Rabea und Tom entfernt, die bereits ein paar Kleidungsstücke verloren hatten.

»O Mann, dafür schuldet Nachtmacher mir was«, murmelte er.

Behutsam öffnete er das Fach und sah sich dabei um. Niemand beachtete ihn. Dylan wünschte, er hätte ein paar Shots ausgelassen, aber sein Ruf war nicht gerade der eines Partylöwen; er musste sich bewähren. Was mit dem Herausziehen der Bahre zum Vorschein kam, konnte man nur Altar oder Kultstätte nennen. Die Dokumente waren so angeordnet, dass einem gleich ein paar Leichen entgegenstarrten, von denen manche grausam entstellt waren. Das war abartig! Hier unten konnte wirklich nicht mehr viel los sein, wenn das noch niemandem aufgefallen war.

Neben ihm wurde es lauter, die letzten Hemmungen waren gefallen. Nun musste er sich überlegen, wie er die Unterlagen rausschmuggeln konnte, ohne anschließend in Schwierigkeiten zu geraten. Als er sich umsah, gingen ihm die seltsamsten Gedanken durch seinen berauschten Kopf. Wieder übergab sich Martin in den Mülleimer. Das brachte Dylan die zündende Idee.

Durch die wachsende Aufregung wurde der Rausch gedämpft und seine Gedanken ganz klar. Er ging zu Martin hinüber und legte ihm eine Hand auf die Schulter. »Leg dich mal hin, du siehst scheiße aus.« Schnell nahm er ihm den Eimer ab und sah zu, wie der Erstsemestler sich zusammenrollte und kleine leidende Laute von sich gab. Dann ging er zurück, schloss das Fach wieder, und als niemand zu ihm hinsah, schleuderte mit Schwung das Erbrochene gegen die kleinen Türen, sodass es in die Rillen der Gummidichtung lief, und hielt den Eimer schnell vor sich hin, als müsste er noch mehr spucken. Was bei dem Alkoholpegel und dem Anblick durchaus im Bereich des Möglichen lag.

»Ihhh, du Schwein«, kreischte Rabea auf und drückte ihren Freund von sich, um von der Kotze wegzukommen. Tom folgte ihr aus dem Obduktionsraum. Bis sich die Tür hinter ihnen automatisch wieder schloss, konnte Dylan ihn auf sie einreden hören.

Zwei weniger.

»O Mann, ey, was für 'ne Scheiße …« Ben wollte aufstehen, verlor das Gleichgewicht und hielt sich an dem Stahltisch fest.

»Ich mach das schon«, rief Dylan ihm zu. »Muss nur was zum Wischen finden.«

Vorsichtig stellte er den Eimer zur Seite und ging zum Schreibtisch hinüber. In seinem Kopf war plötzlich alles ganz klar, als verdrängte sein Vorhaben jeglichen Alkohol aus seinem Blut. Unauffällig wählte er die Telefonnummer auf seinem Smartphone, die diesem Raum laut Telefon zugewiesen war, ließ es zweimal klingeln und ging dann ran. Wie erwartet, wurde Ben hellhörig und zeigte erste Anzeichen von aufkommender Panik. Er wollte eben doch keinen Ärger bekommen.

»Sicher, wann werden Sie hier sein? … aha, ja, ja … zehn Minuten? Ist gut, ich werde Sie erwarten.« Dylan kostete es viel Mühe, authentisch zu klingen. Zum Glück konnte er nach diesen wenigen Aussprüchen das Schauspiel beenden und auflegen.

Ben schüttelte entsetzt den Kopf und sah sich im Raum um. Sein erneuter Versuch, aufzustehen, sah bemitleidenswert aus. »Bist du bescheuert?«, sagte er mit schwerer Zunge. »Schau dich doch mal um!«

»Hör zu, wir können aus dieser Nummer noch rauskommen, aber nicht, wenn die euch hier so sehen.«

Haareraufend sah Ben zu dem Erbrochenen im Abfluss und an der Fächerwand, zu den betrunkenen Freunden. »Scheiße, wir sind am Arsch!«

»Schaff du die anderen hier raus. Ich werfe die Flaschen weg, schmeiß die Lüftung an und sage, ein Bulle hätte an die Wand gekotzt. Ich verstecke die Sachen aus dem Fach, bis es gereinigt wurde. Niemand wird Ärger kriegen«, gab er lautstark Anweisungen.

Er hatte mal gehört, dass man Menschen nur anbrüllen musste, wenn sie in Krisensituationen funktionieren sollten, also brüllte Dylan und sah dem Haufen Betrunkener nach, die torkelnd und hektisch die Flucht ergriffen. Das lief besser als erwartet. Dann war er allein. Allein mit dem Dreck und hoffentlich genügend Zeit, um alles in Ordnung zu bringen.

Zwei Stunden später war er tatsächlich wieder nüchtern. Die Arbeit hatte ihn den Alkohol ausschwitzen lassen, den Rest tat das mehrmalige Erbrechen, das sich auch in diesem Augenblick wieder ankündigte. Auch wenn er Gerüche schlimmster Art und widerliche Anblicke gewöhnt war, stellte Erbrochenes für ihn eine Herausforderung dar. Außerdem war er es nicht gewohnt, starken Alkohol zu trinken – eine Tatsache, an der sich nach diesem Erlebnis auch nichts ändern würde. In seinem Rucksack jedoch befanden sich alle Unterlagen, die er vom Altar mitnehmen konnte. Er würde sie zurückbringen, wenn die endgültige Reinigung abgeschlossen war.

Dem zuständigen Pathologen hatte er eine Nachricht eines vermeintlichen Kollegen geschrieben, dem ein Patient abhanden gekommen sei, der dann einen Blick auf eine Leiche geworfen habe und sich übergeben musste. Die Unterschrift so unleserlich, wie es sich für einen Arzt gehörte. *Viel Spaß damit, Ronnie.*

Diese Aktion war so ziemlich das Nervenaufreibendste und Schlimmste, was Dylan in seinem gesamten Leben angestellt hatte. Mit einem Grinsen fischte er den Schlüssel aus seiner Tasche und stocherte am Schloss herum.

»Alles hat funktioniert«, lobte er sich selbst. »Ich bin ein kleiner Meisterdieb.«

Endlich traf der Schlüssel die richtige Stelle, und Dylan konnte aufschließen. Ihm war unbegreiflich, wie manche Chirurgen Alkoholiker werden konnten: Die Motorik litt grauenhaft unter den Auswirkungen des Tequilas.

Nach einem kurzen Blick auf sein Mobiltelefon seufzte er ergeben. Bald würde Janis wach werden. Selbst wenn er jetzt sofort einschlafen könnte, würde ihm die Zeit nicht reichen. Wenn Dylan nicht über fünf Stunden schlafen konnte, machte er lieber die Nacht durch. Leise ging er in die Küche und setzte einen Kaffee auf. Einen starken Kaffee. Dann nahm er mit den Unterlagen am Esstisch Platz und fing an, in dem Papierstapel zu blättern. Eine Stunde und drei Becher Kaffee später ruhte sein Kopf auf dem Bericht über Melanie Baumann, die sich mit einer Rasierklinge das Leben genommen hatte. Er schlief so tief und fest, dass er nicht mal bemerkte, wie, angefangen mit Janis, alle aufstanden und das Haus mit Routine belebten. Türklappen, Badgeräusche, Schritte im Flur.

Speichel lief als dünner Faden aus seinem Mund und hob die Worte *Suizid* und *ohne Fremdeinwirkung* aus dem Bericht hervor.

Es war Janis, die ihn weckte. Mit einer Hand hob sie seinen

Kopf an, zog die Akte unter ihm heraus und ließ seinen Kopf wieder los. Der Aufprall auf der Tischplatte war zwar nicht schmerzhaft, aber unangenehm genug, um ihn missgelaunt in die Realität zurückzubringen.

Er schluckte jeglichen Tadel runter, es käme ja doch kein Wort bei ihr an. Stattdessen sah er ihr zu, wie sie die Inhalte der Berichte erfasste, ein paar von den anderen separierte und eine Seite allein von den anderen wegschob. Dylan bemerkte den Spuckefleck auf dem Papier und wusste genau, woher der gekommen sein musste. Sein Mund war ganz trocken.

Sie legte den kleinen Stapel auf die Petzlov-Akte und ging mit dem einsamen Zettel in die Küche, wo dieser im Altpapier landete.

»Ach Janis, nein.« Dylan stand auf, um ihn zurückzuholen. »Es ist nur Spucke, gib ihn wieder her.«

Für den Bruchteil einer Sekunde glaubte er, sie habe ihn angesehen, aber dann bewegte sie den Kopf wieder in alle Richtungen, als gäbe das Haus ihr zahlreiche Arbeitsaufträge, die sie nicht ignorieren konnte. Geschäftig verließ sie die Küche.

Dylan holte den Zettel wieder aus dem Müll. Damit er das nicht immer wieder tun musste, legte er ihn unter die anderen Unterlagen und verstaute sie im Rucksack, sodass Janis gar nicht erst anfing, sie auseinanderzunehmen. Wenn alles kopiert war und die Originale wieder an ihrem Platz lagen, könnte sie mit den Zetteln machen, was sie wollte. So wenig Verständnis er für den morbiden Totenkult auch aufbringen konnte, verspürte er kein Verlangen danach, sich bei seinen Mitstudierenden unbeliebt zu machen, indem er alles vernichtete. Mythen und Legenden waren oft Brücken über den Stress; sie halfen, dass man am Ball blieb. Dennoch hoffte Dylan, dass sich niemand je von der Abartigkeit des gestörten Dr. Konrad Gall zu Ähnlichem inspirieren ließ.

Der Tod wurde manchmal absurd, wenn man ihm täglich begegnete. Während seines Nebenjobs hatte er viele unangebrachte Witze über Körperteile und Todesursachen mitbekommen, Kollegen gesehen, die Selfies mit Leichen machten, ihr Brot auf einem bleichen Brustkorb ablegten oder sich mal eben danebenlegten, um eine Mütze voll Schlaf zu bekommen. Er hatte auch Pathologen stumm weinen sehen, während sie Berichte schreiben mussten. Und er war dabei gewesen, als Dr. Henry Saalfeld seine eigene Frau auf den Tisch bekommen hatte. Seitdem war der Pathologe nicht wieder an seinen Arbeitsplatz zurückgekehrt. Dies und vieles mehr fasste die Gründe zusammen, warum Dylan sich lieber um die Lebenden kümmern wollte.

Ein Scharnier quietschte, und dann hörte Dylan das gewohnte Geräusch, wenn Nachtmacher seine Tür hinter sich abschloss. Es half: Janis versuchte schon gar nicht mehr, in das Zimmer hineinzugelangen.

»Guten Morgen, Herr Nachtmacher.«

»Guten Morgen«, sagte der alte Herr fröhlich und fing an, in der Küche das Frühstück vorzubereiten. »Sind Sie fündig geworden?«, fragte er durch die offene Tür.

Dylan ging zu ihm, um beim Tischdecken zu helfen. »O ja, ich habe alles hier.«

Nachtmacher hielt in der Bewegung inne und sah ihn mit väterlichem Stolz an. Mit einem Prickeln auf den Wangen kündigte sich die Röte an, Dylan musste sofort etwas Sinnvolles tun, damit sein Vermieter das nicht sah. Von seinen Eltern war er nie viel gelobt worden, was Herr Nachtmacher, seit sie hier wohnten, angenehm nachversorgte.

Schnell öffnete Dylan einen Schrank und holte vier Teller heraus. »Unterm Esstisch steht mein Rucksack, aber ein paar Zettel hat Janis schon zu Petzlov gelegt.«

Seine Eltern waren gute Menschen gewesen, sie hatten sich nur nicht damit abfinden können, dass sie nach Janis' Geburt ihr Leben ändern mussten. Jimi erzählte oft, dass sie ihn als Kleinkind mit auf Festivals genommen hatten, bis zur Geburt der Zwillinge in einer Kommune gelebt hätten und alles warm und schön gewesen wäre. An Jimis Stelle wäre er wohl auch wütend gewesen, aber Janis konnte nichts dafür, dass sie mit dieser Behinderung leben musste.

Seufzend brachte er die Teller zum Tisch und verteilte sie. Nachtmacher stand am Sekretär und blätterte in den Berichten. Es war nichts verkehrt daran, sich die Anerkennung eines alten, verschrobenen Mannes zu wünschen, die eine Lücke in Dylans Selbstsicherheit füllte.

»Konnten Sie das einfach so mitnehmen?«

Dylan grinste. »Schön wär's.«

Nachtmacher warf einen Blick über die Schulter.

»Sie wollen das nicht wissen«, sagte Dylan und lachte. »Es waren jede Menge Tequila und haarsträubende Lügen notwendig, aber ich gehöre jetzt zum inneren Kreis der Pathologie-Party-Szene.« Ihm fielen Rabea und Tom ein. Nein, das wollte Nachtmacher sicher nicht wissen.

Nach dem Frühstück brüteten Theo und Dylan gemeinsam über den Obduktionsberichten. Der junge Student betonte gerade zum zehnten Mal, dass er eigentlich lernen müsste, ohne Anstalten zu machen, aufzustehen und an seinen Schreibtisch zu gehen.

Die drei Berichte und dazugehörigen Fotos, die Janis aussortiert und auf die Petzlov-Akte gelegt hatte, beschäftigten sie, obwohl die Informationen überschaubar waren: Es ging um drei erschlagene Frauen, deren Blutwerte Auffälligkeiten zeigten, die für die offensichtliche Todesursache nicht relevant waren. »Warum hat er die gesammelt? Ich versteh's einfach nicht. Eine wurde in Wellingsbüttel gefunden, eine in Reinbek und eine in Harburg. Sie sehen unterschiedlich aus, sind unterschiedlich alt gewesen und laut diesen Berichten haben sie auch sonst keine Gemeinsamkeiten. Jeden Tag werden Leute erschlagen«, fasste Dylan zusammen.

»Ja, aber nicht alle haben solche Blutwerte.« Theo notierte sich die Namen auf einem Block, um weitere Informationen zu den Verstorbenen im Internet zu suchen. Dann ging er die anderen Berichte durch und fischte einen heraus. »Diese hat sich selbst umgebracht.«

Dylan sah kurz hin und verzog einen Mundwinkel. »Den musste ich aus dem Müll fischen, weil Janis ihn weggeschmissen hatte. Vielleicht, weil diese Frau nicht ermordet wurde, sondern sich das selbst angetan hat?«

Ein kurzes Blättern reichte, um zwei weitere Berichte aus dem Stapel zu ziehen, bei denen die Obduktion eindeutig Suizid ergeben hatte.

Dylan sah sich die Informationen an, dann die Fotos. »Die sehen sich irgendwie ähnlich, finden Sie nicht?«

In der Tat entsprachen die Frauen einem bestimmten Typ, den Theo »herbstlich« nennen würde. Längere braune Haare, Sommersprossen und braune Augen. »Stimmt, aber haben Sie eine Ahnung, wie viele Menschen täglich Suizid begehen oder es zumindest versuchen? Wenn man Fotos von allen nebeneinanderlegen würde, könnte man immer Personen finden, die sich ähnlich sehen. Vor allem, wenn man wie hier über einen längeren Zeitraum nach Ähnlichkeiten gesucht hat. Ich denke, Gall mochte den Anblick dieser Toten nur besonders gern, deswegen hat er sie gesammelt.«

Aber Dylan tippte auf die Seiten und schüttelte den Kopf. »Sich ähnlich sehen ist eine Sache, aber sie wären nicht alle auf exakt die gleiche Weise gestorben. Hier, sehen sie die Notizen. Gall schreibt, dass bei diesen Frauen im Blut unterschiedliche verschreibungspflichtige Benzodiazepine und Kokain nachgewiesen werden konnten. Medikamenten- und Drogenmissbrauch ist bei Depressionen keine Seltenheit, aber wenn man jetzt noch bedenkt, dass sich jede in der Badewanne die Pulsadern aufgeschnitten hat …«, erklärte Dylan.

Mit einem anerkennenden Nicken lehnte sich Theo zurück. »Sie haben recht. Wie kamen diese Frauen an die Medikamente?«

»Ich würde meinen Arsch drauf verwetten, dass sie alle beim selben Therapeuten waren.«

Amüsiert nahm Theo zur Kenntnis, dass Dylan sein loses Mundwerk gerne korrigiert hätte. Schon wie der Junge sich die Hand auf den Mund legte, war Entschuldigung genug.

»Dann sollten wir herausfinden, wer sie behandelt hat.«

So einfach war das allerdings nicht. Natürlich konnten sie die Angehörigen anrufen und nachfragen, aber wie sollten sie erklären, wie sie an die Namen der Toten und deren Befunde gelangt waren? Es behagte Theo nicht, in diesem Fall ebenfalls den Roman schreibenden Pensionär zu mimen. Der älteste der elf Berichte war immerhin sechs Jahre alt.

»Milan!«, sagte Dylan, begeistert von seiner eigenen Idee. »Er ist Journalist; die erzählen nie, woher sie ihre Informationen haben.«

Der Gedanke war gar nicht schlecht. »Denken Sie, er misst dieser Story so viel Bedeutung bei, dass er das tun wird?«

Mit einer Hand winkte Dylan ab. »Er ist so gelangweilt von Stadtratssitzungen, für eine richtige Story würde er wahrscheinlich selber zum Mörder werden. Und es ist schließlich seine Idee gewesen, die Petzlov-Akte nicht ruhen zu lassen.«

»Nur, dass diese toten Frauen mit Petzlov nichts zu tun haben.« Theo ging für einige Herzschläge in sich, ließ die Informationen auf sich wirken und wartete, ob sein Instinkt eine Spur präferierte. Pünktlich wie ein Uhrwerk kam Janis hinzu. Sie sah sich um, kam zielstrebig auf den Tisch zu und nahm alle Papiere an sich.

»Nicht doch, Janis«, begehrte Dylan auf und gab auch die Zettel frei, die er noch in den Händen hielt. »Was soll's, dann ist das wohl meine Zwangspause, die ich zum Lernen nutzen sollte«, sagte er und entschuldigte sich. Für den Moment hatte Theo auch genug gehört. Ohne Milan kämen sie vorerst nicht weiter, und während er Janis beim Sortieren zuschaute, konnte er in Ruhe den eigenen Gedanken nachhängen.

Während sie zwischen den Seiten hin und her sah, schüttelte sie stetig den Kopf, blies sich beiläufig ein paar Locken aus dem Gesicht und schien lautlose Zwiesprache mit jemandem zu halten. Vom Esstisch bis zu den Sofas entstand ein breiter Gürtel aus tragischen Einzelschicksalen. Theo erkannte Silvia Valentaten – die Frau, von der Dr. Gall gesprochen hatte. Ihr Gesicht war entstellt, aber die Stelle unterhalb der Nase war makellos. *Philtrum.* Theo fasste sich an die Mulde über der Oberlippe.

Die Fünf-Sterne-Opfer sortierte Janis als Erstes aus und legte sie zu einem Stapel zusammen, den sie auf dem Tisch positionierte. Dann pickte sie so lange Seiten aus den restlichen Berichten, bis zusätzlich zu der Petzlov-Akte auf dem Sekretär drei unterschiedliche Stapel auf dem Esstisch lagen. Zum Schluss schlug sie mit beiden Händen auf die Tischplatte, als würde sie den Stab nun an ihn weiterreichen, und setzte ihren Weg fort in die Küche. Die ganze Aktion hatte kaum dreißig Minuten gedauert.

»Dann wollen wir mal sehen.« Die elf Selbstmordopfer bildeten den größten Stapel, daneben sieben Morde, bei denen die Mordwaffe wahrscheinlich ein Hammer war, und die Opfer vom Fünf-Sterne-Killer. Auch wenn alles mit Anna Petzlov angefangen hatte, weckten die Selbstmorde nun mehr sein Interesse, obwohl zu Anna drei weitere erschlagene Frauen hinzugekommen waren. Gall hätte keinen dieser Berichte aufbewahrt, wenn er nicht weitaus mehr gewusst hätte als die ermittelnden Beamten. Was konnte das sein? Diesmal nahm er sich die Hammer-Morde vor.

Im Vorbeigehen stellte Janis ihm einen Becher mit frischen Kaffee hin und eilte weiter. Nachtmacher sah von den Unterlagen zum Becher, dann drehte er sich nach ihr um. *Das ist neu.*

Aus der Interviewreihe »Serienkiller und ihr Umfeld«
Frank Dehnhardt, Braumeister

Maddi war schon immer ein seltsames Mädchen. Sie demontierte ihre Puppen, spielte immer irgendwas mit Tod und Verderben und malte schräge Bilder. Die Kinderpsychologin sagte uns damals, dass Maddi sich auf diese Weise nur mit dem Thema Tod auseinandersetzen würde. Aber ihre Mutter und ich machten uns permanent Sorgen um sie. Auf Spielplätzen schubste sie andere Kinder, ein Junge brach sich sogar den Arm, als sie ihn vom Gerüst gestoßen hatte, und Maddi stand nur da und sah grinsend zu, wie er schrie. Erst als sie mit fünfzehn eine Mitschülerin im Schwimmunterricht so lange unter Wasser drückte, dass diese reanimiert werden musste, wurde gehandelt. Fachleute sahen uns nicht länger als überbesorgte Eltern, sondern unsere Tochter als das, was sie war: ein krankes Mädchen, das Hilfe braucht. Seitdem lebt sie in einer geschlossenen Anstalt. Wiederholte Angriffe auf Mitinsassen haben dafür gesorgt, dass sie so schnell nicht wieder freikommt. Wir fahren jeden zweiten Tag hin und verbringen Zeit mit ihr. Sie ist doch unser kleines Mädchen.

19

Tanja wachte schreiend auf. Sie schrie aus Leibeskräften, was in dem verlassenen Keller kalt und angsteinflößend widerhallte. Sie hatte es gesehen. In ihrem Traum war präsent gewesen, wie sie mit einem Messer auf Kai eingestochen und ihn ermordet hatte. Er hatte sich nicht gewehrt, doch seine brechenden Augen waren voller Anklagen gewesen. Tanja konnte nicht mehr aufhören zu schreien.

Erst als ihre Stimme versagte, wurde die Tür geöffnet, und Felix kam mit einer gezückten Spritze zu ihr in den Raum. Erschöpft ließ sie sich das Medikament verabreichen, hieß den intensiven Rausch willkommen, der in ihre Venen eindrang und das Grauen aus ihr herausschälte.

»Wir werden um weitere Elektroschocks nicht herumkommen«, sagte Felix bedauernd.

Vielleicht verdiene ich nichts anderes.

»Sag mir, warum du geschrien hast.«

Tanjas Stimme klang rau und kaputt, sie wusste nicht, wie lange sie geschrien hatte. »Ich habe ihn erstochen.« Die Worte waren wie das erstmalige Begreifen, dass es wirklich wahr sein musste. Dabei stieg die Euphorie. Ihr Körper begann zu kribbeln, und ihr Atem ging schneller. Sie hieß den Schwindel willkommen, den das Wohlgefühl mitbrachte, weil mit diesem Medikament alles so viel erträglicher wurde. Mehr noch, das Grauen wurde davon komplett verdrängt und durch Glücksgefühle ersetzt.

»Ja, das hast du«, bestätigte er und legte ihr eine Hand auf die Stirn. »Jetzt machst du Fortschritte. Wir sind auf dem richtigen Weg.«

Die vertraute Anrede tat gut, weil er ihr damit signalisierte, keine Angst vor ihr zu haben, nicht abgestoßen zu sein und sie auch nicht zu verurteilen. Dass niemand sonst sie besuchte, konnte sie verstehen. Wie sollte sie Kais Familie oder ihren eigenen Eltern noch in die Augen schauen können?

»Ich weiß nur nicht, warum.«

»Das werden wir herausfinden. Ich denke, der Auslöser liegt weit zurück in deiner Kindheit. Ein verdrängtes Trauma, das dein Mann unbewusst wieder aufbrechen ließ.«

Dunkel erinnerte sie sich an ihren Traum, in dem ihr das Trugbild eines Psychiaters das Gleiche gesagt hatte. Wieder und wieder. *Das war immer nur Felix gewesen.*

»Erinnere dich«, forderte er sie auf. »Wer hat dir in deiner Kindheit etwas angetan? Es muss eine vertraute Person gewesen sein. Dein Vater? Ein Onkel oder Freund der Familie?«

Doch da war nichts. In ihrer Erinnerung war alles schön und harmonisch.

»Oder haben dir andere Kinder etwas angetan, was du nie erzählt hast?«, bohrte er weiter nach. »Genau, das ist es, oder? Ihr habt im Keller gespielt, sie sind älter als du gewesen …«

Tanja schüttelte den Kopf. Seine Worte bohrten sich in ihren Geist und gruben sich durch das Gebilde einer perfekten Kindheit, drohten, es zum Einsturz zu bringen, wenn er nicht aufhörte. »Nein«, sagte sie matt. »Bitte, da ist nichts.« Selbst wenn sie etwas verdrängt hatte, wollte sie es nicht wissen.

»Du musst mitarbeiten.« Seine Hand strich über ihre Wange, bis sie ihn ansah. Ihr gefiel, wie er sie betrachtete. Seine Blicke wanderten immer wieder zu ihren Lippen. Die Erinnerung an den Kuss spiegelte sich hinter seiner Selbstbeherrschung.

Ihr Atem wurde unruhig, sie legte den Kopf in den Nacken und fühlte das Kissen wie sanfte Hände unter ihrem Haar. Sie würde Felix erst wieder gehen lassen, wenn er sie wenigstens noch einmal küsste. Das war es, was sie brauchte. Keine Elektroschocks, keine Erinnerungen und schon gar nicht diesen unerträglichen Schmerz.

»Wir sind doch vollkommen allein, oder?«, sagte sie schließlich und sah ihm in die Augen. Warme, faszinierende Augen, die ihr schon bei der ersten Begegnung aufgefallen waren – oder in einem Traum?

Felix rang mit sich, sah zur Tür, hinter der alles ruhig war. »Ja, niemand wird kommen, aber Tanja, ich weiß, worauf das hinausläuft. Das dürfen wir nicht.«

Schon wieder dieses *das dürfen wir nicht.* In ihr wurde eine Wut wach, die sich unter die aufgeregten Gefühle mischte. Dieser Mann verweigerte ihr, was sie brauchte, um ihren Körper zu spüren. Das war es, wonach alles in ihr schrie. Mit ungelenken Bewegungen ergriff sie seine Hand und führte sie zu der Stelle über ihrem Herz. »Fühlst du das? Fühlst du, wie es schlägt?«

Seine Gegenwehr konnte nicht mal mehr halbherzig genannt werden. Sie wusste, dass er mehr fühlte als das Schlagen ihres Herzens, dass er sich Gedanken darüber machte, ob er seine Finger weiterwandern lassen oder dem Rest von Vernunft gehorchen sollte. Für Tanja gab es kein Zurück. Sie brauchte jeden Reiz, den sie kriegen konnte.

»Bitte nicht«, sagte er atemlos. »Du weißt nicht, was du tust.«

In ihr übernahm etwas die Kontrolle, was alle Gedanken beiseite wischte. Sie stemmte sich hoch und legte ihre Hände in seinen Nacken. Ohne ein weiteres Wort holte sie sich ihren Kuss. Alles Reden war überflüssig.

Erst blieb er passiv, dann gab er seine Gegenwehr auf und küsste sie zurück. Seine Erregung stachelte sie noch mehr an. Sie umklammerte ihn, ließ ihre Hände unter sein Shirt gleiten und zog ihn an sich. Dieses Mal würde sie ihn nicht einfach gehen lassen. Der Rausch beflügelte sie, mobilisierte die nötigen Kräfte.

Nach einer Weile wendete sich das Blatt, und Felix übernahm die Führung. Er hielt sie davon ab, seine Kleidung zu öffnen, drückte sie auf das Bett zurück und fixierte sie unter sich mit seinem gesamten Gewicht. »Geh weg«, raunte er gleichzeitig über seine Schulter. »Komm nicht wieder rein.« Dabei legte er eine der Fesseln um ihr Handgelenk und zog sie fest.

Tanja hatte niemanden sehen können, aber solange er nicht von ihr abließ, würde sie die Stimmung nicht mit Fragen ruinieren.

Als ihre beiden Hände ans Bett gefesselt waren, schob er ihr Hemd hoch und küsste ihre Brüste.

»Und jetzt musst du dich wehren«, flüsterte er in ihr Ohr. »Sonst ist es nicht richtig.«

Tanja öffnete die Augen und sah ihn an.

»Du bist verwirrt, du hast etwas angefangen, was du nicht tun willst, aber jetzt kannst du es nicht mehr aufhalten«, gab er weitere Regieanweisungen.

»Was?« Die Aufregung durch die Reize und den anhaltenden Rausch ebbte nicht ab, aber seine Worte brachten sie auf eine Weise durcheinander, die ganz andere Hemmungen in ihr hervorrief.

Mit einem kräftigen Ruck zog er ihre Hose nach unten, was zunehmend weniger ihren Wünschen entsprach. »Das Blut an deinen Händen ist noch gar nicht richtig trocken. Denkst du, deinen Arzt zu verführen macht deine Sünde ungeschehen?«

Ungerührt legte er auch die Schlaufen um ihre Füße und zog sie fest.

»Nein, Felix, so nicht«, flehte sie. Die plötzliche Angst erstickte das Verlangen. »Das will ich nicht.« Er bestrafte sie, das war nicht das, was sie fühlen wollte. »Ich habe verstanden, du kannst aufhören. Es tut mir leid.«

Aus seiner Hosentasche holte er ein Fläschchen hervor und zog die Spritze erneut mit einer Substanz auf. »Wir haben doch gerade erst angefangen.«

Beim Einstich schrie sie auf, aber was dann durch ihren Körper jagte, war viel stärker und widersprüchlicher als jede Medizin, die er ihr zuvor gegeben hatte. Aus weiter Ferne nahm sie wahr, wie er undeutlich redete; sie wusste nicht, ob die Worte ihr oder jemand anderem galten. Sie fühlte ihn auf sich, zwischen ihren Schenkeln, ohne ihre eigenen Reaktionen auf ihn einordnen zu können. War es noch immer Lust? Empfing sie ihn oder vergewaltigte er sie? Was passierte mit ihr?

Er schrie jemanden an, was sich unter das Rauschen in ihren Ohren mischte. Bei jedem seiner ungezügelten Stöße hörte sie ihre eigene Stimme von den Wänden widerhallen, ohne zu realisieren, dass sie es war, die schrie.

»Ich werde dir die Schwärze aus der Seele treiben«, versprach er keuchend. »Egal, was ich dafür tun muss. Wenn ich mit dir fertig bin, wirst du frei sein.«

Dann kam er unvermittelt und ungestüm zum Höhepunkt. Tränen liefen über ihr Gesicht, als sie das letzte Zucken in sich spürte und er sich verschwitzt und zitternd aus ihr zurückzog.

Der Blick, den er ihr dabei zuwarf, war alles andere als warm und liebevoll – so sah Hass aus. Er zog sich ein Kondom ab und schloss seine Hose wieder, atmete einige Züge tief durch, dann griff er in die andere Hosentasche. Sein Ausdruck änderte sich schlagartig, wurde besorgt und fast schon ängstlich. »O mein Gott, du hast einen Anfall, halte durch, ich helfe dir!«, schrie er und holte etwas hervor, was er Tanja ansatzlos in den Mund zwang. Sie wurde schneller bewusstlos, als ihre Gedanken dem Geschehen folgen konnten.

Aus der Interviewreihe »Serienkiller und ihr Umfeld«
Yvonne Block, Schülerin

Jeder von uns hat Tim geärgert, er war immer so komisch. Die Art, wie er uns angeguckt hat, war irgendwie abartig. Wir haben ihn Frettchen genannt, weil er so gestunken hat. Ich weiß, das war nicht nett. Jetzt tut es mir auch leid. Uns allen tut es leid. Aber mal ehrlich, als er Frau Herbst umgebracht hat, hat er doch bewiesen, dass er ein scheiß Freak ist. Er wollte uns alle umbringen. Dennis hat die Zettel in seinem Fach gefunden, da stand alles drauf. Wir wussten ja nicht, dass er das schon mal gemacht hatte.

20

Milan brauchte nur ein einziges Mal dieses Quäntchen Glück, mit dem er sich aus dem Lokaljournalismus rauskatapultieren könnte. Elf tote Frauen waren ein guter Anfang, was er natürlich niemals laut sagen würde und auch gewiss nicht so meinte, wie es in seinen Gedanken klang, aber sein Instinkt sagte ihm, dass er etwas Großem auf der Spur war.

Er hatte sich von allen Namen die drei herausgesucht, zu denen er im Netz genug finden konnte, um die Reaktionen der Angehörigen einschätzen zu können. Auf seiner Liste standen die Adressen von Klaus Gusmankel, Peer Pertszki und Andreas Sasel.

Drei Geschäftsmänner, Firmenbosse, die sich auch in der Regionalpolitik oder exklusiven Vereinigungen engagierten. Erfolgreich genug, um die Arbeit über persönliche Befindlichkeiten zu stellen, was hoffentlich ein sachliches Gespräch möglich machte.

Seine Strategie sah vor, dass er eine Hintertür zu den Informationen benutzte, allerdings hatte er keine Ahnung, ob sein Vorhaben Erfolgspotenzial besaß.

Die Firma Gusmankel stellte Bauteile für Treppenlifte und Fahrstühle her. Nicht sehr glamourös, aber ertragreich, wie es aussah. Der Warteraum war von einer angenehmen Dekadenz geprägt, die sich in einer reichhaltigen Getränkeauswahl, kleinen Snacks und Designermöbeln zeigte.

»Herr Gusmankel bittet noch um etwas Geduld, ihm ist ein wichtiges Telefonat dazwischengekommen«, sagte die Sekretärin und deutete auf die blaue Sitzecke. »Warten Sie bitte hier.«

Milan winkte ab. »Ich habe es nicht eilig.« Er blieb vor einem Gemälde stehen, auf dem in abstrakter Weise ein roter Ball von einem kalten Blau verschlungen wurde. Die Sekretärin stellte sich daneben, was ihr gelbes Kostüm wie eine weitere Gewalt in den Farbenkrieg einsteigen ließ. »Darf ich Ihnen etwas anbieten?«

Milan sah weiterhin auf das Bild, damit er nicht in Versuchung geriet, diesen grauenhaft strengen blonden Dutt zu lösen, der die ungefähr Vierzigjährige wie eine alte Frau aussehen ließ.

»Danke, ich brauche nichts.«

Sie folgte seinem Blick und verlagerte ihr Gewicht, um das Bild besser betrachten zu können. »Das hat die selige Frau Gusmankel gemalt«, erklärte sie mit gesenkter Stimme. »Wunderschön, nicht wahr?«

Das ist ja einfach. Der Tod von Karen Gusmankel war damals breit durch die Presse gegangen, weshalb Milan sich nicht vorsichtig herantasten musste. Gesprächige Angestellte waren ein Segen für den Journalismus.

»Meine Freundin malt auch solche Bilder, allerdings leidet sie sehr unter Depressionen.«

Die Frau nickte. »So viele Künstler tun das. Ist sie in Behandlung?«

Milan wischte sich die dunklen Locken aus der Stirn und senkte betroffen den Kopf. »Der Therapeut hilft ihr nicht richtig. Ich habe das Gefühl, es wird eher schlimmer.«

»Ja«, sagte sie nachdenklich. »Depressionen sind eine widerliche Sache.«

Widerliche Sache. Jemand, der nie die Socken wechselte, sorgte für eine widerliche Sache. »Darf ich fragen, bei wem Frau Gusmankel in Behandlung war? Ich würde gerne einen anderen Psychiater für meine Freundin konsultieren.«

Der Blick, den sie an ihm hinunter und wieder hinauf wandern ließ, hätte wertender nicht sein können.

»Verstehe, einer von denen, die nicht mit Kassenpatienten arbeiten, ja?«

Etwas zuckte in ihrem Gesicht. Ganz sicher wollte sie nicht unhöflich sein, aber es ging wohl nicht anders.

»Nun, seine Praxis befindet sich in der Nähe der Außenalster, das sagt sicher schon alles, oder?«

»Ja«, sagte Milan und verbarg seine Zufriedenheit. »Sie haben recht, das sagt alles.« Diese Aussage grenzte schon mal die infrage kommenden Therapeuten stark ein. »Aber wenn er gut ist, wäre es einen Versuch wert, egal, was es kostet.«

Sie setzte ein unverbindliches Lächeln auf und kreuzte die Arme vor der Brust. »Wie Sie sicher wissen, hat er Frau Gusmankel nicht retten können; das wäre wohl keine gute Empfehlung. Sollten Sie hier sein, um über die Verstorbene zu sprechen, ist es besser, Sie gehen direkt wieder.«

Jetzt kam ihm das Gespräch eher wie eine Einlasskontrolle vor, als läge es an ihr, ob der Termin mit ihrem Boss überhaupt stattfände. Offensichtlich war er es, der sein Gegenüber unterschätzt hatte.

»Tut mir leid, ich bin nur neugierig gewesen«, räumte er ein. Die Lüge konnte er sich sparen, er war offensichtlich aufgeflogen.

»Frau Gusmankel ist nun schon seit zwei Jahren tot, die Details dieser Tragödie wurden so großflächig breitgetreten, dass es an journalistische Sturheit grenzt, immer noch etwas herausfinden zu wollen, was noch nicht in die Öffentlichkeit getragen wurde. Also, Herr Lavenzo, wovon soll Ihr Artikel noch gleich handeln?« Es war erstaunlich, wie freundlich die Sekretärin bei diesem kleinen Verhör blieb.

In ihm kämpften dennoch Wahrheit und Lüge miteinander. Wenn er sein Gesicht wahren wollte, müsste er ihr nun einen guten Aufhänger präsentieren, was kein Problem war, weil er ausreichend über die Firma recherchiert hatte, aber dann müsste er die Sache bis zum bitteren Ende durchziehen.

Schon wie sie wertend einatmete, nahm ihm die Entscheidung ab.

»Ich wollte nicht pietätlos sein«, sagte er und gab sich geschlagen. Es war nicht nötig, sich bis zum Witwer durchzubeißen, weil er im Grunde alles bekommen hatte, was es hier zu holen gab. »Eigentlich geht es nicht um Herrn oder Frau Gusmankel. Ich möchte über die Auswirkungen auf Angehörige und Therapeuten schreiben, wenn all die Hilfe einen Suizid nicht verhindern konnte. In diesem Fall kann man keinen Therapieplatzmangel und lange Wartelisten verantwortlich machen. Frau Gusmankel war in der Lage, sich sofortige Hilfe zu leisten. Deswegen wüsste ich gern, zu wem sie gegangen ist.«

Mit einer freundlichen Geste forderte sie Milan auf, Richtung Ausgang zu gehen, und begleitete ihn durch den Flur bis zur Tür. »Wenn ich Ihnen einen Rat geben darf: Lassen Sie die Lügen, darin sind Sie wirklich schlecht.« An der Tür reichte sie ihm die Hand. »Sie sehen wie ein netter Mensch aus, stochern Sie lieber nicht in Wunden herum, die sowieso nur schwer verheilen.«

Milan drückte ihre Hand und sah ihr in die graugrünen Augen. »Vielen Dank, Frau Hansen. Ich verspreche Ihnen, dass Stochern niemals meine Intention gewesen ist. Was dahintersteckt, ist noch nicht spruchreif, aber sollte sich bestätigen, was ich denke, wird es von Bedeutung sein. Es könnte Frau Gusmankels Tod in einem gänzlich anderen Licht dastehen lassen.«

Sie zog die Brauen zusammen und presste die Lippen aufeinander. Bei dieser Frau hätte er wahrscheinlich gleich die Wahrheit sagen sollen.

»In was für einem Licht?«, fragte sie nach.

»Das weiß ich noch nicht. Ich weiß nur, dass es Parallelen zu anderen Todesfällen gibt. Frauen, die sich auf exakt die gleiche Weise das Leben genommen haben. Ein Suizid ist etwas sehr Persönliches. Menschen mögen dafür die gängigen Methoden anwenden, aber selten gleicht ein Freitod dem anderen. Dieser Sache will ich nachgehen.«

Frau Hansen nickte verstehend und schien darüber nachzudenken. »In den vergangenen zwei Jahren hatte ich das zweifelhafte Vergnügen, einige übereifrige Journalisten rauszuwerfen. Keiner von denen hat je den Ansatz verfolgt, der Freitod könnte ein Mord gewesen sein.« Sie blieb an der Tür stehen und nickte ihm zu. »Ist es nicht seltsam, was für einen Unterschied es machen würde, wenn Sie recht behielten?«

Milan wusste, was sie meinte. Wäre es Mord gewesen, änderte das nichts an dem Verlust und der Trauer, aber es nähme den Hinterbliebenen das Gefühl der Schuld, weil sie einen Suizid nicht verhindert hatten.

»Ich wünsche Ihnen viel Erfolg. Und nun gehen Sie, bitte.«

Das war der freundlichste Rausschmiss, den Milan je erlebt hatte. Er verabschiedete sich und wandte sich zum Gehen.

»Eines noch, Herr Lavenzo«, rief sie ihm nach.

Er blieb stehen und drehte sich noch einmal zu ihr um.

»Ihre Freundin sollte zu Dr. Graaf gehen, er genießt den Ruf, in Hamburg der beste Psychiater für solche Fälle zu sein.«

Mit einer Hand auf dem Herz deutete er eine Verbeugung an. »Vielen Dank, das werde ich ihr ausrichten.«

Im Gehen googelte er nach Dr. Graaf.

Paartherapeut, Psychiater mit Spezialisierung auf schwere Depressionen und triebhaftes Verhalten. »Wie auch immer das zusammenpasst, bei dem wird es sicher niemals langweilig.«

Wenn Peer Pertszki denselben Therapeuten nannte, dann würde er Andreas Sasel gar nicht mehr aufsuchen.

Diese Recherchen waren äußerst belebend, weil sich seine Arbeit endlich sinnvoll anfühlte. Für so was hatte er unter anderem Journalismus studiert.

Um zu Peer Pertszki zu kommen, musste Milan drei Mal umsteigen und ins Hamburger Randgebiet nach Blankenese fahren. Der Baulöwe empfing ihn in seiner Villa, einem Gebäude, das seinem Namen alle Ehre machte. Schon der Eingangsbereich war riesig und wurde von einem gewaltigen Kronleuchter dominiert, der sicher mehr kostete als das Haus von Milans Eltern im Münchner Speckgürtel.

Während der Fahrt hatte er seine Strategie umgestellt und hoffte, dass der Baulöwe diesen Weg mitgehen würde.

Herr Pertszki öffnete die Tür mit einem Telefon am Ohr und winkte ihn herein. Unter seinem Namen hatte Milan sich erst einen schmächtigen Mann vorgestellt, die Internetfotos hatten ihn schon eines Besseren belehrt, aber in der Realität war seine Statur nur gigantisch zu nennen. Während Milan wartete, fragte er sich, wie viele Personen man wohl brauchte, um den mächtigen Leib zu umfassen. Im Gegensatz zum Rest sah der Kopf eher winzig aus. Eine haarlose kleine Kugel, aus der Worte lärmten.

Endlich endete das Gespräch, und Milan sah sich der ungeteilten Aufmerksamkeit seines Gegenübers ausgesetzt. »Herr, äh?«

»Lavenzo, vielen Dank Herr Pertszki, dass Sie sich Zeit für mich nehmen.«

Er schüttelte eine Hand, die sich hart und rau anfühlte. »Zeit ist Geld, mein Freund, also ohne Umschweife, was wollen Sie?«

Am Telefon hatte Milan behauptet, etwas über die Marktentwicklung schreiben zu wollen. »Ich recherchiere über den Psychiater Dr. Sebastian Graaf, und mir wurde gesagt, dass Ihre Frau ebenfalls bei ihm in Behandlung gewesen ist, bevor sie …«

Das kleine Gesicht verfinsterte sich. »Gesagt? Wer hat das gesagt?«

»Wie es aussieht, gab es weitere Patientinnen, die sich bei ihm in Behandlung befanden und trotzdem Suizid begingen.« Milan musste sich räuspern. »Ich möchte in Erfahrung bringen, ob Dr. Graaf wirklich alles getan hat, um das zu verhindern.«

Peer Pertszki wischte sich mit der Rechten über die Augen und ballte die andere Hand zur Faust. »Sie wollen Doktor Graaf durch den Dreck ziehen?« Er ging an Milan vorbei und öffnete die Tür wieder.

»Nein, das kam jetzt völlig falsch rüber, ich …« Wie es aussah, musste Milan dringend an seinen Methoden feilen, dieses Gespräch lief so viel katastrophaler als das erste.

»Raus, bevor ich die Polizei rufe!«

»Wenn Sie mich nur kurz erklären lassen …«

Der Mann machte drohend einen Schritt auf ihn zu, sodass Milan lieber vor ihm zurückwich. Er kam sich wie ein blutiger Anfänger vor, der jedes Fettnäpfchen mitnahm. »Tut mir leid«, sagte er ehrlich betroffen, was den Mann nur noch wütender machte.

Er kniff die Augen zusammen und fixierte Milan von oben herab. »Weiß Dr. Graaf, was Sie hier tun?«

»Ehrlich, ich will Doktor Graaf nicht die Schuld geben, ich gehe nur ein paar Ungereimtheiten nach.« Milan trat rückwärts vom Eingang weg und sah dem Mann in die Augen. »Wollen Sie denn nicht mal hören, was ich …«

»Sie kommen ein paar Jahre zu spät«, unterbrach Pertszki ihn mit Bitterkeit in der Stimme. »Es gab keine Ungereimtheiten.« Er legte eine Hand auf die Türkante. »Damals wäre ich auf jemanden wie Sie garantiert hereingefallen. Sie sind ein Leichenfledderer, der sich dran aufgeilt, das Leid anderer Menschen reißerisch in die Öffentlichkeit zu ziehen. Oh, ich kenne Kerle wie Sie, Sie sind Abschaum! Wenn ich Sie noch einmal sehe, verklage ich Sie so, dass Sie nie wieder in anderer Leute Angelegenheiten schnüffeln können!«

Das glaubte Milan dem Mann unbesehen. Auch wenn er sich rechtlich nichts hatte zu Schulden kommen lassen, besaß der Baulöwe genug Macht und Geld, um ihm das Leben schwer zu machen.

»Schon gut«, sagte er und hob abwehrend die Hände. Ihm fiel noch etwas ein, was er bei Facebook über eine andere Verstorbene gelesen hatte. »War Ihre Frau vor ihrer Tat auch ohne Vorwarnung mehrere Tage verschwunden?«

An der Reaktion war deutlich zu erkennen, dass Milan ins Schwarze getroffen hatte. Der Mann drehte sich um und knallte die Tür hinter sich zu. Milan eilte vom Grundstück und sah zu, dass er schnell wegkam, bevor Pertszki doch noch die Polizei rief.

Den Termin bei Andreas Sasel sagte er telefonisch ab. Er hatte sich das alles zu leicht vorgestellt; bevor er noch jemandem auf die Füße trat, wollte er sich besser vorbereiten. Immerhin hatten sie jetzt einen Namen, der ihnen weiterhalf. Diese Story bewegte etwas in ihm und brachte eine Verbissenheit mit sich, die ihn langsam aber sicher immer tiefer in die Sache hineinzog. Wo er schon dabei gewesen war, hatte er sich auch gleich über seinen Vermieter informiert, um herauszufinden, ob seine Kontakte noch funktionierten. Schließlich würde es nötig sein, an Informationen heranzukommen, die für die Allgemeinheit unzugänglich waren. Milan interessierte, was für ein Mensch Theo Nachtmacher war, dass er alte Mordfälle in Kartons hortete. Kollegen beschrieben ihn als unauffällig, diszipliniert, vorbildlich und zuverlässig. Keine übertriebene Härte, keine Fehltritte. Über seinen Sohn gab es mehr zu finden als über Theo Nachtmacher – wobei Bernd seinen Vater mit einer Verhaftung wegen Haschbesitzes um eine Vorstrafe überbot. Gerade genug für eine Anzeige, aber zu wenig, um relevant zu sein.

Interessanter war das gewesen, was er über Nachtmachers Tochter Erika gefunden hatte. Trunkenheit am Steuer, eine Affäre mit Tim Paressa, den man heute nur noch als One-Hit-Wonder bezeichnen konnte, was sie sogar in die Regenbogenpresse gebracht hatte, und wiederholte Verhaftungen wegen Hausfriedensbruchs in öffentlichen Schwimmbädern, leerstehenden Gebäuden und einer Entsorgungsanlage für unverkaufte Zeitschriften und Magazine. Eine wilde Jugend für eine Frau, die ihren Vater nun am liebsten im Seniorenstift einquartieren würde.

Mit Herrn Nachtmacher würde er nicht über das reden, was er über seine Kinder herausgefunden hatte. So wie er den alten Mann einschätzte, wusste der das alles sowieso schon. Jedenfalls festigten die Informationen das Bild, Nachtmacher besäße die Kopien nur, damit sich jemand an die Opfer erinnerte. Die Ausnahme bildeten nun jedoch jene Unterlagen, die Dylan aus der Pathologie gestohlen hatte. Auf unerwartete Weise war dies die coolste WG, in der Milan je gelebt hatte.

Es dauerte eine Dreiviertelstunde, bis Milan zu Hause ankam und in der Stube Theo Nachtmacher schlafend in einem Sessel vorfand. Die Berichte lagen weiterhin auf dem Esstisch. Bestimmt verhinderte Janis, dass sie weggeräumt wurden. Er mochte sie jeden Tag noch etwas mehr. Sie war herrlich unkonventionell und definierte das Adjektiv *schräg* auf ihre ganz eigene Weise. Nicht selten musste er an ihren Besuch in seinem Zimmer denken.

Um Nachtmacher nicht in Verlegenheit zu bringen, ging Milan in die Küche und setzte so geräuschvoll er konnte einen Kaffee auf. Es war Janis, die davon angelockt wurde.

»Hey, Bella«, sagte er fröhlich und schippte Pulver in den Filter, hielt dann jedoch in der Bewegung inne, weil Janis ihm von hinten nahekam und an seinem Hals roch. Er stand ganz still und wartete ab. Ihr Atem verursachte ein Kribbeln auf seiner Haut. Auch wenn sie ihn nicht berührte, wurde ihre Wärme spürbar. Milan gefiel nicht, wie aufregend sich das anfühlte, weil er sich eher Sorgen machen sollte, was passierte, wenn sie damit weitermachte. Wie sollte er ihr begreiflich machen, wo die Grenzen waren, ohne sie wegzustoßen? Sie stellte sich mit dem Rücken an die Arbeitsfläche und sah ihm ins Gesicht. Ein Blick, den er sprachlos erwiderte. Bislang hatte sie niemanden direkt angesehen. Ihre Augen bekamen einen warmen Glanz, während sie seine Züge betrachtete, dann höher schaute und seine Locken bemerkte. Sie hob die Hände und fing an, in seinen Haaren zu wühlen, als könnte sie die Strähnen ordnen. Ein hoffnungsloses Unterfangen, aber er mochte die Art, wie sie es tat. Sie war sanft, aber konsequent. Konzentriert presste sie die Lippen aufeinander, und Milan wagte es, eine Hand auf ihre Taille zu legen. Die Berührung brachte sie nicht zum Aufhören, Wegzucken oder Schreien.

»Was machst du da?« Dylan klang zornig, was sich wie ein eisiger Schauer über Milans Nacken ergoss. »Habe ich dir nicht gesagt, du sollst …«

»Ich?« Milan wollte von Janis zurücktreten, aber sie krallte eine Hand in den Stoff über seiner Schulter, da sie offensichtlich noch nicht fertig war mit ihrer Musterung. »Das musst du deine Schwester fragen, ich habe nichts getan.«

»Los, geh von ihr weg.« Ihr Bruder ballte drohend die Hände zu Fäusten.

»Würde ich ja gern, aber sie hält mich fest.« So gut er konnte, sah Milan zu seinem Mitbewohner. »Sag mir lieber, wie lange das hier noch gehen wird.«

Dylan schüttelte den Kopf, senkte die Fäuste und sah verletzt aus, jetzt, da er zu erkennen schien, was Janis tat. »Ich weiß es nicht. Das hat sie noch nie gemacht.« Er rieb sich übers Gesicht und nickte ergeben. »Lass sie machen, aber wehe, du behältst deine Finger nicht bei dir.«

Janis ließ Milans Schulter los und setzte das Abtasten fort. Vom Mund zu den Kieferknochen, den Hals hinab, Schlüsselbein, Schultern, Brust, Rippenbögen, dann trat sie dichter und legte zögerlich ihren Kopf an seine Brust.

Tränen sammelten sich in Dylans Augen. Er machte eine auffordernde Geste, die seine vorangegangenen Worte nichtig machte.

Milan hob ganz langsam seine Arme und umarmte sie vorsichtig, fing an, sanft über ihren Rücken zu streichen, und legte seine Wange an ihren Scheitel. Das passierte ganz instinktiv. Für ihren Bruder musste dieser Anblick schwer erträglich sein. Er, der aufopfernd alles für Janis tat, durfte ihr nicht zu nahe kommen, während Milan, eigentlich ein Fremder, nun das Privileg genoss, sie im Arm halten zu dürfen.

Dann schien sie genug zu haben. Sie drückte sich von Milan ab, drehte sich weg und ging. Zurück blieben ihr Bruder und er, die einander verdutzt ansahen.

»Das wird ein Problem werden, das weißt du, oder?«, fragte Dylan.

Milan sah sich zur offenen Tür um. »Warten wir's ab, vielleicht wird es nicht schlimmer.« Er nahm wieder das Kaffeepulver zur Hand und zählte die letzten Portionen in die Maschine, dann schaltete er sie ein.

»Nein, wir können das nicht vertagen«, sagte Dylan aufgebracht. »Wenn meine Schwester schon zulässt, dass du sie umarmst, kann es sein, dass sie das öfter bei dir macht. Wie lange wird das gutgehen? Bis du keine Lust mehr hast? Oder bis du vergisst, dass sie keine normale Frau ist? Ich schwöre dir, wenn du ...«

»Es reicht jetzt!« Milan stoppte harsch den Redefluss, bevor Dylan wieder irgendwelche haltlosen Drohungen aussprach.

»Alter, ich respektiere, dass du auf deine Schwester aufpasst, doch ich habe nicht angefangen. Mir ist klar, dass du Janis diese kleine Rede nicht halten kannst, aber mach mich nicht für etwas verantwortlich, woran ich keine Schuld trage.« Er holte drei Becher aus dem Schrank und stellte sie neben die Kaffeemaschine. »Das ist sicher alles freundschaftlich gemeint.« Der Versuch, ihre Berührungen in eine platonische Richtung zu schieben, war eher halbherzig. Was er nicht verriet, war, wie schnell ihr Herz geschlagen hatte, als er sie sanft an sich gedrückt hatte. Romantische Gedanken in ihre Richtung waren absurd, Milan war kein Freak, der sich an hilflosen und unterlegenen Menschen verging. Janis interagierte normalerweise nicht mit anderen, wahrscheinlich wusste sie nicht einmal, was Liebe war, und er bezweifelte, dass sie eine Ahnung von Sex hatte. Es hatte sich gut angefühlt, das war alles.

Dylan erwiderte nichts, dafür sah er noch trauriger aus.

»Du durftest sie echt noch nie umarmen?«, fragte Milan ungläubig.

Dylans Kopfschütteln brachte seinen Schmerz zum Ausdruck. Er setzte sich an den Küchentisch und barg sein Gesicht in den Händen. »Niemand durfte das. Unsere Eltern nicht, ich nicht und auch nicht unser großer Bruder. Alle Berührungen waren stets mit Geschrei verbunden.«

»Wow, das ist echt hart.« Milan holte Zucker und Milch und stellte beides auf den Tisch. »Und was ist mit dir? Hast du jemanden, der dich mal in den Arm nimmt?« Mit einem Grinsen ließ er die Frage etwas anzüglicher wirken, weil er nicht wollte, dass Dylan sich schwach fühlte.

»Das habe ich aufgegeben. Frauen haben meist kein Verständnis dafür, dass Janis immer an erster Stelle steht. Ein paar Dates lang geht es gut, dann bekommen sie mit, wie speziell das Leben mit meiner Schwester ist, und ergreifen die Flucht.«

»Na, jetzt hast du ja uns«, sagte Milan leichthin. »Der alte Nachtmacher und ich verbringen gern Zeit mit deiner Schwester, tu ruhig mal was für dich.«

»Keine Ahnung, ob ich noch weiß, wie das geht. Und nach heute lasse ich dich mit ihr sicher nicht mehr allein.«

Milan verdrehte die Augen. »Echt ey, für was für einen Kerl hältst du mich?«

Aber Dylan winkte ab. »Du unterschätzt das. Wie reagierst du, wenn sie dir plötzlich an die Wäsche geht? Machst du mit oder willst du das Geschrei ertragen, wenn du sie davon abhältst? Ich kann dir nicht sagen, was in ihrem Kopf vorgeht, aber ich weiß, dass sie enorm viel Wissen abgespeichert hat, das je nach Lebensabschnitt mit Erfahrungen angereichert werden will.«

Irgendwie war die Vorstellung faszinierend, in Janis' Welt Gast zu sein. Milan hätte nur zu gern nachempfunden, wie sie ihre Umwelt wahrnahm. »Ich dachte, Autisten würden nur unter einer sehr ausgeprägten Wahrnehmungsstörung leiden.«

Dylan stützte seinen Kopf mit einer Hand und rieb sich müde über die Stirn. »Es wäre schön, wenn man irgendwas pauschal sagen könnte, aber beim Autismus muss man von einem Spektrum sprechen, das keine allgemeingültigen Symptome aufweist. Es gibt kaum etwas, was für alle Menschen mit Autismus verbindlich gleich ist. Die Diagnostik gibt Hinweise, Studien geben Aufschluss über Therapieerfolge, aber jeder Fall muss individuell betrachtet werden. Nicht für jeden ist das Einführen klarer Strukturen die richtige Maßnahme, nicht alle sind inselbegabt oder leiden unter Schlafstörungen. Janis ist ein Fall, wie es keinen zweiten gibt.«

Die Kaffeemaschine spuckte nur noch Dampf, zischte und blubberte in den letzten Zügen. Milan schenkte Kaffee in zwei Becher, stellte einen vor Dylan ab und setzte sich ihm gegenüber hin.

»Weil sie nicht interagiert?«

»Doch, das tut sie, aber in ihrer eigenen Welt. Die letzte Ärztin ist der Überzeugung gewesen, Janis hätte in ihrem Kopf eine Art Nachbau der Außenwelt. In diesem Konstrukt würde sie so lange mit den imaginären Personen diskutieren und die Auseinandersetzung mit Fakten aus Büchern und Zeitschriften anreichern, bis sie die Dinge verstehen könne. Da sie mit den Reaktionen ihrer Mitmenschen nicht klarkommt, hat sie wahrscheinlich Abbilder in ihrem Kopf, die eher so sind wie sie. Sozusagen ein Beraterkreis mit kontrollierbaren Verhaltensmustern.«

Nebenan waren Geräusche zu hören, Nachtmacher schien aufgewacht zu sein. Milan stand auf, goss den dritten Becher voll und stellte ihn an den freien Platz, bevor er sich wieder setzte. Dabei beschäftigte ihn, was Dylan gesagt hatte. »Verstehe ich nicht. So ruhig und liebevoll, wie du mit ihr umgehst, muss sie sich doch nicht vor deinen Reaktionen fürchten.«

Nachtmacher sah verschlafen aus, als er zu ihnen kam. Ein Lächeln entstand auf seinem Gesicht, als er den Kaffee entdeckte.

Dylan umfasste seinen Becher und zuckte mit den Schultern. »Sie wurde in ihrem Leben von so vielen unterschiedlichen Menschen angebrüllt. Auch von mir, ich bin ja kein Heiliger.« Sein Blick wanderte zu Nachtmacher, der von allem nichts mitbekommen hatte. »Janis hat ihn umarmt«, erklärte er deshalb und wies mit dem Kinn auf Milan. »Wir reden gerade darüber, was für Konsequenzen das haben kann.«

Der Alte nickte, als ergäbe das Ganze plötzlich einen Sinn. »Das erklärt ihre Bücherauswahl.«

Milan war nicht ganz klar, was das bedeuten sollte.

Zum Glück fragte Dylan nach. »Was für Bücher?«

»Nun, mir ist aufgefallen, dass Ihre Schwester Mitteilungen in Form von Büchern auf den Boden fallen lässt. Zu der Petzlov-Akte waren es Bücher, die Depressionen thematisieren, und ein Chemieschulbuch. Heute Morgen waren es ein Vogelbuch, wahrscheinlich wegen *Milan*, und ein paar Liebesromane. Sie scheint Sie wirklich zu mögen.«

Milan spürte das Prickeln auf seinen Wangen, das nur äußerst selten entstand, wenn ihm etwas peinlich war. Die Röte ließ sich nicht aufhalten, dabei hatte er immer noch nichts falsch gemacht.

Aber Dylan war mit etwas ganz anderem beschäftigt. »Warum habe ich das nie gesehen? O mein Gott, wissen Sie, wie viele Bücher ich bis heute aufgehoben und weggeräumt habe, ohne den Zusammenhang zu verstehen?«

Milan wich Nachtmachers Blick aus, der zu bemerken schien, dass er sich durch die Zuneigung geschmeichelt fühlte, selbst wenn es nur Probleme bedeutete und komplett unangebracht war. Menschen mit Behinderungen gegenüber war er aufgeschlossen, weil er überzeugt war, dass man Sympathien für Persönlichkeiten empfand, nicht für Perfektionismus, aber wie sollte man jemanden mögen, der gar nicht zeigen konnte, wer er war? Janis war ein weißes Blatt, das jegliche Einblicke verdeckte. Und bei Mögen dachte Milan an Freundschaft, nicht an das, was Dylan befürchtete.

»Nun«, sagte Nachtmacher ruhig und strich mit einer Hand über die zerkratzte Tischplatte. »Wir werden sicher mit der Zeit herausfinden, wie viel an meiner Theorie dran ist.« Dann schwenkte seine Aufmerksamkeit wieder zu Milan. »Und, konnten Sie auch etwas rausfinden?«

Der Themenwechsel kam genau richtig. »Jepp, ich bin mir ziemlich sicher, dass zumindest zwei der Frauen bei Dr. Sebastian Graaf in Behandlung gewesen sind.« Er rief auf seinem Smartphone die Homepage des Psychiaters auf und zeigte sie Nachtmacher und Dylan. »Graaf ist auf schwere Depressionen, Eheprobleme und triebhaftes Verhalten spezialisiert.«

Nachtmacher sah auf die Papierstapel. »Meinen Sie, der Arzt hat sie …«

»Nein«, Milan schüttelte den Kopf. »Dieser Mann ist eine Koryphäe auf seinem Gebiet. Er behandelt Härtefälle. Ich glaube, dass einer seiner Patienten an den vermeintlichen Selbstmorden beteiligt ist. Ich habe Einiges über diesen Dr. Graaf herausgefunden«, sagte er und tippte auf das Display. »Er schreibt Gutachten für die Polizei, wird national als Berater hinzugezogen, wenn sich die Taten eines Serienkillers abzeichnen, und in seiner Patientenliste befinden sich laut Nachbarschaftsprotesten Individuen, die jeder wahrscheinlich sofort wegsperren würde, wenn es rechtens wäre. Zudem hat er ein paar Sachbücher über die Behandlung von Zwängen und triebhaftem Verhalten veröffentlicht und hält manchmal Vorträge an der Hamburger Uni.«

»Hmm«, Nachtmacher rieb sich die Müdigkeit aus dem Gesicht. »Die Schweigepflicht untersagt ihm sicher, uns zu helfen.«

Milan sah das anders. »Wenn für Dritte eine Gefahr von einem seiner Patienten ausgeht, wird er es sicher wissen wollen und je nach seinen Möglichkeiten aktiv werden. Die Frage ist, wie wir ihn davon in Kenntnis setzen, ohne das hier erklären zu müssen.« Er zeigte auf die Zettel.

»Stimmt, wir müssen mit ihm persönlich sprechen.« Nachtmacher nippte am Kaffee und kratzte sich an der Wange. »Ihm nur Kopien mit einem Anschreiben in den Briefkasten zu werfen, wird uns nicht verraten, ob er der Sache nachgehen wird. Milan, würdest du …«

Janis durchschritt diskutierend den Raum. Jemand in ihrem Kopf verursachte demnach ein Durcheinander, mit dem sie nicht einverstanden war.

»Ich gucke besser mal, wo das hinführt.« Dylan folgte ihr. »Gebt mir später eine Zusammenfassung.«

»Um ehrlich zu sein, habe ich mich bei meinen Recherchen heute nicht sonderlich clever angestellt. Ich fürchte, Peer Pertzski wird direkt bei Doktor Graaf angerufen haben, um ihn vor dem *Schmierfinken* zu warnen. Wenn der Psychiater meinen Namen hört, schlägt er sicher direkt die Tür zu.« Nervös und unzufrieden tippte Milan mit den Fingerkuppen auf die Tischplatte. »Außerdem führt seine Frau alle Vorgespräche. Ich bin heute schon mal an einer Vorzimmerdame gescheitert. Vielleicht sollten Sie Ihr Glück versuchen?«

Nachtmacher zögerte. Ihm schien es nicht zu behagen, selbst aktiv zu werden. »Haben wir jetzt nicht den Punkt erreicht, an dem wir die Informationen an die Polizei übergeben sollten?«

»Sagten Sie nicht, das alles sei zu dünn, um damit überhaupt ernst genommen zu werden? Nur noch das Gespräch mit Doktor Graaf. Er ist ein Experte auf diesem Gebiet. Sollte er das Gleiche sehen wie wir, wird er mit der Polizei reden und sicher auch ernst genommen werden, meinen Sie nicht?«

Herr Nachtmacher nickte resigniert. »Wahrscheinlich haben Sie recht, aber was soll ich zu seiner Frau sagen, damit sie mich überhaupt zu ihrem Mann durchlässt?«

»Die Wahrheit«, schlug Milan vor. »Ich habe es vorhin unter einem Vorwand versucht, das ist mächtig nach hinten losgegangen.«

Nebenan wurde es lauter. Dylan schimpfte wegen irgendwas mit seiner Schwester, was seiner Erschöpfung geschuldet zu sein schien. Zudem war er aus verständlichen Gründen noch verletzt und sicher ungeduldiger als sonst.

Als sich Milans Blick mit dem von Nachtmacher traf, dachten sie offensichtlich genau das Gleiche. In gewisser Weise lebte der Härtefall unter ihrem Dach.

Janis schrie auf, dann polterte etwas, und eine Tür knallte. Kurz darauf waren Schritte zu hören. Dylan kam in die Küche und warf einen verbeulten Pokal in den Müll. Dabei mied er die fragenden Blicke und stützte sich einen Moment auf der Arbeitsfläche ab. »Keine Ahnung, wie lange ich das noch schaffe«, gestand er freudlos. »Seit Jimi weg ist und wir umziehen mussten, verändert sie sich. Ich bin es so leid! So unendlich leid, ihre Sturheit ertragen zu müssen.« In zwei Sekunden würde er seine Worte sicher bereuen. »Das da muss aufhören«, forderte er, drehte sich um und zeigte auf die Zettel.

»Sehen wir auch so«, bestätigte Milan und schob die Papiere zusammen. »Ich kopiere das schnell, und du besorgst dir einen Termin bei Ella Graaf, sie führt die Erstgespräche.«

»Wieso denn ich?« Dylan sah aus, als suchte er nur jemanden, mit dem er sich richtig streiten konnte.

»Weil du Hilfe brauchst«, sagte Milan. »Vielleicht ist das hier ja ein Wink mit dem Zaunpfahl?«

»Sag so was nie wieder.« Dylans Zorn ließ ihn bedrohlich ruhig werden. »Deinen Wink mit dem Zaunpfahl kannst du dir sonst wohin stecken. Ich bin nicht der Idiot, den ihr ständig vorschicken könnt, wenn euch die Ideen ausgehen. Für wie bescheuert hältst du mich eigentlich?«

Milan hob abwehrend die Hände und verfluchte sich selbst, weil er an diesem Tag irgendwie alles falsch machte. »Schon gut, sorry, das war blöd von mir. Komm wieder runter.«

Herr Nachtmacher sah Dylan nachdenklich an, ohne seine Meinung beizutragen.

»Ich muss jetzt weiterlernen.« Dylan verließ wütend die Küche. Bis sie oben seine Zimmertür hörten, schwiegen sie.

»Im Kontext dieser Berichte war unser Vorschlag zwar ungeschickt, aber früher oder später wird er sich helfen lassen müssen«, sagte Herr Nachtmacher. »Besser früher als zu spät.«

So sah Milan das auch. »Also gut, ich rufe in der Praxis an und lasse mir einen Termin geben«, sagte er dann. »Hier ist alles stressig genug, machen wir es ihm etwas leichter, indem die Unterlagen verschwinden.«

Das war's dann wohl mit der Story.

Aus der Interviewreihe »Serienkiller und ihr Umfeld«
Caroline Quasdt, Rentnerin

Herr Pallack war drei Jahre mein Nachbar, bevor sie ihn geholt haben. Aus seiner Wohnung kamen immer so leckere Essensdüfte. Darüber haben alle im Haus geredet, weil man richtig Appetit bekam, wenn Herr Pallack kochte. Wir wussten ja nicht, dass er Menschen gegessen hat.

21

Tanja saß in einer Ecke ihres Krankenzimmers, die Arme durch eine Zwangsjacke dicht am Körper fixiert und mit einer Art Helm auf dem Kopf. Der Riemen schnürte unterm Kinn, ein Bein kribbelte, weil sie zu lange in derselben Position gelegen hatte, bevor sie aufgewacht war und sich aufgerichtet hatte.

Sie war verwirrt, erschöpft und verängstigt. Dunkel erinnerte sie sich daran, vergewaltigt worden zu sein, aber danach gingen ihr die Bilder verloren. Ihre Stimme versagte, als sie einen Laut versuchte. Schmerzen zogen durch ihren gesamten Körper, pochten in den Gelenken, engten ihren Hals ein und stachen in ihrem Kopf.

Die Tür wurde geöffnet, und Felix brachte ein Tablett mit Schnittchen, Tabletten, einem Glas Wasser und einem dampfenden Tee hinein. »Endlich, Sie sind wach«, sagte er distanziert. »Wie geht es Ihnen?«

Tanja musste an das denken, was er ihr angetan hatte. »Warum quälen Sie mich?«, fragte sie mit brüchiger, kaum verständlicher Stimme.

»Ich habe Ihnen kein Haar gekrümmt«, erwiderte er ruhig, stellte das Tablett auf den Beistelltisch und kam dann auf sie zu. »Sie haben mich angegriffen. Immer wieder haben Sie auf mich eingeschlagen und behauptet, ich hätte Sie vergewaltigt. Sie können nicht mehr zwischen Wahnvorstellungen und Realität unterscheiden. Das ist das Trauma, das sich nun endlich zeigt. Ihr Unterbewusstsein will es ans Licht bringen, Sie müssen es endlich zulassen.«

An seinem Jochbein entdeckte sie eine Prellung.

»Ich musste zwei Pfleger hinzuholen, weil ich Sie allein nicht bändigen konnte.«

Tanja schüttelte den Kopf. In ihren Erinnerungen vergewaltigte er sie. Erst verführte sie ihn, dann änderte er sein Verhalten. Das war keine Wahnvorstellung gewesen! Oder doch?

»Wir denken, dass Sie einen ähnlichen Anfall hatten, als Sie Ihren Mann getötet haben; allerdings verstehen wir nicht, wodurch diese Anfälle ausgelöst werden. Darüber hatten wir zuvor schon geredet. Wir müssen an dieses Erlebnis herankommen, das bei Ihnen so stark getriggert wird.«

Er sah zu dem Elektroschockgerät, das neben dem Bett bereitstand. »Wir werden Sie heilen, das verspreche ich.« Er stemmte sich wieder hoch und holte die Tabletten und das Wasserglas. »Nehmen Sie Ihre Medizin, dann befreie ich Sie von der Jacke.«

Durch die Tränen konnte sie kaum etwas sehen. Als Zeichen ihres guten Willens öffnete sie den Mund und ließ ihn die Tabletten auf ihre Zunge legen. Jeder Schluck brannte in ihrer wunden Kehle. Die Wirkung setzte wie immer schnell ein, verdrängte die negativen Gefühle und ließ sie ganz willenlos werden. Sie lehnte sich mit dem Kopf gegen seine Schulter, während er die Laschen aus den Schnallen an ihrem Rücken zog.

»Geben Sie mir Ihren Arm, bitte. Meine Kollegen und ich sind uns einig, auch nach der gestrigen Episode, die Medikation genauso fortzuführen. Bevor etwas besser werden kann, muss es sich erst verschlimmern.«

Sie zog den Arm aus dem Ärmel und hielt ihn für die Spritze vor ihn. Die Haut war bereits ganz zerstochen, aber sie konnte das Gefühl kaum erwarten, das durch die Spritze verursacht wurde. Zwischen all der Verwirrung, den widersprüchlichen Bildern und der Pein dachte sie an kaum etwas anderes als den nächsten Schuss. Den Einstich merkte sie kaum, dafür setzte die Wirkung schnell ein. Tanja warf den Kopf in den Nacken und wurde von Felix gehalten.

Er roch aufregend gut. Vielleicht lag es daran, dass sie diese Fantasien entwickelte. Gut möglich, dass er in ihrer Vorstellung grob zu ihr wurde, weil sie nichts anderes verdient hatte. Wie viel Liebe durfte eine Mörderin noch erfahren?

Sie hob ihren Kopf wieder und lehnte sich gegen ihn, um seinem Hals ganz nahe zu kommen. Mit ihren Lippen berührte sie beinahe seine warme Haut. Als er ihr die Zwangsjacke gänzlich abstreifte, fühlte sie sich nackt und leicht. Das dünne Oberteil spannte über ihrer Brust, ihr Herz schlug so heftig, dass sie glaubte, Felix müsse es bei jeder Berührung fühlen.

Sie schloss die Augen und küsste seine Haut. Erst zögerlich, dann stärker. Sie fühlte seine Hände auf ihrem Rücken, spürte, wie er versuchte, zu widerstehen. Alles, was sie brauchte, war Bestätigung. Etwas, was ihr sagte, die Gewalt sei tatsächlich nur eine Wahnvorstellung gewesen. Immer war sie so beherrscht und korrekt gewesen, hatte sich nie von Gefühlen leiten lassen. Und so war sie zu einem Monster geworden.

»Bitte«, sagte er atemlos. »Du musst damit aufhören.«

Doch das konnte sie nicht. Es war wie ein Zwang, den besseren Gefühlen hinterherzujagen. Aufgeputscht durch das Medikament, ließ sie ihren Instinkten freien Lauf. Die Bilder in ihrem Kopf mussten überschrieben werden. Sofort.

Sie richtete sich etwas auf, um ihn auf den Mund zu küssen. Reglos ließ er es geschehen und sah ihr dabei in die Augen. Wie ein Mann, dessen Gegenwehr nicht mehr lange halten wird.

»Das ist falsch«, flüsterte er gegen ihre Lippen. Worte, die sie nicht mehr hören wollte, weil alles an ihr falsch und verdorben war.

»Sag mir noch mal, dass du mir nichts angetan hast«, forderte sie und legte ihre Arme um seinen Nacken. »Dass du mir niemals wehtun würdest.«

Sie spürte seine Hände auf ihrer Taille. »Ich bin hier, um dir zu helfen.«

»Dann hilf mir endlich!« Mit gespreizten Fingern fuhr sie ihm durch die Haare. »Mein Herz schlägt so schnell. Ich …« Die Worte verloren sich, Schwindel wirbelte durch ihren Kopf, während ein Glücksgefühl in ihrer Brust entstand, das seine Berührungen als Antwort forderte. Ihre eigenen Laute hallten von den Wänden wider, sie war entfesselt, ihrer gewohnten Welt vollkommen entrückt, und Felix musste ihr Anker sein.

»Du projizierst deinen Wunsch nach Heilung auf mich«, sagte Felix. Noch immer schien er entschlossen, professionell zu bleiben, aber seine Hände auf ihrem Körper verrieten etwas anderes.

Siegessicher zog sie ihn mit sich auf den Boden, sodass sie unter ihm lag. »Soll ich dich für den Rest meines Lebens so wie in meiner Wahnvorstellung sehen? Es hat sich real angefühlt, so real wie das hier.« Wieder küsste sie ihn, und diesmal küsste er sie zurück.

Die Euphorie steigerte sich, brachte ihre Sinne durcheinander, als könnte sie nur noch fühlen und sonst nichts mehr.

Seine Hände glitten unter ihre Kleidung, versetzten ihren geschundenen Körper in Ekstase.

»Sie will es so«, hörte sie Felix sagen. »Ich helfe ihr. Schau zu oder geh weg. Mir egal.«

Verschwommen sah sie, dass sein Blick zur Tür gerichtet war, aber so wie sie unter ihm lag, konnte sie sich nicht umsehen. Und bei dem, was sie fühlte, wollte sie es auch nicht.

»Sie braucht das jetzt. Ich tu das alles nur für sie.«

Der Stoff ihrer Hose riss. Zwischen all dem Schmerz und den entrückten Gefühlen gab er ihr etwas, was sie wie eine Süchtige nach mehr verlangen ließ.

»Verpiss dich, oder soll ich danach zu dir kommen?«, rief er zornig, ohne innezuhalten.

Tanja öffnete mühsam die Augen.

Die Medizin, durchbrach ein Gedanke die Lust. *Die macht das mit mir.*

Sie küsste Felix, schmeckte seinen Speichel, roch seinen Schweiß. *Er macht das mit mir.*

»Ich werde ihn mir holen«, versprach er keuchend. »Den kleinen Bastard. Dann wird er sich künftig zweimal überlegen, ob er uns zuschauen will.«

Tanja sah ihn an, verstand, dass sie wieder einer Wahnvorstellung erlag, die jedoch realer nicht sein konnte. »Scht«, brachte sie angestrengt hervor. »Vergiss alles andere.«

Selbst wenn sich Fantasie und Realität vermischten, musste sie sich nicht vor Konsequenzen fürchten. Ein Kind käme nicht dabei heraus, und ihr Mann war tot. Ermordet durch ihre Hand.

Es gab nichts, was sie noch fürchten musste.

Nach dem Akt fuhr sie ihm mit ihren Fingern durch die Haare, genoss die wohligen Schauer, die seine Atemstöße in ihrem Nacken verursachten, und hoffte, dass er keine Sekunde dieses verwerflichen Abenteuers bereuen würde. Es störte sie nicht, wie hart der Boden war oder wie beständig kalt der Beton blieb. Gut möglich, dass sie jeden Augenblick erwachte und feststellte, erneut Trugbildern anheimgefallen zu sein, aber diese mochte sie.

»Mit wem hast du eben geredet?«, fragte sie nach einer Weile.

Felix stemmte sich hoch und sah sie fragend an. »Was meinst du?« Er stieg von ihr runter und schloss seine Hose wieder.

»Es klang, als hättest du mit einem Kind geredet.«

Er konnte sein Bedauern kaum verbergen.

»Verstehe«, sagte sie. »Das war nicht real.«

Mit zitternden Fingern zog sie die Krankenhauskleidung wieder richtig an, wobei die Hose nicht mehr zu gebrauchen war. »Ich kann das nicht auseinanderhalten.« Sie betrachtete den kaputten Stoff. »Wir haben doch gerade miteinander geschlafen, oder?«

Felix stand auf und durchschritt nachdenklich den Raum. Er bereute, aber Tanja tat das nicht. Mit unsicheren Bewegungen kam sie auf die Füße. »Schäm dich nicht für deine Gefühle«, sagte sie mit leichtem Tadel in der geschundenen Stimme. »Ich mag krank sein, aber ich bereue absolut nichts.«

Felix sah zum Elektroschockgerät und ließ die Schultern hängen. »Du bringst so viel Kraft auf, wenn du einen Anfall hast«, sagte er resigniert. »Es ist schwer, dir zu helfen, wenn du glaubst, ich würde die Grenzen überschreiten. Du zeigst neue Facetten deiner Psychose.« Müde ging er zu dem kleinen Schränkchen und holte eine frische Hose hervor. »Hier, zieh dich um, dann machen wir weiter.«

Seine Worte wischten die Euphorie fort und legten einen Abgrund frei, der eine Art Sog auf sie ausübte. Statt die Hose entgegenzunehmen, fing sie an zu schreien. Es ließ sich nicht aufhalten oder kontrollieren, als drückte sich ihr Innerstes nach außen und stülpte sich über sie. Sie war allein, vollkommen allein. Eine kranke Mörderin. Niemand konnte ihr helfen, nichts brachte Erlösung. Alles, was gut zu sein schien, war nicht wahr.

Dieses Leben war nicht mehr als Schmerzen und Qual. Ein wertloses Dasein, das nur noch den Wunsch übrigließ, es möge enden.

Aus der Interviewreihe »Serienkiller und ihr Umfeld«
Bernd Kupper, Manager

Ich bin nicht oft in den Keller gegangen. In meiner kleinen Parzelle lagere ich nur meine Campingausrüstung, die ich schon seit Jahren nicht mehr im Einsatz habe. Die meisten Bewohner dieses Hauses lagern da unten nur Zeug. Der Geruch fiel schon irgendwann auf, da er langsam in das Treppenhaus zog, aber bei so vielen Menschen macht man sich nicht gleich Gedanken. Erst als es unerträglich wurde, ging der Hausmeister nachsehen und fand die verwesenden Leichen in den Koffern. Hinterher wollte jeder gleich gewusst haben, dass Daniel ein kranker Mörder ist. Ich habe seine Wohnung bekommen, die Sachen wurden eingelagert. Ich glaube nicht, dass der noch mal rauskommt.

22

Milan brütete ein letztes Mal über den Notizen und versuchte, für Nachtmachers Besuch beim Psychiater alles so übersichtlich wie möglich zusammenzufassen. Er grub schon seit Stunden im Internet nach Informationen, die ihre Theorie untermauern könnten.

Manche Ehemänner hatten damals bei Facebook etwas zu den Umständen geschrieben, andere hatten ihren Kummer in vermeintlich anonymen Foren hinterlassen, was mit den richtigen Schlagwörtern leicht zu finden gewesen war. Zudem fand er noch Zeitungsartikel, die je nach Blatt mal mehr und mal weniger Informationen enthielten. Wenn Konrad Gall die Berichte nicht gesammelt hätte, wären die Suizide niemals miteinander in Verbindung gebracht worden. Die Betroffenen waren in der ganzen Stadt und dem Umland verteilt. Laut Studien gab es deutschlandweit um die 150°000 Suizidversuche im Jahr, von denen ca. 10°000 erfolgreich waren. In Großstädten gehörte so was also eher zum Alltag, so traurig das auch war. Wie hätte also jemandem auffallen sollen, dass diese Fälle mit großen zeitlichen Abständen alle das gleiche Muster aufzeigten? Wenn die Theorie stimmte, hatte jede dieser Frauen Eheprobleme gehabt und war nach einer SMS an den Ehemann verschwunden, in der sie sagte, sie bräuchte Zeit zum Nachdenken. Zwischen der SMS und dem Auffinden der Leiche in der heimischen Badewanne lagen exakt zwei Wochen. Es erweckte den Eindruck, als wären sie nur noch zum Sterben nach Hause zurückgekehrt.

Den Berichten zu Folge gab es keinen Zweifel, dass die Frauen sich selbst die Pulsadern aufgeschnitten hatten. Winkel, Verletzungen an den Fingern, Schnittverläufe, alles sprach dafür. Da jedes Mal das Wasser abgelaufen und der Hahn aufgedreht war, konnte nichts über die Blutmenge gesagt werden. Gut möglich, dass sie woanders gestorben und nur in die Wannen drapiert worden waren. Wenn man sich gedanklich auf diese Möglichkeit einließ, ergab sich ein sehr perfides Bild. Vor allem, da jede von ihnen zuvor starke Medikamente plus Kokain genommen hatte. Psychopharmaka, die normale Menschen nicht mal eben in die Finger bekommen konnten. Und das Kokain schienen sie sich gespritzt zu haben, was schneller als das Schnupfen der Substanz zu einer Abhängigkeit führte und wesentlich stärker wirkte. Was ihn mehr erschreckte als die tragischen Berichte über diese elf Frauen, waren die Funde weiterer Berichte im Netz, die andere Tote in dieses Muster einreihten. Was auch immer da seit Jahren vorging, es hörte nicht auf. Milan hatte alle Fakten in eine Tabelle eingetragen, die deutlich zeigte, dass die Frauen nicht nur gleich handelten und einander ähnlich sahen. Sondern zwischen den Taten lagen immer exakt vier Monate. Seinen Berechnungen nach war also genau jetzt irgendwo in Hamburg eine Frau kurz davor, sich das Leben zu nehmen. »Wir müssen die Polizei einschalten«, flüsterte er mehr zu sich selbst. Er überblickte die Notizen und fasste sich an den Kopf. »Jemand muss sie suchen. Das muss alles schneller gehen.« Sein Instinkt rebellierte regelrecht.

»Na, was macht deine *Story*?«, fragte Dylan abfällig, als er am Küchentisch vorbeiging und sich ein Glas Wasser holte. Er hatte seine Studien ins Wohnzimmer verlegt, um ein Auge auf Janis und Milan zu haben. Zum Glück war Janis im Keller verschwunden und sortierte schon den ganzen Tag irgendwas in der Werkstatt.

»Das ist mehr als eine Story. Wenn das kein Hirngespinst ist, könnten wir Leben retten«, antwortete Milan und schob ihm die Notizen hin. »Sieh dir das an, die Frauen bringen sich alle vier Monate auf exakt die gleiche Weise um.«

Seufzend trat Dylan dichter an den Tisch heran und drehte die Notizen zu sich.

»Bei dem Cocktail im Blut würden die Frauen wahrscheinlich alles tun, was man von ihnen verlangt.« Er war längst nicht mehr so wütend wie am Vortag, aber das konnte sich jederzeit wieder ändern. »Sei nur nicht enttäuscht, wenn doch nichts dahintersteckt.«

Herr Nachtmacher kam ebenfalls hinzu. Er war einkaufen gewesen und stellte nun die vollen Taschen in die Küche, damit Janis sie auspacken konnte. Normalerweise dauerte es keine zwei Minuten, bis sie kam und alles verstaute.

»Ich hoffe, Sie mögen Gulasch«, sagte er und sah sich zu ihnen um. »Gibt es was Neues?«

Das Kochen ließ der Pensionär sich nicht nehmen, dafür zahlte jeder etwas in die Lebensmittelkasse ein. Milan ertappte sich öfter dabei, seine Auslandsambitionen in den Hintergrund zu schieben, weil er sich von Tag zu Tag mehr zu Hause fühlte. Er fasste zusammen, was er herausgefunden hatte.

»Soweit ich das feststellen konnte, sind nicht alle bei Dr. Graaf in Behandlung gewesen. Immer nur ein bis zwei Tote im Jahr, die anderen haben eine Selbsthilfegruppe unter der Leitung von Sabine Eggers besucht. Die Therapeutin ist Anfang des Jahres an Krebs gestorben.« Milan zog die Notizen aus dem Wust heraus. »Kann man vielleicht die Namen der Gruppenmitglieder bekommen? Wäre doch gut, wenn sie die ebenfalls an Doktor Graaf geben können. Vielleicht sieht er sofort, wer bei ihm in Behandlung ist.«

Dylan schnaubte und verschränkte die Arme vor der Brust. »Das sind meist offene Gruppen, in denen sich alle nur mit ihrem Vornamen vorstellen. Würdest du dich registrieren wollen, wenn du vor Fremden über deine Probleme sprichst?«

»Ich denke, das, was wir haben, wird reichen«, bemerkte Nachtmacher. »Ich hoffe nur, dass er mir überhaupt zuhört.«

Milan betrachtete die Daten. »Das muss er. Wir haben noch drei Tage.« Er sah von Dylan zu Nachtmacher. »Die Frauen verschwinden immer am neunzehnten eines Monats und werden nach exakt vierzehn Tagen tot im eigenen Bad gefunden.«

»Das hast du alles seit gestern herausgefunden?«, fragte Dylan, obwohl er damit eigentlich nichts mehr zu tun haben wollte.

»Ich mag nicht gerade geschickt im Umgang mit Menschen sein, dafür weiß ich, wo man nach Informationen graben muss. Die Fakten sprechen für sich.«

In diesem Augenblick kam Janis aus dem Keller. Sie hatte sich an irgendwas in die Finger geschnitten und überall in ihrem Gesicht Blutspuren hinterlassen. Ihre Haltung sah aus, als würde sie um Hilfe bitten wollen, aber unsichtbare Fesseln hemmten ihre Bewegungen und hielten ihr ungesehen den Mund zu.

Mit einem tiefen Seufzer ging Dylan zu ihr. Allein er wusste, was jetzt kommen mochte.

»Kann ich helfen?«, bot Herr Nachtmacher an. Er sah aus, als hätte er ein schlechtes Gewissen, weil sie sich in seiner Werkstatt verletzt hatte.

Dylan schüttelte betrübt den Kopf. »Ich versuche es erst mal allein.«

Doch schon als er Janis zum Waschbecken bewegen wollte, schrie sie entsetzt auf. Dylan redete auf sie ein, erklärte ihr, was jetzt zu tun sei, klang dabei jedoch eher resigniert als beruhigend.

»O Mann, mit ihm möchte ich echt nicht tauschen«, kommentierte Milan und beobachtete mitfühlend das Geschehen.

Bockig wie ein kleines Kind barg Janis ihre verletzte Hand an ihrer Brust, stemmte sich gegen Dylans Bemühen, sie zum Waschbecken zu bekommen, und sah dabei furchtbar verwirrt und ängstlich aus. Das waren die Momente, in denen die Außenwelt zu ihr durchdrang, aber nur mit Schmerzen und Notwendigkeiten, die Janis nicht verstehen konnte.

»Ich brauche Hilfe«, sagte Dylan nun doch. »Jemand muss sie festhalten.«

Theo drehte sich zu Milan. »Wenn sie Sie umarmt hat, lässt sie sich von Ihnen vielleicht auch helfen.«

Sie standen gemeinsam auf und eilten zum Waschbecken. »Was sollen wir tun?«

Janis zerrte an Dylans Griff, mit dem er ihr Handgelenk umfangen hielt. »Einer muss sich hinter sie stellen, und ihre Oberarme umklammern. Sie bringt enorm viel Kraft auf, wenn sie Angst hat.«

»Das mach ich«, bot Milan an und stellte sich dann jedoch vor sie. »Hey, Janis, gleich ist alles wieder gut, ich bin bei dir, okay?«

Vorsichtig nahm er sie in den Arm und spürte ihre Anspannung. »Gleich tut es nicht mehr weh.«

Er handelte ganz instinktiv, fühlte ihren Atem an seinem Hals, wie ihr Kopf an seiner Schulter immer schwerer wurde und Tränen in den Stoff seines Shirts sickerten, aber sie hielt es aus.

»Gut. Dann halten Sie bitte ihren Arm fest, damit ich die Wunde säubern kann.«

Milan sah über die Schulter zu dem Schnitt, der zum Glück nicht tief war, aber deutliche Spuren von Rost und Eisenspänen zeigte.

»Das hätte ich wissen müssen«, sagte Herr Nachtmacher.

Dylan konzentrierte sich auf die Reinigung.

»Meine Frau hat immer mit mir geschimpft, weil ich die große Kiste mit den Abschnitten und dem zusammengefegten Werkstattschmutz so voll werden ließ, dass wir den Inhalt nicht mal eben im Hausmüll entsorgen konnten. Ich hätte nicht gedacht, dass sie da drangeht.«

Lange würde es nicht mehr gutgehen; Milan spürte, wie die Unruhe bei Janis wieder wuchs, als sammelte sie nur ihre Kräfte, um sich endlich freizukämpfen. »Es ist gleich vorbei«, versprach er ihr. »Lass deinen Bruder die Wunde nur schnell verarzten.«

Vorsichtig strich er über den Rücken und wendete unauffällig sein Gesicht ihrem zu. Von ihrem Duft bekam er einfach nicht genug. Obwohl der Grund für die Umarmung nicht schön war, gefiel ihm die Fügung, sie nochmals halten zu dürften. »Du musst nur noch einen kleinen Moment ruhig bleiben.«

Doch das tat sie nicht. Plötzlich bäumte sie sich auf, drückte so fest sie konnte gegen seinen Brustkorb und riss den Arm zurück. Sie schrie auf, kämpfte und war kaum noch zu halten. Milan kam ins Schwitzen, während er sie fest umklammert hielt. Auch Nachtmacher und Dylan hatten Probleme, ihren Arm ruhig zu halten. Es dauerte einige schier endlose Minuten, bis Dylan von ihr zurücktrat. »Fertig, ihr könnt sie loslassen.«

Janis schob Milan kraftvoll von sich weg, drehte sich um und lief davon. Die Situation hinterließ Eindruck bei ihm. Bis eben hatte er noch geglaubt, er könne zu ihr durchdringen und mit ihrer Behinderung besser klarkommen, aber in diesem Moment hatte sie ihn eines Besseren belehrt.

Nachtmacher legte ihm eine Hand auf die Schulter. »Gut gemacht, mein Junge.«

Milan sah zur Seite und beobachtete, wie Dylan mit versteinerter Miene die Utensilien zusammenräumte. »Tut mir leid«, sagte er ehrlich betroffen.

»Was genau?«, fragte Dylan, warf blutige Mullbinden in den Müll und schloss den Kasten wieder.

»Dass du das aushalten musst, ohne dass sie versteht, was du alles für sie tust.«

Dylan hob den Kopf und sah ihm in die Augen. »Dann verstehst du jetzt auch sicher, warum du sie in Ruhe lassen sollst, oder?«

Ja, klar und deutlich. Für einen kurzen Augenblick hatte er sie halten dürfen, bevor sie mit allem wieder überfordert gewesen war. In der Nähe dieses Pulverfasses wollte er sicher nicht mit Feuer spielen. Er wusste ja nicht mal, warum er überhaupt darüber nachdachte. Im Gegensatz zu Dylan hatte er die Wahl, ob er sein Leben gern etwas komplizierter gestalten wollte. Wer würde da bei solchen Problemen Ja! schreien?

»Ehrlich, was ich gestern zu dir gesagt habe, tut mir leid. Ich wollte nur helfen, aber mir wird jetzt langsam klar, dass ich es mit solchen Vorschlägen nicht besser mache. Du brauchst keine Therapie, sondern mal 'ne Pause.«

»Danke.« Dylan rieb sich übers Gesicht und stützte sich an der Arbeitsfläche ab. »Manchmal frage ich mich, ob sie in einer anderen Umgebung nicht besser aufgehoben wäre. Wahrscheinlich bekäme sie nicht mal mit, dass ich nicht da bin, weil sie nur in ihrer eigenen Welt lebt.«

»Das glaube ich nicht«, widersprach Herr Nachtmacher. »Wie hätte sie beispielsweise je Lesen gelernt, wenn sie abgeschottet wäre?«

»Ich bin mir sicher, dass *ihre Leute* ihr das beigebracht haben.

Ich meine, das, was um sie herum passiert, scheint in ihrem Kopf in einer Art Verarbeitungsanlage festzustecken, aus der dann irgendwann ihr innerer Lehrer rausspaziert, der es ihr beibringt.« Dylan winkte ab. »Aber das ist alles bloß Theorie. Niemand weiß, wie es in ihr aussieht.«

Erschöpft ließ er sich auf einen Stuhl am Küchentisch fallen. Er sah aus, als stünde er kurz vor einem Burnout.

»Sie dürfen ruhig mit mir schimpfen, wenn ich etwas falsch gemacht habe«, bot Nachtmacher an. »Ich hätte wissen müssen, dass Ihre Schwester sich dort unten verletzen kann.«

Aber Dylan schüttelte den Kopf. »Janis wird Ihre Werkstatt vorerst meiden. Alles, was sie in so eine Situation bringt, hinterlässt Eindruck bei ihr. Als Kind hat sie sieben Monate im Badezimmer in der Wanne geschlafen, weil sie in unserem Zimmer gegen den Schrank gelaufen war und sich einen Zeh gebrochen hatte.« Er sah sich zur Treppe um und seufzte. »Sie wird ihr Zimmer heute nicht mehr verlassen. Gut möglich, dass sie ein paar Tage die Küche meidet oder uns allen aus dem Weg geht. Aber ihre Leute werden ihr erklären, was passiert ist. Wenn sie den Erste-Hilfe-Kasten aus- und wieder einräumt, hat sie sich mit dem Erlebnis ausgesöhnt. Ist es Ihnen recht, den Kasten vorerst in der Küche zu lassen?«

Als Antwort schob Theo den Kasten neben die Kaffeemaschine. »Sie tragen wirklich sehr viel, mein Freund.« Als Dylan sogleich protestieren wollte, sprach Herr Nachtmacher einfach weiter. »Ich weiß, dass Sie das gerne machen, das ändert aber nichts daran, dass Sie jeden Tag Großes vollbringen. Davor habe ich jede Menge Respekt.«

»Hast du dich je gefragt, wie dein Leben wohl aussähe, wenn du dich nicht um sie kümmern müsstest?« Milan konnte sich nicht vorstellen, dass Dylan das mit der anderen Umgebung ernst meinte. So wie er ihn inzwischen kannte, würde er es niemals übers Herz bringen, sie in eine stationäre Einrichtung zu geben.

»Immer nach solchen Momenten«, gab er zu. »Immer, wenn

ich ihr nicht erklären kann, was mit ihr passiert, warum etwas sein muss oder dass es gleich besser wird.« Seine Worte taten ihm leid, das war deutlich zu hören.

»Wie sind Ihre Eltern damit umgegangen? Ich meine, haben sie Ihnen und Ihrem Bruder geholfen, derartige Erlebnisse zu verarbeiten?«, wollte Nachtmacher wissen. Im Grunde war diese WG die längst überfällige Therapie für Dylan, das hatte er längst erkannt.

»Dafür hätten sie erst mal selbst einen Weg finden müssen, mit Janis zu leben.« Mit einer Hand rieb sich Dylan über die Augen. »Ich denke schon, dass sie ihre Tochter geliebt haben, aber sie trauerten bis zuletzt ihrer verlorenen Freiheit nach. Also tat ich, was immer notwendig war, damit Janis keine Belastung mehr für sie darstellte. Ich bin mein Leben lang damit beschäftigt gewesen, Janis abzulenken und ruhig zu halten. Vielleicht hätte ich ihr mehr Freiraum geben müssen, damit sie aus sich rauszukommt. Seit wir hier sind, verändert sie sich, vielleicht habe ich sie mit meiner Fürsorge eingesperrt.«

In seinem Leben hatte Milan schon oft Mitgefühl empfunden, aber Dylans Geschichte machte ihn persönlich betroffen. »Sicher nicht«, sagte er. »Es ist unglaublich, wie sehr du für sie da bist. Du hast ihr ein Zuhause gegeben, in dem sie sein darf, wie sie ist, deswegen verändert sie sich. Und du bist nicht mehr allein für sie da. Wir helfen dir.«

Herr Nachtmacher nickte zustimmend.

»Ich werde zu dem Termin gehen«, bestimmte Dylan und zog die Notizen zu sich heran. »Nichts für ungut, aber ich will sicherstellen, dass dieser Doktor Graaf auch richtig zuhört, damit diese Sache dann für uns erledigt ist.«

Gut möglich, dass es nur ein Vorwand war, um doch mal mit einem Therapeuten zu reden, aber so erleichtert, wie Nachtmacher aussah, bekamen beide, was sie wollten. Nur Milan fiel es schwer, die Unterlagen abzugeben, selbst wenn er einsah, dass es das Beste war.

Aus der Interviewreihe »Serienkiller und ihr Umfeld«
Luisa F., Schülerin

Wir mussten umziehen und unsere Namen ändern, aber es fühlt sich immer noch so an, als würde mir jeder ansehen, dass meine Eltern Serienmörder sind. Mein Bruder ist volljährig, deswegen dürfen wir zusammenwohnen. Jede Woche kommt unsere Betreuerin und hilft uns, wenn was ist. Wir sind eine glückliche Familie gewesen. Unsere Eltern waren an den Wochenenden oft lange unterwegs, wir dachten, sie wären feiern oder so was. Seit ich die Wahrheit kenne, habe ich Angst, dass ich auch so werde. Was, wenn sie ihre Neigungen vererbt haben? Ich kann mir einfach nicht vorstellen, dass dieselben Menschen, die uns so liebevoll aufgezogen haben, so unaussprechliche Dinge tun konnten. Schlimmer ist, dass ich Angst um meinen Bruder habe, der sich so toll um mich kümmert. Wenn er mal mit Freunden unterwegs ist, habe ich jedes Mal Panik, dass die Polizei klingelt und mir sagt, dass er festgenommen wurde. Wie verzeiht man seinen Eltern so eine Last?

23

»Setzen Sie sich bitte«, Dr. Ella Graaf deutete auf den Stuhl vor ihrem Schreibtisch. »Nun, Herr Nachtmacher, Sie sagten, es sei dringend, aber ich muss Ihnen gleich sagen, dass mein Mann eigentlich keine freien Plätze mehr hat.« Sie umrundete den Schreibtisch und nahm auf der anderen Seite Platz.

»Oh, ähm, Herr Nachtmacher ist mein Vermieter. Er war so freundlich, mir den Termin zu besorgen. Mein Name ist Dylan Krüger.«

Sie hob eine Augenbraue und versuchte offensichtlich, ihre Missbilligung zu verbergen. Dylan war etwas eingeschüchtert von ihrer akkuraten Erscheinung, weil sie mit der hochgeschlossenen Bluse, dem strengen Zopf und ihrer geraden Körperhaltung sehr abweisend wirkte. Ihre Aufgabe war es, die Menschen in Schubladen einzusortieren, um ihrem Mann nur die passenden Fälle zu präsentieren, und Dylan hasste es, kategorisiert zu werden. Sie zog ein Blatt aus einer Schublade und schrieb seinen Namen in die oberste Spalte.

Dylan legte den Umschlag mit den Unterlagen auf seine Oberschenkel und wartete ab. Der rebellische Teil in ihm wollte, dass sie seine Meinung über Therapeuten bestätigte, weil er dann Milan und Herrn Nachtmacher ein für alle Mal klarmachen konnte, wie sinnlos es war, sogenannte Fachleute um Hilfe zu bitten.

»Na schön, Herr Krüger, fangen wir erst mal mit Ihren persönlichen Daten an.« Sie fragte seine Wohnadresse, die Telefonnummer und sein Geburtsdatum ab, was er stoisch beantwortete. Er kannte diese Anamnesebögen zur Genüge. In seinem Leben wurden etliche solcher Zettel ausgefüllt, die dann in Akten landeten und nie wieder angesehen wurden.

»Was machen Sie beruflich?«

Dylan beantwortete auch diese Frage wahrheitsgemäß, wobei er merkte, wie sich ihre Haltung änderte. Sie richtete sich etwas mehr auf und hob das Kinn, während sie ihn musterte. »Geht es um Ihr Medizinstudium? Wir bieten keine Plätze an, die Ihnen helfen, Praxiserfahrungen zu sammeln. Sie wären nicht der erste Student, der auf diese Weise versucht, an meinen Mann heranzukommen.«

Dylan lehnte sich zurück und strich mit der Rechten über die Armlehne. »Nein, darum geht es nicht. Das Fachgebiet Ihres Mannes deckt sich nicht mit dem, was ich machen möchte. Meine Zwillingsschwester ist durch ihren ausgeprägten Autismus von der Außenwelt abgeschottet, ich möchte mich später darauf spezialisieren.«

Wieder notierte sie etwas auf dem Bogen. »Haben Sie viel Kontakt zu Ihrer Schwester?«

Gleich würde sie die erste Schublade öffnen, in die er ausnahmslos von jedem Therapeuten hineingestopft wurde.

»Ich bin allein für sie verantwortlich. Unsere Eltern sind vor Kurzem gestorben, und unser Bruder ist gerade ins Ausland gegangen. Bevor Sie fragen: Wir leben in einer Wohngemeinschaft und bekommen das gut auf die Reihe.«

Sie verzog einen Mundwinkel zu einem halben Lächeln. »Dennoch sind Sie jetzt hier.«

Unter seinen Fingern spürte er den Umschlag. Er sollte jetzt besser die Wahrheit sagen.

»Wie ist das für Sie, ohne diese Behinderung zu sein, während Ihre Schwester … wie Sie sagen, von der Außenwelt abgeschottet ist?«, lenkte sie ihn von seinem Vorhaben ab.

In ihm kam all die Wut hoch, die er sonst unterdrücken musste. Er mied ihren Blick und zuckte mit einer Schulter. »Schwierig«, gab er zu. »Aber ich habe ja keine Wahl.«

»Nun, Ihrer Haltung mir gegenüber entnehme ich, dass Sie nicht aus freien Stücken hier sind. Wie Sie selbst bereits festgestellt haben, wäre mein Mann nicht der richtige Psychiater für Sie. Oder ist irgendetwas vorgefallen, dass diesen Herrn Nachtmacher dazu gebracht hat, Sie hierher zu schicken? Sind Sie Ihrer Schwester gegenüber aggressiv oder gewalttätig geworden?«

Er musste daran denken, wie er Janis angeschrien hatte, weil ihr sein dämlicher Pokal runtergefallen war. Im Affekt hatte er ihr vorgeworfen, immer alles kaputtzumachen. Dabei war er eigentlich nur verletzt gewesen, weil sie Milan an sich heranließ, ihn aber nicht.

»Es ist schwer, sich um Angehörige mit Behinderungen zu kümmern, womöglich den Verlust der Eltern nicht richtig verarbeitet zu haben und von seinem Bruder im Stich gelassen worden zu sein«, mutmaßte sie weiter, was noch tiefer in seinem Schmerz bohrte.

Es so auf den Punkt zu bringen, war nun wirklich keine Kunst, aber es fühlte sich trotzdem nicht gut an, das zu hören.

»Ich bin wegen etwas anderem hier«, sagte er deshalb und legte den Umschlag auf den Tisch.

Ungerührt notierte Frau Dr. Graaf etwas, unterstrich sogar ein Wort, das er wegen ihrer Handschrift nicht entziffern konnte. »Lenken Sie immer ab, wenn Ihnen Fragen zu nahe gehen?« Ihr Blick fiel nur kurz auf den Umschlag, dann sah sie ihm wieder in die Augen.

Er hielt ihrem Blick nicht stand und sah zur Seite. »Was wollen Sie von mir hören?«, ging er zum Gegenangriff über. Sein Verstand zählte ihm auf, wie pathologisch sein Verhalten in diesem Moment war und dass es ihn selbst in jene Schublade manövrierte, die er unbedingt vermeiden wollte. »Dass ich manchmal so wütend bin, dass ich alles hinschmeißen will? Oder dass ich Janis manchmal gern schütteln würde, damit sie nur ein einziges Mal mit mir redet oder mich ansieht? Ich bin gestresst, weil mein Studium in den letzten Monaten unter den Umständen gelitten hat. Ja, es blieb keine Zeit zum Trauern um meine Eltern, und ich weiß, dass ich unter einem chronischen Erschöpfungszustand leide. Das lässt sich gerade nicht ändern, aber ich bekomme das hin.«

Das Kratzen des Kugelschreibers auf dem Papier machte ihn wahnsinnig. Er beugte sich vor und schob ihr den Umschlag entgegen. »Aber wie ich schon sagte, deswegen bin ich nicht hier.«

Skeptisch legte sie den Stift beiseite und faltete ihre Hände über dem Bogen. »Gratuliere, Ihre Selbstdiagnose würde ich bestätigen, ohne Sie näher zu kennen. Aber wenn Sie meinen, das allein in den Griff zu bekommen, liegen Sie falsch. Bitte entschuldigen Sie meine Direktheit, das ist sonst nicht meine Art, aber Sie lassen mir keine Zeit, behutsamer vorzugehen. Lassen Sie sich helfen. Gern gebe ich Ihnen Adressen von Kolleginnen und Kollegen, die für Sie besser geeignet sind.«

Der angehende Fachmann in ihm gab ihr recht. »Ich weiß nicht, warum das gerade jetzt hochkocht«, räumte er etwas versöhnlicher ein. »Die WG ist toll. Herr Nachtmacher und unser Mitbewohner gehen auf Janis' Eigenheiten ein. Seit Langem kann ich mal wieder durchatmen. Es sollte mir besser gehen.«

Nun zog sie den Umschlag zu sich heran und drehte ihn um. Die Lasche war nur locker in die Öffnung gesteckt. »Die wenigsten Menschen erleiden einen Zusammenbruch, solange sie stark sein müssen. Viele berichten sogar, dass sie einen der schönsten Tage erlebt haben, als es ihnen plötzlich den Boden unter den Füßen wegzog. Ihre Psyche sagt Ihnen, dass Sie jetzt an der Reihe sind. Hören Sie auf die Symptome, bevor gar nichts mehr geht.« Das war wohl der freundlichste und mitfühlendste Rat, den er je in einer derartigen Praxis bekommen hatte. Frau Dr. Graaf wäre eine gute Therapeutin für ihn, weil ihre direkte Art so viel besser war als das Gewäsch, das er sonst zu hören bekam. Und wenn sie dann umschwenkte und auf ihn einging, fühlte er sich verstanden. Am liebsten hätte er ihr den Umschlag wieder abgenommen, damit sie nicht schlecht von ihm dachte, wenn er endlich mit der Wahrheit rausrückte. Doch sie bemerkte seinen Blick und öffnete den Umschlag.

»Also, was ist das hier?«

»Warten Sie«, sagte er schnell, bevor sie die Seiten daraus hervorziehen konnte. »Darin befinden sich Akten und Fotos von elf Frauen, die angeblich Suizid begangen haben. Ich hätte das gleich erwähnen sollen, tut mir leid. Ich … ähm …« Frustriert stieß er den Atem aus. »Wir glauben, dass Ihr Mann einen Mord verhindern kann.«

Ihre Miene versteinerte, und ihr Blick wurde geradezu durchdringend. »Lassen Sie mich raten, unter den Toten befinden sich Namen, die mein Mann kennen sollte? Ich wurde angerufen und vorgewarnt. Mir wurde sogar gesagt, ich solle sofort die Polizei rufen, wenn der Reporter hier auftaucht. Und jetzt schickt er Sie vor? Dachten Sie, es wäre leichter, wenn Sie mir vorher Ihre traurige Geschichte erzählen?« Ungerührt nahm sie die Unterlagen aus dem Umschlag und sah sich die Seiten an. Bei einigen Berichten sah er ihr deutlich an, dass sie die Opfer kannte.

»Wenn Sie sich die Aufstellung ansehen, erkennen Sie ein Muster«, erklärte er. »Wir wollen nur das Richtige tun, es geht nicht um die Story. Wenn ich nur mit Ihrem Mann reden dürfte! Dann kann er entscheiden, ob die Polizei informiert werden sollte. Ihm wird man zuhören …«

Sie hob eine Hand, damit er schwieg. »Erst will ich wissen, wie Sie darauf gestoßen sind.«

»Durch Janis«, sagte er die Wahrheit. »Keine Ahnung, wie sie an die Unterlagen gekommen ist, aber sie hat den Tic, alles nach eigenen Maßstäben zu sortieren, und erst dadurch sind uns die Gemeinsamkeiten ins Auge gesprungen. Wir konnten das nicht ignorieren, weil sich nach dem Muster jetzt gerade eine Frau in der Gewalt dieses Mannes befinden muss.«

»Wie kommen Sie darauf, dass ein Mann der Täter ist, sofern es einen Täter gibt?«, fragte sie sachlich. Nebenbei betrachtete sie die Aufstellung.

Dylan zog die Schultern hoch. »Sind es nicht fast immer Männer, die so was tun?«

Die Gegenfrage provozierte einen wertenden Blick in seine Richtung.

»Die aktuelle Sitzung ist gleich zu Ende. Ich werde meinem Mann die Unterlagen zeigen, aber ich kann Ihnen nicht versprechen, dass er mit Ihnen reden wird.«

»Mehr wollen wir gar nicht. Er kann sicher besser als wir beurteilen, ob da was dran ist. Es geht ja nicht nur um den Ablauf der Selbstmorde. Die Frauen ähneln einander, das sehen Sie doch auch, oder?«

Ihr Nicken sah eher unbewusst aus. Ja, sie sah es auch.

»Wird vielleicht gerade eine Patientin von Ihrem Mann vermisst?«, wagte er die Frage.

Entschlossen schob sie die Zettel wieder zusammen und presste die Lippen aufeinander. Ein Schauer lief ihm über den Rücken, weil sie auch ohne Worte seine Frage beantwortete.

»Ich kann Ihnen keine Fragen zu den Patientinnen oder Patienten beantworten. Sie sagen, Ihre Schwester hat diese Dokumente sortiert, kann aber nicht mit Ihnen über das reden, was sie gesehen hat. Was glauben Sie, wie sich das auf sie auswirkt?«

Es dauerte einen Moment, bis er realisierte, was sie ihn gerade gefragt hatte. »Oh, ich glaube nicht, dass sie die Bedeutung tatsächlich erfassen kann.«

Sie schob alles beiseite und verschränkte wieder die Hände auf der Tischplatte. »Woher wollen Sie das wissen? Hat sie je sich selbst oder andere verletzt?«

Kopfschüttelnd stand er auf, weil er Bewegung brauchte. »Janis ist nicht das Problem. Sie könnte keiner Fliege etwas zuleide tun. Sie trägt sogar Spinnen, Mücken oder Fliegen nach draußen, um die Ordnung wieder herzustellen. So funktioniert die Welt für sie. Sie kann Menschen nicht mal anfassen, wie soll sie da jemandem wehtun?«

»Kein Grund, gleich aus der Haut zu fahren«, sagte Frau Graaf beruhigend und notierte etwas auf seinem Bogen, was ihm noch mehr auf die Nerven ging. »Soll ich Ihnen erzählen, wie oft diese Worte von Angehörigen über Gewaltverbrecher gesagt werden?«

Er spürte, wie er seine Hände zu Fäusten ballte, aber das ließ sich nicht aufhalten. Wenn es um Janis ging, brachte er keine Toleranz mehr für falsche Annahmen auf. Doch bevor er etwas erwidern konnte, wurden hinter der Tür zum Büro des Therapeuten Stimmen lauter, die Sitzung schien zu Ende zu sein.

Der Durchgang öffnete sich, und der Patient wurde verabschiedet.

Unauffällig sah Dylan ihn genauer an. Der Mann war ein Häufchen Elend, den geröteten Augen nach hatte er geweint, und in seinen Händen knautschte er ein Taschentuch.

»Melden Sie sich, wenn Sie etwas von ihr hören, ansonsten sehen wir uns nächste Woche zur selben Zeit wieder, in Ordnung?«

Nach einem kurzen Händedruck zog der Patient den Kopf ein und eilte aus der Praxis. »Notiere in meinem Kalender bitte eine Erinnerung für heute um neunzehn Uhr, ich rufe Herrn Senger lieber noch mal an, um zu hören, wie es ihm geht.«

Ella Graaf machte sich mit verschlossener Miene eine Notiz, dann deutete sie auf Dylan. »Das ist Dylan Krüger, er ist hier, weil er glaubt, einer deiner Patienten könnte für den Tod von mehreren Frauen verantwortlich sein. Hier, das sind die Unterlagen, die er mitgebracht hat, und der Bogen von Herrn Krüger.«

Dr. Sebastian Graaf nahm die Papiere entgegen, ohne Dylan aus dem Blick zu lassen. Der Mann war groß, trug einen dunkelgrauen Anzug und sah geradezu pedantisch gepflegt aus. Wie ein Psychiater aus einem anderen Jahrhundert. Er war älter als seine Frau, aber sie passten perfekt zueinander. Das Paar strahlte Kompetenz und einen sachlichen Umgang mit emotionalen Themen aus. So musste man wohl sein, wenn man sich mit der Psyche schwer gestörter Menschen auseinandersetzen musste. Während Graaf die Unterlagen sichtete, musste Dylan an all die *Koryphäen* denken, denen er schon begegnet war. Strickpullover tragende Kumpel, zugeknöpfte Mediziner, esoterisch angehauchte Empathen – und sie alle hatten gemeinsam, dass sie nicht richtig zuhören konnten. Dr. Graaf wirkte wie eine Ausnahme. Vielleicht war sein Ruf deshalb so gut?

»Kommen Sie in mein Behandlungszimmer«, sagte er ernst und trat zur Seite, damit Dylan vorgehen konnte.

Der Raum war angenehm ruhig. Durch ein Panoramafenster und eine Terrassentür fiel warmes Licht herein, Blumen leuchteten im Sonnenschein in dem Beet, das die kleine Terrasse einfasste, und Jasmin, Schmetterlingsflieder und Holunder versperrten die Sicht auf den restlichen Garten. In dem Behandlungszimmer gab es ansonsten einen großen Schreibtisch vor einem Regal mit Fachbüchern, direkt gegenüber einer Tür, neben der ein Bedienfeld für eine PIN-Eingabe an der Wand eingebaut war, und eine gemütliche Sitzecke mit einem dunkelbraunen Sessel und einer passenden Couch vor dem Fenster. Dylan hatte schon viele solche Räumlichkeiten gesehen. Die meisten boten noch kleine Spielecken, in denen Janis damals mit Aufräumen beschäftigt gewesen war, während die Erwachsenen über sie gesprochen hatten. Bei allem war Dylan immer dabei gewesen.

Dr. Graaf deutete auf den Stuhl auf der anderen Seite des Schreibtisches und setzte sich in seinen gepolsterten Bürosessel. Zeile für Zeile überflog er die Berichte und legte Zettel für Zettel auf den Tisch. Als Letztes las er sich Dylans Anamnesebogen durch.

Dylan sah ihm unruhig dabei zu und knetete seine Hände.

Nachdem Dr. Graaf alles überflogen hatte, atmete er tief ein und sah aus dem Fenster, während er sich mit der Rechten über den weißen Schnauzer und das Kinnbärtchen strich. »Wo haben Sie das her?«, war seine erste Frage. Es würde wohl immer die erste Frage sein.

»Sagt Ihnen Dr. Konrad Gall etwas?«

Doktor Graaf nickte. »Selbstverständlich. Was hat das hiermit zu tun?« Eine gewisse Ungeduld schwang in seinem Tonfall mit. Offensichtlich schätzte er es nicht besonders, wenn man seine Zeit verschwendete.

»Sicher wissen Sie, dass er Berichte über Mordopfer gesammelt hat, oder? Unter uns Medizinstudenten hat er den zweifelhaften Status einer Legende erlangt. So bin ich an die Berichte gekommen.«

»Da ich nur begrenzt Zeit habe, lassen wir das mal so stehen.« Graaf legte die Zettel auf seinen Schreibtisch. »Was genau erwarten Sie von mir?«

Die Präsenz des Arztes war einschüchternd, als würde er ihm allein durch seine Ausstrahlung sämtliche Geheimnisse entlocken.

»Einige der Opfer sind bei Ihnen in Behandlung gewesen«, begann Dylan vorsichtig.

Doktor Graaf sah auf das oberste Blatt, ohne diese Aussage zu bestätigen.

»Ihnen ist sicher das Muster aufgefallen.« In knappen Worten fasste er das zusammen, was sie inzwischen darüber wussten. »Wir nehmen an, dass einer Ihrer Patienten für die Tode verantwortlich ist. Er könnte seine Opfer hier in Ihrem Wartezimmer oder bei einer Selbsthilfegruppe kennengelernt haben. Und den zeitlichen Abfolgen nach müsste sich genau in diesem Moment eine Frau in seiner Gewalt befinden, die in drei Tagen tot in ihrer Wohnung aufgefunden werden wird, wenn der Täter nicht gestoppt werden kann.« Dylan mied den prüfenden Blick, der ihm auch ohne hinzusehen durch und durch ging. Dieser Mann war wahrscheinlich deshalb so gut in seinem Job, weil er sich die Zeit nahm, sein Gegenüber regelrecht zu durchleuchten. Nachdenklich tippte er auf die Zettel, was Dylan kurz zu ihm aufsehen ließ. Er war froh, dass der Therapeut im Kopf die Möglichkeiten durchzugehen schien.

»Es fällt mir schwer, zu glauben, dass mir ein derartig pathologisches Verhalten nicht aufgefallen wäre. Aber wenn mich mein Beruf eines gelehrt hat, dann, dass niemand unfehlbar ist.« Graaf stand auf und durchschritt den Raum, blieb vor der Terrassentür stehen und sah in den Garten hinaus. »Bei Hinweisen auf Eigengefährdung und Gefährdung anderer erwirke ich direkt eine Zwangseinweisung. Mir ist noch nie jemand durchgerutscht. Es müsste also jemand sein, der sich perfekt verstellen kann …«

»Aber möglich wäre es?«, hakte Dylan nach.

Doktor Graaf drehte sich wieder zu ihm und nickte bedauernd, wodurch sich die Strenge etwas verlor. »Sicher. Die menschliche Psyche ist komplex und unberechenbar. Mit unserem derzeitigen Wissen kann durch gezielte Therapien sehr viel erreicht werden, und doch gibt es immer Einige, denen mit den heutigen Methoden nicht zu helfen ist und die neue Facetten in das Spektrum bringen, mit denen wir erst lernen müssen, umzugehen. Und so bitter es ist, nicht jedem Menschen kann geholfen werden.«

Er faltete die Hände vor dem Bauch und sah Dylan nachdenklich an. »Ihnen ist bewusst, dass ich nicht mit Ihnen oder der

Presse zusammenarbeiten werde, oder? Die Patienteninformationen sind vertraulich.«

Dylan stand ebenfalls auf, weil er erreicht hatte, was er wollte. »Das ist mir bewusst«, sagte er schnell. »Ich weiß, dass Sie vor meinem Mitbewohner gewarnt wurden, aber er hat eingesehen, dass diese Sache eine Nummer zu groß für ihn ist. Wir hielten es für besser, es Ihnen zu überlassen, mit der Polizei zu reden, weil Sie viel kompetenter als wir beurteilen können, ob etwas an unseren Vermutungen dran ist.«

Zudem sollte dieses Thema aus Nachtmachers Haus verschwinden. Am besten, indem Dylan seiner Schwester einen zerrissenen Zeitungsartikel hinlegen konnte, in dem stand, dass der Mörder gefasst wurde.

»Das heißt, Sie fürchten, die Polizei würde Ihnen nicht zuhören?«, hakte Graaf nach. »Diese Unterlagen sind doch erstaunlich aussagekräftig. Schon diese Auflistung der Daten bestätigt sehr deutlich das Muster.«

Es war beruhigend, dass er es so sah. »Schon, aber im Gegensatz zu Ihnen bin ich nur ein unbedeutender Medizinstudent mit einer autistischen Schwester, die gern Dinge sortiert. Ohne sie wäre uns das alles nicht aufgefallen.«

Ein Lächeln machte den Mann sympathischer. »Klingt so, als würde Ihre Schwester zum Profiler taugen.«

Dylan ließ das so stehen. Er hatte schon mehr als genug über Janis geredet. »Also werden Sie sich darum kümmern?«

»Ich habe Patientinnen von mir wiedererkannt«, sagte Doktor Graaf und wurde wieder ernst. »Sollten Sie recht behalten, bin ich es den Verstorbenen schuldig, zur Aufklärung beizutragen. Ich werde umgehend ein Täterprofil erstellen und meine Akten durchgehen, bevor ich mit der Polizei spreche. Die Informationen über die Frauen und deren Todesart sollten Aufschluss darüber geben, welche Motivation derartigen Morden zu Grunde liegen könnte. Sie haben richtig gehandelt.«

Erleichtert atmete Dylan auf. »Wir gehen davon aus, dass in drei Tagen das nächste Opfer gefunden wird.«

Wahrscheinlich war es überflüssig, die Dringlichkeit zu betonen.

»So weit wird es nicht kommen, sollte es einer meiner Patienten sein. Die Opfer verraten sehr viel über den Täter.« Er ging zum Schreibtisch und nahm nochmals Dylans Bogen zur Hand. »Die Daten sind alle korrekt?«

Dylan nickte. »Ja, wir sind unter der Adresse allerdings noch nicht gemeldet, weil wir gerade erst in die WG gezogen sind.«

Dr. Graaf reichte ihm eine Hand. »Danke für Ihr umsichtiges Handeln. Diese Sache wird mir sicher keine Ruhe mehr lassen. Manchmal ist man einfach zu dicht an den Menschen dran. Wenn sich so jemand unter meinen Patienten befindet, werde ich ihn finden, das verspreche ich Ihnen.«

Dylan wollte sich zur Tür wenden, aber Dr. Graaf hielt ihn weiterhin fest. »Was ist mit Ihnen?«

Bei dem Blick in seine graublauen Augen kam es Dylan vor, als würde der Psychiater direkt hinter seine Maske schauen. Mehr noch als seine Frau.

»Bekommen Sie die Hilfe, die Sie benötigen?«

Verlegen entwand Dylan ihm seine Hand und umfasste sich mit beiden Armen. »Ihre Frau will mir eine Liste geben mit Adressen, an die ich mich wenden kann. Vielen Dank.«

»Sind Sie sicher, dass Sie keinen Termin bei mir haben wollen?«

Es war verunsichernd, dass er das sagte, aber wahrscheinlich wollte er nur etwas zurückgeben. »Das ist sehr freundlich, aber Ihre Frau hat mir zu verstehen gegeben, dass mehr als Stress nötig ist, um Ihr Patient zu werden.«

Nun sah Graaf ihn auch noch an, als hätte er eine andere Meinung dazu, was Dylan angesichts seiner Spezialisierung nicht gefiel. »In Ihrem Fall würde ich das gern selbst beurteilen«, sagte Doktor Graaf, legte ihm freundlich eine Hand auf die Schulter und führte ihn zur Tür. »Zwillingsbeziehungen sind belastend, vor allem in einem Fall wie Ihrem.«

Dafür, dass seine Frau nur so wenige Notizen gemacht hatte,

war dieser Mann erschreckend schnell im Thema. Er öffnete den Durchgang und ließ Dylan den Vortritt. Seine Frau befand sich gerade nicht an ihrem Platz.

»Schlechtes Gewissen, Wut, Enttäuschung … suchen Sie sich was aus«, sagte Dylan resigniert. Am liebsten hätte er das Angebot angenommen, weil er erstmals das Gefühl hatte, auf Menschen zu treffen, die ihm helfen konnten. Die letzte Therapeutin hatte geweint, ihn umarmt und ihm gesagt, dass er ihr leidtäte. Danach war er nie wieder hingegangen. Mitleid half ihm nicht weiter.

»Hatten Sie je Gewaltfantasien gegenüber Ihrer Schwester?«

Im ersten Moment wollte Dylan lachen, aber Doktor Graaf schien das vollkommen ernst zu meinen.

»Nein, niemals«, erwiderte er deshalb ebenso ernst.

»Sollte sich das jemals ändern, lassen Sie sich bitte sofort einen Termin bei mir geben. Die wenigsten Menschen, die zu mir kommen, sind mit Aggressionen, Zwängen oder Gewaltfantasien geboren worden. Warten Sie nicht auf die Adressliste. Meine Frau wird sich bei Ihnen melden, nachdem ich mit ihr darüber gesprochen habe, wen ich für Sie geeignet finde.« Dann verabschiedete er sich und verschwand wieder in seinem Büro.

Mit einem seltsamen Gefühl in der Magengegend durchquerte Dylan das Wartezimmer. Ihm behagte nicht, was der Arzt mal so eben nebenbei angedeutet hatte. Was, wenn es stimmte? Seit Janis Milan erlaubt hatte, sie zu umarmen, schwelte etwas in Dylan, das er gar nicht fühlen wollte. Er war enttäuscht, obwohl er ihr Verhalten doch eigentlich als Fortschritt sehen sollte.

Gerade als er die Praxis verließ, kam ein Patient auf die Tür zu, der so aussah, wie Dylan sich fühlte. In sich zusammengesunken, erschöpft und traurig. Erst jetzt machte er sich Gedanken darüber, was der Job als Psychiater tatsächlich bedeutete. Für diese Fachrichtung hatte er sich wegen Janis fest entschieden, aber es bedeutete auch, sich fortwährend, Tag für Tag, mit den Problemen anderer Menschen auseinanderzusetzen. Bis jetzt hatte er sich nie gefragt, ob er auf die Dauer in der Lage sein würde, damit umzugehen.

Während der Bahnfahrt zurück nach Hause dachte er über diese Begegnung nach. Ihm ging das Mitgefühl des Psychiaters nicht mehr aus dem Kopf, als dieser begreifen musste, dass sich ein Mörder unter seinen Patienten befinden könnte. Er hoffte nur, dass er die Verdächtigen direkt der Polizei meldete und nicht versuchte, vorher Gewissheit zu erlangen. Dylan wollte das Paar nicht in Gefahr bringen.

Außerdem wuchs eine unangenehme Unzufriedenheit in seiner Brust, ohne dass er diesmal einen Deckel draufhalten konnte. Er beneidete Männer wie Milan oder seine Kommilitonen, die machen konnten, was sie wollten. Vieles davon brauchte er nicht, aber er konnte sich und anderen noch so oft sagen, dass ihm eine Partnerschaft nicht fehlte, es war und blieb eine Lüge. Er würde gern mal wieder eine Frau zu einem Date einladen oder bei einer Party einfach nur Spaß haben. Es fehlte ihm, jemandem nahe zu sein.

Die Frauen, mit denen er bislang intim geworden war, hatten Janis nicht mal kennengelernt. Ein paar Dates, unverbindlicher Sex, aber wenn es ernster wurde, zog Dylan die Notbremse. Beziehungen brachten im Zusammenspiel mit Janis nur Ärger. Er konnte nicht verlangen, dass eine Frau die Einschränkungen ebenso hinnahm wie er oder akzeptierte, dass sie in seinem Leben niemals an erster Stelle stehen würde. Die einzige Frau, die er je mit nach Hause genommen hatte, war von Janis verscheucht worden. Ob nun bewusst oder unbewusst, aber Dylan erinnerte sich noch genau daran, wie seine Schwester alles vor die Tür geräumt hatte, was Laras Eigentum gewesen war. Ihre Handtasche, die Schuhe, die Jacke, sogar die Kleidung, die Janis in Dylans Zimmer aufgesammelt haben musste. Nach drei aufreibenden Wochen hatte Lara sich von ihm getrennt. Diese Erinnerung ließ das Gewicht in seiner Brust noch schwerer werden. Um seine Ex ging es dabei nicht mal, die Sache hätte sowieso nicht gehalten, aber er wollte nur ein einziges Mal sehen, wie lange eine Beziehung ohne Janis' Zutun halten konnte.

Der einzige Mensch in seinem Leben, den er liebte und um

den er sich sorgte, ließ ihn nicht an sich ran. Janis schmollte sogar noch mit ihm, weil er ihren Finger hatte verarzten müssen. Die Schmerzen hatten nachhaltig Eindruck hinterlassen, und es spielte dabei keine Rolle, dass er sie nicht verursacht hatte. Dieses Spielchen kannte er zur Genüge. Egal, was es war, er musste die Verantwortung tragen. Und ja, er war wütend deswegen. Auf sie, auf seine Eltern, seinen Bruder, das Schicksal und sich selbst, weil er diese Wut gar nicht fühlen sollte. Und auf Milan, der gar nichts dafür getan hatte, von ihr gemocht zu werden.

Er lehnte seinen Kopf an die Scheibe und sah hinaus in den dunklen Tunnel, der sich hinter den Spiegelungen vermuten ließ. Es war nicht gut, dass er durch das alles so sehr durcheinandergebracht wurde. Sein Studium hatte oberste Priorität. Jetzt gerade sollte er auf der Suche nach einem Doktorvater sein und sich für seinen Abschluss so richtig ins Zeug legen, aber die Eindrücke blieben in seinem Kopf hängen wie Kaugummi unter einer Schuhsohle.

Endlich kam seine Station; den Rest des Weges ging er zu Fuß. Wie immer, wenn seine Gedanken auf Abwege kamen und sich mit Dingen beschäftigten, die für ihn nicht zielführend waren, erstellte er im Kopf eine Prioritätenliste. Als er schließlich das Haus betrat, war er wieder vollkommen in der Spur.

»Ah, gut, dass Sie wieder da sind«, wurde er schon beim Betreten des Hauses von Nachtmacher empfangen. »Janis hat den ersten Stock wieder verlassen und den Erste-Hilfe-Kasten, wie Sie es vorausgesagt haben, neu sortiert.«

Eine Sorge weniger. Dylan zog sich die Schuhe aus und blickte durch die offene Tür Richtung Küche. »Wo ist sie jetzt?«

Verlegen kratzte sich Nachtmacher am Hinterkopf. »Sie ist von der Küche direkt in den Keller gegangen.«

Das war so typisch! Dylan wusste, dass Nachtmacher sein Missfallen deutlich sehen konnte, aber er war es leid, immer die Konsequenzen tragen zu müssen, wenn andere nicht richtig aufgepasst hatten. Für den Keller gab es keinen Schlüssel, das wusste er, aber er bezweifelte, dass der alte Mann wenigstens die Kiste mit den Abschnitten entsorgt hatte.

»Ich habe ein paar Mal nach ihr gesehen, es ist alles in Ordnung, sie geht sehr vorsichtig mit den Inhalten um.«

»Warum sehen Sie dann so besorgt aus?« Es kam ihm vor, als müsste er auf zehn Hochzeiten gleichzeitig tanzen, weil er auf jeder zum Bräutigam erklärt wurde.

»Sie hat heute mehr geredet als sonst, und ich glaube, dass sie mehr von Ihnen mitbekommt, als Sie denken.«

»Was hat sie denn gesagt?« Schlimm genug, dass er dem Alten alles aus der Nase ziehen musste; nun kam auch noch Milan hinzu.

»Ah, da bist du ja wieder. Und? Wie ist es gelaufen?«

Prioritäten, Dylan, bleib dabei. »Erst will ich wissen, was Janis gesagt hat.«

Milan zog die Schultern bis zu den Ohren. Anscheinend hatte er ihre Worte auch gehört und wollte jetzt nicht mit Nachtmacher tauschen.

»Sie sagte, Sie würden sie verlassen. Der Keller müsse aufgeräumt werden, weil sie sich zurechtfinden muss, wenn sie allein ist.«

Dylan musste sich setzen. Er ging an Milan vorbei und ließ sich auf einem Stuhl am Esstisch nieder. »Sie hat das genau so gesagt?«

Milan bestätigte. »Es war irgendwie gruselig, weil sie sonst immer nur unverständliches Zeug redet.«

Dass Janis glaubte, er könne sie im Stich lassen, traf ihn wie ein Tritt in die Magengrube. In den achtundzwanzig Jahren ihres gemeinsamen Lebens war dieses Phänomen nur vier Mal aufgetreten. Vier Momente, in denen sie etwas gesagt hatte, was im direkten Zusammenhang mit ihrer Umwelt gestanden hatte. Aber das Schlimmste daran war, dass er ihr offensichtlich nichts vormachen konnte. Die Sache mit Milan hatte ihn verletzt und Gedanken losgetreten, die sich schwer wieder abstellen ließen. »Ich bin zu lange unterwegs gewesen.«

Nachtmacher setzte sich ebenfalls. »Sagen Sie uns, ob es vorbei ist«, bat er. »Wird Doktor Graaf sich um den Rest kümmern?«

Dylan musste an den verzweifelten Mann denken, der aus dem Behandlungszimmer gekommen war. »Ja, soweit ich weiß, lässt er alles stehen und liegen, um sich der Sache anzunehmen. Ich bin mir sicher, dass eine seiner Patientinnen verschwunden ist. Er hat das nicht bestätigt, aber man konnte ihm und seiner Frau ansehen, dass sie eigene Gedanken mit den Unterlagen verknüpft haben. Für uns ist es jedenfalls vorbei.«

Nachtmacher atmete erleichtert auf, während sich Milans Begeisterung in Grenzen hielt. Aber wenigstens ging er für seine Karriere nicht über Leichen.

»Wenn die Ermittlungen erfolgreich sind, können wir auch die anderen Unterlagen abgeben, dann sind wir Galls Zeug wieder los. Danach will ich hier oben nie wieder eine Akte liegen sehen, okay?«

Herr Nachtmacher nickte schuldbewusst. »Demnächst können wir ein kleines Feuer in der Schale im Garten machen und die Kopien aus der Garage verbrennen.«

Milan begegnete Dylans Blick und stimmte widerwillig zu. »Ja, meinetwegen. Ich lass die Finger davon.«

Jetzt musste sich nur noch der Alltag wieder einstellen und alles würde gut werden.

Aus der Interviewreihe »Serienkiller und ihr Umfeld«
Nanuk Ploogh, Sträfling

Ob ich meine Sünden bereue? O ja, jede einzelne. Mein Verstand hat mir immer zuverlässig gesagt, dass meine Handlungen falsch waren. Ich wusste, dass man andere nicht verletzen und töten darf, dass es nicht normal ist, die Schreie als schön zu empfinden. Es hieß jedes Mal, nur noch ein Opfer, dann ist Schluss. Wie beim Rauchen oder Trinken. Aber Zigaretten und Alkohol kann man im Laden stehen lassen. Was nicht da ist, kann man nicht haben. Die Opfer jedoch waren ständig um mich herum. In der Uni, auf dem Nachhauseweg, in der WG, in der ich lebte. Ich denke, als ich Sanni umbrachte, wollte ich mich selber auf Entzug setzen, ich wusste ja, dass ich ihre Leiche nicht verstecken konnte.

24

»Das war ein langer Tag, nicht wahr?« Ella legte ihrem Mann von hinten die Arme um die Schultern und sah auf seine Notizen. Nach Dylan Krüger hatte sie alle Termine absagen müssen, und seitdem war ihr Mann damit beschäftigt, ein Profil des vermeintlichen Mörders zu erstellen. Er tätschelte liebevoll ihren Arm und schrieb noch den Satz zu Ende. *Ein Mann, der eine schmerzhafte Ablehnung erfahren hat.*

»Du glaubst nicht, dass seine Opfer seiner Mutter ähnlich sehen?«, fragte sie nach, ließ ihn los und richtete sich wieder auf.

Er drehte sich mit dem Stuhl zu ihr und nahm ihre Hände. »Nicht immer ist die Mutter an allem schuld«, sagte er. »Es wäre schön, wenn es sich so einfach gestalten würde. Laut Berichten hatten die Frauen vor ihrem Tod Geschlechtsverkehr. Leider mit Kondomen, sodass man keine DNS zum Vergleich finden konnte. Jede dieser Frauen erzählt dieselbe Geschichte: Unglückliche Ehe, der Versuch, die Beziehung mit Therapie oder dem Besuch von Selbsthilfegruppen zu retten, dann verschwinden die Frauen. Drogen, starke Medikamente, Sex, Tod. Vielleicht ist das seine Geschichte?«

Er ließ ihre Hände los und drehte sich wieder zu den Notizen. »Vielleicht konnte er seine Ehe nicht retten … seine Frau hat ihn verlassen, mit ihrer Affäre eine wilde Zeit gehabt, und wer weiß … vielleicht wurde sie fallen gelassen? Sie kehrt nach zwei Wochen auf kalten Entzug heim und bringt sich in der Wanne um.«

Es war eine grauenvolle Vorstellung, dass etwas Derartiges einen Menschen so sehr traumatisieren könnte, dass er Frauen entführte, um jene Zeit wieder und wieder zu durchleiden.

»Wüsstest du denn nicht sofort, auf welchen deiner Patienten das zutrifft?« Ihr Mann konnte sich sogar an Details einiger Fälle erinnern, die zwanzig Jahre zurücklagen.

»Das ist es ja, was mich seit Stunden verrückt macht«, gab er zu. »Auf keinen meiner Patienten trifft es richtig zu. Hier.« Er tippte auf die drei Namen, die er notiert hatte. »Das sind jene, denen ich solche Taten am ehesten zutrauen würde, aber überzeugt bin ich nicht. Wir suchen einen unsicheren Mann, wahrscheinlich jemand, der in einer unbedeutenden Position arbeitet, in der er weitgehend übersehen wird. Ein Angestellter in einem Großraumbüro vielleicht, jemand, der viel für sich allein arbeitet und wenig Verantwortung trägt. Ebenfalls möglich ist, dass er die Frauen das ausführen lässt, wozu er selbst nicht fähig ist. Auf diese Weise durchlebt er seine Besessenheit vom Freitod wieder und wieder, möglicherweise zieht er Frieden oder Befriedigung aus dem, was er sieht, und verbindet das mit einer Person, die er verloren hat.« Mit einem Finger fuhr er über die Buchstaben. »Diese drei wurden emotional und teils körperlich in ihrer Jugend missbraucht. In den Sitzungen reden sie über Gewaltfantasien und den Zwang, fremde Frauen immer wieder verfolgen zu müssen. Gut möglich, dass einer von ihnen die Grenzen überschritten hat. Sollte das schon vor der Therapie geschehen sein, so habe ich diese Person von Beginn an falsch gelesen.«

Die Namen, die sie auf dem Notizblock entziffern konnte, kannte sie, aber die Patienten gehörten zu Sebastians *Speziellen,* zu denen sie keinen Kontakt hatte. Um einschätzen zu können, welcher von Ihnen der Täter sein könnte, müsste sie die Männer sehen, aber das ließ Sebastian nicht zu. Jene, die das Potenzial besaßen, ihren abartigen Neigungen nachzugehen, hielt er von seiner Frau fern. Ella fragte sich schon lange nicht mehr, ob es besser wäre, diese Menschen wegzusperren, weil seine Methoden erfolgreich waren. Jene, die es nicht schafften, lieferte er ohne Umschweife der Polizei aus, was in den siebzehn Jahren ihrer Ehe nur vier Mal vorgekommen war. Die Patientinnen und Patienten vertrauten Sebastian, der im Gegenzug rund um die Uhr für die *Speziellen* erreichbar war. Termine mit ihnen vereinbarte er selbst, und diese Menschen kamen zu Zeiten, in denen Ella in den Wohnbereich wechselte und sich um den Haushalt oder Papierkram kümmerte.

»Warum hast du Felix Lohring nicht mit auf die Liste gesetzt?«, fragte sie verwundert. »Ich habe dir doch erzählt, dass er mit Tanja Senger im Wartezimmer geredet hat. Mir ist klar, dass er nicht zu deinen Speziellen gehört, aber der Kontakt ist da gewesen.«

Ella ging zum Fenster und drückte den schmalen Spalt zu, durch den frische Luft in den Raum gekommen war. Es wurde Zeit, Feierabend zu machen. »Frau Senger sieht so ähnlich aus wie die anderen Opfer. Und sie ist verschwunden.«

Sebastian strich sich über den Bart und wiegte nachdenklich den Kopf. »Sie passt schon ins Profil, aber Felix Lohring nicht. Er leidet unter Zwangsneurosen: das Wiederholen von Wörtern, drei Mal ums Auto laufen, bevor er einsteigen kann, und unangebrachtes Verhalten, wenn er sich zwischen anderen unwohl fühlt. Er könnte eine Frau nicht mal anfassen, wenn sie das wollen würde, wie soll er da bitte eine Frau überwältigen, gefangen halten und sogar noch Sex mit ihr haben?«

Doch diese Einschätzung stellte Ella nicht zufrieden. »Schon, aber du hättest ihn sehen sollen, er ist richtig aus sich herausgegangen, als er mit ihr geredet hat. Ist doch möglich, dass er zwei Gesichter hat.«

»Er ist aus sich herausgegangen, weil wir langsam Erfolge erzielen. Ein Besuch der Polizei würde ihn wieder zurückwerfen«, sagte Graaf ablehnend. »Ich sitze seit Stunden hier und gehe Akte für Akte durch, um herauszufinden, bei wem ich etwas übersehen haben könnte. Nur diese drei kommen infrage. Soll ich dir Zugang zum Archiv verschaffen, damit du selbst nachsehen kannst?«

Natürlich lagen seine Nerven langsam blank, aber sie hasste es, wenn er herablassend wurde. Ella lag auf der Zunge, dass er das bei seiner Unfähigkeit, sich Zahlenfolgen zu merken, nicht müsste, weil sie selbst wusste, wie sie in sein heiliges Archiv käme, aber sie wollte nicht streiten. Bei Sebastians Persönlichkeitsprofil ergab es keinen Sinn, weil außer Ärger nichts dabei herauskäme. Wenn es um seine Arbeit ging, war er ein Perfektionist mit pedantischen Zügen und egozentrischen Verhaltensmustern, der seine Meinung immer über ihre stellte. Meist behielt er auch noch recht, was derartige Diskussionen für sie eher demütigend ausgehen ließ. »Schon gut, ich wollte nur helfen.« Das war eine der wenigen Seiten, die sie an ihm nicht leiden konnte, weil er ihr das Gefühl gab, ihr eigener Doktortitel wäre nichts wert. Was wohl auch daran lag, dass sie nie aufgehört hatte, seine Assistentin zu sein.

»Jedenfalls habe ich bereits mit Kommissar Wappenschmidt gesprochen und ihm die Unterlagen der Getöteten gefaxt. Es wird eine Soko geben, damit Frau Senger rechtzeitig gefunden wird. Ich werde morgen den Tag damit verbringen, diese drei Patienten genauer unter die Lupe zu nehmen. Bevor ich die Daten weitergebe, will ich mir sicher sein, dass sie wirklich verdächtig sind.«

So ganz zufrieden war Ella damit nicht, ohne es konkret benennen zu können. Ihr Bauchgefühl sagte ihr, dass Sebastian etwas übersah. »Damit ist Kommissar Wappenschmidt einverstanden gewesen? Wird die Zeit dafür nicht etwas knapp?«

Er ging zum Archiv und tippte die Nummer auf dem Eingabefeld ein. »Morgen sind es noch zwei Tage, wenn alles stimmt. Genug Zeit, um sicherzugehen. Wie gesagt, so richtig passt es nicht, und ich kann die Erfolge jahrelanger Therapien nicht mal eben wegen eines leichten Verdachts aufs Spiel setzen.«

Das Licht sprang automatisch an, als er die Papiere auf den Tisch in dem Raum warf, anschließend zog er die Tür wieder zu, die sich mit einem leisen Klacken verschloss. Die Daten, die sich im Archiv befanden, wären Wasser auf die Mühlen der Bürgerinitiative, die Sebastian und seine Patienten nicht mehr in dieser Gegend haben wollte. Er hatte recht, er musste mit den vertraulichen Informationen sehr vorsichtig umgehen, um jene zu schützen, die ihr Leben dank Sebastian gut in den Griff bekamen. Es war nicht strafbar, gewisse Neigungen zu haben: Erst wenn man sie auslebte und andere in Mitleidenschaft gezogen wurden, verwirkten diese Menschen ihr Recht auf ein freies Leben.

Sebastian kam zu ihr, nahm ihre Hände in seine und küsste die Knöchel ihrer Finger. »Lass uns nach oben gehen. Für heute habe ich alles getan, was ich tun konnte.« Er nahm sie in den Arm und drückte sie fest an sich. Sie mochte all die kleinen Gesten, mit denen er ihr zeigte, wie sehr er sie liebte. Hier in diesem Zimmer hatten sie sich zum ersten Mal geküsst. Auf der Couch zum ersten Mal geliebt. Hier hatte er ihr den Antrag gemacht. Ella hatte diesen Mann zusammen mit seinem Beruf geheiratet, es als Ehre angesehen, ihn zu unterstützen und Frau Dr. Graaf zu sein. Jetzt, siebzehn Jahre später, hatte sich absolut nichts geändert. Diese Praxis war das Zentrum ihres Lebens. Keine Kinder, keine anderen Verbindlichkeiten. Manchmal fehlte ihr trotz all der Liebe und des Wissens, wie wichtig seine Arbeit war, ein eigenes Lebensziel. Die Erstgespräche führte sie gern, aber besonders das heutige Gespräch mit Dylan Krüger hatte ihr gezeigt, wie gern sie mehr machen würde.

Sie löste sich von ihrem Mann und ließ über einen Schalter die Rollläden außen vor die Fenster fahren. »Ich hätte gern eigene Patienten«, sagte sie in einem möglichst neutralen Tonfall.

Müde rieb er sich über die Augen und atmete tief durch. Dieses Thema hatten sie schon einige Male am Wickel gehabt, ohne dass sie für sich etwas erreichen konnte.

»Warum fängst du ausgerechnet jetzt wieder davon an?«

»Weil ich den Fall von Herrn Krüger und seiner autistischen Zwillingsschwester sehr interessant finde«, sagte sie und deutete auf den Anamnesebogen, der noch auf seinem Tisch lag.

»Du hast recht. Ich würde ihn selbst als Patienten aufnehmen, wenn ich noch Kapazitäten hätte.« Er nahm den Bogen zur Hand und strich sich nachdenklich über den Bart. »Na gut«, sagte er überraschend. »Aber nur während meiner Doppelsitzungen.«

Ella blieb der Mund offen stehen, so perplex war sie. Sie hatte so oft darum gebeten, und nun – nach so langer Zeit als Empfangsdame mit Doktortitel – hatte er plötzlich ein Einsehen?

Das bedeutete, dass er bei dem jungen Mann dieselbe Notwendigkeit wahrnahm wie sie. Ginge es nach Sebastian, müsste der Tag mehr Stunden haben. Wahrscheinlich würde er eines Tages aus der Praxis direkt in einen Sarg steigen, um den Ruhestand komplett zu vermeiden. Er reichte ihr den Zettel und erweckte nicht den Eindruck, als wollte er tatsächlich Feierabend machen. »Sag ihm aber, dass es Unterbrechungen geben kann, wenn ich etwas benötige. Du weißt, dass ich ohne dich aufgeschmissen wäre, oder?«

Jedenfalls glaubte sie es nur zu gern. »Du wirst sehen, ich bekomme beides ohne Probleme unter einen Hut.« Und wenn es gut lief, könnte sie vielleicht weitere Therapieplätze vergeben.

Sebastian ging zum Archiv zurück und blieb davor stehen. »Geh doch schon vor, ich sehe mir nur zur Sicherheit noch mal Felix Lohrings Akte an.«

Das war's also mit dem gemeinsamen Abend. In Anbetracht der Dringlichkeit legte sie keinen Einspruch ein. »Mach nicht so lange, ja?«

Sie verließ das Büro und wollte gerade die Tür zuziehen.

»Liebling?«

Ella sah sich zu ihm um.

»Sollte Herr Krüger das Angebot nicht in Anspruch nehmen wollen, dann nimm einen anderen an, aber lass die Finger von meinen Kandidaten.«

Sie lächelte ihn freudig an. »Als wenn deine Kandidaten je bei mir am Tisch sitzen.« Tatsächlich kamen so gut wie alle *Speziellen* auf anderen Wegen zu ihm. Meist wurden sie von Kollegen direkt zu Sebastian geschickt und bekamen sofort ihre Termine.

Ohne eine Erwiderung abzuwarten, zog sie die Tür hinter sich zu und ging im Vorzimmer zu ihrem Schreibtisch. Es war ein seltsames Gefühl, endlich selbst Patienten in Aussicht zu haben, aber er konnte ihr die neue Freiheit auch wieder nehmen, wenn es ihm nicht gefiel. All die Erstgespräche für das Aussieben der richtigen Patientinnen und Patienten, die Telefonate, die sie mit aufgebrachten Menschen führte, und die Fürsorge, die sie den Wartenden angedeihen ließ, waren Aspekte ihrer psychologischen Tätigkeit. Jetzt konnte sie endlich mehr tun, und das würde sie sicher nicht aufs Spiel setzen.

Sie nahm den Anamnesebogen von Dylan Krüger mit nach oben in den Wohnbereich. Die Zwillingsbeziehung und der Autismus seiner Schwester stellten eine interessante Herausforderung dar. Der junge Mann war diszipliniert, und trotz aller Erschöpfung, die man ihm anmerkte, wirkte er nicht wie jemand, der leicht zusammenbrechen würde.

Die Praxistür hatte sie schon am Nachmittag abgeschlossen, nachdem sie alle Termine hatte absagen müssen. Nun wartete ein einsamer Feierabend auf sie.

Ella öffnete einen Rotwein, füllte etwas davon in ein Glas und machte es sich im Wohnzimmer gemütlich.

Sie dachte wieder an Felix Lohring. Es beruhigte sie, dass Sebastian ihn nun doch eingehender überprüfte. Der Mann kam schon seit vielen Jahren in die Praxis, und noch immer mochte sie die Begegnungen mit ihm nicht, weil er etwas Unheimliches an sich hatte. Es waren diese kleinen Hinweise in seiner Mikromimik, die dafür sprachen, dass er seinen Mitmenschen etwas vormachte. Was nicht zwangsläufig bedeutete, er wäre zu Gewalttaten fähig, aber wann immer er im Wartezimmer saß, hatte Ella ein ungutes Gefühl. Sebastian sagte, das läge am Masking, weil der Patient dermaßen unsicher war, dass er seine Mitmenschen zu imitieren versuchte, um nicht anzuecken. Seine Behandlungserfolge waren ihr bewusst. Sebastian hatte ihm geholfen, ein selbstständiges Leben führen zu können. Die Probleme des Mannes basierten auf einer traumatischen Kindheit. Details kannte sie nicht, aber so wie er sich Sebastian gegenüber verhielt, sah er in ihm eine Art Vaterersatz. Ihr Mann konnte mit Projektionen professionell umgehen, Ella hatte damit schon eher ein Problem. Was auch daran lag, dass in der Vergangenheit bereits Grenzen deswegen überschritten worden waren. Patienten, die abends bei ihnen geklingelt hatten, eine Frau hatte Ella beim Einkaufen abgepasst und ihr gedroht, wenn sie der angeblichen Liebe weiter im Weg stünde. Bei manchen bestand die Gefahr, sich so weit in das Patienten-Therapeuten-Verhältnis hineinzusteigern, dass sie aus Eifersucht oder Wut zur Gefahr wurden. Doch wann immer sich solche Tendenzen zeigten, kümmerte sich Sebastian darum, und das übergriffige Verhalten endete.

Bei Felix Lohring waren es irgendwelche Familientragödien, die ihn komplett gebrochen hatten. Missbrauch, der Verlust der Eltern. Das war das, woran sie sich nach dem Erstgespräch noch erinnern konnte, wobei es sehr mühsam gewesen war, ihn überhaupt zum Reden zu bringen. Andererseits würde er nicht im Wartezimmer auf seine Sitzungen warten, wenn Sebastian ihn für gefährlich hielte. Ellas Schutz hatte für ihn oberste Priorität.

Sie strich über den Anamnesebogen von Dylan Krüger und tippte auf die Telefonnummer. Ihr war bewusst, wie sehr sie sich darauf versteifte, er solle ihr erster Patient werden, aber sie war überzeugt, ihm helfen zu können. Entschlossen nahm sie ihr Smartphone zur Hand und rief die Nummer an, die er ihr gegeben hatte. Es klingelte nur einmal.

»Hallo?«

»Herr Krüger?« Im Hintergrund hörte sie Stimmen.

»Ja, wer ist da?«

»Dr. Ella Graaf.« Sie klang unfreundlicher, als sie wollte, was immer passierte, wenn sie nervös war. »Ich rufe an, um Ihnen mitzuteilen, dass mein Mann mit der Polizei gesprochen hat und alles nun seinen Gang geht.«

Sein Atem verursachte ein Rauschen in der Leitung. »Das freut mich, vielen Dank.«

»Da ist noch etwas, was ich gern mit Ihnen besprechen möchte«, sagte sie und horchte einen Moment, ob sie seine ungeteilte Aufmerksamkeit hatte.

Er gab nur einen auffordernden Laut von sich.

»Wenn Sie wollen, kann ich Ihnen bei mir einen Therapieplatz anbieten. Ich habe jetzt Kapazitäten, und ich hatte den Eindruck, unser Gespräch habe Ihnen gutgetan.«

»Das schon, aber ich habe keine Zeit für so was. Trotzdem vielen Dank«, sagte er ablehnend, was sie mehr traf, als es sollte.

»Verstehe«, antwortete sie leicht verschnupft. »Nun, denken Sie in Ruhe darüber nach. Ihre Situation ist schwierig, ich kann Ihnen helfen, besser auf sich und Ihre Kraftreserven aufzupassen.«

Im Hintergrund wurde es leiser, anscheinend hatte er den Raum verlassen. »Meine Situation ist bestens.«

Das war gelogen.

»Ich kann Ihnen das nur anbieten, es liegt an Ihnen, ob Sie die Hilfe annehmen. Alternativ kann ich Ihnen auch Kolleginnen oder Kollegen empfehlen, wenn Ihnen die Vorstellung nicht behagt, die Therapie bei mir zu machen.«

»Ich kann Sie nicht mal bezahlen«, fügte er ein anderes Argument an.

»Sie müssen nichts bezahlen«, sagte sie schneller, als sie darüber nachdenken konnte. Wenn ihr Mann sich dieses Recht herausnahm, ab und an pro bono zu arbeiten, konnte sie das auch. »Unser Praxiskonzept sieht vor, neben den zahlenden Patienten ein paar kostenfreie Plätze zur Verfügung zu stellen. Wenn Sie nicht möchten, dann rufe ich den nächsten an.« Langsam kam sie sich albern vor, weil sie den Mann zu überreden versuchte.

»Kennen Sie sich mit Autismus aus?«

»Selbstverständlich, aber ich denke, wir sollten uns erst mal um Sie kümmern. Wer wird für Ihre Schwester da sein, wenn Sie zusammenbrechen?« Jetzt hatte sie ihn. Sie hörte es schon daran, wie er atmete. »Sie haben nichts zu verlieren, oder?«

»Warum tun Sie das?«

Zufrieden trank Ella einen Schluck Wein und drehte anschließend das Glas zwischen ihren Fingern. »Sie haben heute einer Frau geholfen, die Sie gar nicht kennen. Ganz gleich, was dabei herauskommt, Sie sind zu uns gekommen, um das Richtige zu tun. Ich möchte Ihnen gern etwas dafür zurückgeben.«

Am anderen Ende wurde es still. Ella wartete geduldig auf seine Antwort.

»Ist gut«, sagte er schließlich. »Aber erst nächste Woche, wenn die drei Tage verstrichen sind.«

Diesen Wunsch konnte sie verstehen. Wenn die Sache auf die eine oder andere Weise abgeschlossen war, stünde das Leid dieser Opfer nicht mehr im Raum während seiner Termine.

Am liebsten hätte sie ihm feierlich gesagt, dass er somit als erster Patient in ihre Geschichte eingehen würde, aber die Professionalität verbot ihr derartige Torheiten.

»Passt Ihnen nächsten Mittwoch gleich um neun?« Jener Doppeltermin, der dann bei ihrem Mann auf dem Plan stand, kam in der Regel ohne Störungen aus. Bei anderen Patienten benötigte er öfter mal etwas.

»Ja, das würde gehen. Normalerweise würde ich das nicht annehmen, aber hier passiert gerade eine Menge, und ich fürchte, ich muss tatsächlich darüber reden.« Es war gut, wie reflektiert er wirkte. Wahrscheinlich würden ein paar Sitzungen reichen.

»Was meinen Sie damit?«, hakte sie nach, weil die Neugierde übermächtig war.

»Na ja, ich glaube, Janis hat sich in meinen Mitbewohner verliebt. Ich durfte sie noch nie umarmen, sie sieht mich nicht an und redet auch nicht mit mir. Keine Ahnung, wie ich damit umgehen soll, dass sie Milan an sich ranlässt. Und wie soll das überhaupt werden? Ich meine, wenn er keinen Bock mehr hat, geht er einfach. Ich muss dann damit klarkommen …« Die Worte sprudelten aus ihm heraus, als hätte er nur auf ein offenes Ohr gewartet.

»Verstehe«, sagte sie unverbindlich und suchte in der Tischschublade nach einem Kugelschreiber. »Lassen Sie uns Mittwoch darüber reden. Ich bin mir sicher, wir finden einen guten Weg für Sie.«

Er bedankte sich und beendete das Gespräch. Endlich wurde sie fündig und notierte das, was er ihr gerade anvertraut hatte.

Sie war neugierig auf die *schwerste Form von Autismus,* auch wenn sie tatsächlich ihn in den Mittelpunkt stellen wollte. Dylan Krüger war keine große Herausforderung für sie. Er war nur jemand, dem sie helfen konnte.

Aus der Interviewreihe »Serienkiller und ihr Umfeld«
Linda Grozyck, Stewardess

Ich werde die Bilder nicht mehr los. Seit einem Jahr bin ich schon berufsunfähig, nehme starke Medikamente und leide unter panischer Angst. Meine beste Freundin wurde vor meinen Augen ermordet. Ich konnte nichts tun. Er wollte mich auch töten, ich habe wie erstarrt in der Ecke gesessen und sie so lange schreien gehört, bis sie tot war. Ihre Schreie höre ich immer noch. Und wenn ich mal einschlafe, sehe ich im Traum all das Blut. Manchmal wünschte ich, die Männer hätten mich nicht gerettet, dann wäre diese Qual vorüber.

25

Rolf mochte es, wie sich sein Gesicht auf der Scheibe spiegelte, wenn er dicht genug an das Fenster herantrat, um den Bewohner zu beobachten. Er sah aus wie der personifizierte Tod, weil sein knochiges Gesicht leichenblass war. Schon in der Schule hatten die anderen Angst vor ihm gehabt. Eine Angst, die sicher ins Unermessliche gestiegen wäre, wenn sie gewusst hätten, dass er es gewesen war, der ihre Haustiere getötet hatte. Rolf grinste sein Spiegelbild an. Die Gedanken waren wie seine Verbündeten, die ihn auf jeden Streifzug begleiteten. Sein Ritual, das in ihm das Gefühl nährte, er besäße das Recht, über Leben und Tod zu gebieten. Erst seit er sich in Therapie befand, war er von Tieren auf Menschen umgeschwenkt, aber sein Psychiater wusste nicht mal, dass er fortan über Menschen sprach, wenn er die Morde beschrieb. Dr. Graaf glaubte, ihm zu helfen, hörte sich all die Details an und war dabei Rolfs größte Inspiration bei der Wahl seines nächsten Opfers. Es lag an dem, was Dr. Graaf bei einer Sitzung gesagt hatte. »Sie haben ein Ventil für Ihr Bedürfnis gefunden«, betete er sich Dr. Graafs Worte genießerisch vor. »In Schlachthöfen werden jeden Tag Tiere getötet, und ich will Ihre Methode in keiner Weise gutheißen, aber besser ein Tier als ein Mensch, nicht wahr? Wenn Sie wüssten, wie viele Depressive zu mir kommen, denen nicht zu helfen ist, weil sich der schwarze Hund fest in ihnen verbissen hat …«

Seitdem tötete Rolf Hunde. Schwarze Hunde. Dafür musste er mit seinem Hammer den Patienten nur den Schädel einschlagen. Wenn er während der Sitzung keinen Namen auf Doktor Graafs Schreibtisch auf einer Akte oder seinem Notizblock finden konnte, wählte er seine Opfer bei Facebook. Unter dem Hashtag #schwarzerhund boten sie sich geradezu an. Der Psychiater war sehr penibel, nur sehr selten lag etwas herum, und nicht immer passten die Menschen hinter den Namen mit Rolfs Vorlieben zusammen.

Lorenz Maier war keiner von Dr. Graafs Patienten. Er war jemand, der über seine ermüdende Suche nach einem Therapieplatz ellenlange Postings verfasste. Der darüber jammerte, dass der schwarze Hund ihn Tag für Tag begleitete und in den Abgrund zog. Das soziale Netzwerk war die Couch, auf der er sich im Selbstmitleid suhlte und Zuspruch und Mitleid provozierte. Keine Entwicklung, kein Kampf, nur der fortwährende Beweis, wie schlecht die Welt mit Lorenz umging.

Jetzt saß er freudlos auf seinem Sofa, sah sich stoisch eine Serie bei Netflix an, die vor den wässrigen Augen dahinflimmerte. Der Mann trank, was den Hund nur noch größer machte. Rolf mochte die kleinen lieber, weil sie bissiger waren.

Lorenz lebte allein, eine Tatsache, die er der ungerechten Gesellschaft zuschrieb, in der Frauen sich nur für Machos interessierten, nicht für so gefühlvolle Männer wie ihn. Angewiderter konnte Rolf von dem erbärmlichen Wesen eines Menschen kaum sein. Es war der Mangel an Eigenverantwortung, der seine Opfer zum Sterben verurteilte. Wenn Rolf dann den Hammer schwang, wollten sie leben. Ausnahmslos jeder, ganz gleich, wie unerträglich sie ihr Dasein im Netz beschrieben: Wenn der Tod auf der Schwelle stand, änderten sie ihre Meinung.

Auch Lorenz würde umkippen wie ein substanzloser Dominostein. Auf dem Weg zur Haustür des kleinen Einfamilienhauses im Hamburger Stadtteil Lurup redete sich Rolf so richtig heiß. Er hasste schon jetzt das Geheule, Jammern und Flehen seines Opfers. Wenn er nur daran dachte, dass der feiste Kerl auf die Knie sinken könnte, um kläglich um Gnade zu flehen, packte Rolf den Hammer fester, als befände sich der Kopf bereits auf Schlaghöhe. Von diesem Hund würde er Doktor Graaf nur erzählen, dass er schon wegen seines Gestanks sterben musste. Mehr hatte Lorenz nicht verdient. Und Doktor Graaf würde wie immer denken, dass Rolf über seine Arbeit sprach. Der Mediziner glaubte, Rolf würde jedes Schwein, das später auf irgendwelchen Tellern landete, Hund nennen, um so seine Neigung auszuleben. Natürlich erwähnte er auch den Hammer nicht und benutzte die gängigen Tötungsmethoden als Metaphern.

Bevor er klingelte, schlug er die Beleuchtung kaputt.

Der Eingangsbereich war zugewachsen und von der Straße aus schlecht einzusehen, weil der erbärmliche Lorenz seine Energie nicht für den Garten aufwendete, sondern fürs Sofabreitsitzen. Die Kuhle, die sich unter seinem Arsch bildete, stank sicher so ekelhaft wie der Kerl selbst.

Rolf legte genervt den Kopf in den Nacken. Oh, wie er diesen Mann hasste! Dann klingelte er.

Schlurfende Schritte, ein Poltern, wahrscheinlich war der Saufkopf irgendwo gegengelaufen. In ihm saß kein schwarzer Hund, sondern ein großer Haufen Scheiße.

Lorenz öffnete und hielt einen Zwanziger in der Hand. »Äh, bringen Sie nicht die Pizza?«, fragte er irritiert und fingerte am Lichtschalter herum, weil die Außenbeleuchtung nicht angesprungen war.

Rolf verlor die Lust darauf, diesen Mann länger zu foltern. Mit einer kräftigen Bewegung zog er den Zimmermannshammer von unten gegen das schlecht rasierte Kinn seines Opfers. Die asymmetrische Klaue grub sich von unten durch die Mundhöhle und verhinderte, dass Lorenz auch nur ein weiteres Wort von sich geben konnte.

Der Zwanziger fiel aus seiner Hand auf die Fußmatte, er schluckte gegen das Blut an, Tränen sammelten sich in den entsetzt aufgerissenen Augen. Mit festem Druck auf den Stiel zwang Rolf ihn in die Wohnung und stieß mit einem Fuß die Tür zu.

Blut lief am Stiel hinab und beschmutzte seine Hände, die in dünnen OP-Handschuhen steckten. Mit der anderen Hand holte er einen Beutel mit Haaren aus der Tasche. Er sammelte die Abschnitte, wenn er zum Frisör ging. Verteilte immer eine Prise beim Betreten eines Hauses, sodass die Spurensicherung die

DNS von mindestens zwanzig Personen finden würde. Sie hatten noch nicht das Wohnzimmer erreicht, als es wieder klingelte.

»Deine Pizza?«, fragte er Lorenz, der aussah, als würde er jeden Moment den Löffel abgeben. Wenn schon nicht wegen der Verletzung, dann wegen seiner Jämmerlichkeit.

»Das Geld liegt auf der Matte, stellen Sie die Pizza einfach dort ab«, rief er zur Tür.

»Wie Sie wollen. Danke, Mann.« Der Fahrer klang jung, das Trinkgeld, das durch diese Transaktion wahrscheinlich hoch ausgefallen war, ließ ihn sicher schnell wieder gehen, damit der Kunde es sich nicht anders überlegen konnte.

»Was hast du für eine bestellt?«, fragte er den Mann. »Doch wohl keine beschissene Hawaii, oder? Ich hasse Ananas!«

Er drängte Lorenz zum Sofa und drückte ihn in die Sitzmulde. Das Standbild zeigte *How I met your mother* Folge 21, neunte Staffel. *Ted ist auch so ein Loser*, dachte Rolf und ging los, um die Pizza zu holen.

Lorenz gab gurgelnde Laute von sich, aber so wie der Hammer in seinem Unterkiefer steckte und mit der Spitze sicher bis in die Nase ragte, würde der Kerl nirgends mehr hingehen. Rolf trug die Pizza in die Küche, verteilte auch dort ein paar Haare auf dem Boden, dann zerschnitt er die Pizza mit einem Roller, nahm sich ein Bier aus dem Kühlschrank und kehrte zu Lorenz zurück.

»Gut, ich tu dir einen Gefallen«, sagte Rolf und setzte sich neben ihn. »Du sollst nicht sterben, ohne das Finale gesehen zu haben. Ich meine, neun Staffeln, mal ehrlich – wer sich so viele Stunden den verzweifelten Versuch eines Vollidioten anschaut, eine Frau fürs Leben zu finden, sollte die letzten Folgen mit ins Grab nehmen.«

Rolf machte es sich gemütlich und fing an zu essen. »Thunfisch. Passt zu dir, ist aber trotzdem ganz lecker.«

Als er bemerkte, dass es vom Sofa tropfte, rückte er ein Stück von Lorenz weg. Dann drückte er auf der Fernbedienung auf Play. »Alle pinkeln, wenn sie sterben, mach dir keinen Kopf.«

Irgendwie war es ganz nett. Rolf verbrachte nie Zeit mit anderen beim Fernsehen oder Pizzaessen, was sicher daran lag, dass er keine Freunde hatte. Die dreieinhalb Folgen würde er mit Lorenz gucken und mal nicht daran denken, was für ein verachtenswertes Individuum der Typ war. Danach würde er auch hier ein paar Haare verteilen, die Bierdose einstecken und seinen geliebten Hammer aus dem Kopf ziehen. Mit einem Grinsen biss Rolf von der Pizza ab. *Eigentlich ein schöner Abend.*

Aus der Interviewreihe »Serienkiller und ihr Umfeld«
Kurt Hardtleben, Kinderpsychologe

Glauben Sie nicht alles, was man Ihnen sagt. Als Bürger dieses Landes bin ich überzeugt von dem Rechtssystem, das wir erschaffen haben, um ein friedliches Miteinander denkbar zu machen. Dafür mussten wir Richtig und Falsch definieren. Wer asozial handelt, gilt als böse – je nach Schwere des Verbrechens mal mehr, mal weniger. Aber wir wissen nicht, ob unsere Definition auch die richtige Auslegung dessen ist, was Menschen handeln lässt. Beobachten Sie mal einen Tag lang eine Gruppe Kinder und deren Umgang miteinander. Vielleicht ist das Gesetz des Stärkeren ja gerechter als unser Versuch, alle gleichzustellen?

26

Theos Wohngemeinschaft war erst gut eine Woche alt, doch schon jetzt konnte er sagen, dass sich etwas verändert hatte. Die Atmosphäre im Haus war gedrückt, und er schrieb es Janis zu, dass es sich so anfühlte. Er behielt ein Auge auf die junge Frau, die seit dem Vorfall kaum noch lächelte, an seinen Papierschnipseln vorbeiging und die Pausen zwischen ihren Rundgängen in die Länge zog. Janis redete permanent mit ihnen, nur dass sie es bislang nicht verstanden hatten. In Milans Nähe veränderte sich ihre Haltung; die anderen Mitbewohner schienen nur das Offensichtliche zu bemerken, aber Theo fielen all die Kleinigkeiten auf, die ihr Interesse an ihm deutlich zeigten. Manchmal berührte sie die Tischplatte an seinem Platz, nachdem er aufgestanden war, sog neben ihm die Luft ein oder bewegte die Finger, als ginge sie die Erinnerung nochmals durch, in der sie seine Locken ordnete.

Für Theo schien es lohnender zu sein, mehr über Janis zu lernen, als weiter Detektiv zu spielen. Dr. Graaf arbeitete mit der Polizei zusammen, Theo hatte wieder als erste Instanz seinen Dienst getan, nun waren die Kollegen an der Reihe.

Dennoch ließen ihn die Opfer nicht gänzlich los. Was auch nicht besser wurde, wenn Eberhard Rieckers ihm mal wieder eine SMS schrieb und nach dem Stand der Ermittlungen fragte. Eberhard hätte nicht aufgehört, wahrscheinlich wäre er am liebsten in sein Auto gestiegen, um selbst zu dem Psychiater zu fahren. Und so wie Marianne mit ihrem Mann ein verschworenes Team bildete, wäre sie wahrscheinlich auch nicht abgeneigt. Es hatte Theo ein großes Vergnügen bereitet, ihnen die neuesten Erkenntnisse mitzuteilen, aber zurückgeblieben waren unzählige Fragen, die Eberhard und Marianne zu dem Fall geäußert hatten. Er wusste nicht, ob die Polizei alldem nachgehen würde, aber das war jetzt nicht mehr seine Angelegenheit.

Theo begnügte sich genau wie Dylan damit, das Richtige getan zu haben.

Es war ruhig im Haus. Dylan war morgens früh zur Uni gegangen und wollte nach Plan um fünf wieder zu Hause sein. Milan führte irgendwo in Hamburg ein Interview mit einem Imbissbesitzer, der sein fünfzigstes Jubiläum feierte. Natürlich war der junge Journalist nicht gegangen, ohne seinen Unmut über die Belanglosigkeit dieser Schlagzeile kundzutun. Aus ihm würde mal ein richtig guter Journalist werden, jemand, der dem Enthüllungsjournalismus eine neue, frische Stimme gab. Aber die Chancen dafür konnte man nicht erzwingen.

Im Keller sah es nun so aus, als wäre die Werkstatt mit all ihren Schrauben, Nägeln und Werkzeugen frisch aus einem Katalog entsprungen. Alles, was sich in der Abfallkiste befunden hatte, lag voneinander getrennt in vier unterschiedlichen Kartons. Dylan wechselte den Verband, wenn Janis schlief, was erstaunlich gut funktionierte. Kein Geschrei, keine Ängste und kein anschließendes Einigeln.

Während Theo darauf wartete, dass Janis wieder runterkam, betrachtete er die Belobigung an seiner Wand. Es war kein offizielles Dokument, sondern die Anerkennung seiner Kollegen, die ihn damals in den Ruhestand verabschiedet hatten. Wenn man vom Wappen weiter nach unten sah, konnte man lesen: »Für Theo Nachtmacher, den vorbildlichsten Kommissar in ganz Hamburg.«

Genau das war er gewesen. Ein Polizist wie aus dem Lehrbuch. Aber was ihn damals zu Tränen gerührt hatte, nagte nun an ihm. Er konnte nicht leugnen, dass ihm die Polizeiarbeit fehlte. Was sie in den letzten Tagen gemacht hatten, war befriedigender gewesen als sein Rentneralltag, aber deswegen konnte er ja schlecht seine Pantoffeln abstreifen und auf seine alten Tage Sherlock Holmes nacheifern.

Für einen Augenblick fragte er sich, ob Wappenschmidt ihm Auskunft geben würde, wenn er ihn anriefe. So ganz im Sinne seiner angeblichen Roman-Recherchen. Andererseits ging es jetzt gar nicht mehr um Anna Petzlov, die einem gänzlich anderen Gewaltverbrechen zum Opfer gefallen war, und mit den anderen Toten hatte er nichts zu tun gehabt. Es war schon ein Wunder, dass Wappenschmidt noch nicht bei ihnen angeklingelt hatte, um nachzufragen, woher die Informationen stammten.

Mit einem tiefen Seufzer stand er auf und ging zum Sekretär hinüber. Die elf Toten fanden nun Beachtung, aber was war mit den anderen? Gall und Janis hatten Zusammenhänge erkannt, die zu vier Papierstapeln geführt hatten, von denen einer zu Gall selbst gehörte. Wieder fielen ihm die Blutwerte auf, die markierten Zahlen, die überhaupt zu dieser ermittlerischen Episode geführt hatten.

Theo blätterte die Berichte durch und verglich die Werte miteinander. Es gab Abweichungen zwischen den vier Stapeln, aber innerhalb der Stapel waren sie gleich.

Er nahm die Papiere mit an den Tisch und teilte sie wieder auf, dann holte er sein iPad und nahm sich den ersten vor.

Als er Janis' Schritte hörte, sah er sich durch die offene Tür nach ihr um. »Hallo, Janis«, rief er ihr zu. »Ich habe hier ein paar Seiten, die wir aussortieren können.«

Sie sah sich im Wohnzimmer um und wirkte unzufrieden, dann setzte sie ihre Runde fort, blieb am Tisch stehen, und Theo schob ihr schnell die Berichte über die Opfer vom Fünf-Sterne-Killer rüber, damit sie nicht gleich weiterging. Es war faszinierend, wie ruhelos ihre Augen sich bewegten, als könnte sie gar nichts lange fixieren, während sie im selben Moment die Informationen abspeicherte – das stand außer Frage.

»Hier, der wurde gefasst«, sagte er und fand über die Google-Suche einen entsprechenden Artikel. »Sollen wir die aussortieren?«

»Alles wird anders«, sagte sie in den Raum und ging weiter.

Theo stand auf und ging ihr nach. »Moment, Janis, warte. Nichts ändert sich, du musst keine Angst haben.«

Ganz ihrer Routine folgend, ging sie die Flächen und Geräte in der Küche ab, dann weiter zu Theos Zimmer, nur um festzustellen, dass es wie immer verschlossen war, und dann weiter zum Keller. »Versprochen!«, rief er ihr nach, als sie die Treppe hinabging. »Dein Bruder liebt dich und wird immer für dich da sein.«

»Hab ich was verpasst?« Milan war gerade zur Tür reingekommen.

Theo schüttelte den Kopf und fuhr sich mit einer Hand über den Nacken. »Keine Ahnung. Sie hat schon wieder so was gesagt. Denken Sie, Janis weiß mehr als wir?«

»Na ja, irgendwann wird sich was ändern. Er kann ja nicht für den Rest seines Lebens mit ihr zusammenleben, oder? Ich meine, irgendwann muss er sich doch auch was Eigenes aufbauen.«

Das war eine Entscheidung, die niemand Dylan abnehmen konnte, aber so wie Theo den jungen Mann kennengelernt hatte, schien sein Lebensplan seine Schwester fest mit einzubeziehen. »Könnten Sie sich ein verbindliches Leben mit Janis vorstellen?« Theo ging in die Küche zurück, damit Janis dieses Gespräch im Keller nicht hören konnte.

Milan stellte die Fototasche und seinen Rucksack neben den Tisch und ließ sich auf einen Stuhl fallen. »So in der WG läuft es bislang sehr gut«, sagte er und grinste. Dann widmete er seine Aufmerksamkeit den Unterlagen. »Ist doch irgendwie spannend, sie um sich zu haben.« Das war es in der Tat, aber so was verbrauchte sich irgendwann, wurde uninteressant oder schlimmstenfalls lästig. Nach gerade mal gut einer Woche war das schwer zu sagen.

»Was machen Sie hier? Picken Sie einen neuen Stapel raus, weil sich die Polizei nun um die Selbstmordsache kümmert?« Er zog den kleinsten Stapel zu sich und ging die Berichte durch. »Ich habe mir diese Kopien auch näher angeschaut und etwas im Zeitungsarchiv recherchiert. Wenn wir die von Petzlov dazunehmen, sind alle vier Ehen kurz vor dem Aus gewesen, und die Überlebenden sind an den Abenden, an denen die Morde passierten, mit ihren Affären essen gewesen. Die Ehemänner wurden verdächtigt und konnten jeweils durch ihre Alibis entlastet werden.« Milan holte einen Block aus dem Rucksack und schlug eine vollgeschriebene Seite auf. »Die Tatwaffen sind Gegenstände gewesen, die den untreuen Partnern gehört haben. Golfschläger, Steinfigur und so weiter.«

»Also sollten die Partner in den Fokus geraten und sich zudem noch als untreu bekennen?« Theo war immer wieder unangenehm überrascht, wie komplex gestört Menschen denken mussten. »Demnach könnte man annehmen, der Täter wurde selbst betrogen, oder?«

»Schon möglich. Aber warum erschlägt er die Betrogenen und nicht die Untreuen?« Milan machte sich auf dem Block ein paar Notizen.

»Vielleicht hatte er die Affäre, und seine Frau wollte sich nicht scheiden lassen?«, mutmaßte Theo. »Kann ja sein, dass der Täter denkt, er täte den Männern einen Gefallen.«

»Oder es ist eine Täterin, die ein gebrochenes Herz hat, weil der Mann, den sie liebte, seine Frau nicht für sie verlassen wollte?«, brachte Milan einen anderen Gedanken ein. Mit einer Hand strich er sich die wirren Locken zurück und schüttelte dann den Kopf. »Wenn man das hier so sieht, könnte man meinen, hier laufen überall Serienkiller durch die Stadt. Tatsächlich ist das extrem selten.«

Ein mildes Lächeln umspielte Theos Lippen, weil er es als pensionierter Polizist wahrscheinlich besser wusste als der Journalist, aber Milan bemerkte das gar nicht.

»Ich habe da eine Interviewreihe gefunden, in der Personen aus dem Umfeld von Serienkillern befragt wurden. Da mussten Aussagen aus der ganzen Welt gesammelt werden, um überhaupt was zusammenzubekommen. Die meisten Morde sind dann doch eher Beziehungstaten. Also, warum haben wir hier gleich vier und mit dem Suizid-Stapel gleich fünf, die für Serienmorde sprechen? Es kommt alles hin: Die zeitlichen Abstände, die für eine Cool-Off-Periode sprechen, das Vorgehen …«

Theo stand auf und holte zwei Becher Kaffee an den Tisch. »Sie haben gut recherchiert«, merkte er an und setzte sich wieder. »Wir haben mal einen Mann verhaftet, der neun Stunden neben der Leiche seiner Lebensgefährtin gesessen hatte, bevor er uns angerufen hat. Er ist ganz ruhig gewesen, als wir ankamen. Ich erinnere mich noch, wie ich ihm die Handschellen anlegte und er zu mir sagte: *Seien Sie froh, wenn Sie niemals etwas erleben, das Sie so sehr in Raserei versetzt.*« Er zeigte auf die Blätter. »Dieser Mann hatte in einen Abgrund gesehen, der ihn sicher für den Rest seines Lebens traumatisiert hat. Bei Konrad Gall wurde mir der Unterschied erst richtig bewusst. Menschen, die zu so etwas fähig sind und es auch systematisch ausleben, fallen definitiv aus allen bekannten Normen. Vielleicht sind sie deshalb so faszinierend.«

Milan sah ihn erstaunt an. »Faszinierend?«

»Sicher. Die Namen der Täter sind teils weltbekannt, teils wurden die wahren Begebenheiten in Filmen nacherzählt, aber kennen Sie irgendwelche Namen der Opfer? Nicht von denen, die hier auf dem Tisch liegen. Nehmen Sie zum Beispiel die Frauen, die der Heidemörder verstümmelt und getötet hat.«

Das war Ende der Achtziger gewesen.

Milan schüttelte den Kopf. »Thomas Holst ist mir ein Begriff, die anderen Namen kenne ich leider nicht«, gab er zu.

»Dieser Mann hatte eine unfassbar sympathische Ausstrahlung. Und damit ist er unter den Serienkillern nicht allein. Gall stellt da eher die gruselige Ausnahme dar. Meine Frau hat damals Holsts Foto in der Zeitung gesehen und meinte, es sei unvorstellbar, dass er so grausam vorgegangen ist. Seine Therapeutin, die ja nun wirklich wusste, zu was dieser Mann fähig war, hat ihm zur Flucht verholfen. Später haben sie geheiratet. Ted Bundy oder der Massenmörder Breivik … wenn die in die Kamera gelächelt haben, verlor sich das Bild vom eiskalten Killer.« Ihn fröstelte, wenn er an die Taten dieser Bestien dachte. »Ich denke, deshalb sehen sich die Leute Dokus und Berichte über derartige Taten an. Es ist nicht zu begreifen, warum Menschen so etwas tun. Wieder und wieder, ohne Reue oder tatsächliches Schuldbewusstsein. Durch das Ausschlachten der Berichterstattung und all die fiktiven Darstellungen von Serienmorden im Fernsehen oder in Büchern kommt es uns ganz alltäglich vor, dass das Unvorstellbare passiert. Es glaubt nur niemand, dass es im eigenen Umfeld vorkommen kann.«

Milan lehnte sich zurück und rieb sich übers Gesicht. Der junge Journalist wusste nicht, dass er die Büchse der Pandora in seinen Händen hielt. Schicksale wirkten auf dem Papier erträglich, doch je tiefer man grub, desto erfahrbarer wurden Leid und Schmerz.

»Ich habe Journalismus studiert, um etwas zu bewegen, nicht um Auflagen zu steigern«, sagte er frustriert. »Während des Studiums konnte ich Praktika bei unterschiedlichen Redaktionen absolvieren, das ist sehr ernüchternd gewesen. Nicht nur, weil es gewisse Vorgaben gab, wie die Nachrichten präsentiert werden sollen, sondern weil die Leserschaft auf reißerische Überschriften so bereitwillig anspringt. Als würden sich die Leute gar nicht mehr informieren, sondern nur noch konsumieren. Inzwischen frage ich mich, ob man überhaupt noch was bewegen kann.«

Das überraschte Theo, weil Milan bislang sehr enthusiastisch und zielstrebig gewirkt hatte. »Was ist los? Sind Sie frustriert, weil wir die Unterlagen weggegeben haben?«

Milan sah sich zur offenen Tür um, aber von Janis war nichts zu hören oder zu sehen. »Ja, aber nicht so, wie Sie denken«, räumte er ein. »Ich habe mir immer vorgestellt, wie ich mich in Krisengebieten durchschlage, Wahrheiten ans Licht bringe und Menschen eine Stimme gebe, die allein nicht gehört werden. Sie wissen schon, all diese idealistischen Bilder, die man im Kopf hat, wenn man die Welt verbessern will. Was wir hier die letzten Tage gemacht haben, ist befriedigender gewesen als jeder Job, den ich bislang erledigt habe. Stellen Sie sich nur mal vor, wir retten tatsächlich ein Leben und sorgen dafür, dass ein Mörder weggesperrt wird.«

Nun verstand Theo, was den jungen Mann beschäftigte. Er schien grundsätzlich einen ausgeprägten Gerechtigkeitssinn zu besitzen, das merkte man schon an seinem Umgang mit den Mitmenschen. »Wollen Sie jetzt lieber Privatdetektiv werden?«, fragte Theo und bereitete sich innerlich darauf vor, ihn mit der Realität zu konfrontieren.

»Keine Ahnung. Ich denke, ich möchte etwas tun, bei dem ich sehen kann, was es bewirkt. Gucken Sie sich online mal die Artikel über die Missstände in der Welt an. In den Kommentarspalten streiten sich die Leute, regen sich auf, sind entsetzt oder empört, aber das verbraucht sich ganz schnell.« Unzufrieden stieß er die Luft aus. »Ja, wir benötigen Leute, die nicht locker lassen und das Unbequeme immer wieder wie Salz in den vermeintlich friedlichen Alltag reiben. Ich bin mir nur nicht mehr sicher, ob das der richtige Weg für mich ist.«

Es tat Theo unendlich gut, von seinen jungen Mitbewohnern so respektiert zu werden, dass sie mit ihm über das sprachen, was sie innerlich beschäftigte. »Warten Sie erst mal ab, wie sich diese Sache hier entwickelt. Man kann nicht immer etwas bewirken. Private Ermittlungen müssen finanziert werden, und es kann auch nicht jeder mal eben Polizei spielen, wenn Sie verstehen, was ich meine.«

»Ich weiß, und das habe ich auch nicht vor.« Milans Blick blieb wie so oft an den Unterlagen hängen. »Haben Sie Ihre Berufswahl je bereut?«

Betroffen nickte Theo. »Einige Male sogar«, sagte er ehrlich. »Im Grunde genommen bin ich gern Polizist gewesen, aber nach manchen Erlebnissen war es verdammt schwer, wieder zur Arbeit zu gehen. Ob man es will oder nicht, dieser Beruf verändert die Art und Weise, wie man andere Menschen sieht. Meine Frau ist immer sehr streng mit mir geworden, wenn ich anfing, Vorurteilen Raum zu geben.« Mit einem Finger deutete er auf das Foto von ihr. »Sie erinnerte mich ständig daran, wie speziell meine *Kundschaft* war und wie wenig sie mit der Allgemeinheit zu tun hat. Das war nötig, weil man doch irgendwann anfängt, alle Menschen der gleichen Herkunft, Gesinnung oder dem Kleidungsstil nach über einen Kamm zu scheren. Als ich mich damals für diesen Beruf entschieden hatte, wollte ich ganz der Freund und Helfer werden. Aber dann wurde ich von Frauen bespuckt und getreten, die von ihren Männern verprügelt worden waren. Diese Frauen wollten die Verhaftung verhindern. Ich habe wirklich oft in den Spiegel geschaut und meine Berufswahl bereut.«

Das war die Wahrheit, aber die Diensttreue war sein Anker gewesen. Er konnte tun, was getan werden musste, wenn er sich geradezu sklavisch an die Regeln hielt. Nicht so wie Eberhard, der oftmals mehr seinem Instinkt gefolgt war.

»Das kann ich mir vorstellen«, sagte Milan. »Menschen faszinieren mich. Die Psyche ist so komplex und jede für sich einzigartig. Bei so was hier …« Er deutete auf die Zettel. »Seit Janis die erste Akte aus dem Keller geholt hat, habe ich zum ersten Mal das Gefühl, etwas Richtiges zu tun.«

Mit einem Schmunzeln stemmte sich Theo hoch und ging zum Schrank mit den Alkoholika. »Möchten Sie einen Single Malt? Ich könnte gerade einen Schluck vertragen.« Es war fast Abend, das war nicht verwerflich.

Als Milan zustimmte, füllte Theo etwas von seinem Lieblingswhisky, Bruichladdich, in zwei Gläser. Die türkisfarbene Flasche fiel zwischen den anderen sofort auf. Rein nach Verpackung hätte er diesen Whisky niemals probiert, doch aus einem Geburtstagsgeschenk war sein Lieblingsdrink geworden. »Ich glaube an unser Rechtssystem, nicht nur, weil ich ein Teil davon gewesen bin, sondern weil ich finde, dass eine Gesellschaft nur so funktionieren kann. Keine Selbstjustiz, keine Überschreitungen der eigenen Kompetenzen …« Er stellte ein Glas vor Milan und prostete ihm zu. »Aber ich komme nicht umhin, unser Tun hier als eine Ausnahme zu sehen.«

Grinsend erhob der junge Mann sein Glas. »Auf dass diese Aktion erfolgreich sein wird.«

In diesem Moment kam Janis zurück. Der Keller war aufgeräumt, es gab keinen Raum, der sie noch lange aufhalten konnte, wenn niemand vorher Chaos verursachte. Sie ging am Tisch vorbei, nahm den abgeschlossenen Fünf-Sterne-Stapel von der Fläche und brachte die Unterlagen zu der Kiste fürs Altpapier. Die Information war angekommen.

Aus der Interviewreihe »Serienkiller und ihr Umfeld«
Diana Yulek, Krankenschwester

Der erste Mord war ein Versehen. Ich dachte, ich bekomme richtig schlimm Ärger, aber der Arzt hielt den Herzstillstand für eine Folge des Schlaganfalls. Die Patientin sah erlöst und glücklich aus. Die nächsten Toten waren alles Menschen, die keine Hoffnung mehr hatten. Ich tat ihnen einen Gefallen, indem ich sie von den Qualen befreite. Aber dann sah ich bei so einer Sherlock-Holmes-Serie einen Täter, der genau wie ich handelte, und mir wurde klar, dass ich mich nicht länger auf die Hoffnungslosen beschränken muss.

27

Es war mitten in der Nacht, als Milan davon wach wurde, dass sich jemand neben ihn legte. Auf der Pritsche war gerade genug Platz für eine Person, was bedeutete, dass sich Janis vollkommen an ihn schmiegen musste, um nicht runterzufallen. Er hatte keinen Zweifel daran, dass sie es war, weil er ihren besonderen Duft in der Nase hatte. Die kleine Digitaluhr zeigte kurz nach halb zwei an, alle anderen schliefen wahrscheinlich, aber das machte Milans Lage nicht besser. Ihm war klar, dass er sofort aufstehen und zu ihrem Bruder gehen sollte, bevor Dylan seine Schwester hier fand und falsche Schlüsse zog.

Doch Janis zupfte feinsäuberlich die Decke über ihn und sich und legte ihren Kopf an seine Brust und eine Hand daneben. *Sie hält das sowieso nicht lange aus.*

Milan legte vorsichtig seinen Arm um ihre Schultern und hielt sie sanft fest. Er mochte es, wie sie mit den Fingerkuppen seinen Herzschlag mitklopfte, gegen den Stoff seines Shirts atmete und so an ihn gekuschelt lag, als sei es das Normalste von der Welt.

Er schloss die Augen wieder und wartete darauf, dass sie genug hätte, aber stattdessen hörten ihre Finger auf zu klopfen, und sie atmete in ruhigen, tiefen Zügen. Viele stille Minuten lang, und Milan musste aufpassen, dass ihm die Augen nicht wieder zufielen. Er fühlte sich von ihr nicht eingeengt, im Gegenteil, er mochte ihre Nähe mehr, als er sollte. Ein gewisser Stolz mischte sich unter die widersprüchlichen Empfindungen, einfach weil sie ihn auserkoren hatte. Diese Nähe war besonders und bedeutete etwas.

»Schläfst du?«, flüsterte er, ohne eine Reaktion zu bekommen.

Was, wenn er sie weckte und sie dann überfordert war und anfing zu schreien? Wie sollte er das erklären? Das Beste war wahrscheinlich, zu warten, dass sie aufwachte und von allein wieder ging, aber wie lange mochte das dauern? Er konnte sich auch nicht heimlich aus ihrer Umarmung lösen, weil sie halb auf ihm lag und er sich in der Mulde der Pritsche kaum bewegen konnte.

Ehe seine Vernunft Einspruch einlegen konnte, ging er dazu über, diesen Augenblick einfach nur zu genießen, ganz gleich, wie lange er dauerte. Ab morgen müsste er wahrscheinlich die Tür abschließen und so gut es ging Abstand halten.

Wie von selbst streichelte er ihre Schulter. »Ich würde dich gern besser kennenlernen«, flüsterte er. »Du weißt schon, rauskriegen, was du so magst und was du so denkst. Oder warum du so gut riechst.«

Sie regte sich, stemmte sich etwas hoch und kam mit ihrem Gesicht seinem ganz nahe.

»Moment, ich dachte, du schläfst.« Ihr warmer Atem streifte sein Gesicht. »Janis, du kannst dich nicht einfach zu jemandem ins Bett legen.«

Ohne sich beirren zu lassen, rutschte sie ein Stück höher und gab ihm einen zaghaften Kuss. Milan war von seinen eigenen Empfindungen überrumpelt. Sein Herz schlug rasend schnell, während er wie erstarrt dalag. Nicht mal sein allererster Kuss mit dreizehn war so vorsichtig gewesen wie dieser. Ihre Lippen berührten seine nur ganz zart, sie roch an seiner Haut und küsste ihn wieder, als würde sie ihn auffordern, sie zurückzuküssen. *Das wird Ärger geben, Alter, tu's nicht!*

Vorsichtig schloss er sie in die Arme und drückte sie an sich, sodass sie aufhörte, ihn zu küssen, und stattdessen ihre Stirn an seine Wange legte. Er brauchte Zeit zum Nachdenken. Bislang hatte er noch nichts Verwerfliches getan, aber seine Vernunft kam nicht so recht gegen die Gefühle an, die Janis in ihm auslöste. Es war nicht, als gäbe es ein Ungleichgewicht oder gar eine Unterlegenheit. »Ehrlich, ich würde dich total gern küssen, aber ich weiß nicht, warum du hier bist. Ich meine, magst du mich? Oder bringst du mich nur in Schwierigkeiten, weil du neugierig bist?«

Er drückte sie fester an sich. Wenn sie nur neugierig war, würde sie es sicher nicht mehr lange aushalten. Es war nicht gerade nett, sie über Nähe dazu bringen zu wollen, dass sie ging, aber etwas Besseres fiel ihm nicht ein. Also hielt er sie fest und strich ihr über den Rücken, aber Janis spannte sich nicht an, drückte sich nicht von ihm weg und zeigte auch sonst nicht, dass ihr die Reize unangenehm waren.

»Du duftest gut«, flüsterte er ergeben und drehte sein Gesicht in ihre langen Haare. Mit geschlossenen Augen sog er die Luft ein. »Ich mag dich. Du bist faszinierend. Es ist, als würdest du die Welt in Ordnung bringen. Aber, Janis, das hier ist nicht okay.« Sie reagierte nicht auf seine Worte, Milan konnte nur hoffen, dass das Gesagte zu ihrer Verarbeitung vordrang und irgendwann von ihr verstanden wurde. »Um mit jemandem zusammen zu sein, muss man sich miteinander verständigen können. Verstehst du das? Andere würden mich für einen Perversen halten, weil sie denken, dass ich deinen Zustand ausnutze. Dein Bruder würde mich fertig machen, um dich zu beschützen, und ich könnte nichts dagegen sagen, weil ich selbst nicht mal sicher sagen kann, dass du weißt, was du hier tust.«

Im selben Moment taten ihm seine Worte leid.

Und natürlich antwortete sie nicht.

Milan drehte den Oberkörper und tastete nach der Lampe. Es war besser, sie irgendwie zurück in ihr Zimmer zu bekommen, bevor Dylan doch noch in der Tür stand und seine kleinen Ärztehände zu Fäusten ballte. Ihr Bruder war bestimmt kein guter Kämpfer, aber ein Beschützer, der für seine Schwester zum Berserker werden würde.

Als er den Schalter ertastete und es hell wurde, musste er einen Moment die Augen zukneifen. Er drehte sich zurück zu Janis und sah ihr blinzelnd ins Gesicht.

Sie war wunderschön. Es war leicht, zu vergessen, dass sie nicht wie andere war, solange sie nichts Seltsames machte. Sie sah an ihm vorbei, ohne irgendetwas richtig anzuschauen. »Na komm, ich bringe dich jetzt zurück in dein Zimmer, ja?«

Er wollte seinen Arm unter ihr herausziehen, aber Janis legte ihm eine Hand auf die Wange, was ihn sofort in der Bewegung innehalten ließ. Sie sah aus, als wollte sie etwas sagen. Ihre Lippen bewegten sich leicht, ihr Blick wanderte über seine Züge. Milan gab die Bemühungen auf und betrachtete sie. »Du bringst mich echt in Schwierigkeiten«, sagte er halbherzig. Ihre Finger malten seine Züge nach, berührten seine Nase und fuhren zaghaft über seinen Mund. So intim hatte er Zweisamkeit selten erlebt, dabei war er mit vielen Frauen zusammen gewesen. Er spürte, wie die Aufregung wieder stärker wurde und anfing, die Vernunft beiseitezuschieben, weswegen er schnell ihre Hand ergriff und festhielt.

»Das ist nicht richtig«, sagte er hilflos und wenig überzeugend. Wie konnte sie sich so gut anfühlen? Er atmete tief ein und lächelte, weil ihr Duft so betörend war. Das war die Chemie, die er liebte, aber nicht die Frau, bei der es so sein sollte.

Räuspernd wollte er schnell der Vernunft wieder mehr Spielraum geben, als Janis ihm direkt in die Augen sah. Dieser Blick bannte ihn, weil er tatsächlich der Frau begegnete, die hinter der Mauer aus Rätseln lebte. Und diese Frau wusste ganz genau, was sie tat. Nicht aus Neugierde, sondern aus Zuneigung. Milan konnte es nicht aufhalten, er spürte, dass er sich in die wohl komplizierteste Person verliebte, der er je begegnet war und jemals begegnen würde.

»Janis!«, flüsterte er ergriffen. Wie ferngesteuert legte er eine Hand an ihre Wange, strich sanft ihren Hals entlang. Es war, als befänden sie sich in einer Art Zwischenwelt, die das Für und Wider ihres Zusammenseins im Außen hielt. Er betrachtete ihre Züge, die feinen Sommersprossen und die wunderschön geschwungenen Lippen. Ohne nachzudenken, kam er ihr näher und küsste sie.

Und es fühlte sich so gut an, wie sie ihn zurückküsste!

Bei ihr wurde kein Programm abgespult. Normalerweise folgte dem vorsichtigen Kuss ein leidenschaftliches Knutschen. Er hatte schon Frauen die Kleidung ausgezogen, über die er weniger gewusst hatte als über Janis. Es war immer einvernehmlich und aufregend gewesen. Und ja, es fiel ihm schwer, sich zu zügeln, weil er es liebte, wie sie sich anfühlte, wie sie tatsächlich auf ihn reagierte und die Zärtlichkeiten erwiderte. Sein Kopf wurde von den Gefühlen vollkommen ausgeschaltet. Er beugte sich über sie und hörte gar nicht mehr auf, sie zu küssen. Ihren Mund, die Mundwinkel, ihren Hals, er roch an ihrer Haut und ließ seine Lippen bis zum Schlüsselbein gleiten. Dabei strich seine Hand über ihre Hüfte und legte sich unter ihrem Schlafanzug auf ihre Taille. Er hörte, wie sie den Atem anhielt, was ihn endlich innehalten ließ.

Erschrocken richtete er sich auf und setzte sich so auf die Kante, dass er Janis nicht mehr berührte. *Scheiße, was hast du getan?*

Er rieb sich übers Gesicht und atmete tief durch. Ihm war nicht klar, wie er Janis begreiflich machen sollte, dass es ein Fehler war. Das hätte nicht passieren dürfen. Was, wenn sie ihn im Beisein ihres Bruders küsste? Wenn sie glaubte, das mit ihnen wäre eine Beziehung? Oder wenn sich die Faszination verlor und nur die Probleme übrig blieben? Er wollte nicht damit leben müssen, sie verletzt und es für die Zwillinge noch schlimmer gemacht zu haben.

Ihm wurde schlecht. Er musste aufstehen und sich bewegen.

»Ich bringe dich jetzt in dein Zimmer«, sagte er, ohne sie anzusehen. »Das hier ist nie passiert, verstehst du? Du solltest mit jemandem zusammen sein, der so ist wie …«, das *Du* konnte er nicht aussprechen, weil es falsch klang.

Anmutig richtete sie sich auf und schwang ihre Beine von der Pritsche. Es war schwer zu sagen, ob sie seine Worte in Gänze verstanden hatte, ob das alles ihr irgendetwas bedeutete oder überhaupt Emotionen bei ihr auslöste. Sie sah an ihm vorbei, setzte sich in Bewegung und verließ sein Zimmer.

Milan folgte ihr bis zum Durchgang und blickte ihr nach, bis sie in ihrem kleinen Reich verschwunden war. Seufzend lehnte er den Kopf an den Rahmen. »Scheiße, Mann. Das kann gar nicht gut ausgehen.«

Leise schloss er die Tür, legte sich wieder hin und löschte das Licht. Aber an Schlaf war nicht mehr zu denken.

Aus der Interviewreihe »Serienkiller und ihr Umfeld«
Gerald Övelmann, Spediteur

Mein Bruder war der beste Onkel, den man sich für seine Kinder vorstellen kann. Er hat uns jede Woche besucht, Ausflüge mit unseren Kindern gemacht und ihnen im Frühjahr neue Schuhe gekauft. Wir hatten keine einfache Kindheit gehabt, aber uns hatte das sehr zusammengeschweißt. Wir kümmerten uns umeinander, wenn es mal wieder Prügel gegeben hatte. Deswegen habe ich ihm nicht geglaubt, als er mir plötzlich sagte, ich müsse meine Kinder von ihm fernhalten, weil er nicht wüsste, ob er ihnen etwas antun würde. Er doch nicht! Aber nach dem Gespräch veränderte er sich. Er besuchte uns nicht mehr, fing an zu trinken. Ich frage mich nun jeden Tag, ob ich die Jungen hätte retten können, wenn ich die Worte meines Bruders ernstgenommen hätte. Die Kleinen waren so alt wie mein Jüngster. Dann hätte ich vielleicht auch meinen Bruder retten können, der sich später in seiner Zelle erhängt hat. Bei seiner Beerdigung habe ich ihm verziehen. Ich weiß, dass unser Vater schuld an allem ist. Mein Bruder ist ein guter Mensch gewesen.

28

»Warum tust du das?«, fragte eine helle Stimme. Es klang, als würde Felix mit ihr sprechen, nur stark verstellt.

Tanja kam schwer durch den Nebel ihres Bewusstseins hindurch. Wie lange hatte sie geschlafen? Was hatte sie getan? Was war real und was nicht?

Eine Hand rüttelte an ihrer Schulter, und sie versuchte, die Augen zu öffnen, aber die Mühe kam ihr so sinnlos vor! Alles kam ihr grauenhaft sinnlos vor.

»Dr. Seeling hat gesagt, dass das zu deiner Therapie gehört. Hat er deshalb nackt auf dir gelegen, damit du gesund wirst?«

Wer sprach da mit ihr?

»Mama?«

»Lass sie in Ruhe, Kleiner«, hörte sie Felix mit fester, dunkler Stimme sagen. »Deine Mutter ist eine sehr kranke Frau. Ich tu das alles nur für sie, das sagte ich dir schon. Du darfst hier nicht sein. Jetzt geh auf dein Zimmer!«

Sie glaubte, dass der Junge davonhopste, aber sie konnte die Augen nicht offen halten, um es zu sehen. *Ich habe ein Kind? Ich kann kein Kind haben, oder?*

Felix klatschte ihr mehrfach auf die Wange. »Frau Lohring, werden Sie wach. Hören Sie mich?«

Bei diesem Namen fühlte sie sich nicht angesprochen. »Mein Name ist Tanja Senger«, sagte sie schwach.

»Ich weiß, dass Sie das denken wollen, aber das wird Ihnen die Schuld nicht nehmen. Alle Ihre Versuche, Ihre Taten zu leugnen, verursachen nichts als Schaden. Das, was Sie Ihrem Mann angetan haben, können Sie nicht von Ihrer Seele löschen. Auch nicht, was Sie mir oder Ihrem Sohn angetan haben. Felix ist vollkommen verstört, weil er mit ansehen musste, wie Sie mich verführt haben. Es wird Zeit, dass Sie Verantwortung für Ihr Handeln übernehmen und sich nicht länger hinter einer falschen Identität verstecken. Sie haben Ihren Mann ermordet, weil er hinter Ihre abartige Beziehung zu Ihrem Sohn gekommen ist. Wir wissen beide, dass es nur eine Frage der Zeit ist, bis Sie sich an dem Kleinen wieder vergehen, ist es nicht so? Die emotionale Abhängigkeit wird schwer zu therapieren sein. Noch ist er klein, gerade sechs Jahre alt, aber bald wird ein Mann aus ihm werden. Wollen Sie, dass sich all das Schlechte von Ihnen auf den Jungen überträgt? Genau das wird nämlich passieren, wenn Sie ihn nicht loslassen.«

Tanja schüttelte den Kopf und versuchte, sich zu erinnern.

»Sie sind eine abgrundtief schlechte Frau. Triebgesteuert und egozentrisch. Wenn ich Sie schon ansehe, wecken Sie das Animalische in mir, weil Sie es nicht lassen können. Schon wie Sie daliegen und sich winden. Das Schlechte muss ausgemerzt werden. *Sie* sind das Schlechte. Eine Mörderin, eine schlechte Mutter, eine unzüchtige Hure. Ihnen ist nicht zu helfen, Sie sind durch und durch verdorben. Ich werde Ihnen die Möglichkeit geben, das Richtige zu tun. Ihr Sohn wird vergessen, was er gesehen hat. Er wird den Mord an Ihrem Mann als Notwehr und mein Tun als Therapieversuche verstehen. Ich verspreche Ihnen, dass ich mich um ihn kümmern werde, aber dafür müssen Sie aus seinem Leben verschwinden. Sie müssen ihn freigeben. Verstehen Sie mich?«

»Was soll ich tun?« Tanja konnte kaum denken, dafür fühlte sie tiefe Trauer, Scham und Schuld. *Mein armer Junge!*

Was war sie für eine Mutter, dass sie sich an das Gesicht ihres Sohnes nicht mehr erinnern konnte? Oder an den Mord an seinem Vater? Statt Reue zu zeigen, hatte sie sich der Lust hingegeben. Sie war unerträglich. Was für eine erbärmliche, ekelhafte Frau!

Sie weinte, laut und qualvoll, ließ alles los, woran sie sich wie eine Ertrinkende festgekrallt hatte. Was war jetzt noch lebenswert an ihrem Dasein?

Sie sind alle ohne mich besser dran. Ja, sie verstand, was sie zu tun hatte. Der Schmerz sollte aufhören. Die ganze Qual musste enden.

»Sagen Sie, dass Sie es für Felix tun werden«, forderte er.

»Ich werde es für dich tun, mein Junge«, versprach sie. »Es tut mir so leid.«

»Sehr gut, so ist es richtig«, sagte der Arzt. »Nicht mehr lange, und ich lasse alles, was Sie benötigen, im Bad liegen. Sie müssen es allein tun, verstehen Sie?«

Tanja rieb sich über den Mund. »Ich brauche meine Medizin«, flüsterte sie. Ohne die Pillen und Injektionen versank alles in einem schwarzen Sumpf, verklebte ihr Dasein zu einem festen Klumpen. Die unerträgliche Last der Verzweiflung drückte sie in die Matratze, als würde sie ihr jegliche Kraft aus Körper und Geist quetschen.

»O nein, es gibt nichts mehr für dich, was es erträglicher macht. Jetzt fühlst du, was du bist. So dreckig und verkommen. Ich werde mich von dir reinwaschen, aber du kannst das nicht.«

Er verließ den Raum und löschte das Licht. Tanja fror, fühlte sich erbärmlich und blieb mit all den Vorwürfen allein zurück.

Aus der Interviewreihe »Serienkiller und ihr Umfeld«
Frauke Quast, die Seidenmörderin

Ehrlich, Sie wollen wissen, warum ich's getan habe? Ich will wissen, warum andere das nicht tun. All diese hübschen Visagen haben mich krank gemacht. Die waren überall. Grinsten aus ihren schicken, großen Häusern, teuren Karren oder auf Fotos ihrer Karibikurlaube. Haben mir freundliche Gemeinheiten über Bürotische hinweg zugerufen, im Fahrstuhl gekichert und einander abgeknutscht. Wie … und das frage ich Sie! Wie kann man in dieser Welt nicht zum Mörder werden?

29

»Ich wurde zu einem Notfall gerufen, sag bitte alle Termine ab.«

Ella warf einen Blick auf den Kalender. Viele Patienten musste sie nicht anrufen. »Ist gut. Was ist denn passiert?«

Sebastian zog sich den schwarzen Sommermantel über und nahm seine Aktentasche zur Hand. »Ich soll helfen, ein traumatisiertes Opfer zu befragen. Die Frau wurde allem Anschein nach schwer misshandelt. Es wird Zeit brauchen, sie so weit zu erreichen, dass sie vernehmungsfähig sein wird.«

Ella ging zu ihm und strich ihm über die Schultern, als würde sie Fusseln von dem Mantel wischen und sein Erscheinungsbild überprüfen. »Bei dir ist sie in besten Händen. Ich kümmere mich hier um alles.«

Sebastian nickte ihr zu und gab ihr einen Kuss auf die Wange. »Lass niemanden rein, wenn ich weg bin. Durch die Ermittlungen wurde Einiges aufgewühlt. Die außerplanmäßigen Termine mit den infrage kommenden Patienten könnten den Täter aufgeschreckt haben. Ich will, dass du die nächsten Tage besonders vorsichtig bist.« Seine Fürsorge war beängstigend, weil ihren Mann normalerweise nichts so leicht beunruhigte.

»Weißt du jetzt, wer es sein könnte?«

Er richtete sich zu voller Größe auf und sah auf seine Armbanduhr. »Ja, ich denke, wir haben den Mann. Die Polizei müsste ihn in diesem Moment zur Befragung abholen. Aber sicher sind wir erst, wenn er gestanden hat und Frau Senger gefunden wurde.« Inzwischen schien es für ihn eine Tatsache zu sein, dass sie sich in der Gewalt des Täters befinden musste, weil alles andere keinen Sinn ergab. In der Eheberatung hatte sie mit ihrem Mann gestritten und war nicht davor zurückgeschreckt, die Probleme klar und deutlich anzusprechen. So jemand läuft nicht einfach weg, ohne irgendwas mitzunehmen. »Schon bald sollte es vorbei sein.«

Ella begleitete ihn bis zur Tür, gab ihm zum Abschied einen Kuss und schloss hinter ihm ab, dann setzte sie sich sofort an den Schreibtisch und erreichte drei der vier Patienten, um die Termine abzusagen.

Der, den sie nicht erreichen konnte, war einer von Sebastians *Speziellen:* Lennard Gutzke. Sein Termin sollte in zehn Minuten beginnen, und im System war keine Mobilnummer hinterlegt. Ihr Mann hatte nicht gesagt, wie sie damit umgehen sollte, wenn sie Gutzke nicht erreichte. *Was soll's, ich sage ihm an der Tür, dass es einen Notfall gab, und das war's.*

So war das gängige Prozedere. Die *Speziellen* klingelten, Sebastian öffnete die Tür und bat die Patienten, hinten ums Haus zu gehen, damit sie das Behandlungszimmer über die Terrasse betraten. Was auch der barrierefreie Weg für Menschen mit Gehbehinderungen war. Herr Gutzke würde also nicht erwarten, sofort ins Haus gelassen zu werden.

In diesem Augenblick klingelte es wie aufs Stichwort.

Ella straffte die Schultern und tastete kurz ihre Bluse ab, um sicher zu gehen, dass sie bis oben hin geschlossen war, dann ging sie durch den Wartebereich zur Tür und öffnete sie einen Spalt weit.

»Herr Gutzke?«

Der Mann, der sich zu ihr umdrehte, war etwas untersetzt und wirkte sehr sympathisch. Als er grinste, strahlte er übers ganze runde Gesicht, und die kleine Brille geriet auf der Nase leicht in Schieflage. »Frau Graaf, wie schön, Sie kennenzulernen«, sagte er freundlich und reichte ihr eine Hand. Seine Finger fühlten sich weich und warm an.

»Es tut mir leid, Ihnen sagen zu müssen, dass mein Mann zu einem Notfall gerufen wurde. Er bittet um Entschuldigung.«

Der Mann hielt ihre Hand fest und strich mit einem Daumen über ihre Haut. Ella entwand ihm ihre Finger und kreuzte die Arme vor der Brust. »Er wird Ihnen sicher einen alternativen Termin anbieten.«

Sein Blick wanderte über ihren Arm zu ihrem Gesicht. Es gefiel ihr nicht, auf diese Weise von ihm betrachtet zu werden, weil sie nicht wusste, welche Störung ihn regelmäßig hierherführte. »Sie haben hier draußen eine wirklich schöne Treppe«, sagte er.

Ella sah an ihm vorbei zu den fünf Backsteinstufen, die er hochgestiegen war. Der gemauerte Eingangsbereich war nichts Besonderes.

»Ich muss jetzt wieder an die Arbeit, auf Wiedersehen.«

Herr Gutzke blieb noch vor der Tür stehen, nachdem Ella sie geschlossen hatte. Sie sah seine Silhouette durch das geriffelte Glas und legte fröstelnd die Arme um sich. Rückwärts gehend beobachtete sie, wie er einfach nur dort stand und sein Gesicht der Tür zugewandt hatte. Fünf Minuten vergingen, bis er sich plötzlich umdrehte und verschwand. Ella eilte zum nächsten Fenster und spähte vorsichtig an der Gardine vorbei. Zum Glück entfernte sich der Mann vom Haus.

Gut möglich, dass sie sich da in etwas reinsteigerte, weil ihr Mann ihr den Kontakt zu den *Speziellen* so vehement untersagte, aber nach diesem Treffen wollte sie daran auch nichts ändern.

Sie ging in Sebastians Büro und nutzte die Zeit seiner Abwesenheit, um etwas Staub zu wischen. Viel aufzuräumen gab es bei ihm nie. Er ließ keine benutzten Becher oder Gläser stehen, brachte den Müll jeden Tag raus und heftete alle Notizen nach jeder Sitzung akribisch im gut gesicherten Nebenraum ab. Eine Ordnung, die er in fast jedem Bereich seines Lebens an den Tag legte, nur der Keller bildete eine bemerkenswerte Ausnahme. Dort wurden Dinge, die er nicht mehr brauchte – alte Akten, kleinere Möbelstücke, Koffer und ausrangierte Elektrogeräte – wahllos abgestellt. Als müsste der Keller beweisen, dass Sebastian durchaus zu Chaos in der Lage war, was niemand glauben würde, der nur die oberen Räume kannte. Zu guter Letzt wischte sie das Bedienfeld neben der Tür zu seinem Archiv ab. Sie strich über die Zahlen.

Sebastian war brillant, aber Zahlenfolgen konnte er sich ganz schlecht merken, weswegen er jede PIN mit einem Datum von Bedeutung verknüpfte. Am 6.9.2003 war seine Mutter gestorben. Als Ella seine Wahl für diesen Code mitbekommen hatte, war sie irritiert gewesen. Magdalena Graaf hatte etwas Ehrfurchtgebietendes an sich gehabt. Ella war ihr nur einmal an Weihnachten begegnet, kurz bevor sie gestorben war. Damals waren Sebastian und sie noch nicht mal verlobt gewesen. Magdalena hatte ihrem Sohn nicht nur dieses Haus, sondern auch ihre Praxis mit ihren Patienten vererbt. »Du wärst sicher stolz auf ihn«, sagte Ella zum Bedienfeld, als bildete es eine Verbindung zum Geist seiner Mutter.

Als sie fertig war, sah sie sich ein letztes Mal um, ob sie an alles gedacht hatte. Der Garten war zu dieser Jahreszeit wunderschön, sie nutzten ihn viel zu selten. Der September verwöhnte die Pflanzen mit warmen Sonnenstrahlen. Ella ging auf die Terrassentür zu, als sie plötzlich eine Bewegung im Beet wahrnahm. Mit zusammengekniffenen Augen sah sie genauer hin und erkannte Gutzkes rundes Gesicht zwischen dem Schmetterlingsflieder und dem Jasmin. Erschrocken wich sie zurück, stieß gegen den Schreibtisch und tastete nach dem Telefon. Sie wollte ihn nicht aus den Augen lassen, um darauf zu reagieren, sollte er Anstalten machen, das Fenster zu zerschlagen. Hastig wählte sie Sebastians Nummer und hoffte inständig, dass er rangehen würde. Mit etwas Glück hätte er das Krankenhaus noch nicht erreicht. Sobald er bei der Patientin war, befände sich sein Telefon im Flugmodus.

»Warum rufst du aus meinem Büro an?«, meldete er sich endlich.

»Herr Gutzke steht bei uns im Garten und beobachtet mich«, sagte sie ohne Umschweife. »Sag mir, was ich tun soll.«

Sebastian gab einen wütenden Laut von sich. »Woher weißt du, dass er es ist? Hast du mit ihm geredet?«

»Na ja, vorhin, als er zum Termin gekommen ist. Es ist zu kurzfristig gewesen, ihm telefonisch abzusagen.«

Jemand hupte, weil Sebastian wahrscheinlich abbremste, um die Richtung zu ändern. »Wie oft habe ich dir gesagt, dass du den Speziellen niemals die Tür öffnen sollst?«

»Hätte ich ihn einfach klingeln lassen sollen?«

Seine Reaktion machte ihr Angst, ebenso wie Herr Gutzke, der sie immer noch beobachtete.

»Ja, das hättest du!«, brauste Sebastian auf. »Beschreib mir, was er tut.«

»Nichts. Er steht nur auf der Terrasse und starrt mich an.«

»Dann beweg dich nicht vom Fleck. So lange du ruhig bleibst, wird er dich nur anschauen.«

Sie hörte die Fahrgeräusche, ihr Mann schien viel zu schnell durch die Hamburger Innenstadt zu fahren. »Wie meinst du das? Hat er anderen Frauen schon was angetan?«

»Darüber musst du dir keine Gedanken machen, tu einfach, was ich sage.«

Damit wollte sie sich aber nicht zufriedengeben. »Ich will wissen, was für ein Kerl mich da gerade anstarrt! Warum kommt er zu dir?«

Sebastian schickte einen genervten Laut durch die Leitung. »Was schon, Ella. Wie die Meisten meiner Speziellen, hat dieser Mann Gewaltfantasien und gewisse Zwänge, die wir in den Sitzungen zu kanalisieren versuchen, damit er seine Triebe nicht auslebt. Konkret liebt er die Vorstellung, andere die Treppen runterzustoßen. So oft, bis sie sich schlussendlich das Genick brechen. Er ist fasziniert von dem Anblick, wenn ein Mensch sein Leben aushaucht. Bist du jetzt zufrieden?«

Wie konnte er so was nur fragen? Ihr fiel ein, wie der Mann die schöne Treppe erwähnt hatte, was sie für seltsamen Smalltalk gehalten hatte.

»Zufrieden? Du hast gesagt, dass du deine Speziellen unter Kontrolle hast. Nennst du das da draußen unter Kontrolle?«

Ihr fiel auf, dass Herr Gutzke seine Hände immer wieder zu Fäusten ballte, als wäre er unschlüssig. Unauffällig sah sie sich zur Tür um. Zwar konnte sie weglaufen, sollte der Mann das Fenster einschlagen, aber ihr Schlüsselbund befand sich in der untersten Schublade ihres Schreibtischs. Den zu holen und eine Tür hinter sich abzuschließen, würde zu lange dauern. Am ehesten konnte sie, so schnell es ging, nach oben laufen und sich im

Bad verbarrikadieren, wobei sämtliche Badezimmer und Gäste-WCs in diesem Haus Schließvorrichtungen hatten, die man von außen mit einem Eurostück entriegeln konnte. »Wie lange brauchst du noch?«

»Maximal zehn Minuten. Ich glaube nicht, dass ...« Was auch immer ihr Mann noch sagen wollte, es ging im ohrenbetäubenden Lärm der brechenden Scheibe unter. Ein großer Stein rollte über den Teppich bis zu Ellas Füßen.

Sie ließ das Telefon fallen und rannte los, hörte, wie der Mann aus dem Garten über die Scherben stieg und ihr folgte. Panisch rannte sie an ihrem Büro vorbei, warf hinter sich die Tür zum Privatbereich zu und erklomm, so schnell sie konnte, die Stufen. Aber er war schneller als sie. Seine Schritte dröhnten auf der Holztreppe. Ehe sie das Bad erreichte, wurde sie an der Bluse gepackt und rücklings auf den Boden geschleudert.

»Aufhören!«, schrie sie. »Herr Gutzke, lassen Sie mich los!«

Die persönliche Anrede sollte ihn ausbremsen, doch er setzte sich auf sie, packte ihre Arme und fixierte sie am Boden. Seine Augen glänzten voller Vorfreude. »Deswegen hat er dich vor mir versteckt«, sagte der Mann atemlos. »Weil du wunderschön bist. Er will dich für sich allein, aber niemand sollte so eine Frau für sich allein behalten. Es ist wahrscheinlich die reinste Poesie, wenn dein Blick bricht. Ich will es festhalten und wieder und wieder ansehen. Er wird es ebenso lieben wie ich, das weiß ich.« Er rutschte höher und kniete sich auf ihre Oberarme, damit er seine Hände freibekam. »Deswegen hast du mir doch die Tür aufgemacht, es war eine Einladung. Er hat dich endlich freigegeben, ist es nicht so?«

»Bitte, mein Mann wird jeden Moment hier sein, tun Sie mir nichts.«

Er zog aus seiner Jackentasche eine kleine Dashcam, die er mit einem Clip am Revers seiner Jacke befestigte, dann drückte er auf einen kleinen Knopf für die Aufnahme.

»Wenn du dich wehrst, tut es nur noch mehr weh«, sagte er geschäftig. »Eine Holztreppe ist nicht optimal, aber keine Sorge, ich werde es beenden, wenn der Sturz es nicht schafft. Du sollst nicht leiden, du sollst wunderschön sein. O ja, das bist du, so wunder-wunderschön.«

Er stand auf und zog sie mit einem brutalen Ruck auf die Füße. Ella wehrte sich mit aller Kraft, stemmte sich gegen ihn, versuchte irgendwo Halt zu finden, bevor er sie zur Treppe schleifen konnte. »Du wirst deinen Mann sehr glücklich machen.«

Sie bekam einen Türrahmen zu fassen und krallte sich daran fest. Ein Schmerz fuhr reißend durch ihre Arme, als der Mann an ihr zog. Er war viel stärker als sie. Mit einem Arm umfasste er ihren Leib, mit der anderen Hand versuchte er, ihre Finger zu lösen. »Es ist unausweichlich«, sagte er angestrengt.

Ella warf ihren Kopf zurück und traf seine Nase. Fest genug, dass sie sich befreien konnte, aber nach wenigen Schritten warf er sich schon wieder auf sie. Ihr Gesicht wurde von seinem Gewicht in den Läufer gedrückt. Sie roch Staub und Seife, schmeckte die Fasern in ihrem Mund.

Diesmal packte er sie an den Haaren und zerrte sie daran Richtung Treppe. »Denkst du, das macht mir was aus?«, brüllte er sie an. »Es ist ja noch viel besser, wenn du dich wehrst!«

»Lennard«, donnerte Sebastians Stimme von unten herauf. »Lass sie los! Sofort!«

Ella hing weinend im Griff des Mannes und zitterte am ganzen Leib.

Der Mann hievte sie vor die Treppe und zwang sie auf die Knie. »Dr. Graaf, Sie machen die Aufnahme unbrauchbar, wenn Sie im Bild sind.«

»Du wirst meiner Frau nichts tun«, sagte Sebastian ruhig und kam die Treppe herauf. »Jetzt nimmst du deine Hände von ihr und kommst mit mir nach unten. Wir haben über Grenzen gesprochen, erinnerst du dich?«

»Aber ich dachte, dass genau deshalb Ihre Frau mir heute geöffnet hat. Sie wollen das hier, oder nicht?«

Ella hing in seinem Griff, ohne irgendetwas zu fassen zu bekommen. Wenn er ihr einen Stoß versetzte, würde sie ihrem

Mann entgegenstürzen, aber Sebastian ging ungerührt weiter. »Lass sie jetzt los, Lennard. Wir reden darüber, der andere Notfall wird warten müssen, meine Zeit gehört jetzt dir.«

Endlich ließ Gutzke Ella los. Sie fiel nach vorn auf ihre Hände und konnte sich gerade noch an der Kante abstützen.

»Komm her, Lennard«, sagte Sebastian. Er sah nur kurz zu seiner Frau, und es lag Tadel in seinem Blick, als wäre sie selbst schuld an allem. Als Herr Gutzke auf seiner Höhe war, legte Sebastian ihm väterlich eine Hand auf die Schulter. »Geh schon mal ins Behandlungszimmer, ich werde uns noch einen Tee aufsetzen und komme dann nach.«

Der Mann nickte und ging weiter.

Ella rutschte so weit von der Treppe weg, dass sie sich gegen die nächste Wand lehnen konnte. Ihr Mann sollte die Polizei rufen, den Kerl in die Geschlossene einweisen und dafür sorgen, dass er nie wieder freigelassen wurde, aber stattdessen kam Sebastian seelenruhig die restlichen Stufen hoch und kniete sich vor sie.

»Meine Anweisungen sind zu deinem Schutz, das verstehst du doch, oder?« Er klang, als würde er mit seinem Patienten reden. »Jetzt sieh, was du angerichtet hast. Der Therapieerfolg von Jahren ist in Gefahr, weil du Herrn Gutzke verwirrt hast. Öffne nie wieder einem der Speziellen die Tür, hast du mich verstanden?«

Ella nickte und wischte sich die Tränen vom Gesicht.

Endlich nahm er sie in den Arm und strich ihr beruhigend über den Rücken. »Tut mir leid, ich wollte nicht mit dir schimpfen, ich hatte nur so schreckliche Angst um dich.«

Sie ließ sich von ihm auf die Füße helfen und ins Schlafzimmer bringen. Noch immer zitterte sie am ganzen Leib. »Er wollte mich töten!« Das Entsetzen saß so tief in ihrer Brust, dass sie kaum atmen konnte.

»Nein, Liebes«, erwiderte Sebastian, drückte sie aufs Bett und umfasste ihr Gesicht. »Er hat diese Fantasien, und käme er nicht zu mir, wäre es wahrscheinlich, dass er diesem Drang eines Tages nachgeben würde, aber ich bin mir sicher, dass er dir nur Angst machen wollte.«

Das hatte er gründlich geschafft, aber diesmal lag Sebastian falsch. Sie hatte es in den Augen des Mannes gesehen, er war begierig auf die Vollendung seines Vorhabens gewesen. »Was, wenn du dich irrst?«

Sebastian ließ sie los, und sein Gesicht nahm diesen unerbittlichen Ausdruck an. »Wann habe ich mich je geirrt?«, fragte er mit einer Härte in der Stimme, die den liebenden Ehemann vom professionellen Psychiater abtrennte.

»Noch nie«, stimmte sie ihm zu. Seine Arbeit war tadellos. Jene, denen er nicht helfen konnte, ließ er einweisen. Manche hatten bereits gemordet, was Sebastian der Polizei melden musste, weil das Patientenwohl nicht über dem Dritter stand.

»Er wird dir nicht noch einmal zu nahe kommen, das verspreche ich dir. Nun mach dich frisch und ruh dich aus. Soll ich dir Benzos geben?«

Ella schüttelte ablehnend den Kopf. *Bloß jetzt kein Beruhigungsmittel.* »Sind sie alle so?«, fragte sie und klang ganz heiser.

Sebastian stand auf und strich über seinen Anzug. »O nein. Sie sind alle grundverschiedene, einmalige Persönlichkeiten. Sie kommen zu mir, weil sie sich ihrer Probleme bewusst sind. Neigungen nicht auszuleben, das ist eine große Leistung. Nur für mich reißen sie sich zusammen. Du musst endlich begreifen, wie wichtig es ist, die gewohnten Abläufe nicht zu stören.«

Ella nickte. Der Schrecken legte sich langsam, hinterließ jedoch eine Angst, die es ihr zukünftig schwermachen würde, sich in diesem Haus sicher zu fühlen.

»Ich werde den Schaden beheben und Lennards Medikamente anpassen. Bevor ich wieder losfahre, sehe ich noch mal nach dir.«

An manchen Tagen hasste sie seine analytische Art, die sie sonst als Stärke ansah. »Tut mir leid«, sagte sie dünn. »Wenn ich gewusst hätte …«

»Scht.« Sebastian nahm sie nochmals in den Arm und drückte sie fest an sich. »Es war meine Schuld«, räumte er ein. »Ich hätte mich um die Absagen selbst kümmern müssen, dann hätte ich daran gedacht, dass Lennard vor der Tür stehen würde.«

»Er sagte, er tut das für dich. Glaubt er wirklich, du hast Freude an seinen abartigen Fantasien?« Ihr war unbegreiflich, wie Sebastian mit diesen Menschen arbeiten konnte.

»Lennard sieht in mir das Pendant zu seinem gewalttätigen Vater. Seine Minderwertigkeitskomplexe quälen ihn mit der Sehnsucht nach Anerkennung. Manchmal testet er mich. Du weißt schon, so wie Teenager ihre Eltern herausfordern. Wenn ich gleich mit ihm rede und er begreift, dass ich ihn weder anbrüllen noch schlagen werde, wird es ihm sehr leidtun, dir solche Angst gemacht zu haben. Natürlich ging es dabei nur um mich. Du siehst lediglich den erwachsenen Mann, ich sehe in ihm einen Jungen, der in seiner Kindheit gebrochen wurde.«

Damit hatte Sebastian recht. Lennard Gutzke musste Mitte Vierzig sein. Nichts an ihm erweckte in ihr Mitleid oder Verständnis, und sie war überzeugt, dass er es durchgezogen hätte, wenn ihr Mann nicht gekommen wäre.

Sebastian drückte ihr noch einen Kuss auf die Stirn und stand auf. »Willst du nicht doch etwas zur Beruhigung haben?«

Ella schüttelte den Kopf. Solange dieser Kerl im Haus war, wollte sie sicher nicht von einem Medikament benebelt sein.

»Tu beim nächsten Mal, was ich dir gesagt habe, dann passiert so was nicht wieder.«

Sie sah ihm nach, als er den Raum verließ. So einfach war für sie dieses Thema nicht abgehakt, dafür steckte ihr die Angst noch viel zu tief in den Knochen.

Bis die Sitzung beendet war, saß Ella regungslos auf dem Bett und ging das Geschehen im Geiste wieder und wieder durch, wobei sie immer zum selben Schluss kam: Dieser Mann hatte sie umbringen wollen. Sebastian lag falsch. Schon wieder, wenn sie an Tanja Senger dachte. Das Bild des unfehlbaren Psychiaters verschob sich auf eine ganz unangenehme Weise. Bislang hatte sie sich sicher gefühlt, weil Sebastian alles im Griff hatte. Vielleicht wurde er nachlässig? In ihr entstand das Bedürfnis, mehr über seine *Speziellen* zu erfahren, um sich besser vor Angriffen schützen zu können. Gut möglich, dass ihr Mann langsam betriebsblind wurde und ihre Unterstützung gebrauchen könnte, wenn auch subtil. Er würde niemals mit ihr gemeinsam die Akten durchgehen und ihr erklären, was die jeweiligen Besonderheiten waren. Sebastian war auch nur ein Mensch, der eigene Stärken und Schwächen besaß. Ein gewisser Kontrollzwang und übertriebener Schutz seiner Patientinnen und Patienten ließen ihn alles unter Verschluss halten. Manchmal übertrieb er es mit seiner Bereitschaft, eine zentrale Bezugsperson für diese Menschen zu sein, wodurch er deren Seelenheil von seinem Verantwortungsbewusstsein abhängig machte. Deswegen fuhren sie nie länger als vier Tage irgendwo hin. Keine ausgedehnten Urlaube, keine entfernten Reiseziele, und sein Mobiltelefon war permanent erreichbar, wenn er sich nicht gerade in einem Termin befand. Doch wie viel war diese Opferbereitschaft am Ende noch wert? Bislang hatte sie all das klaglos mitgetragen, aber das konnte doch nicht alles sein?

Sie hörte seine Schritte auf der Treppe und schüttelte die Gedanken vorerst ab. Kurz darauf kam er zu ihr. »Geht es dir besser?«

»Etwas.« Ella gab sich Mühe, gefasst und der Lage gewachsen zu wirken, weil er gleich wieder fahren musste. Jegliche Grundsatzdiskussionen mussten warten. »Was hat er gesagt?«, fragte sie und nahm seine Hand, als er sich neben sie setzte.

»Es tut ihm leid. Er hat geweint und einen Zusammenbruch erlitten. Ich habe ihn neu eingestellt, die Medikamente sollten weitere Episoden verhindern, dafür wird er jetzt alle zwei Tage zu mir kommen, damit ich das kontrollieren kann.« Er drückte ihre Finger und fuhr mit dem Daumen über ihren Handrücken. »Kann ich dich gleich allein lassen oder möchtest du lieber mitkommen und in der Krankenhauskantine einen Kaffee trinken?«

»Nicht nötig, ich komme hier zurecht, aber später sollten wir noch mal über alles reden.«

Sebastian küsste ihre Finger und nickte. »Das denke ich auch. Halte die Türen verschlossen. Ich habe die Scherben beseitigt und den Rollladen heruntergefahren. Bis ein Glaser kommt, lassen wir es so, die Lamellen kann niemand mal eben nach oben schieben, um ins Haus einzudringen, und während der Therapiesitzungen mache ich einfach das Licht an. Bei der Gelegenheit können wir auch eine Alarmanlage einbauen lassen, das wollte ich schon längst in Auftrag geben.«

Ja, das hatte er gewollt, aber Ella war bislang immer dagegen gewesen. Ihrer Meinung nach sorgte das, was Sicherheit vermitteln sollte, meist für das Gegenteil. Es behagte ihr nicht, in einer Festung zu leben, aber der Überfall änderte ihre Einstellung zu diesem Thema. »Ist gut, mach das.«

Er ließ ihre Hand los und schob ihr ein paar Haare aus dem Gesicht, wobei sein Blick ganz warm wurde.

Mit einem tapferen Lächeln zeigte sie ihm, wie stark sie war, weil sie wusste, wie sehr er diese Eigenschaft an ihr schätzte. Seit so vielen Jahren waren sie ein eingespieltes Team, das durch nichts und niemanden aus der Ruhe gebracht werden konnte. »Na, fahr schon, die arme Frau muss durch diese Sache ohnehin schon viel zu lange auf dich warten.«

Sebastian nickte und stand auf. »In ungefähr zwei Stunden sollte ich wieder hier sein.«

Aus seiner Jacketttasche holte er einen Tablettenstreifen hervor und legte ihn auf den Nachtschrank. »Nimm eine davon und schlaf etwas, dann wird es dir besser gehen.«

Anschließend ging er zum Fenster und zog die Vorhänge zu. Sebastian war ein fürsorglicher Mann, nicht immer der liebevollste, aber es waren diese kleinen Gesten, die ihr das Gefühl gaben, geliebt und beschützt zu werden.

Zuletzt gab er ihr einen Kuss auf die Stirn. »Ich werde mein Telefon diesmal eingeschaltet lassen, damit du mich erreichen kannst.«

Sie sah ihm nach, wartete, bis sie hörte, wie er das Haus verließ und davonfuhr, dann zählte sie noch bis zwanzig, bevor sie aufstand und die Treppe wieder hinunterging. Die Stille im Haus ließ die Angst wieder hochkommen. Ihr Schlüssel steckte von innen im Schloss der Tür, die zur Praxis führte. Sie musste daran denken, alles wieder so zu hinterlassen, wie sie es jetzt vorfand. Er sollte nicht das Gefühl haben, die Erlebnisse hätten ihr Vertrauen in ihn erschüttert. Doch die Antworten, die sie sich erhoffte, brauchte sie, um die Situation selbst besser einschätzen zu können. Wenn sie Gutzkes Akte las und zum selben Schluss wie Sebastian kam, würde es ihr leichter fallen, diesen Vorfall hinter sich zu lassen.

Sein Büro war ebenfalls abgeschlossen. Sie entsperrte den Durchgang und ließ den Schlüsselbund in die Hosentasche gleiten. Die Dunkelheit durch den abgesenkten Rollladen war unheimlich. Als sie das Licht einschaltete, glitzerten kleine Scherben auf dem Boden. Durch die Terrassentür fiel noch etwas Tageslicht, aber Ella sah nicht gern zum Garten, weil sie sich davor fürchtete, Lennard Gutzke wieder zwischen den Pflanzen zu entdecken. Ein Gedanke, der zunehmend die Angst in ihrer Brust steigerte und sie zur Eile antrieb. Vor dem Bedienfeld atmete sie einmal tief durch, damit sie keine falschen Ziffern drückte, dann tippte sie 6903 ein, und die Tür wurde mit einem Klacken freigegeben.

Das Licht sprang automatisch an und beleuchtete ein Regal mit Aktenordnern und herausziehbaren Rahmen mit Hängeregistern. Zudem befanden sich noch ein Schreibtisch und ein Computer im Raum. Ella zog den Ordner mit Lennards Namen heraus und setzte sich damit an den schmalen Schreibtisch.

Kurzentschlossen startete sie den Rechner und blätterte nebenbei in den Unterlagen. Das, was Sebastian zu ihr gesagt hatte, fand sie in den Notizen bestätigt. Herr Gutzke war ein Mann mit Gewaltfantasien, dessen Fetisch die Angst seiner vermeintlichen Opfer war.

Nachdem das System vollständig hochgefahren war, gab sie bei der Passwortabfrage den Türcode ein. Treffer, die Benutzeroberfläche wurde entsperrt, und Ella konnte den Explorer anklicken. *Ich kenne dich so gut …*

Eine Ordnerstruktur erschien, die sich wahrscheinlich komplett den Akten zuordnen ließ. Das meiste waren Videos. Sie ließ willkürlich eines abspielen und erkannte Sebastians Büro. Bislang hatte sie noch nicht mitbekommen, dass er Sitzungen aufnahm. Der Mann, der von ihm hereingeführt wurde, war ihr bekannt. Die Artikel in der Tagespresse waren sehr reißerisch gewesen, weil es nicht oft vorkam, dass eine Frau einen Mann vergewaltigte. Als sie ihm einen Tee ins Wartezimmer gebracht hatte, war er der Inbegriff Bild eines zerstörten Menschen gewesen.

»Bitte, setzen Sie sich.« Die Kamera stand im Regal hinter dem Schreibtisch, sodass Sebastian nur von hinten zu sehen war und sich der Patient direkt im Fokus befand. Im Hintergrund war die geschlossene Tür zum Archiv zu sehen. »Warum wollen Sie nicht an der Gruppentherapie teilnehmen? Den meisten Betroffenen geht es besser, wenn sie sich mit anderen Opfern von Gewalt austauschen. Mehr als diesen einen Termin in meiner Praxis kann ich Ihnen nicht anbieten.«

»Ich weiß, vielen Dank, dass Sie für mich eine Ausnahme gemacht haben«, sagte der Mann. »Es fällt mir so schon schwer, darüber zu reden.«

Das Bild, das er mit seiner zusammengesunkenen Haltung, den tiefen Falten im Gesicht und den geröteten Augen abgab, weckte Ellas Mitgefühl. Durch Gutzkes Überfall konnte sie nun noch besser nachvollziehen, wie traumatisch so ein Erlebnis war.

»Nachts liege ich wach, und dann kommen all die Bilder zurück …«

»Lassen Sie uns bei dem Moment beginnen, in dem Sie die Frau in Ihre Wohnung geholt haben.«

Der Mann blinzelte Tränen fort und sah auf seine Hände hinab. »Ich wollte ihr helfen. Sie hat geblutet, ich konnte sie doch nicht vor der Tür stehen lassen.«

Betroffen hörte sie den Mann erzählen, wie aus Hilfsbereitschaft der schlimmste Augenblick seines Lebens geworden war. Sebastian stellte Zwischenfragen, bohrte so gezielt in den Wunden, dass Ella der Patient noch mehr leidtat. Es war wie das Schneiden ins Fleisch, wenn ein tiefsitzender Stachel herausgeschält werden musste, aber sie bevorzugte dennoch sanftere Methoden, die vielleicht mehr Zeit brauchten, aber keine derartige Erstverschlimmerung vor dem Heilungsprozess verursachten.

»Sagen Sie mir, wie es zu dem sexuellen Akt kommen konnte, wenn Sie Todesangst vor der Frau gehabt haben«, bat Sebastian, was Ella unfassbar herzlos erschien.

Der Mann kniff die Augen zusammen und wurde richtig klein auf seinem Stuhl. Sie hatte schon viele Männer weinen sehen, aber dieser Anblick ging ihr fürchterlich nahe.

»Sie hat mir ein Potenzmittel verabreicht.« Seine Stimme wurde lauter. »Ich wollte das nicht. Die Klinge hat in meinen Hals geschnitten, ich konnte mich keinen Millimeter bewegen, ohne es schlimmer zu machen, und es war erniedrigend, was sie mit mir gemacht hat. Sie hat mich …« Er brach ab und sog gequält die Luft ein.

»Vergewaltigt«, sagte Sebastian. »Die Frau hat Sie vergewaltigt.«

Der Mann nickte.

»Wie hat Ihr Umfeld darauf reagiert?«, wollte Sebastian wissen.

Der Mann verzog schmerzerfüllt sein Gesicht. »Wie wohl? So wie alle reagieren, wenn man sagt, dass man von einer Frau vergewaltigt worden ist. Sie haben das Geschehen ins Lächerliche gezogen. Einige sagten, dass sie auch gern mal von einer notgeilen Frau zum Sex gezwungen werden wollen.« Tränen liefen ihm über die Wangen. »Diese Frau wollte mich töten, ich …«

Ella stoppte die Aufnahme, schloss das Fenster und rief das nächste Video auf, das diesem laut Titel zugeordnet war. Es wurde in einem recht sterilen Raum aufgenommen, wahrscheinlich in der Psychiatrie. Eine Frau wurde hereingeführt, die Sebastian ansah, als würde sie ihn kennen. Ihre langen, dunklen Haare umrahmten wirr ihr blasses Gesicht, sie grinste und besaß eine ganz eigene Körpersprache. Als wäre jeder Reiz luststeigernd, selbst wenn es nur die Klinikwäsche auf ihrer Haut war. »Du besuchst mich, wer hätte das gedacht?«, sagte sie und ließ sich auf einen

Stuhl fallen. »Willst du mit mir schimpfen, weil ich mich hab erwischen lassen?«

»Du denkst, *das* ist dein Vergehen? Du bist hier, weil du einen Mann vergewaltigt hast. Sag mir, warum du das getan hast.« Es war bewundernswert, wie ruhig Sebastian bleiben konnte. Diese Frau hatte ihr Opfer zerstört und lachte darüber.

»Warum? Weil ich's konnte. Du hast gesagt, Macht ist das Produkt von Machen. Ich weiß, dass du stolz auf mich bist.«

Ella stoppte auch diese Aufnahme. Das hatte Sebastian mit Projektion gemeint, aber diese Frau war nun bereits die zweite, die so etwas sagte. Bei seiner starken Persönlichkeit und seinem imposanten Erscheinungsbild war es nicht verwunderlich, wenn sich andere seine Anerkennung erhofften, aber bei diesen Menschen war es beängstigend. Langsam bekam sie eine Ahnung davon, wovor er sie zu schützen versuchte. Er hatte mit Menschen zu tun, die vollkommen aus dem Rahmen fielen und eine Bedürftigkeit mit ihrem Mann verknüpften, die ihr gefährlich vorkam. Psychiater-Patienten-Beziehungen drohten nicht selten, in Abhängigkeit oder Besessenheit zu kippen. Ihr Mann war professionell genug, die Distanz zu wahren, das war auch in den Aufnahmen gut zu sehen, aber das Verhalten von Gutzke und dieser Frau machte ihr Angst.

Sie folgte ihrem Instinkt und suchte nach den Initialen von Felix Lohring. Er hatte mit der verschwundenen Tanja Senger gesprochen, es musste einen Grund geben, warum ihr Mann diesen Patienten als möglichen Entführer nicht in Betracht zog.

Das Video war zwölf Tage alt. Felix saß vor dem Schreibtisch und hatte Tränen in den Augen. Er gehörte nicht zu den *Speziellen,* denen Ella nicht begegnen sollte, auch wenn Sebastian die Termine mit ihm selbst vereinbarte. Sein seltsames Stottern war bemitleidenswert, doch er war stets höflich und zurückhaltend.

»Ich verstehe, dass es Ihnen so vorkommt, als könnten Sie Ihre Kindheit niemals hinter sich lassen. Wir werden so oft über die Geschehnisse sprechen, wie es Ihnen hilft. Bitte, erzählen Sie.«

Der Mann sah traumatisiert aus. Er war blass, Schatten lagen unter seinen Augen, die stark verquollen waren. »Ich ich wurde nachts wach, weil Mama und Papi gestritten haben. Dann dann hat Mama ein Messer geholt und auf Papi eingestochen. Ganz oft, bis bis er tot war.« Seine Stimme klang in der Therapiesituation kindlich, was zu der naiven Ausdrucksweise passte. Sie hielt das Video kurz an und zog seinen Ordner ebenfalls aus dem Regal. Während der Tat war er sechs Jahre alt gewesen, jetzt war er Anfang dreißig. Laut den Unterlagen war er bei einem Professor Dr. Seeling aufgewachsen. Der Vater wurde ermordet, die Mutter beging zwei Wochen später Suizid.

So etwas mit anzusehen, würde die meisten Menschen kaputt machen. Ella empfand Mitleid für den Mann, der wahrscheinlich wirklich nur zur falschen Zeit im Wartezimmer gesessen hatte.

»Die Polizei hat hat hat uns mitgenommen, dann haben wir in einem Krankenhaus gewohnt. Dr. Seeling hat versprochen, Mama zu zu zu helfen. Ich habe gesehen, wie wie er das getan hat. Sie ist so krank gewesen wie wie keine andere in dem Krankenhaus, deswegen hat er sich so intensiv um sie gekümmert. Immer wieder musste ich ich gehen, damit er sie behandeln konnte. Ich ich bin aber nicht gegangen, ich ich ich habe zugesehen. Beide sind ganz nackt gewesen, er hat sich auf sie gelegt und und und Dinge gemacht … Dann dann dann hat er mich gesehen, hat mit mir geschimpft, und und ist nachts in mein Zimmer gekommen.«

»Hat er dich auch behandelt?«, fragte Sebastian. Er redete mit ihm, als wäre all das gerade erst passiert, dabei musste Herr Lohring diese Geschichte schon unzählige Male erzählt haben. Wahrscheinlich hielt Sebastian an dieser Therapie fest, weil der Patient keinen Ausweg aus dieser Schleife fand und er glaubte, irgendwann den Ansatz zu lokalisieren, der ihn dennoch da rausbrächte. Selbst ihr Mann hatte eine weiche Seite, obwohl er immer wieder betonte, dass es Menschen gab, denen man nicht helfen konnte, und dass man sich als Therapeut nicht in die Rettung verlorener Seelen verrennen dürfe.

»Hat hat hat aber nicht geholfen. Er er mochte nicht, wenn ich weinte, Mama hat nicht geweint. Dann dann gab es Streit, sehr lauten Streit, und ich hörte, wie Dr. Seeling meiner Mama sagte, es sei alles ihre Schuld. Meinetwegen, weil sie mich liebt, weil sie gemordet hat und Dr. Seelings Behandlung Ärger brachte. Es es es ist so viel gewesen, was er ihr gesagt hat. Ich mag keinen Streit.«

»Ist das deine Mutter?« Sebastian hielt ihm ein Foto hin, das Felix Lohring nur kurz ansah, dann nickte er. Als Sebastian es vor ihn legte, sah Ella eine Frau. Auf die Ferne sah sie fast wie Tanja Senger aus, was eher an den dunklen, langen Haaren lag, für andere Details war die Aufnahme nicht gut genug. Freude erstrahlte auf seinem Gesicht, er richtete sich auf und zog das Bild dichter zu sich.

»Ja ja ja, das ist Mama, sie ist wunderschön. Heute kocht kocht sie für Papi. Er er kommt nach Hause …«

»Felix, es geht wieder los. Ich würde gern ein neues Medikament ausprobieren, müsste jedoch noch mit einem Kollegen wegen der Wirkungsweise Rücksprache halten. Kommen Sie bitte morgen um fünfzehn Uhr, um das Rezept abzuholen.«

Sebastian sagt, dieser Mann könne keine Frau anfassen. Ella blätterte weiter im Ordner. Ein Geräusch ließ sie herumfahren. Schnell ging sie zur Tür und horchte in den Raum. Es kam von der Haustür. *Verdammt!*

Hastig schaltete sie den Computer aus, rückte den Stuhl wieder zurecht, schob die Ordner zurück an ihre Plätze und lief aus dem Archiv, bevor Sebastian sie dort erwischen konnte. Er sollte mindestens zwei Stunden unterwegs sein, warum war er schon wieder hier? Wenn er mitbekam, dass sie in seinen Unterlagen geschnüffelt hatte, würde er wahnsinnig wütend werden.

Sie schaffte es bis in ihr Büro, bevor sich die Tür öffnete und Sebastian mit einem Telefon am Ohr zu ihr kam. »Bis nachher«, sagte er knapp und legte auf. »Was tust du denn hier unten? Ich dachte, du schläfst?«

»Das wollte ich auch«, sagte Ella. »Aber dann fiel mir ein, dass ich vergessen habe, meinen Patienten zurückzurufen. Was macht es für einen Eindruck, bei meinem ersten Patienten gleich als unzuverlässig aufzufallen?«

Skeptisch ließ er seinen Blick über ihren Schreibtisch wandern.

»Ich bin gerade mal seit zwei Minuten hier unten. Warum bist du schon wieder da?« Ihre Selbstsicherheit kehrte langsam zurück. Sie öffnete die Schublade und durchwühlte die Papiere. Sie musste Sebastian lange genug aufhalten, bis das Licht in seinem Archiv automatisch erlosch.

»Das Opfer musste sediert werden, vor morgen werde ich nicht mit ihr arbeiten können. Das wäre sicher anders gelaufen, wenn ich vorhin nicht hätte umkehren müssen. Jetzt verlieren wir einen ganzen Tag.« Er ging weiter in sein Büro und knallte seine Aktentasche auf den Tisch.

»Soll ich dir etwas bringen?«, fragte Ella durch die Tür. Sie beobachtete genau, ob ihm irgendetwas auffiel, was sie verraten könnte. Sebastians Laune war denkbar schlecht, sie wollte ihm nicht erklären müssen, warum sie ihn hintergangen hatte.

»Sebastian?«

Er rieb sich mit einer Hand übers Gesicht und sah zu ihr. »Das war ein harter Tag«, sagte er entschuldigend. »Wen wolltest du noch gleich anrufen?«

»Dylan Krüger. Er hat mein Angebot angenommen.«

Mit einer Kopfdrehung ließ er die Wirbel in seinem Nacken knacken, was er oft tat, wenn er gestresst war. »Er soll seine Schwester mitbringen«, sagte er. »Der Mann ist eine tickende Zeitbombe, es dürfte aufschlussreich sein, die beiden zusammen zu sehen.«

Das machte Ella hellhörig. Ihr Mann erkannte zuverlässig potenzielle Gewalttäter. Die kurzen Episoden der Eheberatung bildeten eine Art Ausgleich zu den komplizierten Fällen, weil streitenden Paaren in der Regel schnell zu helfen war. Wo andere sich zum Stressabbau Serien anschauten, joggen gingen oder ein Buch zur Hand nahmen, wählte ihr Mann die weniger anspruchsvolle Arbeit.

Ella legte die Arme um sich. »Aber du denkst doch nicht, er würde hier ausflippen, oder?«

Sebastian winkte ab. »Das sicher nicht. Wahrscheinlich wirst du ein Münchhausen-Stellvertreter-Syndrom bei ihm diagnostizieren. Durch seine aufopfernde Fürsorge seiner Schwester gegenüber wird er ständig Situationen provozieren, die allen Außenstehenden deutlich machen sollen, dass er der Einzige ist, der sich um sie kümmern kann. Gerade bei starkem Autismus dürfte es für seine Schwester schwer sein, zu erkennen, was er mit ihr macht. Unbehandelt könnte er unberechenbar werden, sollte sie sich irgendwann einem anderen Menschen zuwenden.«

Ella nickte verstehend. Was Sebastian sagte, klang plausibel.

»Zeig mir seinen Anamnesebogen noch mal.«

Ergeben drehte sie sich um und ging los, um den Bogen zu holen. In der Regel tauschte sie sich mit ihm gern über Patientinnen und Patienten aus, aber in diesem Fall war es anders. Er nahm die Diagnose und die Beurteilung des Patienten vorweg, als wäre ihre Expertise überflüssig.

Als sie damit zurückkehrte, stand die Tür vom Archiv offen. Ella schluckte gegen das ungute Gefühl an, das langsam ihre Kehle hochkroch. In der Eile konnte sie etwas falsch gemacht haben, was ihm sofort auffiel.

»Hier, das ist der Bogen.« Sie blieb im Türrahmen stehen und hielt ihm den Zettel entgegen.

Seine Körpersprache war schwer zu entschlüsseln, schon immer. Sie wusste nicht, ob er noch wegen des misslungenen Termins oder ihretwegen wütend war. Wortlos nahm er das Blatt und drängte sie in den Raum zurück, um die Tür zu schließen. Noch im Gehen fing er an, die Notizen zu lesen. Er ging damit zum Schreibtisch und setzte sich hin. »Ich würde zu gern herausfinden, wie sie die Informationen verarbeitet, die sie sortiert hat.« Nebenbei notierte er sich etwas auf dem kleinen Block. Sebastian konnte nicht anders. Wenn er einen Fall auf den Tisch bekam, fing er an, sich darüber Gedanken zu machen. Niemand, den sie kannte, lebte so intensiv für seine Arbeit wie er. Wahrscheinlich fiel ihm nicht mal auf, wie sehr er damit ihre Gefühle verletzte.

»In der Therapie soll es nicht um seine Schwester gehen«, hielt sie dagegen. »Ich möchte Herrn Krüger dabei helfen, trotz der enormen Verantwortung ein eigenständiges Leben zu führen.«

Sein Blick ruhte kurz auf den Zeilen, dann reichte er ihr den Bogen zurück. »Du kannst ihm sagen, dass der Täter gefasst wurde. Wappenschmidt sagt Bescheid, wenn sie die Frau gefunden haben.«

»Wer ist es?«

Sebastian strich sich über den Bart, und sein Blick wurde ganz leer. »Angus Kreuzer. Ich bin so überzeugt gewesen, ihm nachhaltig geholfen zu haben! Das ist ein herber Rückschlag.«

Ermordete Frauen waren kein Rückschlag, es war eine Tragödie, aber ohne diesen sachlichen Umgang mit den Fakten könnte ihr Mann wahrscheinlich seine Arbeit nicht tun. So erschöpft wie an diesem Tag sah sie ihn selten. Ella ergriff seine Hand und gab ihm einen Kuss auf die Wange. »Dafür hast du bereits unzählige Leben gerettet. Nimm dir das nicht zu Herzen. Warum machst du nicht Feierabend, wir trinken ein Glas Wein, bestellen uns was Leckeres und haken diesen grauenvollen Tag ab?«

Er sah ihr ernst in die Augen, dann entspannte ein Lächeln seine Züge. »Ist gut. Mach deinen Anruf, ich bestelle uns was bei Antonio.«

Erleichtert ging sie zur Tür.

»Und, Liebling«, rief er ihr nach. »Wenn es etwas gibt, worüber du mit mir reden willst, jetzt habe ich Zeit.«

Sie vermied es, zum Archiv zu gucken oder andere verräterische Reaktionen zu zeigen. Das, was sie finden wollte, hatte sie bekommen. Gutzke wollte ihr nur Angst machen, was ihm bestens gelungen war, aber in der Akte wies nichts auf weitere Gewalttaten hin. »Danke. Es würde mir guttun, über das Geschehen noch mal zu reden.«

Etwas Unausgesprochenes blieb zwischen ihnen zurück, als sie hinter sich die Tür zuzog.

Aus der Interviewreihe »Serienmörder und ihr Umfeld«
Natalie Pohlmann, Richterin

Es ist bei manchen Verhandlungen schwer, unvoreingenommen zu sein. Besonders, wenn man sehen muss, wie manche Opfer zugerichtet wurden. Bei Rainer Borchert hatten die Indizien nicht ausgereicht, um seine Schuld zu beweisen. Er bereute keinen der fünf Morde, betrachtete die Fotos mit einem gewissen Stolz im Blick, der für mich ein eindeutiges Bekenntnis war. Das allein reichte jedoch nicht. Ich kann Ihnen sagen, der Moment, in dem neue Beweise ihn überführen konnten, war für mich eine Erleichterung. Das Schwerste in meinem Beruf ist nicht, mich mit all den Straftaten auseinandersetzen zu müssen, sondern in dem verbindlichen Rechtssystem auch mal Entscheidungen gegen die persönliche Überzeugung zu treffen. Jeder ist und bleibt unschuldig, bis die Schuld bewiesen wurde. Da stehen Fakten immer über Gefühlen und Meinungen.

30

Milan war beinahe den gesamten Tag in seinem Zimmer geblieben, weil er nicht wusste, wie er Dylan oder Janis gegenübertreten sollte. Müde hatte er am Laptop gearbeitet, versucht, zwischendurch etwas Schlaf nachzuholen, weil er den Rest der Nacht wachgelegen und über Janis nachgedacht hatte. Seine Vernunft und er waren sich einig, dass er wie ein Volltrottel gehandelt hatte, aber wann immer er an die Küsse dachte, musste er lächeln.

Er war zu dem Schluss gekommen, dass er Dylan zumindest einen Teil der Wahrheit sagen musste, weil schwer abzuschätzen war, wie Janis weiter damit umging. Ihr Handeln war selbstbestimmt und mündig gewesen. Er war überzeugt, dass sie genau gewusst hatte, was sie tat, und mit den Konsequenzen auch nicht überfordert gewesen war. Wahrscheinlich hätte er viel weiter gehen können, ohne dass er damit ihre Grenzen überschritten hätte, dafür aber die Grenzen ihres Bruders und wahrscheinlich auch die der gesellschaftlichen Moralvorstellungen. Es beschäftigte ihn, was für einen schlechten Ruf es ihm bescheren würde, ließe er durchblicken, dass er Janis mehr mochte, als er sollte. Genau wie es ihn beschäftigte, wie absurd diese Gefühle waren. Mit Janis konnte er nichts von dem tun, was er liebte. Keine Partys, keine Clubnächte oder spontane Reisen ins Blaue. Er konnte nicht mal mit ihr diskutieren oder sie nach ihrer Meinung fragen. Kein normaler Mensch würde sich für das Riesenproblem entscheiden, wenn er die Wahl hatte. Aber das Schlimmste war, dass er sich eher wie der Unterlegene fühlte: als wäre seine Weltsicht die eigentliche Behinderung.

Auf dem Weg nach unten lauschte er, ob er die anderen hören konnte, aber alles war ruhig. Als er die Stube betrat, sah er Janis am Bücherregal stehen. Weder Herr Nachtmacher noch Dylan waren anwesend, also ging Milan zu ihr und stellte sich neben das Regal. »Hey Janis, alles gut bei dir?«

Mit einem Finger fuhr sie über die Buchrücken und las.

Milan sollte sich freuen, dass sie sich wie immer benahm, aber ein Teil in ihm hoffte, sie würde auf ihn reagieren. Wenn er ehrlich zu sich war, wollte er nicht auf ihre Zuneigung verzichten, so problematisch dieser Wunsch auch war.

»Ich geh wohl besser mal einen Kaffee trinken«, sagte er, um sich durch den Klang seiner Stimme zur Vernunft zu bringen. Es war schon spannend, wie sehr es ihn reizte, die Grenzen auszutesten. Er fragte sich, ob er ohne Geschrei ihre Hand nehmen könnte, ob sie ihm nochmals in die Augen schauen oder ihn auch jetzt noch küssen würde.

Er steckte die Hände in die Hosentaschen und ging weiter in die Küche, wo Dylan am Tisch saß und an seinem Laptop arbeitete.

»Mahlzeit«, grüßte Dylan. »Wobei – es geht ja fast schon auf den Abend zu. Ich weiß gar nicht, wann ich das letzte Mal einen Tag verschlafen habe. Du kannst dich glücklich schätzen.«

Milan nahm sich einen Becher aus dem Schrank und schenkte Kaffee ein. »Hast du noch?«

Dylan zog seinen Becher dichter. »Ja, aber das ist auch schon mein fünfter, ich sollte langsam auf Wasser umsteigen.«

Milan setzte sich zu ihm und legte sein Smartphone auf den Tisch.

»Bist du gestern noch unterwegs gewesen? Ich dachte, ich hätte so um zwei was gehört«, plauderte Dylan.

Nebenan redete Herr Nachtmacher mit Janis. Nicht mehr lange, und sie wären wieder alle in der Küche vereint.

»Das war Janis«, sagte Milan schnell. Besser, er brachte das Gespräch einfach hinter sich.

»Janis?« Dylan schüttelte den Kopf. »Sie ist nachts nie unterwegs. Was soll sie um die Zeit im Flur gemacht haben?«

»Sie ist in mein Zimmer gekommen.« Milan merkte, wie er anfing, rot zu werden.

»Moment, meine Schwester soll mitten in der Nacht zu dir ins Zimmer gekommen sein?« Dylans Beschützermodus fuhr hoch.

»Ich sage dir das nicht, damit du jetzt durchdrehst. Wir müssen darüber reden, weil ich echt nicht weiß, wie ich damit umgehen soll.«

Dylan gab sich sichtlich Mühe, Ruhe zu bewahren, aber das fiel ihm nicht leicht. »Was ist passiert?«

Mit aufeinandergepressten Lippen senkte Milan den Blick und musterte die Maserung des Tisches. »Ich bin davon wach geworden, dass sie sich zu mir gelegt hat. Und dann hat sie mich …« Er sprach es lieber nicht aus, aber Dylan schien es auch so zu verstehen. Sein Blick verfinsterte sich. »Wenn du sie angefasst hast, dann …«

»Hör endlich auf mit den beschissenen Drohungen. Deine Schwester ist zu mir gekommen, hat ihre Schwierigkeiten überwunden, um mir nahe zu sein, was ich zumindest beachtlich finde, und ich sitze jetzt hier und rede mit dir, weil ich eben *kein* Arschloch bin. Mir ist klar, was du alles schon durchmachen musstest, aber wenn ich ihr nicht wehtun soll, brauche ich deine Hilfe, weil ich echt nicht weiß, wie das weitergehen soll.«

Die Worte kamen an, aber die Wut blieb Dylan ins Gesicht geschrieben. »Hast du es mit einem deutlichen Nein versucht?«

Milan wollte nicht zögern oder anders verraten, in was für einer Zwickmühle er steckte, aber es passierte einfach.

»O nein, du erzählst mir jetzt nicht, dass du das erwiderst. Ist dir klar, wie krank das ist?«

War es das? Milan wollte ihm recht geben, aber damit täte er Janis unrecht. »Deine Schwester hat Autismus, keine Lepra.«

Dylan stand auf und stützte sich mit den Fäusten auf dem Tisch ab. »Scheiße, Mann, denkst du, Janis ist eine lohnende Eroberung? Wow, seht her, Leute, der große Massimiliano hat eine Behinderte flachgelegt, was für ein Jackpot!«

Milan stand ebenfalls auf und stellte sich ihm gegenüber. »Spinnst du? Was redest du denn für einen Müll? Verdammt, ja, ich mag deine Schwester, aber eben so, wie man jemanden mögen kann, den man gerade erst kennenlernt. Vielleicht mag ich sie auch, weil ich in ihr eben *nicht* die Behinderte sehe, sondern einfach einen besonderen Menschen. *Du* bist doch der, der nur ihre Behinderung sieht!«

»Weil sie behindert *ist!* Wenn du keinen Bock mehr hast, kannst du dich einfach umdrehen und gehen. Ich muss die Scheiße wieder ausbügeln, die du verzapfst.«

»Ich verzapfe doch gar nichts!« Milan wurde lauter als gewollt. »Ich habe nichts gemacht, verdammte Hacke. Du maulst mich hier an, als wäre ich ein Perverser. Deine Schwester hat was gemacht, kommt das jetzt endlich in deinem Schädel an?«

Eine Bewegung im Durchgang zum Wohnzimmer ließ ihn innehalten und hinsehen. Herr Nachtmacher stand dort und hielt ein Buch in der Hand.

»Wie es aussieht, müssen Sie beide sich bei Janis entschuldigen«, sagte er und legte das Buch auf den Tisch.

»*Kein Stern über mir*, was ist das für ein Buch?«, fragte Dylan und zog es zu sich.

»Es ist die Geschichte einer verstoßenen Frau, die barfuß aus der Stadt gejagt wird, weil sie voraussagen kann, wann ihre Mitmenschen sterben. Statt die verbliebene Lebenszeit für Gutes zu nutzen, beschuldigen die Menschen die Frau, sie mit Flüchen belegt zu haben. Während sie also all jene verlassen muss, die sie liebt, und in die Einsamkeit schreitet, weiß sie, dass dieses Urteil ihre Lebenszeit drastisch verkürzt und sie in drei Tagen sterben wird. Die philosophische Reise dieser Geschichte dreht sich nicht um den Tod, sondern um unseren Umgang mit den Lebenden. Lesen Sie's, ich bin mir sicher, es wird hilfreich sein.«

Als keiner etwas erwiderte, setzte sich Herr Nachtmacher an den Tisch und faltete die Hände auf der Platte. »Sie beide sind noch sehr jung, deshalb erlaube ich mir, meine Meinung zu dem zu äußern, was ich gerade gehört habe.«

Milan konnte sich denken, wie das aussehen würde. Sicher kämen die Worte weise und diplomatisch daher, aber am Ende gäbe Nachtmacher Dylan recht. Was überflüssig war, weil Milan das im Grunde auch tat. Er kannte sich selbst. Wenn man ihm etwas untersagen wollte, begehrte er es noch mehr. In diesem Fall würde es auf Janis' Rücken ausgetragen werden, weil er ihre freie Wahl vorschob, als ginge es gar nicht um ihn.

Deswegen winkte er auch ab. »Schon gut, ist nicht nötig. Ich will ja gar nicht mit ihr zusammen sein. Alles, was ich eigentlich sagen wollte, war, dass ich sie mag und wissen möchte, wie ich damit umgehen soll, wenn so was wie gestern noch mal passiert.«

»Sehen Sie, meine Herren, genau das meine ich«, sagte Nachtmacher und schaute sie an wie ein Lehrer, der mit den Leistungen seiner Schüler unzufrieden ist. »Sie reden über Janis' Kopf hinweg, als hätte sie nicht mitzureden. Deshalb fühlt sie sich einsam. Es ist Ihr gutes Recht, nicht mit ihr zusammen sein zu wollen.« Er deutete von Milan zu Dylan. »Es ist auch Ihr gutes Recht, sie mit allen Mitteln zu schützen. Aber wenn ich es richtig verstehe, haben Sie Janis' Interaktion gerade mit Verbannung bestraft. Und da fragen Sie sich, warum sie sich in ihrer Welt sicherer fühlt?«

Er stand wieder auf und deutete auf die Zettel, die auf dem Sekretär fein säuberlich sortiert lagen. »Ich finde, ein wacher Verstand, der all diese Akten neu zu sortieren vermag und Zusammenhänge findet, die keinem Ermittler aufgefallen sind, wird sicher in der Lage sein, Ihnen zuzuhören.«

Verlegen musste Milan ihm rechtgeben. Er hatte sich zu diesem Streit hinreißen lassen und ein paar Dinge gesagt, die er so nicht gemeint hatte.

»Während meines aktiven Dienstes habe ich eine Sache gelernt. Das dort …« Er deutete wieder auf die Kopien. »… sind Belange, um die sich jemand kümmern muss, aber nichts ist wichtiger als die Menschen, die man liebt.«

Milans Blick blieb an den Papieren hängen, ohne zu wissen, was er denken sollte. In seinem Leben gab es solche Menschen nicht, von denen Nachtmacher gesprochen hatte. Die Arbeit sollte diesen Platz einnehmen, aber dafür brauchte er Erfolge, mit denen er sich aus der Masse herausheben konnte. Er war nicht dafür geeignet, für kleine Käseblätter oder einen festen Arbeitgeber zu schreiben. Die Fotostrecken und Artikel in seinem Blog waren Schritte in die richtige Richtung; er wollte seinem Instinkt folgen und sich in Themen verbeißen, wenn nötig. Aber jetzt kam auf wundersame Art Janis dazwischen und brachte seine Prioritäten durcheinander.

»Nun entschuldigen Sie mich bitte, ich werde erwartet.« Herr Nachtmacher verließ die Küche, dann hörte Milan, wie er im Flur Schuhe anzog, seine Schlüssel nahm und anschließend das Haus verließ.

»Sie hat mir in die Augen geschaut.« In jeder anderen Situation wäre Milan ebenso aus dem Raum gegangen und hätte sich keine weitere Mühe gegeben. »Dylan, ich weiß, wie das alles aussieht, aber können wir für einen Augenblick bei der Tatsache bleiben, dass sie echten Kontakt zu mir aufgenommen hat?«

Erschöpft ließ Dylan sich wieder auf den Stuhl fallen und barg sein Gesicht in den Händen.

»Du hast immer so getan, als könnte sie nicht kommunizieren. Warum hast du uns das mit den Büchern und den versteckten Hinweisen nicht gesagt?« Vorsichtig setzte Milan sich ebenfalls hin und hoffte, nun wäre ein offenes, ruhigeres Gespräch möglich.

»Weil ich es selbst nicht bemerkt habe«, gab Dylan zu. Er rieb sich über die Augen und sah fürchterlich erschöpft aus. »Ich bin immer damit ausgelastet gewesen, sie zu beschäftigen und alles irgendwie am Laufen zu halten. Unsere Eltern haben den Autismus wie eine Krankheit angesehen, die geheilt werden muss. Um sie vor ihnen und den Ärzten zu schützen, habe ich ständig ausgleichend eingegriffen, Janis ruhig gehalten und die Aufmerksamkeit auf mich gezogen. Diese Wohngemeinschaft scheint ihr gutzutun, ihr eine gewisse Sicherheit zu geben, in der sie auf ihre Weise anfängt, aus sich herauszugehen, aber das macht sie euch gegenüber, nicht bei mir.« Diese Tatsache schien ihn am meisten zu treffen. Er tat so viel für seine Schwester, aber sie ließ ihn trotzdem nicht an sich heran. »Hat sie dir wirklich in die Augen geschaut?«

Milan senkte den Blick und nickte betroffen. »Ich hatte das Licht eingeschaltet, um ihr irgendwie begreiflich zu machen, dass sie gehen muss, aber dann hat sie mich angeschaut, mein Gesicht berührt und … na ja, mich geküsst.« Es spielte keine Rolle, dass er in jenem Moment eher sie geküsst hatte, weil sie definitiv damit angefangen hatte.

»Und das hat dir gefallen, ja?«, fragte Dylan nach.

Schon wieder wurde Milan rot, es ließ sich nicht mal im Ansatz aufhalten. »Nicht so wie bei anderen Frauen«, räumte er ein. »Das war nichts Sexuelles, eher der Ausdruck von ehrlicher Zuneigung, verstehst du?« Seine Finger trommelten nervös auf seinen Oberschenkeln. »Ich bin ein unsteter Draufgänger, aber als deine Schwester mich angesehen hat, ist das die totale Erdung gewesen. Sie hat so was Ernsthaftes an sich, das von einem fordert, sich auf ihr Level hinaufzubegeben, wenn man ihr begegnen will.«

Er musste irgendetwas Richtiges gesagt haben, zumindest wurde Dylan nicht wütend. »Ich weiß, was du meinst«, sagte er nach einer Weile. »Neben ihr fühle ich mich oft unzulänglich, als würde sie mich als nicht würdig erachten, mit mir zu reden, weil ich zu sehr mit den Belangen im Außen beschäftigt bin. Belange, die aber nun mal notwendig sind, damit ich unser Leben finanzieren kann.«

»Ich will echt keinen Stress, also: Sag mir, was ich tun soll.« Milan war froh, diesen Weg gewählt zu haben, auch wenn er nicht genau wusste, was er von Dylan hören wollte.

Die Art und Weise, mit der Dylan seine Sitzposition änderte, die Schultern kreisen ließ und tief durchatmete, sagte aus, wie viel Mühe er sich gab, seine eigenen Befindlichkeiten beiseite zu schieben. »Danke für deine Ehrlichkeit«, sagte er einleitend. Sein Blick blieb an dem Buch hängen. »Und für deine Hilfe. Egal, wie sehr man es versucht, man kann die Menschen, die man liebt, nicht so beschützen, wie man es möchte. Du sagst, du magst sie und siehst ihre Behinderung nicht so wie ich. Jeder Therapeut würde das, was passiert ist, als großen Fortschritt werten …« Mit einer Hand klappte er den Laptop zu und legte seine Unterlagen obendrauf. »Herr Nachtmacher hat mir erzählt, dass Janis ihre Befürchtungen wiederholt hat. Wenn sie wirklich Angst hat, ich könnte sie verlassen, wäre es denkbar, dass sie austesten will, ob du ein verbindlicher Teil ihres Lebens werden könntest. Genauso denkbar ist es, dass sie nur neugierig etwas ausprobieren will, über das sie was gelesen hat. Oder meine vollkommen verschlossene Schwester hat sich tatsächlich zum ersten Mal verliebt. So schwer es mir auch fällt, ich will ihr nichts davon verbauen. Dazu habe ich kein Recht.« Er streckte sich etwas, um an das Buch zu kommen, und schob es Milan rüber. »Am besten liest du das hier und machst dir selbst Gedanken, wie du damit umgehen willst. Du bist ein netter Mensch, ich glaube dir, dass du ihr nicht wehtun möchtest, aber wir wissen beide, wie kurz dein Gastspiel in unserem Leben sein wird, deswegen bitte ich dich nur, ihre Behinderung nicht gänzlich zu vergessen, wenn sie dir mal wieder in die Augen schaut.«

Milan verstand nicht ganz, was das werden sollte. Strich Dylan gerade die Segel? Das würde zu seiner resignierten Haltung passen, aber es konnte nichts Gutes bedeuten.

»Ich muss jetzt zur Uni, wir sehen uns später.«

Milan sah auf die Uhr. »Es ist kurz nach fünf, hast du so spät noch eine Vorlesung?«

Dylan packte seine Sachen in einen Rucksack. »In zwanzig Minuten muss ich da sein. Ich schaffe es eh nicht mehr pünktlich, aber ich will nicht noch mehr verpassen. Ihr macht das hier schon.«

Verdutzt sah Milan ihm nach und blieb am Esstisch sitzen, bis die Haustür ins Schloss fiel. Jetzt war er mit Janis ganz allein im Haus.

Aus der Interviewreihe »Serienmörder und ihr Umfeld«
Uwe Groß, Vermieter

Die Wohnung will jetzt keiner mehr haben. Ich dachte immer, die Leute interessieren solche Sachen nicht, wenn's nur billig ist, aber jeder, der hört, was im Schlafzimmer passiert ist, springt sofort ab. Manche behaupten, man könne die Verwesung noch riechen, weil die Leichen erst eine Woche später gefunden wurden. Ich rieche nichts. Jedenfalls habe ich mich dann umentschieden und eine Ferienwohnung daraus gemacht. Es gibt da so eine spezielle Seite. Die Leute bezahlen sogar mehr, um ein paar Nächte an einem Tatort zu verbringen. Ich habe die Zeitungsberichte und Fotos eingerahmt und in den Zimmern aufgehängt. Da steh'n die drauf. Eine verrückte Welt.

31

Ella hatte die ganze Nacht wachgelegen und über das Video nachgedacht, das sie gesehen hatte. Auch wenn Sebastian überzeugt war, der Polizei den richtigen Mann geliefert zu haben, war die Sache erst vorbei, wenn Tanja Senger gefunden wurde. Zu dem Anblick, wie Felix Lohring sich mit ihr unterhalten hatte, kam nun das Foto seiner Mutter. Was, wenn Tanja ihr ähnlich sah? Er war deutlich interessiert an ihr gewesen, man musste keine Expertin für Mikromimik sein, um das zu erkennen. Alle diese Fakten schrien förmlich: verdächtig! Ganz anders als bei Angus Kreuzer, der ebenfalls keiner der *Speziellen* war und den Ella bislang einfach nur als einen aufmerksamkeitssüchtigen Narzissten mit verbal sadistischem Provokationsverhalten erlebt hatte. Als sie das am Abend zuvor vorsichtig angesprochen hatte, war Sebastian wütend geworden und hatte das Thema auf eine Metadiskussion über ihre Beziehung verschoben. Am Ende war alles auf dieselbe alte Leier hinausgelaufen: Er sagte, es würde nicht funktionieren, wenn die Rollen in diesem Haus nicht klar verteilt wären. Das war zu einem Streit ausgeartet, den sie so niemals wieder führen wollte. Es ging ihr gar nicht darum, ihm in seine Arbeit hineinzureden, er sollte nur ihre Expertise respektieren und vernünftig zuhören. War es tatsächlich so schlimm, wenn er sich mal irrte? Das wäre es nur, wenn deswegen Frau Senger nicht mehr gerettet werden konnte, aber noch war ihre Frist nicht gänzlich abgelaufen: Ein paar Stunden blieben ihr noch. Ella stellte nicht ihren Mann in Frage, sie hörte vielmehr auf ihren Instinkt, und der sagte ihr mehr als deutlich, dass Felix Lohring überprüft werden musste.

Schon den ganzen Vormittag haderte sie mit sich, ob sie den Patientennamen weitergeben sollte oder nicht. Sebastians Kalender war randvoll, am späten Nachmittag wollte er den nächsten

Versuch starten, mit der traumatisierten Frau im Krankenhaus zu reden. So lange konnte Ella jedoch nicht warten.

»Bist du immer noch wütend?«, fragte Sebastian und riss sie aus den Gedanken. Sie hatte gar nicht mitbekommen, dass er aus seinem Büro getreten war.

»Etwas«, gab sie zu. »Aber ehrlich gesagt, bin ich gedanklich bei Frau Senger. Heute Abend läuft die Frist ab. Hast du immer noch nichts von der Polizei gehört?«

»Angus weigert sich, zu kooperieren. Laut Wappenschmidt werten sie seine Fahrzeugdaten aus und stellen alles auf den Kopf, um Frau Senger zu finden. Es kann nicht mehr lange dauern.« Er strich sich über den Bart und reckte das Kinn leicht, was für seine eigene Anspannung sprach. Viele kleine Regungen in seinem Gesicht verrieten, wie sehr er den Streit vom Vorabend bedauerte, aber wenn sie jetzt wieder von Felix Lohring anfing, verlor sich sein guter Wille garantiert wieder.

»Hast du mit Herrn Senger gesprochen?«

Sebastian schüttelte den Kopf und mied ihren Blick. Diese Geschichte ging ihm nahe, auch wenn er das wohl nie zugeben würde. Manchmal wünschte sie sich, er würde wenigstens ihr gegenüber ab und an die disziplinierte Haltung aufgeben.

»Ich halte es für besser, ihm vollendete Tatsachen zu präsentieren, statt ihn mit diesem Verdacht noch mehr zu beunruhigen. Die Ungewissheit quält ihn bereits seit zwei Wochen auf bedenkliche Weise; was glaubst du, was es mit ihm macht, wenn er die Wahrheit erfährt, ohne dass sie gefunden wurde? Angus konnte Tanja Senger genau beschreiben, es gibt keinen Zweifel an seiner Schuld.«

Ella sah zum Wartezimmer. Es war seltsam, dass ihr Bauchgefühl sich damit nicht zufriedengeben wollte. »Dann hoffen wir mal, dass es jetzt schnell geht.«

Es klingelte. Sebastian sah auf seine Uhr und gab Ella mit einem Blick zu verstehen, dass sie an ihrem Schreibtisch bleiben sollte. Mit einem unguten Gefühl sah sie ihm nach, wie er im Wartezimmer an die Tür ging und kurz mit jemandem redete. Dieser Patient musste durch den Garten gehen. Sie wartete, bis Sebastian in seinem Büro verschwunden war, und nahm dann ihr Smartphone aus der Tasche. Damit er ihr nicht zuhören konnte, wählte sie Dylan Krügers Nummer und ging weiter ins Wartezimmer. Er sollte wenigstens wissen, dass der Fall so gut wie gelöst war. Tags zuvor hatte sie auf den Anruf verzichtet, weil sie zu durcheinander gewesen war. Während sie das Freizeichen hörte, sah sie sich im Raum um. Sie und Felix Lohring waren wahrscheinlich die letzten Menschen, die Tanja Senger vor ihrer Entführung gesund und munter gesehen hatten. Ihre Aufmerksamkeit blieb an der Vermisstenanzeige an der Pinnwand hängen. Tanjas Foto war groß darauf zu sehen.

Es dauerte, bis Herr Krüger das Gespräch annahm, und wenn Ella eines gerade nicht aufbringen konnte, war es Geduld.

»Krüger.«

»Ja, hallo, hier ist Doktor Ella Graaf.«

»Moment, ich muss hier mal eben rausgehen.« Er klang ungehalten, wahrscheinlich störte sie ihn gerade bei irgendwas. Stimmen waren im Hintergrund zu hören, bis eine Tür klappte und der Hall eines leeren Flures Aufschluss darüber gab, wo er sich gerade befinden musste. Sie erinnerte sich noch sehr genau daran, wie die Akustik in den Fluren der Uni gewesen war.

»Jetzt kann ich Sie besser hören«, sagte er.

»Ich wollte Ihnen nur schnell mitteilen, dass die Polizei den mutmaßlichen Täter festgenommen hat. Er hat die Tat gestanden und konnte die vermisste Frau beschreiben …« Irritiert wandte sie sich wieder zu dem Foto um. Angus war kürzlich hier gewesen. Er musste den Zettel gesehen haben.

»Frau Doktor Graaf?«

In ihrem Kopf überschlugen sich die Gedanken. *Angus Kreuzer …* Das Erstgespräch, das sie mit ihm geführt hatte, lag ein paar Jahre zurück. Er hatte versucht, sie mit widerwärtigen Aussprüchen und provokantem Verhalten aus der Reserve zu locken.

»Sind Sie noch da?«

Ella musste sich räuspern. »Bitte entschuldigen Sie, ich … ähm …« Wieder sah sie zu dem Stuhl, auf dem Felix Lohring gesessen hatte. »Würden Sie mir einen Gefallen tun?«

Seine Reaktion fiel verhalten aus, und vielleicht war es auch zu viel verlangt, aber Ella musste der Sache nachgehen, alles in ihr drängte darauf.

»Noch wurde Frau Senger nicht gefunden, und ich bin mir nicht sicher, ob die Polizei den richtigen Mann in Gewahrsam genommen hat. Könnten Sie dem Journalisten einen Namen zuspielen, damit er ihn überprüft?« Bei diesen Worten wurden ihre Knie ganz weich, sodass sie sich auf einen der Stühle setzen musste.

»Warum geben Sie den Namen nicht direkt an die Polizei weiter?«

Wie sollte sie einem Fremden in wenigen Sätzen die komplizierte Lage erklären, in die sie sich gebracht hatte, ohne dass es ihr früher oder später auf die Füße fiel? »Mein Mann ist überzeugt, den Täter bereits gefunden zu haben. Er will von meiner Theorie nichts wissen. Wahrscheinlich hat er auch recht, aber sollte doch etwas dran sein, würde ich es mir niemals verzeihen, an diesem Punkt geschwiegen zu haben. Heute läuft die Frist ab, denken Sie, er kann sich schnell darum kümmern?«

»Verstehe ich das richtig? Milan soll diesen Typen diskret überprüfen, und wenn nichts dran ist, ist die Sache erledigt?«

So viele Gründe sprachen dagegen, den Namen auszusprechen. Allen voran machte sie sich strafbar, weil sie gegen den Datenschutz verstieß. »Ja, bitte, und niemand darf erfahren, woher er den Namen bekommen hat. Das würde mich in große Schwierigkeiten bringen. Nicht nur mit meinem Mann. Die Patientendaten sind äußerst sensibel. Außerdem wirft es ein ganz schlechtes Bild auf mich und Sebastian, wenn herauskommt, dass ich auf die Expertise meines Mannes nicht vertraut habe.«

»Das müssen Sie nicht extra betonen, ich weiß das alles. Ich verspreche Ihnen, dass wir Ihren Namen raushalten werden, sollten wir erwischt werden oder Hinweise finden, die wir der Polizei melden müssen.«

Etwas in ihr wünschte, sie würden Frau Senger in Lohrings Haus finden, weil ihr Mann ihr dann zukünftig besser zuhören müsste. So wollte sie eigentlich gar nicht denken, aber sie war tatsächlich noch wütend, weil er das mit der Rollenverteilung ernst meinte: Er als gefeierter Psychiater, sie als seine unterstützende Ehefrau. Dass es in all den Jahren so gelaufen war, hatte sie nur selten gestört, aber dass er es nun forderte, war schrecklich enttäuschend.

»Also?« Langsam wurde Herr Krüger ungeduldig, weil sie schon wieder so lange schwieg.

»Der Name lautet Felix Lohring.« Den Nachnamen buchstabierte sie zur Sicherheit.

»Wollte Ihr Mann ihn nicht überprüfen, oder ist er zu dem Schluss gekommen, dass dieser Lohring es nicht sein kann?«, fragte er, während sie ihn blättern hörte.

»Er hat nicht gesehen, was ich gesehen habe. Bevor Frau Senger verschwunden ist, hat sie hier im Wartezimmer mit diesem Patienten zusammengesessen. Sie haben sich unterhalten, und er ist ganz aufgekratzt gewesen. Außerdem glaube ich, dass sie vom Typ her seiner Mutter ähnelt, die sich umgebracht hat, als er noch ein Kind war. Mehr darf ich Ihnen leider nicht verraten, aber das sollte reichen, oder?«

Krüger stieß mit einem verächtlichen Laut die Luft aus. »Ernsthaft? Warum wird sein Haus dann nicht in diesem Augenblick durchsucht?«

»Weil mein Mann ihn für unschuldig hält und glaubt, dass der gesamte Therapieerfolg in Gefahr ist, sollte die Polizei bei Lohring klingeln und sein Haus durchsuchen.«

»Ist Ihr Mann denn so unfehlbar, dass er das sicher sagen kann?«

Bei dieser Frage musste sie an Lennard Gutzke denken. »Sie sind Sebastian begegnet, was hatten Sie für einen Eindruck?«

Herr Krüger war zwar nicht lange bei Sebastian im Zimmer gewesen, aber für einen ersten Eindruck dürfte es gereicht haben.

»Ehrlich, fünf Minuten mit ihm, und man hat das Gefühl, er würde alles über einen wissen. Warum zweifeln Sie überhaupt noch?«

Genau über diese Frage kam sie selbst nicht hinweg. Sie sollte längst einen Strich unter die Sache gemacht haben. »Mein Bauchgefühl lässt mir einfach keine Ruhe.«

»Ist gut. Kann ich diese Nummer speichern?«

Ella hatte gar nicht daran gedacht, die Rufnummer zu unterdrücken. »Schreiben Sie mir eine Rückrufbitte, wenn alles erledigt ist. Ich melde mich dann, sobald ich frei sprechen kann.«

Im Hintergrund waren Geräusche zu hören, dann wurde es laut, weil die Vorlesung zu Ende war. »Sollte Milan etwas Verdächtiges finden, wird er die Polizei rufen. Ihm wird schon was einfallen, wie er seine Recherchen rechtfertigt. Haben Sie die Adresse?«

Die Bürotür wurde geöffnet, Sebastian sah zu ihr. Als er bemerkte, dass sie telefonierte, blieb er abwartend im Durchgang stehen.

»Einen früheren Termin habe ich leider nicht«, sagte sie geschäftig. »Ich weiß, dass es dringend ist, aber das ist leider alles, was ich Ihnen anbieten kann.«

Herr Krüger schien zu verstehen, dass sie nicht mehr frei sprechen konnte. »In Ordnung. Milan findet die schon raus. Bis später.«

Sie legte auf und barg das Telefon an ihrer Brust. Jetzt konnte sie nur noch auf seine Verschwiegenheit vertrauen.

»Alles in Ordnung, Liebling?«

Ella lächelte und nickte. »Ja. Mit manchen Menschen ist es schwierig, einen passenden Termin zu finden.«

»Seit wann triffst du solche Absprachen über dein Handy?«

Ella ging auf ihn zu und umfasste sich mit den Armen. »Weil ich mit dem anderen Telefon nicht umherwandern kann«, sagte sie ernst. »Und seit diesem Überfall habe ich das Gefühl, mich ständig bewegen zu müssen.«

Seinem prüfenden Blick hielt sie stand, aber er schien misstrauisch zu werden, weil sie sich anders benahm als sonst. Das schlechte Gewissen saß ihr im Nacken.

»Hast du nicht gerade einen Patienten?«, fragte sie ihn, weil er jetzt gar nicht vor ihr stehen sollte. Deswegen hatte sie das Gespräch um diese Zeit geführt; Sebastian müsste noch eine Stunde lang im Termin sein.

»Mein Patient schreibt gerade einen Brief an sein zukünftiges Ich. Weißt du, ob wir noch irgendwo Mappen für das Hängeregister haben?«

Geschäftig ging sie an ihm vorbei zum Schrank in ihrem Büro und holte einen Packen eingeschweißter Mappen hervor. »Hier. Brauchst du sonst noch was?«

»Möchtest du nicht schon mal Feierabend machen?«, fragte er, als er es entgegennahm und ihre zitternden Finger bemerkte.

Sie zog ihre Hände schnell zurück. »O nein, die Routine tut mir gut. Entschuldige, ich dachte, ich könnte das Erlebte besser wegstecken, aber es setzt mir mehr zu als gedacht.«

»Das hast du gestern auch schon gesagt. Ich dachte, unser Gespräch hätte dir geholfen. Zumindest, bis du es vorgezogen hast, mit mir zu streiten.«

»Das hat es auch.« Im Grunde war sie vollkommen verunsichert, weil ihr der Überfall gewaltig in den Knochen steckte und Sebastian sie in eine Ecke stellte, in der sie nicht stehen wollte. Als wäre sie in seinen Augen eine schreckhafte, schwache Frau. Seit siebzehn Jahren gab es zwar ein Ungleichgewicht in ihrer Beziehung, weil sie seine Arbeit und seine Professionalität von Anfang an bewundert hatte, aber sie war immer die starke, kompetente Frau an seiner Seite gewesen. Jetzt schien er sie anders zu sehen. Am Vorabend war er es gewesen, der das Streitthema aufgebracht hatte, nicht sie, aber das sprach sie lieber nicht an, damit sich die Auseinandersetzung nicht wiederholte.

Er sah auf ihrem Tisch den Anamnesebogen von Dylan Krüger liegen und zog nachdenklich die Brauen zusammen. »Hast du eben mit ihm telefoniert?«

»Wie gesagt, es ist schwierig, einen passenden Termin mit ihm zu finden.«

Er sah von dem Blatt zu ihr. »Erst setzt du dich dafür ein, ihn als Patienten annehmen zu können, nun telefonierst du mit ihm über dein Handy … Was soll ich davon halten?«

»Jedenfalls nicht das, was du gerade andeutest. Du bist doch nicht eifersüchtig, oder?« Sebastian trat neben sie und küsste ihre Stirn, bevor er sie in den Arm nahm. »Manchmal schon«, gab er zu. »Es ist sicher nicht immer leicht, mit mir verheiratet zu sein. Um ehrlich zu sein, macht es mich nervös, dass Frau Senger noch nicht gefunden wurde. Das und die Sache mit Lennard haben mir wieder vor Augen geführt, wie schnell sich alles ändern kann. Ich will dich nicht verlieren.« Bei den letzten Worten drückte er sie fest an sich.

Mit geschlossenen Augen umarmte sie ihn zurück und atmete seinen Duft sein. »Denkst du, mir geht es anders?«, fragte sie ihn. »Du arbeitest mit Menschen zusammen, die auf dich fixiert sind oder die versuchen, ihre Gewaltfantasien zu unterdrücken. Du bewahrst immer Haltung, als könntest du mit jedem Problem und jeder Erzählung sachlich umgehen, aber ich sehe doch, wie nahe es dir geht, dass du Frau Sengers Entführung nicht verhindern konntest. Ich habe ebenfalls Angst, aber wir sind eine feste Einheit. Egal, was kommt, wir schaffen das.« Solche Momente waren viel zu selten, in denen sie der Liebe Raum gaben und einander ihre Zuneigung spüren ließen.

Nach einigen Sekunden ließ er sie wieder los und strich sich die Kleidung glatt. So lange sie ihn schon kannte, trug er seinen Bart immer gleich, nur dass er inzwischen grau geworden war. Damals war er ihr in seinem schicken Anzug aufgefallen; auch daran hatte sich nichts geändert. Immer anthrazitfarbene Sakkos mit passender Weste und Hose, weiße Hemden und die Taschenuhr, die er von seiner Mutter zum Doktortitel geschenkt bekommen hatte. »Ich sollte jetzt wieder reingehen«, sagte er und nahm die Mappen mit.

Als er hinter sich die Tür schloss, nagte das schlechte Gewissen an ihr, weil sie mit der Weitergabe von Lohrings Namen zu weit gegangen war. Sollte Sebastian das jemals herausfinden, wäre seine Enttäuschung unermesslich. Und das war schlimmer als jeder Streit.

Aus der Interviewreihe »Serienmörder und ihr Umfeld«
Elisa Schröding-Körber, Initiative »Opfer- vor Täterschutz«

Unseres Erachtens muss die Todesstrafe wieder eingeführt werden. Wer anderen das Leben nimmt, hat seine Daseinsberechtigung verwirkt. Warum sollen Mörder, Vergewaltiger und Pädophile auf unsere Kosten durchgefüttert werden, Zugang zum Internet bekommen und im Knast Tennis spielen? Oder in einer schicken Psychiatrie wie arme, kranke Menschen behandelt werden? Deren Opfer können nichts davon mehr machen. Sie sind entweder tot oder für immer traumatisiert. Und wo wir schon dabei sind: Jedes dieser Schweine sollte öffentlich bekannt sein, sollte einer von denen wieder auf freien Fuß kommen. Ich will wissen, wenn solche Subjekte in meiner Nachbarschaft wohnen, um meine Familie zu schützen. Die haben in der Gesellschaft nichts mehr zu suchen!

32

Milan saß unschlüssig noch einige Minuten in der Küche, nachdem Nachtmacher und Dylan das Haus verlassen hatten. Mit einer Hand drehte er das Buch auf der Tischfläche und dachte über den Freibrief nach, den Dylan ihm erteilt hatte. Natürlich waren Dylans Worte dem Frust und der Erschöpfung geschuldet gewesen; Milan würde nicht den Fehler machen, das Gesagte komplett für bare Münze zu nehmen. Bemerkenswert war aber, dass sich dadurch nichts an seinem Interesse an Janis änderte. Wenn er ihre Annäherungen nur als aufregend empfunden hätte, weil sie etwas Verbotenes gewesen waren, müsste sich das nun verlieren, aber das tat es nicht. Eigentlich wurde dadurch nur das schlechte Gewissen abgemildert. Sein Verstand zählte ihm all die Gründe auf, warum er einen Bogen um Janis machen sollte. Der schwerwiegendste war die fehlende Möglichkeit, vernünftig mit ihr zu kommunizieren. Sein Blick fiel auf das Buchcover. Die Abbildung zeigte nur eine blaue, einsame Silhouette umgeben von Schwarz. Es machte ihn betroffen, das Bild zu sehen. Was, wenn sie sich immer so fühlte?

Sein Bauchgefühl scherte sich nicht um ihre Behinderung. Weder Mitleid noch sein Ego waren die Triebfedern seiner Faszination. Es war, als spräche Janis nur eine andere Sprache, die er für die Verständigung lernen musste, aber das stand den Gefühlen nicht im Wege.

Mit diesem Gedanken wischte er sämtliche Einwände der Vernunft aus seinem Kopf und stand auf.

»Janis?«, rief er die Treppe hinauf, während er langsam die Stufen hochstieg. Er wollte sich bei ihr entschuldigen, wohl wissend, dass sie diese Information irgendwann zeitverzögert verarbeiten würde. Was genau genommen nur ein Vorwand war, um ihr nahe zu sein. Vor ihrer Tür blieb er stehen und klopfte an. »Darf ich reinkommen?«

Natürlich antwortete sie nicht, also öffnete er und fand sie am Fenster. Sie hielt einen Cremetopf in der Hand und malte mit dem Inhalt ein Gesicht aufs Fenster.

»Was machst du da?« Er trat neben sie und betrachtete die kantigen Züge ihres Motivs. »Ich wusste gar nicht, dass du malen kannst.«

Die Malerei wirkte durch die unterschiedlich dick und dünn verteilte Creme plastisch und unheimlich. Als würde ein Toter durch das Fenster gucken.

»Tut mir leid, was du vorhin mit anhören musstest«, sagte er und schaute lieber sie an. »Du bist von Menschen umgeben, die dich beschützen möchten. Dein Bruder, Herr Nachtmacher und ich wollen nur, dass es dir gut geht, verstehst du?«

Janis malte ungerührt weiter.

»Wir haben da Einiges gesagt, was vielleicht falsch rübergekommen ist. Janis, schau mich an, bitte.«

Als sie den Finger erneut in die Creme tippte, nahm er ihr den Topf aus der Hand, stellte ihn auf die Fensterbank und umfasste ihre Finger. Sie zog sie nicht weg, aber dafür nahm sie eine starre Haltung ein, als wäre sie unentschieden, wie sie auf ihn reagieren sollte. »Lass mich dich kennenlernen. Es ist okay, dein Bruder hat nichts dagegen. Wir können es ganz langsam angehen lassen und erst mal Freunde werden.« Er kam sich fürchterlich ungeschickt vor, doch irgendwie musste er ihr vermitteln, dass aus einem Kuss noch lange keine Beziehung wurde. Wenn sie ihr Wissen aus Büchern zog, konnte es gut möglich sein, dass sie eine vollkommen falsche Vorstellung von Partnerschaften hatte, weil Liebe in der Literatur meist schnell und intensiv zum Ausdruck gebracht wurde. Je nach Genre war das Zwischenmenschliche von Drama, großen Gesten und extremen Gefühlen geprägt.

»Ich möchte dir nur sagen, wie sehr mir deine Nähe letzte Nacht gefallen hat. Du bist ein ganz besonderer Mensch, ich mag deinen Duft und deine ganze rätselhafte Art. Es wäre schön, wenn du mich noch mal anschaust.«

Sie hielt die andere Hand vor sich und verrieb die Creme auf den Fingerspitzen. Am liebsten hätte er es gewagt, sie nochmals küssen, nur um zu sehen, ob sie es erwiderte, aber jede Annäherung musste von ihr kommen. »Ich habe keine Ahnung, wie es weitergehen soll. Es gibt Grenzen, die du verstehen musst. Du bist Ordnung, ich bin Chaos. Wir passen gar nicht zusammen, und trotzdem muss ich ständig an dich denken. Manchmal vergesse ich sogar, dass du nicht einfach antworten kannst. Dann ist es, als wäre dein Autismus gar nicht da.«

Ausgerechnet jetzt klingelte sein Telefon. Sie zuckte bei dem Signalton zusammen, zog ihre Hand zurück und ging.

Verdammt.

Er zog das Smartphone aus der Gesäßtasche und sah Dylans Namen auf dem Display. Anscheinend musste er nicht mal anwesend sein, um einen Rest Missbilligung zum Ausdruck zu bringen. Darauf eingestellt, dass der Freibrief nun wieder zurückgezogen würde, nahm er das Gespräch an. »Hey Dylan, was gibt's?«

»Du wolltest doch weiter Detektiv spielen, oder?« Er klang atemlos, als würde er laufen.

Milan sah an Janis' Malerei vorbei zur Straße hinab. »Eher Journalist, aber ja, warum?«

Auf dem Gehweg entdeckte er einen Mann, der mit seiner unheimlichen Erscheinung dem Bild auf dem Fenster ähnelte. Groß, dunkel gekleidet und mit einem blassen, knochigen Gesicht. Er sah kurz zu Milan hoch, drehte sich um und ging weg. *What the fuck …*

»Ich habe einen Namen aufgeschnappt, den du mal überprüfen solltest. Felix Lohring. Es kann sein, dass er der Entführer ist.«

Milan sah dem Mann nach, bis er über die Straße ging und aus seiner Sicht verschwand. »Wo hast du den Namen aufgeschnappt?«

»Das spielt jetzt keine Rolle. Er hatte Kontakt zu der Frau, die verschwunden ist. Kannst du dem nachgehen, ohne dass es auffällt? Er soll nicht merken, dass er überprüft wird. Sollte er verdächtig sein, kannst du zur Polizei gehen. Wenn nicht, vergiss den Namen am besten wieder.«

Mit einem Grinsen drehte sich Milan um und betrachtete Janis' Zimmer. »Gib es zu, das Detektivspielen macht dir auch Spaß.«

Die Ordnung in diesem Raum war bemerkenswert. Janis' Hab und Gut verbarg sich in roten Boxen, das Bettzeug war nahezu faltenfrei, und alle Regalflächen waren leer und sauber. Sie lebte hier, als müsste sie jeden Moment wieder ausziehen. Dies war wohl der sterilste Ort im ganzen Haus.

»Spaß? Wenn wir recht haben, befindet sich eine verzweifelte Frau kurz vorm Suizid. Also, wirst du dem nachgehen?«

»Sicher. Ich mache mich gleich an die Arbeit, aber wenn die Situation so dramatisch ist, warum schicken wir nicht besser gleich die Polizei hin?« Er ging aus dem Zimmer, zog die Tür hinter sich zu und folgte Janis nach unten, wo sie wieder an einem Fenster stand und nach draußen sah. »Hat Frau Dr. Graaf sonst noch was über den Kerl gesagt?«

Dylan stockte. Von wem sollte er den Namen sonst haben, dieses Drumrumgerede war albern.

»Sie will keinen Stress mit ihrem Mann, tu es einfach, ja?«

»Felix Lohring, ja?« Milan betrachtete Janis. »Sag mal, malt deine Schwester öfter Gesichter an die Fenster?«

»Sie hat *was* getan?« Dylan klang gestresst. Dann hielt er kurz den Hörer zu und redete mit jemanden. »Sorry, was war?«

»Nicht so wichtig. Ich melde mich, wenn ich was rausgefunden habe.«

Dylan bestätigte den Namen nochmals und legte auf. Bis seine Mitbewohner zurückkamen, musste Milan die Recherchen auf die Internetsuche beschränken. Janis kam zwar gut zurecht, aber er wollte sie nicht allein lassen. Er setzte sich in den Sessel und öffnete auf dem Smartphone den Browser.

Dann wollen wir mal.

Ella brachte ihren Mann zur Tür, der nun den dritten Versuch starten wollte, sich um die Frau im Krankenhaus zu kümmern. »Wann wirst du zurück sein?«

»Du kannst schon ohne mich zu Abend essen, ich denke, zwei Stunden dauert es mindestens. Würdest du im Keller die Akte von Julia Kremer raussuchen? Ich weiß nicht mehr, in welchem Jahr die Unterlagen archiviert wurden, tut mir leid, dass es etwas Arbeit macht.«

Seit siebzehn Jahren wurden die abgeschlossenen Patientenakten zwei Mal im Jahr aussortiert und in Kartons in einem abgeschlossenen Raum gelagert. Sie hatte keine Lust, in dieses Chaos hinabzusteigen und sich durch die vielen Kartons zu wühlen.

»Wofür benötigst du die?«

»Ich wurde von einem Kollegen konsultiert, also mach es bitte.«

Ella zwinkerte ihm zu. »Das ist aber kein Trick, um mich beschäftigt zu halten, oder?«

Die kleinen verräterischen Merkmale seiner Mimik ließen ihre Heiterkeit sofort ersterben. Sie hatte direkt ins Schwarze getroffen.

»Glaub mir, ich würde dir die Arbeit nicht aufbürden, wenn es nicht notwendig wäre. Bis nachher.« Er drückte ihr einen Kuss auf die Wange und verließ das Haus.

Ella schloss hinter ihm die Tür und drehte den Schlüssel zwei Mal im Schloss.

Er weiß es. Jetzt war sie sich sicher. Einen anderen Grund konnte es nicht geben. Wenn er sie nur von den Gedanken an den Überfall ablenken wollte, würde er alltägliche Vorschläge wie Fernsehen oder einen Spaziergang machen, aber er wollte sichergehen, dass sie eine Aufgabe hatte, die sie verbindlich für einen längeren Zeitraum beschäftigt hielt. Sie sollte sich vom Archiv fernhalten. Irgendetwas musste sie verraten haben. Es wäre ihr lieber gewesen, er hätte sie direkt darauf angesprochen, damit sie sich erklären konnte.

Sie ging in sein Büro und blieb vor dem Bedienfeld stehen. Wenn sie recht hatte, dann wäre der Zugangscode nun ein anderer. Entschlossen tippte sie die Nummer ein, und das System vermeldete einen Fehlversuch. Ella wurde schlecht. War das seine

Auffassung von einem ehrlichen Miteinander? Gut, es war nicht in Ordnung gewesen, dass sie den Raum betreten hatte, aber sie war seine Frau und arbeitete für ihn! Von der Weitergabe des Namens konnte er nichts wissen, was hoffentlich auch so blieb. Bislang hatte sie seinen Willen grundsätzlich respektiert, aber es missfiel ihr, wie deutlich er sie aus diesem Bereich auszuschließen versuchte. Da kam der Pedant wieder in ihm durch, der von ihr keine Einmischung duldete. Dabei war er eigentlich jemand, der nicht nach Äußerlichkeiten ging, sondern Intelligenz attraktiv fand. Als sie einander kennengelernt hatten, konnte er gar nicht genug davon bekommen, sich mit ihr über komplizierte Fälle auszutauschen. Jetzt fragte sie sich, wann genau er damit aufgehört hatte. Es musste schleichend passiert sein, weil ihr erst in diesem Moment bewusst wurde, was diese verschlossene Tür über ihre Beziehung aussagte. Sie war wie eine der abgeschlossenen Kellerakten, nur dass er sie im Vorzimmer lagerte und einige Annehmlichkeiten genoss, weil sie ihm den Rücken freihielt.

Da sich das System nicht sperrte, wenn man mehrmals die falsche Nummer eingab, ging sie alle Zahlenfolgen durch, die ihr Mann standardmäßig benutzte. Schon die dritte gab die Tür frei. *Na toll, erst ihr Todestag, jetzt ihr Geburtstag. Söhne und ihre Mütter …*

Diesmal sah sie sich um, ob sie eine Kamera entdeckte. Weder an den Wänden noch in den Regalen oder auf dem Tisch war etwas zu sehen. Wenn er es bemerkt hatte, dann weil sie die Ordner nicht penibel an ihre Plätze geschoben oder der Drehstuhl etwas anders gestanden hatte.

»Was soll diese Kontrollsucht?« So besessen, wie er sie von seinen Unterlagen fernhalten wollte, drängte sie nun das Bedürfnis, sich hier umzusehen. Was musste sie noch über die *Speziellen* wissen, die in ihrem Haus ein und aus gingen? Wenn er glaubte, sie könne mit den Störungen seiner Patienten nicht umgehen, dann irrte er sich. Sie war durchaus in der Lage, sich selbst zu schützen, aber nicht, wenn sie keine Ahnung hatte, wozu diese Menschen fähig waren.

Mit ihrem Smartphone machte sie Fotos von den Regalen und dem Tisch, um diesmal besser darauf zu achten, dass hinterher alles genauso aussah, wenn sie den Raum verließ. Dann zog sie die Vorrichtung mit den Hängeregistern heraus und betrachtete die Initialen auf den Reitern. »Warum heftet er das nicht gleich in die Ordner?«, murmelte sie vor sich hin und nahm eine dicke Mappe heraus. Es kamen Zeichnungen von schwarzen, erschlagenen Hunden zum Vorschein, mit Pfeilen, aus welchem Winkel sie getroffen worden waren. Daneben erkannte sie die Handschrift ihres Mannes, der die vermeintlichen Kunstwerke mit Namen und Daten versehen hatte. Sie machte ein paar Fotos von einigen Bildern, um sie sich später in Ruhe anzuschauen. Dann hängte sie die Mappe zurück und nahm eine mit den Buchstaben *F.L.* zur Hand. Sie hätte nicht gedacht, dass Sebastian jeden Patienten auch kunsttherapeutisch anleitete. Doch in dieser Mappe befanden sich keine Malereien. Es waren Fotos von Patientinnen, die mit denselben Kürzeln versehen waren, die sie bei den Videodateien auf dem Computer gesehen hatte.

»Was zur Hölle …« Sie erkannte Tanja Senger auf dem Foto. Es war das, das er Felix Lohring über den Tisch zugeschoben hatte. Jetzt, da sie es genau sehen konnte, erkannte sie die Frau eindeutig wieder. Ein eisiges Gefühl zog von ihrem Kopf bis in den Magen. Sebastian hatte dem Mann nicht nur das Foto gezeigt, er hatte ihn auch zu der Zeit in die Praxis zitiert, als Tanja ihren Termin gehabt hatte. *Und er war an dem Tag spät dran gewesen …*

»Das ergibt doch keinen Sinn!« Schnell suchte sie nach Gutzkes Initialen und fand ebenfalls Fotos von Patientinnen mit Videokürzeln. Sie machte auch davon Aufnahmen und schaltete den Computer ein. Die Videos mussten irgendetwas zeigen, was Sebastians Handeln erklärte, weil das, was sie sah, ein entsetzliches Bild in ihrem Kopf erschuf.

Das System ließ sich genau wie die Tür mit dem Geburtsdatum seiner Mutter entsperren. Sie öffnete den Ordner mit den Videos und klickte jenes mit dem jüngsten Datum an. Das Kürzel war zusammengesetzt aus den Initialen RK und Zahlen, die zu den Patientenakten passten. Es war an diesem Tag aufgenommen worden. Ein Patient kam durch die Terrassentür und setzte sich vor den Schreibtisch. Es war dieser große, unheimliche Kerl mit dem kantigen Gesicht, den Ella schon ein paar Mal heimlich durchs Fenster beobachtet hatte, wenn er zu seinen Sitzungen kam.

»Bevor wir darüber reden, was Sie dem Hund angetan haben, möchte ich, dass Sie einen Brief an Ihr zukünftiges Ich schreiben.« Laut Zeitstempel war dieser Termin früher am Tag gewesen. Also nicht der, den sie genutzt hatte, um mit Dylan Krüger zu telefonieren. »Nur ein paar Zeilen über das, was Sie sich für die Zukunft wünschen, weil ich glaube, dass in Ihnen ein Wunsch schwelt, der geäußert werden will.«

Bei seiner Ansprache zuckten kleine Muskeln im Gesicht des Patienten. Sebastian hatte recht, der Mann wollte etwas aussprechen, was ihm nicht über die Lippen kam.

»Hier.« Sebastian schob ihm einen Block und einen Kugelschreiber rüber. »Ich gebe Ihnen etwas Zeit, in Ruhe über Ihre Worte nachzudenken, und hole uns einen Tee.«

Ella erinnerte sich daran, wie er seelenruhig in die Küche gegangen war, um den Tee selbst zu kochen.

In Sebastians Abwesenheit sah sich der Mann auf dem Schreibtisch um, rümpfte enttäuscht die Nase und fing an zu schreiben. Als ihr Mann zurückkam, standen nur wenige Sätze auf dem Zettel. Sebastian stellte zwei Becher ab, setzte sich und beugte sich etwas vor, sodass seine Schulter im Bild war. Er zog den Block zu sich und las die Zeilen, was ihm einen unzufriedenen Laut entlockte. »Das haben Sie nicht richtig gemacht«, sagte Sebastian tadelnd. Der große Mann sank in sich zusammen. »Hier müsste stehen, dass Sie zukünftig nicht mehr über Hunde sprechen wollen, weil Sie die Dinge lieber beim Namen nennen.« Wütend knüllte er den Zettel zusammen und warf ihn in den Mülleimer. »Ich habe keine Zeit mehr für so was!«

Der Mann wirkte verletzt und abhängig. So beängstigend er auch aussah, in Sebastians Nähe wurde er ganz klein und unterwürfig.

»Sie fühlen sich doch besser, seit Sie zu mir kommen, oder? Habe ich Ihnen nicht geholfen, mit Ihren Neigungen besser umzugehen und ein zufriedenes Leben zu führen?«

Ohne ihn anzusehen, nickte der Mann.

»Wie oft habe ich Ihnen gesagt, dass jeder Mensch ein Recht auf Akzeptanz und Liebe hat? Wie oft, Rolf?«

Der Patient fuhr zusammen und zuckte mit den Schultern. »Ich weiß es nicht«, erwiderte er leise. »Beinahe in jeder Sitzung?«

»Ganz genau.« Sebastian lehnte sich zurück und war nicht mehr zu sehen. »Jede verdammte Sitzung, aber Sie haben es nicht verstanden«, warf er ihm vor. »Ich sehe, wer und wie Sie sind. Schon als Sie damals den ersten Termin bei mir hatten, weil Sie glaubten, ein Problem zu haben, wusste ich, dass Sie mit dem Verlangen kämpften, Menschen zu töten. Ich werde nie vergessen, wie glücklich sie nach dem ersten Mord zu mir gekommen sind.«

Verwundert hob der Mann den Blick und sah ihn mit einer Verletzlichkeit an, die Ella einen kalten Schauer über den Rücken jagte. »Aber das verstehe ich nicht, Sie wussten es? Warum …«

Ella presste sich eine Hand auf den Mund und kämpfte gegen die Übelkeit an. Das durfte nicht wahr sein!

»Warum ich Sie seit so vielen Jahren machen lasse?« Sebastians Stimme klang bei diesen Worten einfühlsam und liebevoll. »Meine Mutter sagte immer, Inklusion beginnt mit dem Verständnis für Bedürfnisse. Ihr Bedürfnis zu töten haben wir mit dem Bedürfnis anderer zu sterben kombiniert. Ihre Cool-Off-Periode hat sich auf drei Monate verlängert! Haben Sie nicht sogar eine Frau kennengelernt, mit der Sie sich eine Beziehung vorstellen können?«

Ein Lächeln erstrahlte auf Rolfs Gesicht. Ella musste blinzeln, weil Tränen ihre Sicht verschwimmen ließen. Das, was sie sah, wollte einfach nicht in ihren Kopf. Es war, als würde sie einem Fremden zusehen. Ihr Mann würde so etwas niemals tun, oder doch? Wie konnte sie das übersehen haben? Das war undenkbar! Sie konnte doch unmöglich all die Jahre einen Psychopathen geliebt haben!

Das unheimliche Grinsen wirkte anzüglich. »Ricke ist bei mir eingezogen. Sie liebt es, wenn ich sie fessle und mit ihr mache, was ich will.«

»Wirst du sie leben lassen?«, fragte Sebastian, als wäre es vollkommen normal, darüber zu reden.

Etwas Schelmisches verlieh Rolfs Augen einen vergnügten Glanz. »Sie gehört mir. Für immer. Niemals könnte ich ihr etwas antun.«

»Siehst du, die Therapie funktioniert. Und deshalb musst du etwas für mich tun. Wir wollen doch, dass alles wie gewohnt weiterläuft, oder?«

Rolf wurde wieder ernst und nickte.

»Es gibt Menschen, die Fragen stellen. Fragen, die mich in Schwierigkeiten bringen, sollten sie nicht lockerlassen. Die Gesellschaft versteht nicht, was wir hier tun, weil sie andere Maßstäbe für Recht und Ordnung ansetzt. Wenn die Polizei von meinen Methoden erfährt, werden sie alle Akten durchsehen und dann zu euch kommen und euch holen, verstehst du das?«

Rolfs Gesicht wurde ganz hart, wodurch die markanten Wangenknochen noch weiter hervortraten. »Wo finde ich diese Menschen?«

Sebastian schob ihm einen Zettel rüber. »Niemand darf verschont werden. Zur Sicherheit schicke ich Ihnen Verstärkung, Sie werden einander erkennen, dessen bin ich mir sicher. Es muss exakt um zwanzig Uhr passieren. Nicht früher, nicht später. Sollten Sie aus irgendeinem Grund in Haft genommen werden, sagen Sie aus, bei meiner Frau, Doktor Ella Graaf in Behandlung zu sein. Dieser Auftrag stammt von ihr. Haben Sie das verstanden?«

Entsetzt legte Ella die Hände über den Mund und rollte mit dem Stuhl ein Stück vom Computer weg. Das durfte nicht wahr sein! Ihr Mann war ein Monster! Stockend schöpfte sie Atem, zitterte und versuchte verzweifelt, die aufkommende Panik zurückzudrängen.

Ich muss hier raus. Der erste Gedanke kämpfte sich schwach durch die Empfindungen hindurch und aktivierte ihren Verstand. Die Beweise mussten gesichert werden. Wenn sie jetzt weglief, stünde sein Wort gegen ihres, und ihm wurde zugehört. O Gott, die Adresse! *Ich muss Herrn Krüger warnen.*

Hastig zog sie weitere Mappen aus der Halterung und kippte den Inhalt auf die Tischfläche. Fotos, Zeichnungen und Beschreibungen von grausamen Taten kamen zum Vorschein. Er therapierte diese Menschen nicht, er sammelte sie. *Und er weiß, dass ich geschnüffelt habe …*

Ella schickte das Video via Airdrop auf ihr Smartphone und wollte gerade den Notruf wählen, als es klingelte.

Sie blickte ängstlich zur Tür. *Die Kamera ist noch da!* Wenn die Bilder auf sein Smartphone übertragen wurden, wusste er in diesem Augenblick, was sie gerade tat. Die Tür zum Archiv befand sich im Aufnahmebereich. Das erklärte, warum er den Türcode geändert hatte. Er wusste alles. Mit Tränen in den Augen nahm sie das Gespräch an. Der Computer zeigte an, dass die Datei noch immer übertragen wurde; noch musste sie in der Nähe bleiben.

»Warum konntest du dich nicht an die Regeln halten«, fragte er mit ruhiger Stimme.

»Bitte, Sebastian, ich verstehe das alles nicht. Was hast du getan?«

»Das ist richtig, du verstehst es nicht. Wenn du das könntest, hätte ich dich eingeweiht, aber meine Mutter hat mich davor gewarnt, dich je in die Nähe der Wahrheit zu lassen.«

Ella schüttelte ablehnend den Kopf. »Deine Mutter?«

»Ihr Lebenswerk ist bedeutender als du und ich. Du wirst jetzt Folgendes tun.«

Ihre Gedanken überschlugen sich. Sie musste die Polizei rufen. Ihr Blick schweifte über die Fotos der Opfer. »*Ihr* Lebenswerk?«, fragte sie fassungslos, obwohl sie besser schweigen sollte. »Das verstehe ich nicht. Was geschieht hier?«

»Lass alles liegen, ich räume das Durcheinander später auf. Liebes, du musst keine Angst haben, ich würde dir niemals etwas antun. Ich werde dir helfen, es zu verstehen.«

Sie trat an die offene Tür heran und sah zum Regal hinter dem Schreibtisch, wobei ihr die kleine Uhr auffiel. 19:20 Uhr.

»Geh weiter und lass die Tür offen. Dann gehst du nach oben und wartest auf mich.« Seine eindringliche Stimme hatte etwas Hypnotisches. Ella schüttelte den Kopf und rieb sich übers Gesicht, um über die Reize die Benommenheit abzuschütteln.

»Das war keine Projektion«, sagte sie und sah zum Computer. Die Übertragungsrate war bei 72 Prozent. »Lennard Gutzke sagte, er täte es für dich.« Ihre Worte klangen abgehackt und brachten die Angst zum Ausdruck, die ihr beinahe die Kehle zuschnürte.

»Du weißt nicht, was du da redest«, antwortete Sebastian kalt. »Tu jetzt, was ich dir sage. Ich kann sehen, dass du zögerst.«

Ella schluckte gegen die Übelkeit an. Wieder suchte sie mit Blicken das Regal ab. In einem schwarzen Buchrücken entdeckte sie eine kleine Linse, die kaum auffiel, wenn man nicht wusste, dass sie da war.

Nun lachte Sebastian. Der Mann, den sie ihr halbes Leben lang geliebt hatte, war ein Monster. »Jetzt hast du sie gefunden«, sagte er. »Liebling, alles wird gut. Du brauchst Hilfe, das ist alles. Ich werde mich um dich kümmern. In guten wie in schlechten Zeiten, das haben wir einander geschworen, nicht wahr?«

Sie kniff die Augen zusammen, versuchte, sich so weit zu beruhigen, dass sie einen Ausweg finden konnte. Nicht Sebastian würde kommen, sondern jemand wie Lennard Gutzke. Kranke Individuen, die Lust empfanden, wenn sie willkürlich mordeten.

»Du hast dich an den Erzählungen ergötzt, ist es nicht so?«, sagte sie, um ihn hinzuhalten. »Erst hast du die Mörder mit ihren Opfern zusammengebracht, dann hast du dir haarklein erzählen lassen, wie diese Menschen ermordet wurden. O Gott, du hast den Angehörigen Therapien zur Traumabewältigung angeboten! Wie konntest du dein abartiges Handeln all die Jahre vor mir verbergen?«

Endlich brummte das Telefon als Zeichen, dass die Übertragung abgeschlossen war. Ella verließ das Archiv. Die Rollläden vor der Terrassentür und dem noch immer zerstörten Fenster waren geschlossen.

»Denk gar nicht erst ans Weglaufen, Liebling, sonst muss ich andere nach dir suchen lassen.« Sein Tonfall blieb gleichmütig, als fürchtete er sich nicht einmal vor dem, was sie mit ihrem Wissen anrichten konnte.

Die Angst war schwer zu kontrollieren. Mühsam atmete sie in ruhigen Zügen und zwang sich, innerlich einen Schritt zurückzutreten, um nicht kopflos zu handeln.

Ganz langsam setzte sich das neue Bild zusammen, das kein Stückchen von der Persönlichkeit übrigließ, die sie zu kennen geglaubt hatte. *In wenigen Minuten sind die Gestörten bei Dylan und seiner Schwester.*

Sie trat vor den Schreibtisch, wohl wissend, dass er sie sehen konnte. Für den Moment überließ sie der Psychiaterin das Feld, das Entsetzen half ihr jetzt nicht.

»Sind sie schon als Mörder zu dir gekommen, oder hast du sie zu dem gemacht, was sie heute sind?«, fragte sie und ging zu dem Buch mit der Kamera.

»Ich habe diesen Menschen geholfen«, erwiderte er streng, als wäre sie zu dumm, sein Werk zu verstehen. »Willst du darüber urteilen, wer es verdient hat, glücklich zu sein? Jeder einzelne von ihnen hat darunter gelitten, anders zu sein. Viele von ihnen wurden ausgegrenzt, misshandelt oder gemobbt. Ich habe ihnen ihre Würde zurückgegeben, sie lebensfähig und kontrollierbar gemacht.«

»Und was ist mit den Opfern?«, schrie sie ihn an. »Was ist mit deren Würde oder dem Recht auf Leben?« Entschlossen warf sie das Buch in den Mülleimer, damit er sie nicht mehr sehen konnte, dann nahm sie vom Festanschluss den Hörer ab. Aber die Leitung war tot.

Sie wollte das Gespräch mit ihrem Mann nicht beenden, weil sie glaubte, sicher zu sein, solange er mit ihr sprach. Ihrer Einschätzung nach konnte er weder zusehen noch zuhören, wenn ein Mord passierte, er genoss die Nacherzählungen und Aufnahmen, nachdem der Tod eine Tatsache war.

»Die Komposition war perfekt«, schwärmte er. »Was ich getan habe, hat Unschuldige geschützt. Siehst du das denn nicht?«

Unschlüssig ging sie ein paar Schritte. Sebastian klang selbstsicher und überlegen, als wäre Ella gar keine Gefahr für ihn. *Er schindet Zeit!*

Endlich wurde ihr klar, dass sich jemand bereits auf dem Weg zu ihr befinden musste. Er hatte gesehen, was sie tat, und alles vor dem Anruf in die Wege geleitet.

Plötzlich kippte sein Tonfall ins Besorgte: »Was redest du denn da? Du bist ja von Sinnen.« Auf seiner Seite der Leitung wurden Stimmen im Hintergrund lauter. »Ella, Liebling, beruhige dich!«, rief er in den Hörer, was beinahe verzweifelt klang. »Schatz, hast du deine Medikamente nicht genommen? Du hast einen paranoiden Schub, bleib, wo du bist, ich komme nach Hause und werde dir helfen … Nein, was redest du denn da? Tu das nicht, Ella, Schatz, bitte, ich liebe dich doch! Du leidest unter Wahnvorstellungen …« Alles, was er sagte, war für das Publikum gedacht, das ihn umgab, nicht für sie. »Bleib, wo du bist! Wir bekommen das alles hin … Nein, nein, das ist unser Zuhause, du darfst es nicht niederbrennen, rede mit mir, bitte Ella. ELLA!« Dann wurde die Verbindung unterbrochen.

Geistesgegenwärtig rannte sie los. Sie musste aus dem Haus raus, sofort!

Sie wollte noch schnell die Schuhe wechseln, als im Wartezimmer bereits eine Scheibe eingeschlagen wurde. Ängstlich horchte sie auf das Knirschen, als der Eindringling mit den Füßen auf den Scherben landete, und rannte so wie sie war durch die Haustür auf die Straße hinaus. So schnell sie konnte, sprintete sie gegenüber am Haus vorbei und begab sich in den Schutz der benachbarten Gärten. Hinter einem Busch blieb sie stehen und aktivierte ihr Telefon, doch statt des gewohnten Sperrbildschirms wurde eine Mitteilung angezeigt:

Dieses Telefon wurde als gestohlen gemeldet und gesperrt.

»Scheiße!« Sie konnte weder den Notruf wählen, noch Dylan Krüger warnen. In dreißig Minuten würden Sebastians Mörder angreifen.

Denk nach!

Dunkel erinnerte sie sich an die Adresse von Dylan Krüger. Sie brauchte ihn, weil ihr Mann sie vermutlich in diesem Augenblick als psychisch krank und äußerst gefährlich der Polizei meldete. Er arbeitete seit Jahrzehnten mit den unterschiedlichsten Ermittlern zusammen, und egal, was er ihnen erzählte, sie würden ihm immer mehr glauben als ihr. Die einzigen Beweise, die sie besaß, waren von ihrem Mann gesperrt worden. Hinter sich hörte sie eine Explosion. Ella drehte sich nicht um, sondern lief in entgegengesetzte Richtung weiter.

Aus der Interviewreihe »Serienmörder und ihr Umfeld«
Helga Albers, Psychiaterin

Gehen Sie lieber nicht auf das schmale Brett, Mörder seien dumme Menschen. Das mag bei so manchem Totschlag zutreffend sein, aber einen geplanten Mord organisiert man nicht mal eben – vor allem nicht, wenn man nach der Tat davonkommen will. Die menschliche Psyche ist ein komplexes, faszinierendes Konstrukt. Wenn Sie einen Täter fassen wollen, dürfen Sie nicht in Schubladen denken. Würden nur dumme Menschen dumme Dinge tun, wäre die beste Prävention wohl ein IQ-Test, aber so einfach ist das leider nicht.

33

Dylan war sich nicht sicher, ob sie das richtige Haus beobachteten. Es fehlte die Hausnummer an der Tür, und eine direkte Nachbarschaft gab es nicht. Das, was Milan online über Felix Lohring herausgefunden hatte, war kaum mehr als die Adresse gewesen. Kein Facebook, Twitter oder Instagram, sein Name wurde lediglich auf einer Schachklubseite erwähnt, was unter die Kategorie *Das Internet vergisst nie* fiel, weil der Eintrag bereits neun Jahre alt war. Sogar Herr Nachtmacher war mitgekommen, nur um unentwegt zu betonen, wie falsch ihr Handeln war, weil er an das Rechtssystem glaubte. Trotzdem telefonierte er von dem parkenden Wagen aus jetzt mit seinem Kollegen, während Milan um das Haus schlich.

Wenn sie richtig lagen, müsste Felix Lohring jeden Moment sein Opfer aus dem Haus schaffen, damit es bei sich zu Hause in der Badewanne sterben konnte.

Die Diensttreue lag Nachtmacher im Blut. Dylan war spontan mitgefahren, weil er derzeit nicht gut darin war, vernünftige Entscheidungen zu treffen: Die Sache mit Janis und Milan verletzte ihn mehr, als er zugeben wollte. Ausgerechnet den Spaßvogel ließ sie an sich heran, wo Dylan sein Leben lang alles für sie getan hatte. Das war nicht fair, und es tat weh. Und das schlechte Gewissen, weil er so nicht denken sollte, machte alles nur noch schlimmer.

Endlich öffnete Nachtmacher die Tür und kam zu ihm auf den Gehweg. Es war kurz vor acht Uhr abends, es dauerte noch, bis es richtig dunkel wurde.

»Die Kollegen sind gerade auf dem Weg zu dem Opfer«, sagte er ohne Umschweife. »Der Typ ist endlich eingeknickt und hat alles gestanden. Wie es aussieht, hat er die Frau unter Drogen gesetzt, ihr Dinge eingeredet und sie mit schweren Entzugserscheinungen in der Nähe ihrer Wohnung ausgesetzt. Noch wird sie gesucht, aber es sollte nicht mehr lange dauern.«

»Dann ist es vorbei?«, fragte Dylan mit einer Mischung aus Erleichterung und Unglaube.

»Es ist wohl erst vorbei, wenn sie gefunden wurde, aber ja, wir können jetzt wieder fahren. Wo bleibt denn Milan?« Nachtmacher sah sich zum Haus um.

»Der kommt sicher gleich.«

»Na, hoffentlich lässt er sich nicht auf den letzten Metern noch erwischen, das ist nämlich Hausfriedensbruch«, sagte Nachtmacher. »Denken Sie, es war gut, Janis allein zu lassen? Es kam mir vorhin so vor, als wollten Sie ihr eine Lektion erteilen.« Natürlich hatte der Alte ihn komplett durchschaut.

»Sie können mir glauben, dass ich diese Entscheidung längst zutiefst bereue. Ein Teil von mir wollte, dass sie sieht, wie es ist, wenn sie allein ist. Und sei es nur für eine Stunde. Das hätte ich nicht tun sollen.«

Nachtmacher legte ihm väterlich eine Hand auf die Schulter. »Wir sind alle nur Menschen, und manchmal tun wir sehr menschliche Dinge. Na los, sammeln wir unseren Freund ein und fahren wieder.«

Milan kam um die Hausecke und winkte sie zu sich. Dylan gestikulierte zurück, damit Milan verstand, dass es vorbei war, aber das tat er nicht. Stattdessen drehte er sich wieder um und ging zurück.

»Was soll das denn jetzt?«, fragte Dylan mürrisch und setzte sich in Bewegung.

Seufzend begleitete Nachtmacher ihn. Der alte Mann sah in diesem Augenblick auch ohne Uniform noch wie ein Polizist aus, was an der Routine lag, mit der er sich umsah und eine gewisse Einsatzbereitschaft ausstrahlte. Eigentlich fehlte nur der Griff an den Gürtel, wo früher das Holster gesessen hatte.

Leise schlichen sie um das Haus und trafen an einem vergitterten Kellerschacht auf Milan.

»Es ist vorbei, sie haben den Kerl, wir fahren jetzt«, flüsterte Dylan ungehalten.

»Hört ihr das?«, erwiderte Milan und deutete auf das leicht offen stehende Fenster unter dem Gitter. »Da fließt Wasser.«

Nachtmacher hockte sich neben ihn und horchte, während Dylan lieber die Umgebung im Blick behielt.

»Da weint eine Frau«, sagte der Alte leise. »Oder nicht?«

Nun beugte sich auch Dylan tiefer hinab und hörte es auch.

»Mami, darf ich mitbaden?«, fragte eine seltsam verstellte Stimme. »Das Wasser ist so schön warm.«

»Scheiße, das würde bedeuten, dass sie tatsächlich den Falschen haben. Wie kann das sein?« Dylan wäre es lieber gewesen, Ella Graaf hätte sich geirrt. »Sie sagten doch, der Typ konnte das Opfer beschreiben!«

Sie entfernten sich etwas von dem Schacht, um sich besprechen zu können.

»Ich rufe Wappenschmidt an.« Mit dem Telefon in der Hand ging Nachtmacher ein paar Meter weg, damit kein Wort nach unten drang.

»Was, wenn sie sich hier umbringt und er dann erst die Leiche in die Wohnung schafft?«, fragte Milan. »Wir sollten keine Zeit verlieren.«

Dylan gefiel das alles nicht. Was, wenn sie sich strafbar machten und einem Unschuldigen den Schreck seines Lebens einjagten?

Das Gespräch dauerte nicht lange, dann kam Nachtmacher zurück und steckte das Telefon wieder weg. »In spätestens fünfzehn Minuten sind sie hier. Und wir werden Einiges erklären müssen.«

»Vielleicht hat die Frau aber keine fünfzehn Minuten mehr«, sagte Milan drängend. »Wir können nicht warten, bis die Polizei hier ist. Was, wenn die Frau sich in diesem Augenblick die Pulsadern aufschneidet? Wir müssen sie da rausholen!«

Nachtmacher rang mit sich. Auf seinem Gesicht war der Kampf zwischen Diensttreue und Tatendrang deutlich zu sehen. Bislang standen sie nur im Garten. Mehr als eine Verwarnung gäbe es wohl nicht, da sie glaubhaft versichern konnten, dass sie die Frau weinen gehört hatten.

»Ich nehme lieber den Ärger in Kauf, statt mir später Vorwürfe zu machen«, unterstützte Dylan Milans Vorhaben.

»Und was ist, wenn der Kerl eine Waffe hat und einen von uns verletzt oder schlimmstenfalls tötet? Nochmals: Es gibt gute Gründe, warum Privatpersonen nicht Polizei spielen sollen!«

»Hier ist Zivilcourage gefragt«, entgegnete Milan entschlossen und ging los. Für ihn war die Diskussion offensichtlich beendet, und nach allem, was Dylan gehört hatte, war er auf seiner Seite.

Eilig folgten sie Milan ein paar Meter zu der Stelle, wo er sich an einem Fenster zu schaffen machte, von dem ein Flügel auf Kipp stand. Es dauerte keine zwei Sekunden, dann schwang der zweite Flügel nach innen, und er konnte sich hochziehen und ins Haus klettern. Dann öffnete er die Terrassentür für Nachtmacher und Dylan.

»Machst du so was öfter?«, fragte Nachtmacher streng.

Milans Schulterzucken ließ die Antwort offen. Der Alte seufzte resigniert.

Sie schlichen so leise sie konnten durch das geräumige Einfamilienhaus, das dem Geruch nach vor allem von Staub und Mottenkugeln bewohnt wurde. Die Fünfziger-Jahre-Einrichtung bestach auch in der langsam einsetzenden Dämmerung mit biederen Blumenmustern und verblichenen Farben.

Sie gingen weiter, bis sie eine offene Tür fanden, die zum Keller führte.

Ein Lichtschimmer beschien das Ende der Treppe. »Ich geh da runter. Wenn Gefahr im Verzug ist, rufe ich euch. Es reicht ja, wenn einer von uns erwischt wird«, schlug Milan vor.

Aber Nachtmacher schüttelte den Kopf. »Wenn, dann sollte ich gehen. Ich bin ein alter Mann, ich habe nichts zu verlieren.«

Dylan kam die Diskussion an dieser Stelle vollkommen absurd vor. Sie alle drei waren bereits eingebrochen, wenn sie recht hatten, verblutete gerade eine Frau, wenn sie Pech hatten, war der Psychopath bewaffnet, wenn es unglücklich lief, wurden sie als Einbrecher auf frischer Tat ertappt, ohne dass hier ein anderes Verbrechen vorlag. Aber für diese Gedanken war es jetzt zu spät. Er ging an den diskutierenden Männern vorbei und die Treppe hinunter. Feuchte, nach Blüten duftende Luft verbreitete eine unangenehme Wärme im Keller. Das Wasser wurde abgestellt, und Stille verdrängte den letzten Hall. Jedes Geräusch würde sie jetzt verraten, wenn sie nicht vorsichtig wären.

Mit bedachten Schritten ging er auf das Ende der Treppe zu und spähte in den Raum. In fünf Metern Entfernung stand eine Gittertür offen, dahinter verlief ein weißer Flur, von dem aus es direkt ins Bad zu gehen schien. Die Tür war nur angelehnt.

Jetzt oder nie.

Schnell ging er weiter, achtete nicht mehr darauf, ob seine Schritte leise waren, trat an dem Gitter vorbei und stieß die Tür zum Bad auf, dicht gefolgt von Nachtmacher und Milan. In der Mitte stand eine Badewanne; ein cremefarbener Duschvorhang war rundherum zugezogen. Auf einem Stuhl an der Wand lagen fein säuberlich zusammengefaltete Kleidungsstücke. Dylans Herz schlug schneller, als er auf den Vorhang zuging. Als er vorsichtig durch den Spalt sah, stockte ihm der Atem.

Mit diesem Anblick hatte er trotz allem nicht gerechnet. Das Wasser war bereits blutrot. Die Frau lag mit aufgeschnittenen Unterarmen reglos in der Wanne, und ein nackter Mann hockte zusammengekauert zwischen ihren Beinen. Mit beiden Armen hielt er seine Knie umfasst, wiegte leicht vor und zurück und war vollkommen im Bann ihres Anblicks.

»Schnell, ich kümmere mich um die Frau, und ihr haltet den Kerl fest«, wies Dylan die anderen an.

Als der Mann aus seiner Starre erwachte, fing er an zu schreien. Es war ein kindliches Kreischen, dass in männliche Wut kippte.

»Nein, ihr dürft sie nicht anfassen. Nicht meine Mami, sie muss mich gehen lassen. Ihr dürft sie nicht aufhalten!« Er wollte aufstehen.

Nachtmacher und Milan packten ihn an den Armen und zogen ihn aus der Wanne. Der Vorhang wurde dabei eingeklemmt und riss von der Stange ab. Wasser schwappte über den Rand und verteilte sich hellrot auf den weißen Fliesen. So nass und rutschig wie seine Haut war, mussten sie mehrmals nachfassen. Mit konsequenten Griffen verdrehte Nachtmacher seinen Arm und zwang ihn bäuchlings auf den Boden, um ihm ein Knie ins Kreuz zu setzen. Der Mann schrie und kreischte, weinte, rief nach seiner Mami und trommelte mit den Füßen auf den Boden.

Dylan zog seine Jacke aus und musste bis zu den Schultern in das blutige Wasser greifen, um die Frau aus der Wanne zu hieven. »Hey, können Sie mich hören? Sie müssen wach bleiben.«

Ihre Augenlider flatterten, ihre weißen Lippen bewegten sich; ihr Zustand war offenbar äußerst kritisch.

»Ich brauche Hilfe«, schrie er in Milans Richtung.

»Helfen Sie ihm, ich hab den hier im Griff«, sagte Nachtmacher. Wasser tropfte aus seinen lichten grauen Haaren. »Ich rufe einen Rettungswagen.«

»Wir müssen die Wunden abbinden«, sagte Dylan, zog sein Hemd aus und riss die Ärmel ab. »Hier, das musst du fest um den Arm wickeln.« In seiner Jacke auf dem Boden vibrierte hörbar sein Telefon, aber darum konnte er sich jetzt nicht kümmern.

Er suchte den Raum ab und fand ein großes Handtuch, das er über den Körper der Frau legte.

»Wir haben einen Hilfeschrei gehört und sind in das Haus eingedrungen. Die Frau lebt, aber sie ist schwer verletzt, wir brauchen dringend einen Notarzt, und die Kollegen sollen sich beeilen … Ja … Ist gut … Nein, ich weiß …« Nachtmachers Stimme klang hohl in dem gefliesten Raum.

Die Pupillen der Frau waren geweitet, ihr Atem kaum mehr zu spüren. Nach den Berichten des Pathologen war es wahrscheinlich, dass diese Frau zudem unter den Nachwirkungen von diversen Medikamenten und Kokain litt. Wenn der Kerl sie dann nach knapp zwei Wochen auf kalten Entzug gesetzt hatte, musste es ihr grauenvoll gehen. Was auch immer er mit den Frauen machte, damit sie sich die Pulsadern aufschlitzten, diese Rettung allein würde nicht reichen, um sie zurück ins Leben zu holen. »Bleiben Sie bei mir«, sagte Dylan und rieb mit den Fingerknöcheln über ihr Brustbein. »Sie müssen kämpfen.«

»Lasst sie in Ruhe!«, schrie Lohring, als wären sie die Monster. »Sie ist eine Mörderin und hat den Tod verdient! Sie muss mich freigeben … Mein neuer Papa wird sehen, dass sie es getan hat, und sich um mich kümmern … Er wird kommen und mich holen!«

Herr Nachtmacher verlagerte das Gewicht, was den Mann nur kurz zum Schweigen brachte. In diesem Moment sah er nicht mehr aus wie der alte freundliche Vermieter. Ausbildung und Berufserfahrung ließen seine Anspannung wie ein Versprechen wirken, jeglichen Fluchtversuch oder Angriff im Ansatz gewaltsam zu vereiteln.

»Sie ist eine Hure!«, presste Lohring hervor. »Sie muss sterben, sie hat es selbst gesagt. Ich habe gesehen, wie sie es getan hat. Das Blut, das schöne Blut, das aus ihrer warmen Haut gelaufen ist. Niemand kann sie retten. Ich habe ihr zugesehen. Zugesehen …«

»Schweig still«, brüllte sich der Mann in veränderter Stimmlage selbst an, und das Trommeln seiner Füße endete. »Sie ist krank. Deine Mami kann dich jetzt nicht ins Bett bringen, du bist der Mann im Haus, benimm dich wie einer.«

Dylan wechselte mit den anderen fragende Blicke.

Der Mann schrie wirres Zeug, wechselte dabei immer wieder die Stimmlage, und teils wirkte es, als wäre er mit der Sterbenden allein im Raum, obwohl Nachtmacher auf seinem Rücken kniete. Er sah durch Milan hindurch, nur ab und zu schien er Dylan anzusehen. Dann glomm Feindseligkeit in seinen Augen auf.

Sirenenlärm drang durch den kleinen Lichtschacht und klang durch den Hall im Bad unendlich weit weg.

»Nein!«, brüllte Lohring. »Lass sie in Ruhe, du Schwein!«

Milan wirkte blass. Das hier war wahrscheinlich die Story, auf die er gewartet hatte, aber in diesem Augenblick sah er nur entsetzt und betroffen aus. Oben krachte es, dann hörten sie endlich Stimmen von der Treppe aus auf sie zukommen.

»Wir sind hier, schnell, beeilen Sie sich!«, rief Dylan ihnen entgegen.

Wie im Film kamen Beamte mit vorgehaltenen Waffen in sein Sichtfeld und sicherten den Raum. Erst auf ihr Zeichen folgten Rettungskräfte und ein Notarzt.

»Sie hat viel Blut verloren.« Zitternd machte Dylan Platz und sah benommen auf seine Hände, an denen das Blut der Frau feucht glänzte. »Sie wurde in den letzten Tagen unter Drogen gesetzt. Kokain, Amphetamine, Benzodiazepine …«

Die Beamten gingen Theo zur Hand, legten Lohring Handschellen an und zerrten ihn auf die Füße. Einer der Männer legte ihm ein Badelaken um die Schultern, damit Lohring nicht vollkommen nackt nach draußen gehen musste.

»Gut gemacht«, sagte Nachtmacher und berührte Dylan an der nassen Schulter. Das T-Shirt war durchtränkt von rötlichem Wasser. »Sie wird es hoffentlich schaffen. Euretwegen.«

Dylan war sich da nicht so sicher.

»Mensch, Herr Nachtmacher, ich hatte Ihnen doch gesagt …« Wappenschmidt kam hinzu und sah von der Verletzten zu den drei Rettern. »Verdammt, mitkommen. Sofort!«

Nachtmacher zuckte mit den Schultern. Ihm war der Schrecken ebenfalls deutlich anzusehen.

Die Aufregung ließ langsam nach, und Dylans Körper fühlte sich ganz leergesaugt an. Er hob seine Jacke wieder auf, und sie folgten den Rettungskräften. Zurück blieb ein Badezimmer, das einem Schlachthaus glich. Wappenschmidt schüttelte den Kopf und wartete, bis sie an ihm vorbeigegangen waren. Die übrigen Beamten sicherten den Tatort.

Vor dem Haus blieben sie stehen und sahen zu, wie die Frau und Lohring in unterschiedliche Fahrzeuge verladen wurden und der Rettungswagen mit Blaulicht losfuhr.

»Jetzt raus mit der Sprache. Eben sage ich Ihnen noch, dass der Verdächtige ein Geständnis abgelegt hat, jetzt präsentieren Sie mir den wahren Täter, ohne am Telefon auch nur ein Sterbenswort darüber verloren zu haben. Ich will wissen, woher Sie die Informationen haben und was zur Hölle Sie davon abgehalten hat, mir direkt die Adresse zu geben.«

»Das lag an meinen Recherchen«, sagte Milan und zog seinen Personalausweis aus dem Portemonnaie. »Hier, den brauchen Sie sicher. Ich bin Journalist und auf die Muster der vermeintlichen Suizide aufmerksam geworden. Wir wohnen seit Kurzem gemeinsam bei Herrn Nachtmacher in der WG, ich muss mich noch ummelden, die Adresse ist nicht aktuell.«

Dylan zog seinen Ausweis ebenfalls aus der Tasche. »Bei mir das Gleiche.«

»WG?«, wiederholte Wappenschmidt und sah von einem zum anderen, starrte dann Nachtmacher an. »Bei Ihnen?«

Herr Nachtmacher zuckte mit den Schultern. »Meine Kinder fanden, ich sollte nicht mehr allein wohnen.«

»Fein.« Der Beamte notierte die Personalien und reichte die Ausweise zurück. »Also ganz von vorn, wie sind Sie darauf gekommen, die Vermisste könnte sich hier befinden?«

Beide sahen zu Dylan, der nun entscheiden sollte, ob er Ellas Namen nannte oder nicht. Es gab keinen Grund mehr, sie aus allem rauszuhalten, ihr Bauchgefühl war richtig gewesen.

»Im Zuge der Recherchen fand Milan heraus, dass die verstorbenen Frauen Patientinnen bei Doktor Graaf gewesen sind. Wir hatten den Verdacht, dass es ein Patient des Psychiaters sein könnte, weil die Termine in der Praxis die einzige Verbindung zwischen den Frauen gewesen sind. Deswegen bin ich bei ihm gewesen, damit er mit Ihnen zusammenarbeitet. Was er dann ja auch getan hat, aber sein Verdacht ist falsch gewesen«, erklärte Dylan.

»Was für eine Scheiße«, sagte Wappenschmidt. »Doktor Graaf irrt sich sonst nie.«

Dylan verlagerte das Gewicht auf ein Bein. »Vielleicht, weil er nicht gesehen hatte, was seine Frau mitbekommen hat. Sie sagte, ihr ginge das Bild nicht mehr aus dem Kopf, wie dieser Typ mit der Verschwundenen im Wartezimmer geredet hat. Der Name ist ihr aus Versehen rausgerutscht, mit dieser Sache hat sie nichts zu tun. Wir haben eigenmächtig gehandelt.«

Wappenschmidt klappte den Block zu und seufzte. »Wissen Sie, wo sich Frau Graaf jetzt aufhält?«

»Bei sich zu Hause, nehme ich an.« Die Frage war äußerst seltsam, wo sollte sie schon sein, sie versteckte sich sicher nicht hier im Garten, um ihre Teilhabe an der Ergreifung des Täters zu vertuschen.

»Haben Sie noch weiteren Kontakt zu Frau Doktor Graaf gehabt?«

»Nur in der Praxis. Warum rufen Sie nicht einfach dort an?« Die nasse Kleidung fing langsam an, unangenehm kalt zu werden. Dylan zog sich die Jacke über und die Schultern an.

»Die Frau wird derzeit polizeilich gesucht. Mehr kann ich Ihnen nicht dazu sagen, aber sollten Sie Kontakt zu ihr haben, erwarte ich Ihren sofortigen Anruf. Sie können jetzt erst mal nach Hause fahren und sich trockene Sachen anziehen. Bleiben Sie bitte erreichbar. Unser Gespräch ist noch lange nicht zu Ende.«

Alle drei bestätigten und gingen zum Wagen zurück. »Versteht ihr das?«, fragte Dylan auf dem Weg und entriegelte das Fahrzeug.

»Na los, ab nach Hause. Wir haben unseren Part erledigt. Den Rest machen die Kollegen.« Herr Nachtmacher setzte sich auf den Beifahrersitz, und Milan stieg hinten ein.

Ja, das musste reichen, aber Dylan war nicht gut darin, etwas einfach so auf sich beruhen zu lassen, wenn es Fragen aufwarf.

Als er losfuhr, fiel ihm ein, dass sein Telefon geklingelt hatte. Vielleicht war das Ella Graaf gewesen? Da es über Bluetooth mit dem Bordcomputer verbunden war, konnte er nebenbei auf dem Display am Armaturenbrett auf das entsprechende Icon tippen, und die Nachricht spielte ab. Die Nummer war der Anzeige nach unterdrückt.

Jemand atmete.

Angestrengt horchte er, ob noch mehr folgen würde. »Seltsam, da ist doch jemand dran«, kommentierte Nachtmacher.

Dann hörten sie es.

»Dylan, komm«, sagte die leise Stimme seiner Schwester.

Aus der Interviewreihe »Serienmörder und ihr Umfeld«
Ingeborg Wessels, Journalistin

Wenn man sich die Zusammenfassungen der grausamsten Serienmorde, entsprechende Fernsehsendungen und Romane so anschaut, könnte man meinen, die Welt sei voller Serienmörder. Die Dunkelziffer lasse ich jetzt mal außer Acht. Also, wenn man sich die bekannten Fälle anschaut, dann ist eines weitaus deutlicher als die vermeintliche Häufigkeit: Serienmorde erwecken Aufmerksamkeit und hinterlassen Eindruck. Manche dieser Monster haben einen legendären Status erreicht. Man könnte meinen, die Allgemeinheit konsumiert das unvorstellbare Grauen wie Cola oder Popcorn, weil die Taten auf uns so abstrakt wirken, als würden sie niemals einem selbst oder Menschen, die man kennt, passieren.

34

Ella musste ohne Fahrschein mit dem Bus fahren. Sie wusste, dass sie nicht rational vorging. Als stünde ihr klar denkendes Ich neben ihr, während sie handelte, ohne ihr zu verraten, was das Richtige sei. Sie war in der Lage, sich selbst traumatisiertes Verhalten zu attestieren, aber es war, als würde sie sich die nötige Hilfe verweigern. Sie folgte ihrem Instinkt, aber war sie tatsächlich dabei, das zu tun, was Sebastian nicht erwartete? Oder tat sie genau das, was er wollte? Käme sie an ein Telefon und riefe die Polizei, würde Sebastian seine Hunde zurückpfeifen, warten, bis Ella in die Psychiatrie eingeliefert wurde, und dann ließe er die Zwillinge und den Journalisten verschwinden. Sie wusste, wie Zwangseinweisungen abliefen. Durch Sebastians Vorbereitungen würde alles, was sie sagte, als Ausdruck ihrer Psychose gewertet werden. Ihr Mann könnte in Ruhe alle Beweise beseitigen. Sie würden ihm ihre persönlichen Sachen aushändigen, wodurch er auch das Einzige vernichten könnte, was ihre Vorwürfe bestätigte. Selbst Dylan Krügers Aussage würde nicht helfen, weil Sebastian ihr bereits alles in die Schuhe schob. Zumindest das sah sie nun ganz klar. Er hatte dafür gesorgt, dass alle Beweise im Haus verbrannten, und genügend Zeugen bestätigten, wie sehr er sie von dieser Tat hatte abhalten wollen. Niemand würde ihr glauben. Herr Krüger und sein Mitbewohner waren die einzige Chance, die sie hatte.

Nicht vor 20 Uhr und nicht danach. Wenn die Anweisung verbindlich war, hatte sie noch gut zehn Minuten, um Dylan zu warnen.

Wenn sie daran dachte, wie ausgeklügelt Sebastians Vorgehen war, musste sie weinen. Siebzehn Jahre hatte sie mit einem Mann zusammengelebt und -gearbeitet, der sich an Morden ergötzte und einen perfiden Notfallplan in der Hinterhand hatte, falls sie dahinterkäme. Wahrscheinlich konnte er eine umfangreiche, sich über Jahre erstreckende Krankengeschichte aus dem Hut zaubern, die von Ella schwer zu entkräften war. Und seine Patienten würden sich einspannen lassen, um gegen Ella auszusagen.

Je mehr Zeit zum Nachdenken sie bekam, desto grauenvoller zeichnete sich ab, mit was für einem psychopathischen Monster sie verheiratet war.

Und doch wusste sie bei Weitem nicht genug, um das gesamte Bild hinter ihren Vermutungen zu sehen. Derzeit konnte sie nur raten, dennoch war sie sicher, dass jene, die er im Laufe seiner Karriere an die Polizei ausgeliefert hatte, ihm entweder nicht mehr dienlich oder nicht mehr zu kontrollieren gewesen waren. Wenn sein Wort gegen das anderer stand, glaubte man immer ihm. Er wusste, wie er die Dringlichkeit ihrer Ergreifung steigern konnte und all ihre Anschuldigungen als Ausdruck ihrer Störung verkaufen musste, um selbst nicht in den Fokus zu geraten.

Das ist unser Zuhause, du darfst es nicht niederbrennen, erinnerte sie sich an seine Worte.

Wahrscheinlich sollte sie im Feuer umkommen, aber Ella war schneller gewesen. Ein Zittern durchlief ihren Körper.

Seit sie ihn kannte, war nicht mal der Hauch eines Verdachts da gewesen, im Gegenteil, sie hatte ja immer zu ihm aufgesehen. Jetzt, da sie hinter die Maske geblickt hatte, verkam das gesamte Konstrukt ihres Lebens zu einer Lüge. All die Eigenheiten, die sie als liebenswert oder tolerierbar empfunden und an die sie sich aus Respekt vor seiner Persönlichkeit angepasst hatte, konnten im Nachhinein als Warnzeichen interpretiert werden. Ob es nun sein Faible für besonders schwere Fälle, seine Pedanterie in vielen Bereichen oder der Kontrollzwang war, sie hatte alles akzeptiert und nicht hinterfragt.

An der nächsten Station stieg sie aus und wischte sich die Tränen aus dem Gesicht. In einiger Entfernung erkannte sie die Hausnummer Neun und lief schneller. Dort musste Dylan Krüger wohnen. Hinter einigen Fenstern brannte Licht. Sie hoffte inständig, dass sie schneller als einer der *Speziellen* war.

Vor dem Haus erschien alles ruhig. Schnell lief sie die Treppe hoch, klingelte und klopfte gleichzeitig. Endlich bewegte sich jemand hinter dem geriffelten Glas. »Hier ist Ella Graaf, bitte machen Sie auf.«

Die Tür wurde geöffnet, und ein jüngerer Mann sah sie erwartungsvoll an. Das musste der Journalist sein.

»Mein Name ist Dr. Ella Graaf, darf ich bitte eintreten?«

Bei ihrem Namen trat er zur Seite und machte eine einladende Handbewegung. »Wieso sind Sie hier?«, fragte er und ließ ihr im Haus den Vortritt.

Ella ging auf den beleuchteten Raum zu, der das Wohnzimmer sein musste. »Sind Sie allein? Wo sind Herr Krüger und seine Schwester?«

Im Wohnzimmer blieb sie erschrocken stehen und betrachtete die weißen Gesichter, die jemand auf die Fensterscheiben gemalt hatte. Sie bildeten das Gesicht von Rolf ab. Dem Mann, der seine Opfer mit einem Hammer erschlug.

»Schön, nicht wahr?«, sagte der Mann und blieb neben ihr stehen. Ihr fiel auf, dass er unauffällig auf seine Armbanduhr schaute. 19:55 Uhr.

Ängstlich sah sie ihn von der Seite an. »Wo sind sie?«

Oben klappte eine Tür, dann hörte sie hinter sich Schritte auf der Treppe. Eine junge Frau kam zu ihnen, reagierte allerdings nicht auf Ella, ging an ihr vorbei und stellte sich vor das Fenster. Die Haltung des Mannes änderte sich leicht und ließ eine gewisse Vorfreude vermuten: Er legte den Kopf schief und leckte sich wiederholt über die Lippen.

»Bitte, tun Sie ihr nichts. Sie wird niemandem sagen können, wer hier im Haus gewesen ist. Ich schwöre, dass sie für niemanden zum Problem werden wird.« Ella wich etwas vor ihm zurück und hob beschwichtigend die Hände. »Jeden Moment wird die Polizei hier eintreffen«, log sie. »Können Sie sich vorstellen, wie enttäuscht mein Mann von Ihnen sein wird, wenn Sie festgenommen werden?«

Nur seine Augen bewegten sich, als er von Janis zu ihr sah.

»Deswegen bin ich hier. Er kann Sie gerade nicht anrufen, aber Sie sollen sofort verschwinden.«

Der Mann war ungefähr Mitte zwanzig, groß und schlank. Ein sehniger Typ, der wie ein Jäger wirkte, so wie er seine Beute fixierte. »Er sagte, dass Sie schlau sind«, kommentierte er ihren Versuch. »Deswegen haben Sie uns manipuliert.« Ein breites Grinsen entstand auf seinem Gesicht. »Von unseren Sitzungen bei Ihnen hat er nichts mitbekommen. Nun schicken Sie uns mit einem Auftrag hierher und tauchen hier auf, um alles wieder abzublasen?« Er zog ein Teppichmesser aus der Jackentasche und schob die Klinge ein paar Zentimeter heraus. »Zu spät. Die Kleine gehört mir.«

Ängstlich sah sich Ella nach einem Gegenstand um, den sie als Waffe benutzen konnte, aber auf die Schnelle fand sie in Reichweite nichts.

Die junge Frau sah irgendetwas im Garten und ging langsam zur Terrassentür, auf deren anderer Seite der Kerl mit dem Hammer auf sie zukam. *O nein!*

»Lauf, Janis!«, schrie Ella, während der große Mann mit dem Werkzeug ausholte.

»Nein, das ist meine!«, rief der andere Typ und sprang vor, um Janis von der Tür wegzuziehen.

Ella musste Hilfe holen, mehr konnte sie nicht ausrichten. Sie rannte in die andere Richtung und riss die Haustür auf … vor der Lennard Gutzke stand und vor Freude strahlte, als er sie erkannte.

Bevor sie die Tür zuschlagen konnte, stellte er einen Fuß dazwischen. Im Wohnzimmer zerschellte das Glas, Janis schrie aus Leibeskräften, Ella stemmte sich gegen die Tür, sah den Schatten, der einen der Männer im Flur ankündigte. Ihr blieb nur ein einziger Ausweg. Panisch drückte sie sich ab und sprintete die Treppe hoch. Hinter sich hörte sie mehrere Schritte. Sie gelangte in ein Zimmer, schlug die Tür zu und konnte abschließen, bevor sich einer der Verfolger dagegenwarf. Dann rannte sie zu einer Kommode, die an der Wand stand, und begann, sie vor die Tür zu schieben.

Der Hammer krachte laut gegen das Holz. Die Angst mobilisierte all ihre Kräfte, Ella stemmte sich gegen das schwere Möbelstück und presste es eng gegen die Tür. Viel Zeit verschaffte ihr das nicht, aber vielleicht genug, um Nachbarn auf sich aufmerksam zu machen.

»Er wusste, dass du herkommst«, hörte sie Gutzke durch die Tür rufen. »Er weiß alles.«

Auf dem Weg zum Fenster sah sie sich wieder nach einer Waffe um. Es standen jedoch nur eine Pritsche und die große Kommode im Raum; weiter hinten lagen gefaltete Kartons und ein paar Kleidungsstücke. Keine Glasflaschen oder anderes, was geeignet wäre. Ella riss die Fensterflügel auf und sah nach unten. Vor dem Fenster führte die Garageneinfahrt nach unten, was die Distanz zum Boden viel zu groß zum Springen machte.

Der Krach an der Tür wurde lauter, Holz splitterte.

Ella holte ihr Telefon hervor und schob es unter das Kopfkissen. Irgendwer musste es finden und ihrem Mann das Handwerk legen! Hastig sah sie sich nach einem Stift um, fand einen Bleistift in einer Schublade, der unter den Schlägen erzitternden Kommode. Auf dem nächstbesten Stück Papier notierte sie »Die Beweise sind hier!« und schob den Zettel ebenfalls unters Kissen. Die Tür brach aus dem Rahmen, mit einem lauten Quietschen schabten die Füße des Möbelstücks übers Laminat. Ella hatte nicht mehr als einen Bleistift in der Hand. Irgendwo im Haus klingelte ein Telefon.

Dylan raste durch die Hamburger Innenstadt, und weder Nachtmacher noch Milan erhoben Einspruch. *Dylan, komm.* Diese zwei Worte hallten in seinem Kopf wider und konnten alles bedeuten. Es war unmöglich, herauszuhören, ob Janis zum Zeitpunkt des Anrufs Angst, Schmerz oder Langeweile gespürt hatte, aber die Tatsache, dass sie ihn überhaupt angerufen und ihn sogar direkt angesprochen hatte, reichte für ihn, um den Verstoß gegen sämtliche Verkehrsregeln zu rechtfertigen.

»Sie geht nicht ran«, sagte Nachtmacher und ließ sein Telefon sinken.

»Mach langsam, Dylan, wir sind gleich da, fahr nur nicht auf den letzten Metern irgendwo dagegen. Es wird schon nichts Schlimmes sein.« Es klang eher, als wollte Milan sich mit seinen Worten selbst beruhigen.

Den Vorschlag von Herrn Nachtmacher, die Polizei zu informieren, weil die Beamten eventuell schneller wären, hatte Dylan abgelehnt. Sollte ein Feuer ausgebrochen sein, wäre sicher die Feuerwehr vor Ort, ansonsten musste er eher damit rechnen, Janis mit der Einsamkeit überfordert zu haben. Was er verschlimmern würde, wenn er Fremde in das Haus schickte, die im Umgang mit ihr alles falsch machten. Egal, was sie zu dem Anruf bewogen hatte, sie brauchte ihn. Ihn und niemanden sonst.

Endlich konnte er in die Wohnstraße abbiegen. Er fuhr in die Einfahrt, machte eine Vollbremsung und sprang aus dem Wagen, dicht gefolgt von Herrn Nachtmacher und Milan.

Dylan schloss die Tür auf und stürmte in den Flur. »Janis?«

Theo und Milan folgten, so schnell sie konnten.

»Janis?« Oben konnte er Licht sehen, im Erdgeschoss brannten vereinzelt kleinere Lampen. Herr Nachtmacher ging zum Wohnzimmer.

»Hier wurde eingebrochen«, sagte er alarmiert. »Sehen Sie sich das an.«

Widerwillig ging Dylan von der Treppe weg zum Wohnzimmer und erkannte, was Nachtmacher meinte. Die weißen Gesichter auf den Fenstern strahlten regelrecht vor der wachsenden Dunkelheit dahinter.

»Scheiße, so ein Gesicht hat sie oben schon gemalt. Das ist ja unheimlich!« Milan drängte sich an ihnen vorbei und ging weiter in die Küche. »Janis! Wo bist du? Janis?« Von dort kam er wieder in den Flur. »Wir müssen sie finden. Was stehen wir hier noch?« Milan sah so elend aus, wie Dylan sich fühlte.

»Ich rufe die Polizei, nehmen Sie eine Waffe mit, bevor Sie durchs Haus gehen.« Herr Nachtmacher ging zur Garderobe und reichte Dylan und Milan jeweils einen Baseballschläger. »Ich sehe mich hier unten um.«

Es wunderte Dylan nicht, dass Herr Nachtmacher so was im Schrank hatte. Der Schläger lag gut in der Hand, und wenn jemand Janis angefasst hatte, besäße er keine Skrupel, das Teil auch zu benutzen. Das Schlimmste war, dass er sie nirgends hören konnte. Wenn jemand sie anfasste, würde sie schreien. Wenn sie hier wäre und es ginge ihr gut, würde sie zu ihm kommen. Die Angst, sie verletzt oder tot zu finden, lähmte ihn regelrecht, obwohl er wusste, dass er sofort losrennen musste.

Warum passierte so was ausgerechnet in der kurzen Zeit, in der er sie ausnahmsweise vollkommen allein gelassen hatte?

»Jetzt komm endlich!«, forderte Milan und zog ihn am Arm mit sich.

Wie von selbst bewegten sich Dylans Beine. »Das ist alles meine Schuld.«

»Scheiße, Mann, jetzt reiß dich zusammen! Wir finden sie.«

Sie gingen die Treppe hoch und sahen sich um. Das Licht kam aus Milans Zimmer. Mit erhobenen Schlägern gingen sie darauf zu. »Da liegt jemand«, flüsterte Milan und deutete auf den Arm, der hinter der Pritsche auf dem Boden zu sehen war. *Janis!*

Dylan wollte sofort ins Zimmer stürmen, aber Milan zog ihn grob zurück. Genau zur richtigen Zeit, weil sich ihnen im selben Moment ein großer Kerl in den Weg stellte und ein Hammer in den Türrahmen krachte.

Milan besann sich schneller und rammte dem Mann den Schläger in den Magen. Es polterte, als der Hammer auf dem Laminat aufschlug.

Von der Seite nahm Dylan eine Bewegung wahr. Überrumpelt wollte er ausweichen, aber der zweite Kerl rannte ihn einfach über den Haufen. Der Schläger rollte davon, und Dylan bekam einen Hieb gegen das Ohr, der durch seinen ganzen Schädel dröhnte.

Augenblicklich sah er rot. Blindwütig drosch er auf den Fremden ein, traf sein Gesicht, den Oberkörper und die Arme, bis er ihn von sich runtergeprügelt hatte. Der kleinere Mann kroch über den Boden und fischte nach dem Baseballschläger. Keuchend stemmte sich Dylan auf die Füße und trat zu, bevor der Kerl den Schläger greifen konnte. Doch beim nächsten Tritt wurde sein Fuß gepackt, und er verlor das Gleichgewicht. Wie eine Klette krallte sich der Eindringling in Dylans Kleidung und kam langsam über ihn. Dylan schlug weiter zu, aber sein Gegner schaffte es, die Hiebe zu durchbrechen, und versetzte Dylan einen brachialen Kopfstoß. Seine Gegenwehr kam für mehrere Herzschläge zum Erliegen.

Als sich seine Sicht klärte, hockte der Fremde auf ihm und legte seine Hände um Dylans Hals. Er drückte so unerbittlich zu, dass Dylan nach Luft ringend nur noch über die kräftigen Arme kratzte und sich aufbäumte, ohne etwas ausrichten zu können. Das Blut rauschte in seinen Ohren, der Druck in seinem Kopf stieg mörderisch an. Der Kampflärm aus dem Zimmer ging im Hämmern seines Herzschlags unter. Der Drang zu atmen wurde unerträglich, dann setzte Schwindel ein, und die Sicht verschwamm. Seine Hände fielen kraftlos herab.

Doch plötzlich fiel der Kerl vornüber und blieb bewegungslos auf ihm liegen. Gequält sog Dylan unter ihm die Luft ein, würgte und hustete unter der Last, die mit einem Ruck von ihm gezogen wurde. Nachtmacher packte ihn am Arm und zog ihn auf die Füße. In seiner Rechten hielt er den Baseballschläger, an dem Haare und Blut klebten.

»Sind Sie in Ordnung?«

Das wusste Dylan nicht, trotzdem nickte er. Für Worte reichte es noch nicht. Dann drehte sich Nachtmacher um, bereit, auch Milan zu helfen. Das Engegefühl verging nur langsam, und Dylan brauchte einen Moment, bis er wieder zu Atem kam. Der Typ lag mit einer blutenden Kopfwunde am Boden und regte sich nicht. Ein Zittern ging durch Dylans Körper. *Janis!*

Er drehte sich zum Zimmer um.

Milan kämpfte mit dem großen Mann, die Pritsche war umgefallen, er schlug mit den Fäusten auf den Kerl ein, der ihn mit brachialer Wucht gegen die Wand schleuderte.

Nachtmacher erreichte ihn, holte ansatzlos aus und drosch

dem Mann die Keule in den Rücken. Dann holte er wieder aus und setzte den nächsten Schlag seitlich auf das Knie. Schreiend brach der Kerl zusammen, stützte sich mit einer Hand auf dem Boden ab und hielt die andere schützend über seinen Kopf.

»Keine Bewegung!«, schrie Nachtmacher ihn an.

Schwer atmend hob der Kerl auch die zweite Hand und ergab sich.

Milan kam wackelig auf die Beine, ging zum Hammer, hob ihn auf und stellte sich drohend neben Nachtmacher.

»Ihr kommt zu spät«, sagte der Mann. Er drehte sich mit erhobenen Händen um, so gut das auf dem Boden kniend ging, legte den Kopf schief und zeigte seine ebenmäßigen weißen Zähne wie zum Lächeln, nur dass ihm jeglicher Ausdruck von Freude fehlte. »Die Hündin ist tot.«

Draußen war Blaulicht zu sehen, und Sirenen heulten durch die Straße.

»Janis!« Dylan stolperte vorwärts.

Von unten riefen die Beamten durchs Haus.

»Wir sind hier oben«, erwiderte Herr Nachtmacher. »Schnell!«

Hinter sich hörte er, wie die Polizisten die Situation per Funk an die Zentrale weitergaben, Verstärkung riefen und Rettungswagen anforderten, während die Schritte die Treppe hinaufpolterten.

Milan bewegte sich ebenfalls auf die Pritsche zu.

Die Hündin ist tot, hallten die unheimlichen Worte in Dylans Kopf wider. Das durfte nicht sein. *Bitte, Janis, sei am Leben!*

Milan war schneller als er. »Das ist nicht Janis«, sagte er und drehte Ella Graaf auf den Rücken. Vorsichtig kniete er sich neben sie, wischte ihr die blutigen dunkelblonden Haare aus dem Gesicht und prüfte, ob sie noch atmete.

»Was ist hier passiert?«, fragte einer der Beamten, während der andere dem Gefangenen Handschellen anlegte und ihn hochwuchtete.

»Sie wollte es so«, sagte der Kerl grinsend. »Erst hat sie uns hergeschickt, dann taucht sie hier auf und schreit uns an. Wir haben das alles nur für sie getan.«

»Sie atmet noch.« Milan stand auf und ballte die Hände zu Fäusten. »Wo ist Janis?«, brüllte er den Einbrecher an. »Was habt ihr mit ihr gemacht?«

Dylans Körper spielte vollkommen verrückt. Er zitterte, Schweiß drang aus jeder Pore, und der Druck in seinem Kopf schwoll zu einem pochenden Rauschen an. Die Furcht, Janis könnte von diesen Männern getötet worden sein, schien ihn vollkommen abzuschalten.

»Nicht wir«, sagte der Mann und schaffte es, Dylans Aufmerksamkeit einzufangen. Mit schief gelegtem Kopf öffnete er den Mund und leckte sich über die Lippen. »Da war jemand schneller.«

»Janis!« Milan rannte aus dem Zimmer.

»Los, suchen Sie Ihre Schwester«, sagte Herr Nachtmacher und versetzte Dylan einen Stoß. »Hier finde ich sie nirgends. Sie muss im Keller sein«, rief Milan aus dem Flur und rannte die Treppe runter.

»Der hier ist tot«, sagte der andere Beamte und wollte Dylan aufhalten. »Lassen Sie uns das machen.«

Dylan sah, dass Milan alle Türen im oberen Stockwerk geöffnet und die Lichter eingeschaltet hatte. Immer wieder rief er Janis' Namen und ließ sich von niemandem aufhalten. Er selbst hätte das tun sollen. Er selbst hätte wie eine Urgewalt durch dieses Haus fegen sollen, bis er sie gefunden hatte.

»Sie hat Autismus. Niemand darf sie anfassen … Sie … Sie versteht das nicht«, sagte er heiser.

»Verlassen Sie jetzt das Haus und warten Sie draußen. Die Verstärkung wird jeden Moment eintreffen.« Der Beamte schob ihn mit etwas Druck auf die Treppe zu. »Und Sie auch«, sagte er zu Nachtmacher. Bei der nachfolgenden Diskussion hörte Dylan nicht mehr zu.

Wie ein Todgeweihter ging er die Stufen hinab. Wenn Janis etwas passiert war, dann war sein Leben vorbei. Dann hatte er komplett versagt und seinen wichtigsten Lebensinhalt verloren.

»Janis?« Die Kellertür knallte gegen die Wand.

Am Fuß der Treppe änderte Dylan die Richtung und folgte Milan.

»Scheiße, da ist Blut.« Von oben war es nur ein dünnes Rinnsal, das über den Betonboden Richtung Garage lief. Milan wartete auf ihn und hielt den Schläger vor sich. Dylan musste sich am Geländer festhalten, während er weiterging, weil ihn der Schreck ins Stolpern brachte. Er verstand nicht, was hier passiert war und warum Ella Graaf oben im Zimmer lag. Janis hatte mit der schrecklichen Welt nichts zu tun, die in dieses Haus gekommen war.

Bevor er unten ankam, versagten ihm die Beine. Er rutschte an der Wand hinab auf die unterste Stufe. »Ich kann das nicht«, sagte er und sah nur noch das Blut auf dem Boden. »Ich hätte hier sein müssen.«

Milan ging in die Werkstatt, hielt sich mit einer Hand am Rahmen fest und legte sich die andere auf den Mund. Einen Augenblick lang konnte er nur den Kopf schütteln. »O mein Gott …«

In Dylan zog sich alles zusammen.

»Janis!« Milan sog gequält die Luft ein. »Janis, gib uns ein Zeichen, wo bist du?« Entschlossen kam er auf Dylan zu und zog ihn auf die Füße. »Scheiße, Mann, reiß dich endlich zusammen! Denk nach, verdammt, wo kann sie sein?«

Stockend sah er zur Seite und sah den Toten am Boden liegen. Sein Gesicht war vollkommen entstellt. Als wäre es zerfetzt und dann wieder zusammengesetzt worden. Wie ein … *Puzzle.*

Wenn sie das getan hatte, musste sie in ihrer Panik mit einer sehr scharfen Klinge blindwütig auf den Angreifer losgegangen sein. Das Bild, das der Tote nun ergab, sah jedenfalls grotesk aus. Das meiste Blut stammte aus einem Schnitt, der die Halsschlagader durchtrennt hatte; der Tod musste sehr schnell eintreten sein.

»Janis, wo bist du?«, rief Dylan mit dünner Stimme. »Bitte, gib mir ein Zeichen!«

Milan rüttelte an der Garagentür und öffnete jeden Schrank, zog Kisten hervor und sah in jeden Winkel. »Schnell, komm her!«, rief er dann.

Dylan folgte seiner Stimme in die Waschküche, wo Milan vor einem Schrank kniete und vorsichtig hineingriff, um Janis' Arm zu fassen zu bekommen. Sie nahm den ganzen Raum in dem kleinen Fach ein, ihr Gesicht und die Hände waren blutig. In der Rechten hielt sie ein Teppichmesser. Behutsam nahm Milan ihr die Klinge aus der Hand und zog Janis aus dem Fach. Sie hatte mehrere Verletzungen, aber sie lebte. Erleichtert wie er war, drückte er sie fest an sich und kämpfte gegen die Tränen an. »Es wird alles gut, hörst du? Wir sind da, Janis, wir sind hier bei dir.«

Mit schleppenden Schritten ging Dylan auf seine Schwester zu und fiel zitternd neben ihnen auf die Knie. Milan lehnte sie vorsichtig gegen ihn, sodass Dylan sie festhalten konnte. »Ich hole Hilfe«, sagte er und rannte los.

Dylan konnte nicht anders, er vergrub sein Gesicht in ihren Haaren und weinte. Schmerz und Verzweiflung brachen aus ihm heraus. *Das ist alles meine Schuld!*

»Es tut mir so leid! Bitte, vergib mir, Janis! Ich hätte dich niemals allein lassen dürfen. Ich dachte, ich hätte dich verloren …« Er bekam kaum noch mit, wie er diese Worte ständig wiederholte; erst als Hände ihn packten und ihn zwangen, seine Schwester wieder loszulassen, kam er zu sich.

»Wir kümmern uns um sie«, sagte die Sanitäterin zu ihm. »Sagen Sie mir ihren Namen.« Nur widerwillig gab er Janis gänzlich frei und blieb wie gelähmt neben ihr sitzen. »Ich muss bei ihr bleiben. Sie braucht mich.«

»Erst muss ich Ihre Aussagen aufnehmen«, mischte sich der Polizist ein, der etwas abseits stand und auf ihn hinabsah.

»Nein!« Milan stellte sich dazwischen und schirmte Dylan von dem Mann ab. »Sie können ihn im Krankenhaus befragen. Bis dahin werden Herr Nachtmacher und ich Ihnen sagen, was hier passiert ist, aber Sie werden ihn nicht von seiner Schwester trennen.«

Dafür würde Dylan ihm später danken. Jetzt ging es nur um Janis.

Aus der Interviewreihe »Serienmörder und ihr Umfeld«
Heiner Klausen, Rechtsmediziner

Die Auswirkungen von extremer Gewalt landen ständig auf meinem Tisch. Es ist unfassbar, was ein Körper alles aushalten kann, wenn nicht gleich lebenswichtige Organe verletzt werden. Bei allem, was ich schon gesehen habe, ist es wichtig, diese Arbeit als Job zu betrachten und Distanz zu den Schicksalen zu wahren. Aber es ist nur ein einziges Mal eine Leiche dabei gewesen, die auf einen organisierten, sadistischen Mord hingewiesen hat. Keine Ahnung, was für ein Mensch man sein muss, um so etwas zu vollbringen und damit irgendwas zu befriedigen. Ich sage Ihnen, diese Gedanken wird man nicht mehr los. Wenn man dann Feierabend macht, sieht man seine Mitmenschen mit anderen Augen.

35

Als Tanja zu sich kam, fühlte sie sich grauenhaft ausgelaugt und schwer. Anscheinend hatte man sie verlegt, das Zimmer sag ganz anders aus als ihr bisheriges Krankenzimmer. Was genau passiert war, klemmte so verworren in ihrer Erinnerung, dass sie an den Bildern nicht zerren wollte. Felix würde es ihr sicher erklären.

Neben ihr piepste ein Gerät, legte ihr den Takt ihres eigenen Herzens ins Ohr. Das war neu.

»Was habe ich …« Sie hob einen Arm und bemerkte den Verband, der bis zum Ellbogen reichte. Ungläubig sah sie auch den zweiten Verband an ihrem anderen Arm. »Was ist passiert?«

Sie fühlte sich anders als in den Tagen zuvor. Irgendwie taub und verbraucht.

Endlich öffnete sich die Tür. Tanja erwartete, dass Felix ihr nun aus der Verwirrung heraushelfen würde, aber der Mann, der durch die Tür kam, war nicht Felix. Es war …

»Kai?« Das Piepsen des Gerätes stieg abrupt an, verschmolz mit dem plötzlichen Rauschen in ihren Ohren.

Kai stellte einen Kaffeebecher auf den nächsten Tisch und kam mit Tränen in den Augen auf sie zu. »Ich hatte solche Angst um dich!«, sagte er aufgewühlt.

Tanja konnte es nicht fassen. Sie streckte eine Hand aus, berührte ihn am Arm und wusste nicht, was sie glauben sollte. »Aber ich habe dich doch umgebracht!«, sagte sie, am ganzen Körper zitternd. »Er hat gesagt, ich habe dich erstochen. Deswegen war ich doch …«

Kai beugte sich vor, drückte sie fest an sich und presste seine Wange an ihre. »Er hat dich angelogen. Du wurdest entführt und …« Weinend brach er ab.

Wie einfach es wäre, sich diesem Traum hinzugeben, die Schuld auf einen anderen abzuwälzen und sich selbst als Opfer zu sehen. Die Scham über ihr eigenes Verhalten stieg ihr übel in die Kehle. »Ist das hier real?«, fragte sie.

»Was hat er dir nur angetan?«

»Doktor Graaf sagte, dass ich schizophrene Episoden hätte und dass er meinen Zustand bedenklich fände«, erinnerte sie sich an den letzten Tag, bevor sie in dem seltsamen Krankenzimmer aufgewacht war. »Wir waren doch nur zur Eheberatung dort … Ich … Ich habe doch nicht …«

Kai strich immer wieder über ihren Kopf, als könnte er kaum fassen, dass er sie wieder bei sich hatte. Wie sehr sie sich wünschte, dieser Traum wäre echt! »Mir hat er gesagt, du würdest keine Chance mehr für uns sehen und dass du wahrscheinlich bei einem anderen wärst. Ich habe damit gerechnet, dass du nur noch nach Hause kommen würdest, um deine Sachen zu holen.«

Tanja schloss die Lider; Felix erschien vor ihrem inneren Auge. Der Schreck fuhr ihr schmerzhaft in die Brust, das schnelle Piepsen wurde für einen Augenblick unregelmäßig. Sie wagte es nicht, die Augen wieder zu öffnen. Was, wenn es Felix war, der sie tröstete?

Ihr Atem ging schneller, ihr Herzschlag auch.

»Tanja?«

Stimmen kamen hinzu. Menschen, die durcheinanderredeten, Hände, die sie packten, ihre Lider emporzogen und sie mit Lichtern blendeten. Felix, der sie anstarrte, als könnte allein sein Blick sie für immer zum Schweigen bringen.

»Ich wollte meinen Mann nicht töten«, hörte sie sich selber sagen.

Dann wurde es heiß in der Armbeuge, wo der Zugang saß, etwas floss durch ihr Blut, das sie ganz ruhig und müde werden ließ. Felix legte eine Hand auf ihre Wange, seine Stimme klang wie Kais. »Alles wird wieder gut, das verspreche ich dir.«

Dylan stand am Fenster des Krankenzimmers und sah hinaus in die Dunkelheit. Er hatte Milan seinen Platz an Janis' Bett überlassen. Wenn sein Mitbewohner in den letzten Stunden eines bewiesen hatte, dann, dass ihm viel an ihr lag. Ein paar Schnitte an ihren Händen mussten genäht werden, ebenso die Platzwunde am Kopf, und sie bekam über eine Infusion Kochsalzlösung und ein Beruhigungsmittel, damit sie sich nicht aufregte, wenn sie erwachte. Wie sollte sie damit fertig werden, einen Mann getötet zu haben, wenn sie mit niemandem darüber reden konnte? Ihn ängstigte die Vorstellung, sie zukünftig in dem Trauma gefangen zu sehen. *Dylan, komm.*

Alle drei Frauen lagen auf derselben Station beinahe Tür an Tür. Es klopfte, und Doktor Graaf kam herein. Er hatte etwas Unerschütterliches an sich. Schlank, groß, mit einem Mantel und dem passenden schwarzen Hut bekleidet, auf der Nase saß eine kleine, runde Brille.

»Guten Abend, ist es Ihnen recht, wenn ich eintrete?«

»Sicher.« Dylan ging zu ihm und reichte ihm die Hand. »Guten Abend, Doktor Graaf, wie geht es Ihrer Frau?«

Der Mann musste wirklich gut in seinem Job sein, als wäre seine Ausstrahlung bereits das Aushängeschild seiner Kompetenz. Selbst nach diesen Ereignissen bewahrte er Ruhe. »Sie ist noch nicht aufgewacht. Der Schädelbruch hätte tödlich sein können, sie hat großes Glück gehabt, aber sie ist noch nicht über den Berg. Die Ärzte sind gerade bei ihr, deswegen dachte ich, ich nutze die Zeit, um nach Ihnen und Ihrer Schwester zu sehen. Hat Ella etwas zu Ihnen gesagt, das erklärt, was genau passiert ist?«

Dylan verneinte. »Ich verstehe das alles nicht. Die wenigen Male, die ich mit ihr gesprochen habe, wirkte sie vollkommen normal. Ist es wahr? Hat sie diese Killer in unser Haus geschickt?«

Den prüfenden Blick konnte er dem Mann nicht verdenken. Erst wollte Dylan unter einem Vorwand einen Termin bei ihm haben, jetzt wurde dessen Frau schwer verletzt in seinem Wohnhaus gefunden. Die einzige Person, die das erklären konnte, war noch nicht aufgewacht. Und der psychopathische Hammerschwinger behauptete, Ella wäre an allem schuld.

»Meine Frau ist schwer krank. Sie wäre eine hervorragende

Psychiaterin geworden, wenn ihre eigenen Psychosen ihr nicht im Weg gestanden hätten. Das kristallisierte sich sehr früh in unserer Beziehung heraus. Da ich sie täglich im Blick behalten konnte, war sie gut medikamentös eingestellt. Ich habe immer dafür gesorgt, dass sie sich nicht aufregt und nichts passiert, was bei ihr Schübe auslösen könnte, aber dann sind Sie gekommen.« In seiner Stimme lag ein Tadel, den Dylan nicht ignorieren konnte.

Schuldbewusst sah Dylan zu Milan, dem das Ganze offensichtlich ebenso leidtat. Er hielt Janis' Hand fest, ließ die Schultern hängen und betrachtete lieber ihre Finger.

»Wir wollten nur helfen«, sagte Dylan, was keine Entschuldigung für das war, was sie verursacht hatten.

»Ist ein einzelnes fremdes Leben es wert gewesen, viele andere zu zerstören?« Doktor Graaf trat auf der freien Seite neben das Bett und schaute auf Janis. »Ich hatte schon länger den Verdacht, meine Frau würde irgendwas im Verborgenen tun. Mir wäre nur im Traum nicht eingefallen, dass sie sich mit Mördern verschwört. Nachdem Ella die Patienten zu Ihnen geschickt hat, muss sie begriffen haben, wie falsch das ist. Deswegen hat sie als Kurzschlussreaktion unser Haus niedergebrannt und ist zu Ihnen gefahren. Sie wollte ihre Spuren beseitigen und das Schlimmste verhindern. Dann ist es wohl zum Streit mit den Männern gekommen, von denen einer sie erschlagen wollte.« Er streckte eine Hand aus und schob Janis vorsichtig eine Locke aus dem Gesicht. »Ich kann Ihnen bei der Bewältigung dieses Traumas helfen«, bot er an. »Ella hat zwar unser Haus zerstört, aber es wird nicht lange dauern, bis ich neue Räumlichkeiten habe und meine Arbeit wieder aufnehme. Viele meiner Patientinnen und Patienten dürfen therapeutisch nicht allein gelassen werden. Sehen Sie es als Wiedergutmachung für das, was meine Frau Ihnen angetan hat. Sie sind Student und kümmern sich um Ihre Schwester, die Therapie wird selbstverständlich kostenfrei sein. Wir können die Sitzungen so legen, dass Sie und Ihre Schwester nacheinander drankommen.«

Dylan blieb geistig an dem Eindruck hängen, den er von Ella Graaf gewonnen hatte. Wie sehr konnte sich ein Mensch verstellen, dass man seine kranken Gedanken nicht erkannte?

Milan richtete sich langsam auf und sah den Psychiater wütend an. »Das ergibt doch alles keinen Sinn. Warum zum Teufel sollte sie das getan haben?«

»Bei ihr lösen einige Entscheidungen krankhafte Gegenmaßnahmen aus. Dieses ambivalente Verhalten ist in seiner Pathologie bis in ihre Kindheit nachweisbar. Als sie Ihnen den Namen ihres Patienten verraten hat, sorgte der psychotische Schub dafür, dass sie glaubte, Sie aufhalten zu müssen.«

Milan stand auf und verschränkte die Arme vor der Brust. »Wie auch immer, nichts gegen Sie, aber Janis braucht keine Therapie. Dylan hat ihr versprochen, sie nie wieder zu irgendwelchen Ärzten oder Therapeuten zu schleppen. Sollte sich daran irgendwas ändern, wird sie zu jemandem gehen, der mit den Ereignissen nichts zu tun hat. Aber was sollte das überhaupt bringen, sie kann sich ja gar nicht mitteilen.«

Dylan kam es so vor, als wären die Rollen in diesem Moment vertauscht. Er sollte sich schützend vor seine Schwester stellen, nicht Milan!

»Denken Sie in Ruhe darüber nach. Das Angebot steht, ob Sie allein oder mit Ihrer Schwester kommen wollen.« Graaf zog eine Karte aus seiner Tasche und reichte sie Dylan. »Das ist meine Mobilnummer, rufen Sie mich an. Es würde mein Gewissen erleichtern, wenn ich einen Teil der Schuld wiedergutmachen könnte.«

»Ich hätte da noch eine Frage.« Milan wirkte angriffslustig, was wohl seiner Erschöpfung geschuldet war. »Warum haben Sie Felix Lohring als Verdächtigen ausgeschlossen, obwohl Sie wussten, dass er mit Frau Senger Kontakt hatte? Hätte es Sie nicht stutzig machen müssen, dass Ihre Frau ihn verdächtigt hat?«

Doktor Graaf sah ihn ohne eine Regung im Gesicht an. »Sie hat mich nicht auf ihren Patienten angesprochen. Wenn Sie mir etwas vorwerfen wollen, dann, dass ich aus Liebe zu meiner Frau zu befangen gewesen bin, um die Anzeichen zu erkennen. Ich habe nicht gewusst, was sie hinter meinem Rücken getan hat.«

Doktor Graaf tippte sich in Dylans Richtung gegen die Hutkrempe. »Ich gehe jetzt lieber zu meiner Frau und stehe ihr zur Seite. Sie ist krank und braucht mich. Während meiner Karriere muss ich mich ständig mit Begebenheiten auseinandersetzen, die nicht zu verstehen sind. Manchmal gehört das zum Leben einfach dazu. Sie sollten den Rest den Experten überlassen.«

So gelassen, wie er gekommen war, verließ er den Raum wieder und ließ eine seltsame Ratlosigkeit zurück. Es war unbefriedigend, keine Antworten zu bekommen, die Janis' Qualen rechtfertigten. Janis, die mit dieser Welt nichts zu tun hatte und doch die Initialzündung zu allem gewesen war.

»Was sollte das?«, fragte Dylan und verringerte den Abstand, um leise reden zu können.

»Ich sag dir, da stimmt was nicht. Er behauptet, sie habe dir den Namen verraten, dann Panik bekommen und ihre Killer losgeschickt.«

»Ja, und?«

»Als du mich angerufen hast, weil ich diesen Lohring überprüfen sollte, bin ich gerade bei Janis gewesen. Da hatte sie das Gesicht von diesem Kerl schon an ihr Fenster gemalt. Und ich habe ihn draußen auf dem Gehweg gesehen. Zu der Zeit dachte ich, er sei nur ein Passant gewesen. Verstehst du? Der ist bereits ums Haus geschlichen, bevor Ella Graaf mit dir gesprochen hat. Das ist ganz klar ein Widerspruch zu dem, was Doktor Graaf gesagt hat.« Milan fuhr sich mit beiden Händen durch die Locken. »Der Typ ist eiskalt, findest du nicht?«

Beide sahen zeitgleich zur Tür. »Nur mal angenommen, er behauptet das alles über seine Frau, um von sich selbst abzulenken …« Milan sprach es nicht zu Ende aus, aber Dylans Bauchgefühl sprang sofort darauf an. Das passte so viel besser ins Bild!

»Dann wäre er jetzt auf dem Weg zu der einzigen Zeugin, die ihn belasten kann. Alle Beweise in seinem Haus wurden ja verbrannt.« Dylan ging auf die Tür zu. »Es kann zumindest nicht schaden, auf sie aufzupassen, bis sie wieder wach ist, oder?«

»Soll ich nicht lieber gehen?«

Milan war genau dort, wo er gerade sein sollte. Wenn es um Janis ging, war Dylan wie gelähmt, er brauchte jetzt eine andere Aufgabe. »Nein, dich würde er nur rauswerfen, so wie du mit ihm geredet hast. Bleib du bei Janis und sprich mit Herrn Nachtmacher, erzähl ihm von unserem Verdacht und bitte ihn um Hilfe. Ich verwickle Doktor Graaf solange in ein Gespräch.« Er verließ das Zimmer und folgte dem Psychiater.

Als er auf den Flur hinaustrat, entdeckte er einige Meter weiter den Mann des Opfers, der an der Wand lehnte und um Fassung rang. Ellas Zimmer befand sich in dieser Richtung, also ging Dylan auf ihn zu.

»Herr Senger, ist etwas passiert?«

Gerne hätte er ihm eine Hand auf die Schulter gelegt, aber es kam ihm unangebracht vor.

Senger wischte sich die Tränen aus dem Gesicht und richtete sich wieder auf. »Sie sind einer der Retter meiner Frau, nicht wahr?« Sein Blick fiel auf Dylans vom Blut verfärbtes T-Shirt, das noch immer etwas klamm auf der Haut lag. »Die Ärztin sagte, ihre Schwester läge ebenfalls hier«, sagte er mit belegter Stimme.

»Wie geht es ihr?« Dylan ging nicht auf die Frage ein. Dass man ihn als Retter bezeichnete, war ihm unangenehm, er fühlte sich so gar nicht heldenhaft.

Mit schmerzverzerrtem Gesicht umfasste Senger seinen Leib. »Sie ist verwirrt. Als würde sie mich gar nicht erkennen. Was hat der Kerl nur mit ihr gemacht?«

»Das tut mir sehr leid. Geben Sie ihr Zeit; soweit ich weiß, hat er ihr starke Drogen verabreicht. Ich fürchte, sie muss erst mal den Entzug überstehen, bevor sie das Erlebte verarbeiten kann.«

Tränen liefen über Sengers Gesicht. Dylan wusste nur zu gut, wie brutal es sich anfühlte, einem geliebten Menschen nicht helfen zu können.

»Warum gerade sie? Wir hatten nur ein paar Eheprobleme, nichts, was nicht zu überwinden gewesen wäre. Kleinigkeiten.

Sie wissen schon, Socken, die nie weggeräumt werden, ihr ganzes Kosmetikzeug im Bad. Nichts davon war wichtig. Aber jetzt …«

Dylan dachte an Janis, die mit all dem hier ebenfalls nichts zu tun gehabt hatte und trotzdem schwer verletzt war. An das Gesicht, das sie wieder zusammengepuzzelt hatte, und an die Malereien an den Fenstern. »Lassen Sie das Monster nicht Ihr Leben zerstören«, sagte er ruhig. »Wir alle werden diese schreckliche Zeit hinter uns lassen und stärker daraus hervorgehen.«

Er wollte noch mehr sagen, aber im Hintergrund sah er Doktor Graaf mit einem Mediziner sprechen. »Wir müssen später weiterreden.«

Herr Senger folgte seinem Blick. »Ob ich Doktor Graaf um Rat bitten darf?«

»Nein!«, sagte Dylan energischer als gewollt. »Ich meine, lassen Sie ihn erst mal mit seinen eigenen Sorgen klarkommen.« Am liebsten hätte er den ungeheuerlichen Verdacht laut ausgesprochen, den er im Kopf hatte, aber damit wäre niemandem geholfen. »Gehen Sie wieder zu Ihrer Frau. Ich werde mal nachfragen, wie es seiner Frau geht.«

Doktor Graaf entdeckte Dylan und ließ den Arzt schon mal allein zu seiner Frau gehen. Mit schnellen Schritten schloss Dylan zu ihm auf. »Hätten Sie noch eine Minute für mich?«, fragte er.

Der Psychiater zog eine Taschenuhr aus seiner Weste und sah kurz darauf hinab. »Wenn es schnell geht. Ich muss zurück zum Haus und sehen, ob noch etwas zu retten ist.« Milan hatte recht, wirklich besorgt sah Doktor Graaf nicht aus. Im Gegenteil, er wirkte nahezu emotionslos und unbeteiligt. Wie eine Maschine. Dylan war das bisher eher wie professionelle Distanz vorgekommen, aber selbst vor dem Krankenzimmer seiner Frau zeigte der Mann keine emotionale Regung.

»Ich möchte mich für meinen Freund entschuldigen«, log Dylan. »Er ist nur aufgewühlt wegen Janis.«

Ihm fiel auf, dass Doktor Graaf wiederholt zur Tür und auf seine Uhr sah. Wenn jetzt wieder ein Arzt bei Ella Graaf war, schien ihr Zustand noch immer kritisch zu sein, warum blieb er nicht bei ihr?

»Hat er eine Beziehung mit Ihrer Schwester? Er entspricht einem Persönlichkeitstyp, der seine Dominanz mit unterlegenen Partnerinnen auslebt.« Graaf trat einen Schritt auf Dylan zu. »Stört es Sie nicht, dass Sie dadurch aus ihrem Leben verdrängt werden und ein anderer die Aufmerksamkeit bekommt?«

Als Dylan irritiert zögerte, sah der Psychiater ihm fest in die Augen. »Was glauben Sie, was ein gesunder Mann von einer Frau haben will, die vollkommen hilflos ist? Ella hat mir Ihren Fall geschildert, ich weiß von Ihrem Münchhausen-Stellvertreter-Syndrom und der Eifersucht. Müssten Sie jetzt nicht besser auf sie aufpassen, statt die beiden allein zu lassen?«

Ein ungutes Gefühl entstand in Dylans Eingeweiden.

»Münchhausenstellver… bitte was?«, sagte er ungläubig. »Sie denken, *ich* mache sie krank?«

»Er hat Sie verdrängt. Und wenn es ihm zu viel wird, lässt er Ihre Schwester fallen. Sie können immer nur hinter anderen aufräumen, kommen aber niemals an die Kleine heran, ist es nicht so?«, fuhr Graaf unbeirrt fort, drückte die Schultern durch und rückte den Hut auf dem Kopf zurecht. »Heute Abend haben Sie erleben müssen, was passiert, wenn Sie nicht auf Janis aufpassen. Diesmal ist es ein Fremder gewesen. Aber meiner Erfahrung nach sind es jene, die uns nahestehen, die unsere Leben ruinieren. Sie sollten ein Auge darauf haben, dass er ihr Vertrauen nicht ausnutzt. Er würde seinen Missbrauch damit rechtfertigen, ihre Schwester habe angefangen. Wer will ihm das Gegenteil beweisen?«

Für einen kurzen Moment hatte Doktor Graaf ihn, weil er Dinge triggerte, die er bereits erlebt hatte. Aber genau das machte ihn stutzig.

Er will mich loswerden. Der macht sich nicht die Hände schmutzig, er lässt andere die Drecksarbeit machen!

»Das da drin bei Ihrer Frau, das ist kein Arzt, oder?«, sagte Dylan und trat einen Schritt von ihm zurück.

Doktor Graafs Blick wurde kalt.

Hinter ihm lärmte der Alarm aus Ellas Krankenzimmer;

Schwestern und eine Ärztin eilten herbei. Dr. Graaf nickte jemandem mit einer knappen Bewegung zu. Dylan konnte sich gerade noch umdrehen und wegducken, bevor der hagere Mann in Krankenhauskleidung ihm eine Spritze in den Nacken rammen konnte. Beherzt packte er die Hand des Angreifers und verdrehte sie so stark, dass es knackte und er aufschrie. Mit voller Kraft drängte er ihn gegen die nächste Wand und schlug mit seinen Fäusten so fest auf ihn ein, dass der Kerl nach wenigen Treffern in die Knie sackte.

»Aufhören!«, rief eine Schwester. »Ruft den Sicherheitsdienst.«

Dylan drehte sich atemlos um, aber Doktor Graaf war nicht mehr zu sehen. »Vorsicht, treten Sie nicht auf die Spritze«, schrie Dylan die Frau an, die ängstlich vor ihm zurückwich. »Der Kerl hat ihr was gespritzt, wie …« Er sah durch die offene Tür. Die Geräte wurden gerade abgeschaltet. Ella Graaf war tot.

Der Typ auf dem Boden wand sich unter Schmerzen. »Das hat sie so gewollt«, sagte er. »Sie lässt sich nicht einsperren, hat sie gesagt.«

»Rufen Sie die Polizei und lassen Sie dieses Arschloch nicht entkommen. Jemand muss Doktor Graaf aufhalten. Schnell!«, schrie Dylan die Frau an.

Überfordert wechselten die Anwesenden Blicke.

Endlich handelte sie und gab per Telefon die Anweisung weiter. Mit etwas Glück würde Graaf noch vor Verlassen des Krankenhauses aufgehalten.

Dylan musste die Sicherheitsleute gemeinsam mit dem falschen Arzt begleiten. Sie wurden in einen Raum gebracht, in dem sie auf die Polizei warten mussten, während ein junger Assistenzarzt die verdrehte Hand des Angreifers provisorisch behandelte.

»Die sollte geröntgt werden«, sagte er geschäftig und fixierte die Schiene. »Das sieht gebrochen aus.«

Dylan hätte dem Kerl am liebsten noch viel mehr gebrochen. Wortlos sah er dem Mediziner nach, als er den Raum verließ, und kurz darauf wurde auch Doktor Graaf zu ihnen gebracht, der sich neben Dylan setzte. Zwei Sicherheitsmänner hielten an der Tür Wache.

»Sie sind ein krankes Arschloch«, spie Dylan ihm entgegen. »Das ist alles Ihr Werk. Ihre Frau ist Ihnen auf die Schliche gekommen, ist es nicht so?«

»Sie haben keinerlei Beweise«, raunte Graaf gelassen und gerade so laut, dass die Wächter ihn nicht verstehen konnten. »Sie haben absolut nichts, was Ihre Theorien festigt oder gar bestätigt. In spätestens einer Stunde kann ich in Ruhe zur Ruine meines Zuhauses fahren, die Asche meiner Laufbahn betrachten und mir darüber Gedanken machen, wie viele kranke Individuen noch da draußen herumlaufen und Menschen wie Ihnen und Ihrer Schwester gefährlich werden könnten.« Er wackelte mit den Fingern. »Ich habe keiner Menschenseele etwas getan. Meine Aufgabe ist es, die Kranken zu heilen, aber dafür gibt es keine Garantie, mein Freund. Und einmal mehr stelle ich Ihnen die Frage: War's das wert?«

Dylan schluckte trocken. Die Drohung war unmissverständlich.

Es muss weitere Beweise geben. Der falsche Arzt sah nicht so aus, als würde er Doktor Graaf belasten. Wenn der Therapeut seine Patienten nur manipulierte und ihnen keine konkreten Aufträge erteilte, gäbe es nichts zu finden. Er ließ eiskalt seine Frau ermorden und zeigte nicht eine einzige Regung, die auf Gefühle oder ein Gewissen hindeutete.

War's das wert?

Aus der Interviewreihe »Serienmörder und ihr Umfeld«
Rainer Gaunatz, Leiter einer psychiatrischen Klinik

Wenn Opfer begreifen, wie sehr sie manipuliert worden sind, verlieren sie mehr Selbstwertgefühl als durch die Gewalt, die ihnen angetan wurde. Meist schreiben sie es nicht der Brillanz der Täter zu, sondern ihrer eigenen Naivität. Dabei liegt es in der Natur gesunder Menschen, perfide Mechanismen nicht zu erkennen, weil man es nicht für möglich hält, bis es einem passiert. Das führt dazu, dass Eltern mit ihren Kindern entsetzlich umgehen, Personen sich in toxischen Beziehungen wiederfinden oder Opfer von Gewaltverbrechen werden. In meinen Forschungen gehe ich weniger auf zufällig gewählte Opfer ein, sondern auf jene, die von langer Hand geplant in diese Lage gebracht wurden. Sie wären überrascht, wie viele Grenzen Sie bei anderen grob überschreiten können, bevor ein deutlicher Abwehrmechanismus in Gang gesetzt wird. Aber dann ist es meist schon zu spät.

36

Erschöpft kehrte Theo Nachtmacher um zwei Uhr nachts in sein Haus zurück, in dem es totenstill war. Er hatte gedacht, die ganze Sache könne nicht noch schlimmer werden, aber dann hatte er auf halber Strecke wieder umkehren müssen, weil Dylan in die nächste Sache verwickelt gewesen war. Wappenschmidt war aus dem Kopfschütteln nicht mehr herausgekommen, als er die Anschuldigungen gegen Doktor Graaf zu Protokoll nehmen musste. Der Psychiater sei nicht mehr vernehmungsfähig gewesen, weil die Trauer ihn überwältigt habe. Die Kollegen zeigten viel Mitgefühl mit dem Mann, der an einem Abend alles verloren hatte. Theo hörte Dylan wiederholt zu den Polizisten sagen: »Sollte einem von uns etwas passieren, ist das kein Zufall. Dann werden Sie schuld daran sein, weil Sie heute nichts unternommen haben.«

Er fragte sich, wie er reagiert hätte, wenn er noch im Dienst gewesen wäre und Dylan ihm diese Vorwürfe vorgetragen hätte. Jeder, der mit Doktor Graaf schon mal zusammengearbeitet hatte, schätzte den Psychologen. Er war aufmerksam, merkte sich Kleinigkeiten und wirkte auch in Stresssituationen professionell und kompetent. Der falsche Arzt gab an, auf Ellas Wunsch gehandelt zu haben. Seine Geschichte ähnelte der des Hammermörders. Ella habe ihn therapiert und für ihre von Psychosen gesteuerten Machenschaften eingesetzt.

Dylans Verhalten war schuld, dass sich alles in die Länge gezogen hatte. Er war vollkommen außer sich gewesen, er hatte Wappenschmidt sogar angeschrien, weil er sich von Doktor Graaf um den Finger wickeln ließ. Der Psychiater habe weder Trauer noch sonst eine Betroffenheit gezeigt, aber die Sicherheitsleute sagten, das könne am Schock gelegen haben. Was sich mit Graafs eigener Aussage deckte. Erschöpft ging Theo Zimmer für Zimmer ab. Dylan war wieder zum Krankenhaus gefahren. Auch wenn

Milan bei Janis war, ließ er seine Schwester sicher nicht länger als nötig allein. Doktor Graaf befand sich ebenfalls wieder auf freiem Fuß, aber er hatte als Auflage, die Stadt nicht zu verlassen, bis alles geklärt war. Theo wusste einfach nicht mehr, was er glauben sollte. So hatte sich keiner von ihnen den Ausgang der spontanen Ermittlungen ausgemalt. Das schlechte Gewissen nagte an dem alten Mann. Sein Haus war wieder freigegeben, nachdem die Leichen und Beweisstücke fortgebracht worden waren.

Wenn er Pech hatte, war das WG-Leben nach diesem Überfall vorbei. In den letzten zwei Wochen hatte er sich an die Gesellschaft von Dylan, Milan und besonders Janis sehr gewöhnt. Wenn sie es vorzogen, das Haus zu verlassen, müsste er in einen Seniorenstift ziehen, weil er die neue Einsamkeit hier sicher nicht mehr ertragen könnte. Er ging zurück ins Wohnzimmer und sah sich um. Die Gesichter an den Fenstern erinnerten an den Mann mit dem Hammer. Die Terrassentür war provisorisch zugenagelt worden, was für Eindringlinge kein Hindernis darstellen würde, aber das Gefühl eines geschlossenen Hauses vermittelte. Diese Aufmerksamkeit verdankte er seinen Kollegen, die Mitleid mit dem alten Veteranen hatten. In was er da verwickelt worden war, würde die Runde machen und sicher ewig Thema beim Stammtisch bleiben.

Milan hatte recht: Was hier passiert war, ergab eine unglaubliche Story. Keine, die er wahrhaben wollte, aber um Befindlichkeiten scherte sich das Schicksal nicht. Die Presse hatte draußen gestanden und vom Abtransport der Leichen Fotos gemacht, Nachbarn befragt und versucht, die Beamten zu Aussagen zu nötigen. Mit dem Hintergrundwissen und seiner Beteiligung würde Milan den Zeitungen etwas liefern, was niemand sonst so schreiben konnte, aber Theo sah ihn immer noch wütend und hilflos neben Janis stehen. Seine Ambitionen scheiterten an seiner Menschlichkeit, was ihn noch sympathischer machte.

Theo ging weiter zu seinem Schlafzimmer, entriegelte die Tür und zog sich die verunreinigte Kleidung aus, die direkt in den

Müll wandern würde, nachdem er sich frischgemacht hatte. Er wollte nicht erst sehen, ob die Blutflecken sich rauswaschen ließen, weil die Kleidungsstücke ihn immer an diesen Tag erinnern würden. Erst nachdem er geduscht hatte und in frischer Kleidung steckte, fühlte er sich etwas besser.

Dann holte er eine Tasche und ging damit nach oben, um aus den anderen Zimmern saubere Kleidung zu holen. Sie hatten zwar gesagt, er solle sich ausruhen, aber sie würden sich garantiert ebenfalls besser fühlen, wenn sie sich umziehen konnten. Dylan wahrscheinlich am meisten, da er Tanja Senger aus dem Wasser geholt hatte.

Vor Janis' offener Tür blieb er kurz stehen und holte tief Luft. Was sagte der Beraterstab in ihrem Kopf zu dem Gesicht, das sie zusammengepuzzelt hatte? Konnte ihre Vorstellungskraft ihr erklären, wie gut und richtig es gewesen war, sich mit allen Mitteln zu wehren?

Er stellte die Tasche ab, holte ein Handtuch und wischte die Creme von der Scheibe. Das Glas müsste noch mal richtig geputzt werden, aber für den Moment sah es so besser aus.

Er nahm einen Schlafanzug aus ihrer Schublade, legte ihn zusammen mit einem Trainingsanzug von Dylan in die Tasche und ging zuletzt in Milans Zimmer. Der Kampf hatte etliche Spuren hinterlassen. Ellas Blut war an der Wand und auf dem Boden zu sehen, die Pritsche lag auf der Seite, und die Kommode stand mitten im Raum. Wenn die Handwerker die Terrassentür ersetzten, konnten sie hier oben gleich weitermachen. Banale Arbeiten nach lebensverändernden Erlebnissen. Alles musste irgendwie weitergehen.

Er schob die Kommode an die Wand und räumte grob ein paar Gegenstände auf, wobei die wenigen Handgriffe bei Weitem nicht reichten. Bevor Milan nach Hause kam, wollte er zumindest das Blut weggewischt haben. Ächzend bückte er sich und stellte die Pritsche wieder richtig hin. Das Bettzeug blieb auf dem Boden liegen.

Daneben entdeckte er ein Telefon, das halb unter dem Kopfkissen herausschaute. Er setzte sich auf die Liege und hob es auf. »Was für ein Chaos«, sagte er resigniert und warf es neben sich auf die Fläche. Ihm war unbegreiflich, wie Milan auf dieser Pritsche schlafen konnte.

»Ach, Hildi.« In diesem Augenblick fehlte ihm seine Frau wieder so sehr wie in den Wochen unmittelbar nach ihrem Tod. »Ich dachte wirklich, diese WG wäre eine gute Idee, und nun sieh, was ich angerichtet habe.« Statt hier aufzuräumen, sollte er in den Keller gehen und alle Aktenkopien vernichten, die sich noch in seinem Besitz befanden. Er zog sein eigenes Telefon aus der Tasche und wählte Eberhard Rieckers' Kontakt aus. Mit irgendwem musste er reden, egal, wie spät es war, und Eberhard war der einzige Mensch, der verstehen konnte, wie es ihm gerade ging.

Theo zählte nicht mit, wie oft es klingelte, doch gerade als er auflegen wollte, hörte er Eberhards verschlafene Stimme.

»Tut mir leid, ich weiß, wie spät es ist. Hier ist Theo.«

Schnaufend und ächzend schien Eberhard sich hinzusetzen. Mariannes Stimme war im Hintergrund zu hören.

»Was ist passiert?«, fragte Eberhard.

Theo sah sich um und spürte, wie langsam die Anspannung von ihm abfiel und Platz für das Begreifen machte.

»Als du damals diese Frau gesucht hast, bist du tiefer involviert gewesen, als ein Polizist es je sein sollte. Hast du dein Handeln bereut? Ich meine, sie konnte nicht lebend befreit werden, aber denkst du trotzdem, dass es besser für alle Beteiligten gewesen ist? Oder …«

»Ich weiß, was du sagen willst.« Schwere Schritte waren zu hören, sein ehemaliger Kollege war auf dem Weg in die Küche. Dann klickte es, und das typische Geräusch, wenn eine Zigarette angezündet wurde, war zu hören. »Glaub mir, ich würde alles wieder genauso machen. Unterm Strich zählt, ob du das getan hast, was du für richtig gehalten hast. Also, was ist passiert?«

Theo fasste so gut er konnte zusammen, was passiert war. »Du kennst Doktor Graaf, richtig? Sag mir, ob du Dylans Verdacht für möglich hältst. Der Mann hat heute seine Frau und seinen gesamten Besitz verloren, ich will nicht auch noch seine Karriere ruinieren, ohne das Recht dazu zu haben.«

»Der Fall Silvia Valentaten ließ mich in Abgründe schauen, die ich lieber nicht gesehen hätte, ich traue jedem Menschen grundsätzlich alles zu. Wird Wappenschmidt diesem Verdacht nachgehen?«

Die Entscheidung, Eberhard anzurufen, war gut gewesen. Er brachte Ruhe in das Gedankenchaos.

»Er war jedenfalls nicht begeistert, dass Dylan dieses Fass aufgemacht hat. Ich denke nicht, dass er ihm viele der Anschuldigungen geglaubt hat. Vor allem nicht, dass Graaf ihm und seiner Schwester gedroht haben soll. Es gibt jedoch Ungereimtheiten, die gegen Doktor Graaf sprechen. Nicht zuletzt, dass seine Frau getötet wurde. Ich glaube den Blödsinn nicht, dass sie auch das vorbereitet haben soll. Die Aussagen der beiden Täter klingen wie abgesprochen. Dieser ganze Abend ist ein einziger Knoten in meinem Kopf.«

»Was wissen wir über kranke Genies und Serienmörder?« Eberhards Atem pustete gegen das Mikrofon. »Sie vernichten niemals ihr Lebenswerk. Wenn sich in seinem Haus Beweise befunden haben, wird es irgendwo Kopien geben.«

Theos Blick fiel auf das Telefon. »Mit einem richterlichen Beschluss könnten wir das Bewegungsprofil seines Bordcomputers und Telefons auswerten. Ich fürchte nur, dass wir ohne ein Indiz niemanden dazu bekommen werden, gegen Doktor Graaf vorzugehen.«

Marianne sagte etwas, was Eberhard an ihn weitergab. »Ich soll dich fragen, ob in den Sachen seiner Frau nichts gefunden werden konnte.«

Wieder betrachtete Theo das Telefon, dass er bei Milan gefunden hatte. Milan trug seines bei sich, woher kam dieses Telefon? Er nahm es zur Hand und aktivierte es. *Dieses Gerät wurde als gestohlen gemeldet und gesperrt.*

»Ich glaub, ich hab da was.«

Aus der Interviewreihe »Serienmörder und ihr Umfeld«
Dr. Ella Graaf, Psychiaterin

Die Frage, wie Mitmenschen und sogar Ehefrauen oder -männer teils über Jahre die abartigen Neigungen übersehen konnten, ist leichter gestellt als beantwortet. Mein Mann ist auf die Behandlung von triebgesteuertem Zwangsverhalten spezialisiert. Die Patientinnen und Patienten kommen zu ihm, weil sie Hilfe suchen, um einem Drang zu widerstehen, der eine Gefahr für sie oder Dritte darstellt. Es sind gute Menschen, teils mit Familien, guten Jobs und einem gut aufgestellten Sozialleben, die erkannt haben, dass ihnen eine dunkle Seite innewohnt. Mein Mann hilft ihnen, das Verlangen zu kompensieren – erfolgreich, wie die Statistiken zeigen. Jene, die es nicht schaffen, haben zwei Gesichter, und eines davon sehen nur ihre Opfer.

37

Milan saß am Laptop und tippte gerade die letzten Sätze seines Artikels, für den er bereits Angebote von mehreren Zeitungen vorliegen hatte. In den Schlagzeilen der Kolleginnen und Kollegen war die Rede von *Dr. Tods Mörderkabinett*, *Der Puppenspieler* oder *Der Mördermacher*. Er selbst weigerte sich, Doktor Sebastian Graaf einen Beinamen zu verleihen, der seine üblen Machenschaften auf abstrakte Weise glorifizierte. Selten war ihm ein Artikel so schwergefallen wie dieser, weil immer das Monster im Rampenlicht stand. Die Opfer waren nur Füllmaterial in einer bestialischen Geschichte.

Er fügte keine Fotos von den Fenstermalereien, den Tatorten in Nachtmachers Haus oder den Leichen hinzu, auch wenn jedes einzelne die Auflage steigern würde. In diesem Fall wollte er der Öffentlichkeit nicht geben, was sie begehrte, ganz gleich, ob er auf diese Weise seiner Karriere Steine in den Weg rollte. Mit Erlaubnis der Angehörigen berichtete er vornehmlich über die Opfer. Was für Menschen sie gewesen waren und wie sehr der Verlust schmerzte. Zudem erwähnte er, wie es sich anfühlte, in so etwas hineingezogen zu werden. Die Realität war kein Film, den man abschalten konnte, wenn es einem zu viel wurde.

Das Graaf-Mördernetzwerk, das in den Sechzigern bereits von seiner Mutter geknüpft und von ihrem Sohn weitergeführt worden war, setzte neue Maßstäbe für psychopathisches Wirken. Die Aufnahmen auf Ellas Telefon waren gerettet und als Beweise verwendet worden. Das war der erste Dominostein, der Doktor Graaf in Untersuchungshaft brachte. Anschließend wurden Konten, Email-Accounts und Telefonlisten angefordert. Aber das wichtigste Puzzleteil, um ihn letztendlich zu überführen, war die Tatsache, dass er das Lebenswerk, das seine Mutter begonnen hatte, tatsächlich unmöglich vernichten konnte. Der Bordcomputer seiner

Limousine wurde ausgewertet, und hinter der Adresse, die er mehrmals wöchentlich angefahren hatte, verbarg sich ein Lagerhaus, das garagenähnliche Räume an Privatkunden vermietete. Sebastian Graaf bezahlte die Jahresgebühren jeden Januar in bar. Dort lagerten Kopien von allen Akten, Fotos und Videos. Fünfundfünfzig Jahre der Manipulation, der Befeuerung von abartigen Neigungen und unterlassener Hilfeleistung. Den Berichten zufolge mussten erschreckend viele Patientinnen und Patienten nach Sichtung der Akten und Videos verhaftet werden. Die meisten von ihnen waren nicht als Mörder in die Praxis gekommen, sondern als verzweifelte Menschen, die gegen Zwänge und Neigungen ankämpfen wollten. Doktor Graaf sagte ihnen nicht, was sie tun sollten; die Beeinflussung lief subtil, eher zwischen den Zeilen. Doch er brachte die Mörder mit ihren Opfern zusammen.

Die vollständige Auswertung der Unterlagen würde noch viel Zeit in Anspruch nehmen, aber es war bereits genug Material vorhanden, das Graaf eine lebenslange Haftstrafe und anschließende Sicherungsverwahrung garantierte. Sein Wirken war wie ein gewaltiges Spinnennetz, in dem Opfer hängen blieben, denen auf abartige Weise Leid und Verzweiflung zugefügt wurden, ja, die regelrecht ausgesaugt wurden, bevor die psychopathischen Spinnen sie tot und leer fallen ließen. Und Doktor Graaf sah ihnen Tag für Tag dabei zu, ergötzte sich daran und zog den letzten Tropfen Befriedigung aus allen Menschen, die er für seine widerwärtigen Gelüste missbrauchte. Laut Wappenschmidt waren nicht wenige Täter erleichtert, endlich erwischt worden zu sein, und zeigten sich kooperativ. Dieser Fall würde in die *Hall of Fame der Monster* aufgenommen werden.

Die Ereignisse lagen nun gut zwei Wochen zurück, die Wunden waren verheilt, zumindest physisch, aber Janis bereitete allen Sorge. Sie verbrachte die meiste Zeit in ihrem Zimmer oder ging die Fenster ab, um nach draußen zu schauen. Ihr Bruder legte ihr immer wieder Zeitungsartikel oder Nachrichten in wenige Stücke zerrissen hin, damit sie den Beweis wahrnahm, dass alle Schuldigen im Gefängnis saßen und nicht wiederkämen, aber sie fasste die Nachrichten nicht an. Dylan glaubte, es läge an dem Haus, das sie an die Schmerzen und die Gewalt erinnerte. Doch sowohl Herr Nachtmacher als auch Milan hofften inständig, dass sie bleiben würden. Vor den Bildern jenes Abends konnten sie ohnehin nicht davonlaufen.

Milan vermisste Janis' Nähe, versuchte immer wieder mit ihr zu reden, aber sie reagierte nicht auf ihn.

Unzufrieden lehnte er sich zurück und schob den Laptop von sich, dabei sah er durch den Durchgang zum Sekretär in der Stube. Die Unterlagen waren allesamt verschwunden, ebenso wie der Schlüssel für die Garage, der nicht mehr neben der Tür auf dem Regal lag. Herr Nachtmacher wollte einen Schlosser kommen lassen, aber das stand nicht ganz oben auf der Prioritätenliste. Gut möglich, dass sich der Schlüssel wieder anfand, wenn sich jemand die Mühe machte, das Regal von der Wand zu rücken. Wahrscheinlich war er bei dem Kampf von seinem Platz gefegt worden, wie so vieles andere auch, was Janis unordentlich liegen ließ. Langsam schwand die Hoffnung, sie würde irgendwann in naher Zukunft durch Aufräumen zeigen, dass es ihr besser ging. Trotzdem beharrte Dylan darauf, dass der Keller in diesem Zustand belassen wurde. Es war wie mit dem Erste-Hilfe-Kasten, nur dass dieses Trauma tiefer saß als ein Schnitt im Finger.

An diesem Tag roch es im ganzen Haus nach Kuchen. Herr Nachtmacher hatte Besuch angekündigt und die Einladung ausgesprochen, alle sollten sich am Nachmittag zu Kaffee und Schokopuffer im Wohnzimmer einfinden. Ob Janis sich dazusetzen würde, war fraglich.

»Hey, sag mal, weißt du, wo Janis ist?«, fragte Dylan und blieb vor dem Küchentisch stehen.

»Ist sie nicht oben?«

Dylan sah müde aus. Um sein Studium möglichst bald und erfolgreich abzuschließen, lernte er jede freie Minute und arbeitete im Krankenhaus, wofür er bei dem Bestatter vorerst aufhören musste. Er sagte, ihm sei das nur recht, weil er einstweilen genügend Leichen gesehen hatte.

»Kann sein, ich bin gerade erst gekommen. Ist hier alles gut gewesen?«

Mit einer Hand klappte Milan den Laptop zu und rieb sich übers Gesicht. »Alles bestens. Der Artikel ist fertig. Möchtest du ihn lesen, bevor ich ihn aus der Hand gebe?«

»Warum liest du ihn nicht später vor, wenn wir alle zusammensitzen?«

Es klingelte, und Herr Nachtmacher kam aus seinem Zimmer und eilte zur Tür.

»Na, da freut sich aber jemand auf die Abwechslung«, kommentierte Dylan. »Er hat sich ja richtig herausgeputzt.«

Sie alle freuten sich auf den Besuch, auch wenn bei Eberhard und Marianne Rieckers Kriminalthemen und Nachfragen zu den Ereignissen zu erwarten waren.

»Hätten wir uns auch umziehen sollen?« Milan sah auf sein Bob-Marley-Shirt, das er nun schon den dritten Tag in Folge trug.

Dylan grinste ihn an. »Dafür ist es jetzt eh zu spät. Na komm.«

Das Paar, das von Herrn Nachtmacher hereingeführt wurde, vermittelte zum Glück nicht den Eindruck, dieses Treffen müsse sehr zugeknöpft verlaufen. Eberhard Rieckers trug einen schwarzen Pullover zu einer dunkelgrauen Stoffhose; ein paar Schuppen lagen vereinzelt auf dem Wollstoff. Er hatte Bartstoppeln im Gesicht und recht kurze, störrische graue Haare, die sich nicht unbedingt zu einer ordentlichen Frisur zusammenfügten. Marianne hingegen sah elegant aus. Sie trug die langen grauen Haare hochgesteckt und ein geschlossenes dunkelblaues Kleid mit einer silbernen Brosche in Form einer Spirale auf der rechten Seite. Sie begrüßten die Mitbewohner freudig und brachen mit wenigen Worten gleich das Eis. Da sie sich mit Vornamen vorstellten, legten sie anscheinend keinen großen Wert auf Förmlichkeiten.

»Setzt euch, ich hole den Kaffee«, sagte Herr Nachtmacher. Der Tisch war schon gedeckt, der Kuchen stand in der Mitte.

»Bleiben Sie ruhig hier, ich mach das schon«, bot Dylan an und ging los.

»Ihr seid noch per Sie nach allem, was ihr zusammen durchgemacht habt?«, fragte Marianne verwundert.

»Du hast recht«, stimmte Herr Nachtmacher zu. Als Dylan mit der Kanne zurückkam, hielt Herr Nachtmacher beiden nacheinander die Hand entgegen. »Wir sollten wirklich per Du sein.«

Trotzdem kam es Milan seltsam vor, seinen Vermieter zu duzen.

»Sollen wir Janis rufen, oder warten wir ab, ob sie von allein kommt?«

Dylan goss jedem Kaffee ein und stellte die Kanne auf das Stövchen. »Schon gut, es ist besser, wenn wir sie vorerst in Ruhe lassen.«

Also blieb der Platz zwischen ihm und Milan frei.

»Wie geht es ihr denn?«, fragte Eberhard nach. »Theo hat uns erzählt, was hier passiert ist, das muss ja sehr verstörend für sie gewesen sein.«

»Sehr; es hat sie gefühlt um Jahre zurückgeworfen. Sie war gerade dabei gewesen, mehr aus sich herauszugehen und Wege zu finden, mit uns zu kommunizieren …« Dylan brach ab und zuckte mit den Schultern. Es war nicht nötig, zu betonen, wie hilflos er sich fühlte und was für Vorwürfe er sich machte. Ihm stand ohnehin jeder Gedanke ins Gesicht geschrieben.

Wie aufs Stichwort kam Janis hinzu. Da Milan die knarzende Treppenstufe nicht gehört hatte, fragte er sich, wo sie unterwegs gewesen war.

»Janis, das sind Eberhard und Marianne. Setz dich, es gibt Kuchen.« Theo deutete auf ihren Platz und teilte dann den Puffer in mehrere Stücke.

Janis sah in dem braunen Rock und der bunt gemusterten Bluse wieder wie ein Blumenkind aus den Siebzigern aus. Sie schaute an den Anwesenden vorbei, bewegte die Augen schnell hin und her, aber statt sich wie sonst für die Dauer des Essens an den Tisch zu setzen, drehte sie sich um und ging wieder weg.

»Tut mir leid«, entschuldigte Dylan ihr Verhalten. »Das ist ihr wohl noch zu viel.«

»Du musst das nicht erklären«, sagte Marianne, die gerade ihren und Eberhards Teller in Theos Richtung hielt. »Irgendwie erhellt sich der Raum, wenn sie da ist, findet ihr nicht?«

Milan stimmte abwesend zu und sah ihr nach. Es war in der Tat so, als umgäbe Janis ein Lichtschimmer, der die ganze Atmosphäre zum Positiven veränderte. Was einer der Gründe war, weshalb sie ihm so sehr fehlte.

»Aber ich fürchte, ich muss mich entschuldigen«, sagte Eberhard, stand mit seiner Tasse in der Hand auf und ging damit in die Küche. »Ich kann mit Tassen einfach nichts anfangen«, erklärte er auf dem Weg. Dann klappten ein paar Schranktüren, es plätscherte kurz, und er kam mit einem Becher zurück.

Grinsend schüttelte Marianne den Kopf. »Unverbesserlich.« Zuvorkommend nahm sie die Kanne und schenkte ihrem Mann nach.

»Sag mal, Theo, hast du deiner Familie erzählt, was hier passiert ist?«, fragte Eberhard und nippte am Kaffee.

Milan senkte betroffen den Blick. Er fühlte sich nach wie vor schuldig, weil er die Ermittlungen vorangetrieben hatte.

»Es war nicht gerade so, dass ich eine Wahl gehabt hätte. In einigen Zeitungen ist unser Haus abgebildet gewesen. Also, falls ihr in eine Altenresidenz ziehen wollt, ich kann euch einige sehr hübsche Broschüren zeigen. Aber das Gute ist, dass sie jetzt öfter zu Besuch kommen. Man könnte es auch Kontrollbesuche nennen, aber ich freue mich einfach, sie zu sehen.«

Schmunzelnd klopfte Marianne auf den Tisch. »Genau so muss das sein. Immer das Positive sehen. Lasst uns über schönere Dinge sprechen. Hat Eberhard schon erzählt, wie er heimlich Dabels' Fall gelöst hat?«

Der alte Kommissar legte ihr liebevoll eine Hand auf den Rücken. »Wir, mein Schatz.«

Während sie abwechselnd erzählten, wie sie gemeinsame Sache mit Frau Moll gemacht hatten, die noch immer einen guten Draht zu ihrem ehemaligen Vorgesetzten hatte, entschuldigte sich Milan und suchte nach Janis. Es machte ihn nervös, dass er die Treppenstufe nicht gehört hatte und sie sich nicht mal für ein Stück Kuchen zu ihnen setzte.

Die Kellertür war nur angelehnt, dahinter brannte Licht. In ihm keimte die Hoffnung auf, sie würde jetzt doch endlich die Spuren beseitigen und so mit der Vergangenheit abschließen, aber er fand sie nicht in der unordentlichen Werkstatt und auch nicht in der Waschküche. Er drückte die Klinke der Garagentür runter und konnte sie öffnen. Das war definitiv nicht gut. In diesem Raum sollte sie nun wirklich nicht sein.

»Janis?«

Der Boden war übersät mit Zetteln, sie stand dazwischen und streckte ihre Hände wie eine Dirigentin darüber aus, als müssten die passenden Teile auf ihren Einsatz reagieren. Sie drehte den Kopf leicht zu Milan und hob einen Finger. Wenn Dylan das sah, fing er sicher wieder von Auszug an.

Janis nickte, bückte sich und zog nach und nach Zettel aus der Auslage, drehte sich noch einmal um die eigene Achse und kam dann auf ihn zu. Wie selbstverständlich drängte sie ihn zurück, zückte den Schlüssel und sperrte die Tür ab.

»Aber Janis, was tust du denn hier? Warte, du kannst das nicht mit nach oben nehmen!«

Er wollte ihr den Zettelstapel abnehmen, aber sie hielt ihn so fest, dass die Papiere zu reißen drohten. »Dein Bruder flippt aus, wenn er das sieht.«

Sie sah durch ihn hindurch und legte den Kopf schief, dann lächelte sie. Einfach so, als hätte er einen Witz erzählt. Zum Schluss legte sie ihm eine Hand auf die Brust, klopfte seinen Herzschlag drei Takte lang mit, drehte sich um und ging die Treppe hinauf.

Verdutzt folgte er ihr und blieb im Hintergrund, als sie mit der kleinen, tickenden Bombe zum Esstisch ging.

Die Gespräche verstummten. Als hielten alle die Luft an, wurde es totenstill im Wohnzimmer.

Hinter ihrem Stuhl blieb sie stehen und legte die Seiten zwischen den Kuchen und die Schüssel mit der restlichen Schlagsahne. Dann zog sie den Stuhl etwas vom Tisch, setzte sich und fing an, das Kuchenstück zu essen, das auf ihrem Teller lag.

Theo wechselte mit ihnen Blicke. In seinem Ausdruck lag die unausgesprochene Bitte, ihm zu sagen, was er tun solle.

Marianne schaute mit einem Lächeln zu, wie Janis vom Kuchen abbiss und kaute.

»Darf ich?«, fragte Eberhard und deutete auf die Akte.

»Sicher«, stimmte Theo zu. Er und Dylan sahen sich zu Milan um, wobei sich Dylans Blick verfinsterte.

»Es tut mir wirklich leid, ich wusste nicht, dass sie den Schlüssel hat«, sagte Milan schnell zu seiner Verteidigung und kehrte an seinen Platz zurück.

»Wir müssen das Zeug vernichten«, bestimmte Dylan. »Janis sollte das gar nicht mehr in die Finger bekommen.«

»Kein Stern über mir«, sagte Janis laut und deutlich, als schlüge sie mit der Faust auf den Tisch, und steckte sich den nächsten Bissen in den Mund.

Vier Worte, die ihnen sagten, sie sollten nicht über sie reden.

Sie ist wieder da!

Vorsichtig berührte er ihren Arm. Sie zuckte nicht weg und machte auch keine Anstalten, sofort wieder aufzustehen.

»Interessant«, sagte Eberhard und blätterte um. »Von diesem Fall habe ich gehört. Ist da nicht dieser Promi involviert gewesen? David irgendwas?«

»Meinst du David Strobel?« Theo ließ sich das erste Blatt geben und überflog es. »O ja, das war seltsam. Die Leiche wurde in seinem Haus gefunden. Ich weiß noch, dass in der ganzen Villa nicht ein einziger Fingerabdruck nachweisbar war. Die Anklage gegen ihn wurde fallen gelassen, weil er ein Alibi hatte, aber die Leute halten ihn heute noch für den Mörder. Das hat seine Karriere zerstört.«

Janis schob ihre Hand in Milans und lehnte den Kopf an seine Schulter. Während er ihren Duft einsog, schaute er zu Dylan, dem Tränen in den Augen standen. Er nickte Milan zu und seufzte ergeben. »O Mann, Janis, kannst du dir nicht ein anderes

Hobby suchen?«, sagte er und legte ihr vorsichtig eine Hand auf den Rücken. Sie drehte den Kopf in seine Richtung, legte den Kuchenrest auf ihren Teller und tätschelte sein Bein. Das hatte sie noch nie getan. Dann schmiegte sie sich wieder bei Milan an. Er lehnte seine Wange an ihren Kopf und lächelte.

Du kannst so viele Mordakten aus dem Keller holen wie du willst, Hauptsache, du bist hier.

Eberhard lehnte sich zurück und las Seite für Seite interessiert durch, nickte manchmal bedächtig oder zog die Brauen zusammen. »In seiner Aussage betont er mehrfach, die Frau sei ein Fan gewesen. Sie soll ständig vor seinem Haus gestanden haben, um seine Aufmerksamkeit zu erregen. Ihn habe das nicht gestört, weil sie sich harmlos und freundlich verhalten habe. Nach seinen Worten hat ihn ihr Tod sehr getroffen, aber in den Zeitungsartikel steht: ›David Strobel rastet beim Sex mit einer Transfrau aus. Verhaftung wegen Totschlags‹.«

Theo nickte und hob die Augenbrauen. »Ich weiß noch, dass er damals sehr überrascht reagiert hat. Er wusste nicht, dass sie eine Transfrau gewesen ist, aber laut Obduktionsbericht hätte er es spätestens vor dem Geschlechtsverkehr mitbekommen, weil sie von einer Operation abgesehen hatte. Ich habe ihm geglaubt, dass er mit ihr nicht intim geworden war, aber was an jenem Abend tatsächlich passiert ist, konnte nie aufgeklärt werden.«

Milan kannte den Namen des Schauspielers nur im Zusammenhang mit Transphobie und diesem Mord. »Seltsam, ich dachte, er wäre damals weggesperrt worden.«

»Weil die Öffentlichkeit das Urteil bereits gesprochen hatte«, sagte Eberhard. »Dass die Anklage fallen gelassen wurde, ist eher eine Randnotiz in der Presse gewesen. Man wollte ihn als Schuldigen sehen, und dieses Bild wurde nie korrigiert.«

Milan spürte, wie Janis seine Hand fester drückte, als würde sie ihn auffordern, der Sache weiter nachzugehen. »Komm schon, Janis, das ist wirklich nicht unsere Sache«, flüsterte er ihr zu. »Du kannst sie ja gern sortieren, aber wir werden sicher nicht noch mal so eine Nummer bringen.«

Dylan war anzusehen, dass er sich große Mühe gab, sich nicht einzumischen.

»Theo hat erzählt, dass Janis versucht, die Welt in Ordnung zu bringen«, sagte Marianne und sah sie freundlich an. »Das hat mich an Eberhard erinnert.« Behutsam nahm sie ihm die Seiten aus den Händen und legte sie als Stapel in die Tischmitte. »Er ist auch immer erst zufrieden, wenn Dinge abgeschlossen sind. Ich kann mir vorstellen, wie ihr alle euch fühlt. Nach dem, was damals in Göttingen passiert ist, dachte ich, ich würde ihn filetieren, sollte er jemals wieder so eine Geschichte mit nach Hause bringen. Aber wenn ich mir vorstelle, er wäre untätig geblieben …«

»Aber von uns wurde niemand verletzt«, warf ihr Mann ein.

Ihr Blick ruhte auf Janis. »Richtig, aber macht das für Janis einen Unterschied? Für euch schon, das ist mir klar, aber nun liegt die Akte hier. Theo sagte, genau so hat es angefangen. Ihr habt etwas aufgedeckt, das im Nachgang unzähligen Menschen das Leben rettet, und ich glaube, Janis ist sich dessen bewusst. Ist es nicht so?«

Janis hob den Kopf in ihre Richtung und ließ Milan los. Den Bewegungen ihrer Finger nach sortierte sie gedanklich etwas, er hoffte nur, dass sie nicht die Erinnerung an das zerstörte Gesicht nochmals durchging. Dann drehte sie den Kopf zu ihrem Bruder und sah ihn an. Dylan wirkte regelrecht erschrocken, als er ihren Blick bemerkte.

»Nein, Janis«, sagte er und schüttelte den Kopf. »Ernsthaft? Jetzt schaust du mich an?« Dylan stand auf und ging ein paar Schritte. »Ich fasse es nicht«, sagte er und fuhr sich durch die Haare. Seine Schwester stand ebenfalls auf und stoppte seine Bewegung, indem sie ihn in den Arm nahm. Milan wusste, wie viel Dylan das bedeutete, und fühlte mit ihm, auch wenn ihn das in eine Zwickmühle brachte. Von dem großen Spektrum der Interaktion wählte sie den Ausdruck von Zuneigung, um ihren Willen durchzusetzen. Gleichzeitig brachte Milan dieser Schachzug zum Schmunzeln. Janis bekam so viel mehr mit, als sie alle glauben ließ. Mit zusammengekniffenen Augen hielt Dylan sie fest und sah aus, als würde er jeden Moment von seinen Gefühlen überwältigt. Sein gesamtes Leben kümmerte er sich bereits um sie, und jetzt bekam er erstmals etwas zurück. Nach der aufzehrenden Angst musste das unbeschreiblich sein. Sie wartete sogar geduldig, bis er genug hatte und sich von ihr löste. »Fein, wir machen einen Deal«, sagte er und hielt sie noch an den Schultern fest, damit ihre Aufmerksamkeit bei ihm blieb. »Solange du weiter versuchst, dich uns mitzuteilen, kannst du diese gottverdammten Akten sortieren, aber wir reden nur darüber und ziehen nicht wieder los, um Privatdetektiv zu spielen. Meinetwegen machen wir einen kleinen Kriminalclub aus dieser Sache, aber mehr nicht.«

Fasziniert sah Milan, dass sie auf Dylans Mund sah und dann sein Lächeln nachahmte. Die beiden konnten gar nicht in naher Zukunft ausziehen, weil sie offensichtlich enorme Fortschritte machte, seit sie hier wohnten.

Dann verlor sich das Lächeln wieder, und sie ging weiter in die Küche. Es wurde Zeit für die Routine. Dylan kehrte an seinen Platz zurück und vermied es, jemanden anzusehen.

»Ein Kriminalclub?« Theo schenkte Kaffee nach und schüttelte den Kopf. »Ich dachte, wir wollten die Akten vernichten.«

Dylan zog die Schultern hoch bis zu den Ohren. »Janis will, was sie will, und wenn es das ist, was ich tun muss, um zu ihr durchzudringen …«

Ausnahmslos jeder von ihnen sah auf die losen Blätter in der Tischmitte.

Was sollte schon passieren? *Nicht hinter jedem Fall steckt ein psychopathisches Monster. Oder?*

Aus der Interviewreihe »Serienmörder und ihr Umfeld«
Dr. Sebastian Graaf, Psychiater – Der Puppenspieler

Das Böse dieser Welt lauert im Menschen selbst. In Ihren Verwandten, Bekannten, Ihren Freunden und in Ihnen. Beten Sie, zu wem Sie wollen, dass es niemals geweckt wird.

Dank

Das Leben mit Besonderheiten wie Autismus, ADHS, Hochbegabung, Hochsensibilität etc. ist für Betroffene und Angehörige eine Herausforderung, die oftmals durch Stigmatisierung oder Unverständnis noch schwerer gemacht wird. Janis in dieser Geschichte zu einer wichtigen Figur zu machen, war mir aus unterschiedlichen Gründen ein Bedürfnis. Zum einen wollte ich zeigen, wie sehr der Umgang mit Menschen mit Behinderungen den Alltag verändert. Vieles muss ihren Bedürfnissen angepasst werden, und von außen wird man ständig mit Meinungen, Ratschlägen oder Kritik konfrontiert. Zum anderen wollte ich daran erinnern, dass die Persönlichkeiten hinter den Schwierigkeiten nicht ungesehen bleiben dürfen. Die Motivation dafür stammt aus den vergangenen zwanzig Jahren, in denen ich mich mit diesen Themen (wenn auch bei Weitem nicht so ausgeprägt wie bei Janis) auseinandersetzen musste.

Und falls jemand meinen Debütroman *Blinde Sekunden* kennt, so hoffe ich, dass das Wiedersehen mit Konrad Gall, Dabels und vor allem Eberhard und Marianne Freude bereitet hat. Ich könnte mir vorstellen, dass sie noch sehr viel Spaß daran haben werden, sich all die alten Akten nach und nach vorzunehmen. Eberhard wird wohl immer mein heimlicher Liebling sein, obwohl die Figurenfamilie inzwischen sehr gewachsen ist. So sehr, dass sie auf meiner Homepage eine eigene, spoilerfreie Selbsthilfegruppe bekommen hat: www.briefgestoeber.de

Ich möchte mich bei allen bedanken, die mich bei diesem Romanprojekt auf unterschiedliche Weise unterstützt haben: Stephanie Braun, Yasmin Dreyer, Florian Kiunka, Dieter Külper, Ulrike Strerath-Bolz, Jan Rüther, Mascha Vassena und meine bärenstarke Familie.

Mehr Informationen über meine Arbeit und mich findet ihr auf meiner Homepage, bei Instagram oder Facebook. Schreibt mir gern eine Nachricht, wenn ihr mir zu dem Roman etwas sagen möchtet, und ich freue mich immer, wenn ich in den Online-Portalen neue Rezensionen entdecke – für diese Unterstützung bedanke ich mich schon mal im Voraus, weil es immer fantastisch ist, wenn sich LeserInnen die Zeit dafür nehmen.